《申报》的文人群体与文学谱系

花宏艳 著

商务印书馆
The Commercial Press

本书为国家社科基金一般项目
"《申报》文人社会分层及其文学谱系研究"（15BZW119）的结项成果，
由"暨南大学文学院高水平大学经费"（JDWXY202004）资助出版

序

花宏艳博士的新著即将付梓，恳请我作序，我没有专门研究过《申报》，但在研究近代文学转型问题时曾涉及报刊文学的地位和作用。

近代报刊的出现对前现代中国文学转型的意义主要体现在三个方面，即文学传播媒介的变化、职业作家群体的出现和稿酬制度的形成。

中国近代报刊的创办，是从外国传教士开始的。他们办的第一份华文报刊是《察世俗每月统记传》，创办人是伦敦会传教士苏格兰人米怜。在外国人办的报刊中，传播西学并对中国知识界影响最大、出版时间最长的是《万国公报》。中国人自己办的报纸最早的是1865年在香港创办的《中外新报》，首任主编是留美学生黄胜，伍廷芳主持翻译。据史和、姚福申、叶翠娣编的《中国近代报刊名录》记载，自1815年至1911年，共有中文报刊1753种，如果下限延展至五四运动时期，中国近代出版的中文报刊当不少于2000种。

在近代，文艺报刊成为文学作品的主要载体。以小说而论，不仅数千篇短篇小说几乎全部是最先发表在近代报刊上，而且许多长篇小说，也是首先在杂志上连载，而后再由出版社刊行。近代许多长篇名著小说，如《海上花列传》《官场现形记》《文明小史》《活地狱》

《老残游记》《孽海花》《中国现在记》《邻女语》《负曝闲谈》《东欧女豪杰》《新中国未来记》《黄绣球》等,都是首先发表在近代文学杂志上的。

近代报刊作为文学作品的主要载体和传播媒介,不仅文艺报刊如此,而且非文艺性的一般报刊也登载小说、戏剧和诗歌,至于政论文、游记、小品这些广义的文学作品几乎所有近代报刊都刊登过。

为什么近代报刊多数都刊登文学作品呢?原因是多方面的:一是文学作品的可读性强,具有较强的娱乐、审美功能,易于吸引读者,可以增加报刊的销售量,具有明显的经济效益。二是随着报刊的增多和商品化,稿件供应成了一个大问题,短论、新闻报道、社会信息总不能太多,这就要求用文学作品来填补,因此,对文学作品尤其是对各类小说的需求就显得更加迫切。三是文学观念的转变。近代报人中许多也是近代的文学理论家,梁启超、夏曾佑、邱炜菱、狄葆贤、吴趼人、麦孟华、黄人、徐念慈、王钟麒、黄伯耀、黄世仲等人是其代表。他们在近代小说理论和西方文艺思想的影响下,普遍地重视小说的社会作用和艺术功能,尤其是小说的启蒙和新民效应。这也表明这些报人具有了新的文学观念:轻视小说的传统观念消解,重视小说的社会作用和文学地位,把小说提高到文学之最上乘。这种新的文学观念对报刊重视小说肯定是有导向作用的。四是为了更好地满足城市居民的文化需求。众所周知,随着近代都市的形成和城镇人口的增多,如何为城镇市民提供带有消遣、娱乐、有趣和传奇性的精神食粮就成为生存在都市的报刊所面临的一个现实问题,也是报刊能否生存和扩大销路的先决条件。而报刊增加文艺作品的版面,特别是刊登小说,是争取消费者、取悦市民受众的一个新举措。以上四点或许是近代文艺报刊和一般报刊都要登载小说的主要原因。

上面举例近代报刊争相刊登文学作品的情况，以及近代部分短篇小说和长篇小说最先发表在报刊上的实例，旨在表明近代文学作品的传播渠道已由手抄本、木刻本变为现代化、大众化的报刊了。传播媒体的这一变化，不仅是传播方式、传播渠道的不同，而且也在很大程度上促进了小说创作的繁荣和创作主体的职业化。

除了报刊传播媒介的变化之外，职业作家的出现也是近代文学区别于传统文学的一个重要特征。

中国古代没有职业作家，更没有靠稿费生活的作家。中国古代的文学家大多是官员和家境富裕的士大夫，他们生活的经济来源或靠俸禄，或靠家庭的收入，没有靠"稿费"为生的，因为古代并没有"稿费"。职业作家的出现是近代的事，它是以固定职业收入或稿费作为生活主要来源为前提条件的。

中国职业作家的出现，其过程大体是这样：第一步是报人的出现，第二步是报人小说家的出现，第三步才是职业小说家（作家）的诞生。

19世纪70年代之后，近代报刊开始增多，如《申报》（1872，上海）、《羊城采新实录》（1872，广州）、《循环日报》（1874，香港）、《汇报》（1874，上海）、《述报》（1874，上海）、《字林沪报》（1882，上海）、《新闻报》（1893，上海），这些报纸大多是外国人或中国人开办的商业性的报纸，唯其如此，这些报纸的主办人才注意改进报纸的业务和版面，以扩大销路。这些报纸因为是给中国人看的，所以都要聘请中国人做主笔或担任编辑、翻译。于是产生了中国第一批职业报人。他们之中，著名的有王韬（1828—1897，苏州人，先任职于墨海书馆，后为《循环日报》主编）、袁祖志（1827—约1900，字翔甫,浙江钱塘人,《新闻报》主笔)、董明甫①(《上海新报》的助编)、蒋芷湘(《申报》主笔)、何桂笙(《申报》主笔)、黄式权(1853—1924,本名铨,字协埙,上海人,《申报》主笔)、钱徵(字昕伯,浙江湖州人,《申报》主笔)、蔡尔康(1858—约1923,字紫黻,上海人,曾任《申报》编辑、《字林沪报》主编)、戴谱笙(《字林沪报》主编)、陈蔼亭(名言,字蔼亭,广东人,《中外新闻七日报》主笔)、高太痴(约1860—1920,曾任《字林沪报》主笔、《苏报》主笔、《同文沪报》总编纂)、孙玉声(1863—1939,名家振,上海人,《新闻报》主笔,曾任《申报》编辑)等。以上所举都是近代著名的报人。由于有固定的收入,这批人成了中国近代第一代职业报人。由中国传统士子变为近代报人,既是近代社会发展的需要,也是西方文化东渐的结果,但这一角色的转换对于传统知识分子来说是一个很大的冲击,无异于脱胎换骨,他们的内心是充满矛盾和痛苦的。这从王韬等人的日记和书信中可以看出。

　　从上面有关简介中可以看出,中国第一代职业报人有几个共同特点值得注意。第一,这批报人的籍贯多系江浙沪,也有部分广东人,他们地处沿海,与西方文化接触的时间早、机会多,因此见识广,较内地士子易于改变某些传统观念。第二,这批报人多出身于书香门第,因家境破落,为生活计,或其他原因,外出谋生,后成为报人,如袁祖志(清代著名文学家袁枚之孙)、王韬、钱徵大约属于此情况。第三,这批报人具有较深厚的传统文化素养,且有一定的文才,但在科举道路上多不得志,如王韬、蔡尔康、高太痴均为秀才、诸生,但乡试不第,是以投身报界。第四,这批人思想敏锐,有真知灼见,受

---

① 生卒年不详者不予标明。

刺激后觉醒较快，较明智地拒绝了科举的诱惑，从传统文士变成近代报人，但他们在角色转换中有痛苦，有矛盾。

以这批职业报人为基础，近代报刊又联络、培植了一批文学作者和报人小说家。这里以《申报》办的三个文艺副刊《瀛寰琐纪》（1872 年 11 月 11 日创刊）、《四溟琐纪》（1875 年 4 月创刊）、《寰宇琐纪》（1876 年 2 月创刊）的作者队伍为例，可以看出其中有不少人是当时或后来的小说家，如宣鼎、俞达、邹弢、黄钧宰、蒋其章等人。邹弢后来不仅写小说，而且还是《趣报》的主笔。此外，韩邦庆（1856—1894）也是一位报人出身的小说家。他开始系《申报》撰述，后来自办了中国第一份小说期刊《海上奇书》（由申报馆代售），他的名著《海上花列传》就是最先发表在《海上奇书》上的，此外，王韬、高太痴、孙玉声等报人也写小说，蔡尔康经常为小说写序跋。

19 世纪 90 年代中期之后，中国报人小说家开始登上文坛。其代表人物是李伯元、吴趼人、韩邦庆、孙玉声、高太痴等人。李伯元接连在上海创办了《指南报》（1896）、《游戏报》（1897）、《海上文社日报》（1900）和《世界繁华报》（1901），在当时颇有些影响。吴趼人说李伯元"为我国报界辟一别裁"，孙玉声则称李伯元是"小报界之鼻祖也"，此后文艺小报接踵而起，著名的有张伯初、张仲和等主编的《演义白话报》（1897）、高太痴任主编的《消闲报》（1897）、吴趼人主笔的《采风报》（1898）、孙玉声创办的《笑林报》（1901）、李芋仙主笔的《寓言报》（1901）等。

这类文艺小报值得注意的特征有三点：一是这些小报开始刊登小说。二是随小报赠送的附页也刊登小说。近代许多著名小说，如李伯元的《官场现形记》、吴趼人的《糊涂世界》、二春居士的《海天鸿雪记》、孙玉声的《海上繁华梦》、邹弢的《断肠碑》（又名《海上尘天影》)、高太痴的《梦平倭房记》等,都是发表在这些小报上或作为赠送附页问世的。三是小说的作者多是报人,如李伯元、吴趼人、孙玉声、高太痴、邹弢等,这些报人作者标志着报人小说家的正式出现,这类报人小说家后来逐渐增多,如陈景韩、包天笑、周桂笙、罗孝高(即罗普)等,也可以说他们是报人小说家向职业小说家转化的过渡人物。

此外,稿酬制度的确立是在西方文化影响下中国出版事业近代化的一个标志。稿酬制度在20世纪初的最终确立不仅意味着近代作家已享受到应得的劳动报酬,同时也体现了全社会和出版界对著作人权利的承认与尊重。稿酬制度出现在文学界,直接促进了作家群体的扩大和创作事业的繁荣,并为职业作家的成长和壮大奠定了经济基础。其最终结果则是促进了中国文学的转型以及文学的近代化。

概而言之,近代报刊的出现直接促成了传播媒介、职业作家群体和稿酬制度的建立与完善,这些都是中国文学现代转型的关键点。

《〈申报〉的文人群体与文学谱系》一书在报刊传媒的兴起和近代第一批职业作家群体的形成这两个问题上有较为深入的研究。

就研究对象而言,《申报》并不是《清议报》《新民丛报》等启蒙报刊,也不是《消闲报》《世界繁华报》等著名的文艺小报。《申报》创刊于1872年,虽然不是最早的中文报刊,但却是近代中国经营时间最长、社会影响力最大的商业报纸。

与其他报刊文学研究成果相比,本书在两个方面尤其值得肯定。第一个方面是对《申报》中文学作品较为全面的研究,其中既有《申报》小说的相关研究,如《申报》1872年刊登的三篇翻译小说的研究,申报馆创办的中国第一份文学期刊《瀛寰琐纪》上刊登的翻译连载小说《昕夕闲谈》的研究以及1907年前后《申报》复刊小说的情况等。此外，本书还以《申报》刊登的竹枝词为对象，建构了 19 世纪末的上海租界文学地图。

本书第二个方面的创新则体现在对于早期《申报》文人群体的全面而深入的研究。所谓《申报》文人，其实包含三个类型的传统文人。第一批为《申报》的主笔群体，如蒋其章、王韬等；第二批是《申报》的主要作者群体，如葛其龙、袁祖志等；第三批则是有《申报》任职经历后来又在其他报刊担当重任的报人，如蔡尔康、邹弢等。

这一批读书人身兼旧式文人和现代报人的双重身份，在当时的上海经营多份大报和小报的工作，因此，研究《申报》文人群体亦即研究 19 世纪末在海上报坛与文坛占据重要地位的传统文人。他们在中国近代文学转型的过程中所起到的作用，正如历史学家王尔敏在《中国近代文运之升降》中所说："近代、现代文学班首族群隐然潜在的改变，就是由两类人士成为文坛主导：一是作态名士，一是洋场才子。……我们须知这是真正的近代文学嬗变骨子根荄。"

花宏艳是山东大学 2000 届的毕业生，当年我曾经给他们讲过"中国近代翻译文学史"的选修课。毕业后，宏艳考上暨南大学古代文学专业的硕士研究生，在她做硕士学位论文《吕碧城词作及其思想研究》的时候，我还将自己收藏的吕碧城的《信芳集》寄给她作参考。作为近代文学研究领域内的一名老兵，我很欣慰地看到宏艳这些年来在近代文学研究领域内不断取得新的成绩，同时也希望宏艳在今后的学术道路上有质量更高的学术成果问世。

是为序。

郭延礼
2021 年春于济南

目 录

第一章　地域根源与文学表征 /1
第一节　租界建立与近代上海的崛起 /1
第二节　近代报刊业兴起与《申报》创刊 /10
一、"邸报"与第一份中文报刊的创立 /10
二、从商业报纸中脱颖而出的《申报》 /15
第三节　《申报》绘制的上海文学地图 /22
一、外滩：视觉冲击与文明体验 /23
二、洋行：商业都市的买卖行为 /27
三、四马路：都会生活的感官刺激 /31
四、霞飞路：被物化的异国情调 /36

第二章　《申报》文人群体研究 /43
第一节　社会分层理论下的士的等级 /43
一、士的特权和等级划分的条件 /44
二、残酷的竞争环境和漫长的等待机制 /52
第二节　条约口岸知识分子的兴起与日常生活 /61
一、条约口岸知识分子的形成 /61
二、墨海书馆的《圣经》翻译工作 /76
三、佣书西人的矛盾心态 /82
四、条约口岸文人的认知体系重构 /87

第三节 《申报》文人群体考辨与概述 /93

第三章 申报馆的世界眼光与文学活动 /115

第一节 《申报》第一任主笔蒋其章生平考略 /115

一、海上订鸥盟的主笔生涯 /116

二、"边关堕作吏"的幕僚生活 /124

三、"剪淞病旅"即为蒋其章考 /128

第二节 早期申报馆翻译西方小说的尝试 /153

一、《谈瀛小录》等三篇文言小说的翻译 /153

二、长篇小说《昕夕闲谈》的翻译与连载 /156

第三节 早期《申报》的西学知识与世界眼光 /166

一、近代第一份文学期刊《瀛寰琐纪》的创立 /168

二、早期《申报》的域外竹枝词 /177

三、蒋其章的域外行旅 /187

第四章 《申报》文人与海上唱酬之风的形成 /192

第一节 《申报》主笔蒋其章建立的海上文坛 /192

一、洋场竹枝词与文人投稿意识的建立 /193

二、蒋其章主持的四次消寒雅集 /202

三、由报刊传播空间延伸的文人交际 /214

第二节 葛其龙主持的海上文坛 /224

一、葛其龙的生平与文坛盟主的地位 /224

二、《申报》刊载的葛其龙北闱唱和事件 /234

三、从报刊空间发展而来的文人私谊 /248

第三节 袁祖志与沪上文人交际网络的建构 /261

一、袁祖志与海上竹枝词的兴起 /261

二、杨柳楼台：海上文人的唱酬之所　/270

　　三、袁祖志的域外行旅与文人交际网络的建构　/281

第五章　《申报》小说的刊发与文学谱系的重建　/293

　　第一节　晚清翻译小说兴起的历史动向与文学表征　/293

　　　一、早期《申报》登载的翻译小说　/294

　　　二、小说界革命及新小说的兴起　/298

　　　三、域外小说译本的繁荣　/307

　　第二节　《申报》复刊新小说的媒介环境　/310

　　　一、晚清文艺报刊小说的繁荣　/311

　　　二、《时报》《新闻报》等日报小说的繁荣　/317

　　　三、《申报》新小说刊登的酝酿期　/326

　　第三节　《申报》新小说的刊登　/333

　　　一、《申报》新小说的复刊　/334

　　　二、1911 年之前的《申报》小说刊载　/340

结　语　/344

　　一、《申报》文学谱系的历史分期　/346

　　二、《申报》文学谱系的性质与成因　/352

附　录　《申报》影印本（第 1 册）发表旧体诗汇编　/364

参考文献　/445

后　记　/452

第一章 地域根源与文学表征

所谓"历史是地理的骨象,地理是历史的舞台",文学流派、文学风格与历史地理有着深刻的渊源。因此,要探讨《申报》的文人群体与文学谱系的流变,首先要探究是什么样的历史原因使得这些文人在晚清民初麇集沪滨,是什么样的时代契机使得《申报》兴起于上海一隅,又是什么样的地域与文化的传统决定着《申报》文学谱系的建构与呈现。

第一节 租界建立与近代上海的崛起

元世祖时期,上海之名已见于史乘,古代的上海建立在一片沙洲上,为长江入海淤泥所结成。追根溯源,上海的简称"沪",指明上海最初是一个渔村,为往来停泊之所。明末清初,上海还是一个仅十条小巷的蕞尔小邑,那个时候,上海频繁被倭寇骚扰,因此,在明嘉靖三十年(1551)政府为抵御倭寇而修筑城垣,上海县城才有了正式的城墙。

鸦片战争以前,上海只是局促在海岸边的一个小县城,不论在政治、经济还是文化上,上海都远不如其他城市重要。在政治方面,上海并不占有重要地位,晚清以前,上海从来没有成为重要的行政中心。上海既不是一省的中心,也不是府级的城市,而只是一个普通的县城。直到清代后期,上海才成为苏松太道的驻地。鸦片战争以后,苏松太道因为处于与外国人交涉的重要位置,上海才逐渐成为重要的行政中心。而晚清上海政治地位提升的原因与其说是当局者的自觉防御,不如说是由于西方人对上海这一天然交通枢纽的觊觎。

就经济方面而言,道光二十二年(1842)以前,广州是中西互市的唯一口岸,是东亚最大的市场。当时的广州也是西方人进入古老中华帝国的唯一入口,无论是西方传教士、洋行商人还是外交官都必须经由广州出入中国。

然而,身处边缘地位的上海却有着特殊的潜质,比如,上海位于长江入海口,拥有发达的内河航运可以通往内陆腹地,经由水路交通,它能够和中国三分之一以上的地区联系起来。从地理位置来说,上海比广州更接近中国的产茶区和产丝区。早在1835年,途经上海的传教士麦都思(Walter Henry Medhurst)就曾预见上海未来的发展前景:"十月九日,我们乘船(从吴淞出发)前往上海。上海虽说是三等城市,却是中国东海岸的最大商业中心之一。这里毗连富庶的苏杭地区,来自中国内地的绫罗绸缎和来自西方世界的新奇商品汇聚于此。此地的贸易如果不是超过,至少等同于广州。"① 仅仅过了10年,麦都思的预言就实现了。1843年以后,上海逐渐从一个毫不起眼的小县城发展成远东地区最繁华的现代都市,而其转折点正是第一次鸦片战争以及由此带来的直接后果——五口通商。

道光二十二年(1842),中英签订《南京条约》,清政府开辟广州、厦门、福州、宁波和上海为通商口岸。英国人精心挑选了五个沿

---

① 沈国威编著:《六合丛谈》,上海辞书出版社2006年版,第159页。

海城市作为对外贸易的开放港口,其直接后果是中外贸易中心由广州转移到上海。正如马克思所指出:"在第一次对华战争以前,英国人只限于在广州经商。让出五个新口岸来开放,并没有造成五个新的商业中心,而是使贸易逐步由广州移到上海,这一点可以从关于1856—1857年各地贸易状况的议会蓝皮书援引的下列数字看出来。"①

表1-1 1844—1856年间英国进出口贸易额

年代	由英国进口的贸易额(美元)		对英国出口的贸易额(美元)	
	广州	上海	广州	上海
1844	15 500 000	2 500 000	17 900 000	2 300 000
1845	10 700 000	5 100 000	27 700 000	6 000 000
1846	9 900 000	3 800 000	15 300 000	6 400 000
1847	9 600 000	4 300 000	15 700 000	6 700 000
1848	6 500 000	2 500 000	8 600 000	5 000 000
1849	7 900 000	4 400 000	11 400 000	6 500 000
1850	6 800 000	3 900 000	9 900 000	8 000 000
1851	10 000 000	4 500 000	13 200 000	11 500 000
1852	9 900 000	4 600 000	6 500 000	11 400 000
1853	4 000 000	3 900 000	6 500 000	13 300 000
1854	3 300 000	1 100 100	6 000 000	11 700 000
1855	3 600 000	3 400 000	2 900 000	19 900 000
1856	9 100 000	6 100 000	8 200 000	25 800 000

图表来源:《马克思恩格斯全集》(第12卷)

---

① 马克思:《中国和英国的条约》,载《马克思恩格斯全集》(第12卷),人民出版社2018年版,第624页。

正如表1-1所显示的,1844年至1856年,在短短的12年时间里,广州和上海作为两个重要的港口城市,其进出口贸易额度的变更显示了这两个通商口岸在10年间地位的巨大变化。从由英国进口的贸易额来看,1856年上海从英国进口的贸易额虽然还比不上广州,但是较之1844年,上海呈现出逐渐缩小与广州之间差距的趋势。而对英国出口的贸易额方面,1856年上海出口英国的贸易额已经远远超过广州,其数量达到广州的三倍多。

虽然开埠之初,广州的贸易额还是远远领先于其他口岸,但是随着对外贸易的不断发展,上海很快显示出强劲的发展势头。到了19世纪60年代末,上海对外贸易出口总额持续超过3000万海关两,约相当于广州出口额的三到四倍。1869年上海的全部进口货值将近4900万海关两,而广州则不过500多万海关两,只相当于上海的九分之一。① 这种比例在60年代以后基本上维持不变,而广州以外的其他口岸的进出口贸易,除了第二次鸦片战争后新开的汉口增长比较快外,同期都处于相对稳定的状态。因此,从60年代起,上海已不可逆转地取代广州,成为中国对外贸易的中心。有人对这时的上海作了颇为恰当的譬喻:"盖上海一埠,就中国对外贸易言之,其地位之重要,无异心房,其他各埠则与血管相等耳。"②

比统计数据更为直观的是,英国植物学家福钧(Robert Fortune)曾目睹开埠不久的上海港口对外贸易的繁荣景象:

> 上海是中国沿海对外贸易上最为重要的商港,因此吸引着国

---

① 姚贤镐编:《中国近代对外贸易史资料:1840—1895》(第3册),科学出版社2016年版,第1611—1612页。
② 唐振常:《上海史》,上海人民出版社1989年版,第223页。

际方面很大的注意。我所熟悉的城市中，没有其他城市具备上海那样的优点。上海已成为通往中华帝国的大门，实际上就是主要的入口港。溯（黄浦）江而上，驶向上海县城时，但见帆樯林立，即刻就显出它是一个巨大的国内贸易中心。帆船从沿海各地开到上海来，不仅来自南方各省，而且还有从山东和北直隶来的；每年还有相当数目的帆船，从新加坡和马来群岛开来此地。上海内地运输的便利也是举世无匹的。这个地区（指江南平原）既属长江流域，所以是一片广大的平原，有许多美丽的河流交错其间，而这些河流又被运河网连贯起来。有些运河很像自然河流，而另一些则是人工的伟大工程。由于此地地势平坦，潮水的涨落深及内地，这样就帮助了当地人民把出口货运至上海，或者把进口货运往遥远的内地。上海这个口岸麇集着从事内地运输的各种大小船只，旅客在内地旅行时，随处都不断碰到这些船只，在岸上也常瞥见其帆影。自上海开埠以来，这些船只运来大量茶叶和生丝，供应已在上海开业的英商的需要，回程则载去欧美制造品。我们英国的平纹白棉布最合中国人的需要，因为他们可以按中国特殊风尚加以染色，使之适合人民的爱好。①

近代上海的繁荣，除了口岸的开放之外，还有一个重要的因素，即租界的建立与繁荣。1843年11月17日上海宣布正式开埠。1845年11月29日，苏松太道宫慕久与英国领事巴富尔（George Balfour）签订《上海土地章程》："划定洋泾浜以北，李家庄以南之地，准租与英国商

---

① 姚贤镐编：《中国近代对外贸易史资料：1840—1895》（第1册），科学出版社2016年版，第561—562页。

人，为建筑房舍及居住之用。"① 这便是上海公共租界最早划定的范围。

对于上海县城的本地人来说，沪北这一块土地当时只是上海城外的一片荒野农田，大部分为"卑湿之地，溪涧纵横，一至夏季，芦草丛生，田间丘墓累累"②。它的东部，也就是今天外滩沿江一带，当时是一片荒芜的浅滩，除长满芦苇外别无他物。沿滩有一条狭窄的泥路，供船夫拉纤时行走。实际上只是一片潮涨滩淹、潮落滩现的滩涂。它的北面，有一个叫李家庄的小渔村，由于位于黄浦江与吴淞江交汇处，鸦片战争时清政府曾在此设立过一个未曾发挥过什么军事作用的营垒，战争结束后就已荒废，四周有沟围绕，还能依稀辨出当时的炮台旧迹。③ 据《法华乡志》记载："上海一隅，本海疆瓯脱之地，有元之时，国家备海寇，始立县治。于浦滨斥卤方升，规模粗具。自明至让清之初，均无所表见。时市肆盛于南城，城之北，荒烟蔓草，青冢白杨，其农户烟村，多散处于西、南二境。"④ 直到1848年，初来上海探望父亲的王韬所见上海县城以北的租界还十分荒凉，仍然是一副典型南方荒凉村庄的样子："北门外虽有洋行，然殊荒寂，野田旷地之余，累累者皆冢墓也。其间亦有三五人家，零星杂居，类皆结茅作屋，种槿为篱，多村落风景，殊羡其幽。"⑤

然而对西方人来说，这一片连通入海口和内地河道的浅滩却蕴藏着无限商机。早在开埠前一年，巴富尔就随同英方驻华代表璞鼎查（Henry Pottinger）到过上海，参与了英军选划居留地之事。他自己是这样描述这次旅行的："当我们沿扬子江下驰，访问上海时，璞鼎查

---

① 蒯世勋等编著：《上海公共租界史稿》，上海人民出版社1980年版，第308页。
② 岑德彰编译：《上海租界略史》，文海出版社1971年影印版，第17页。
③ 胡祥翰：《上海小志》，上海古籍出版社1989年版，第1页。
④ 王钟：《法华乡志》，胡人凤续纂，民国十一年（1922）铅印本，第5页。
⑤ 王韬：《漫游随录》，社会科学文献出版社2007年版，第29页。

爵士指示我，要我到上海城附近各处视察一番，并为设置居留地这个目的，选择一个合适的地点。为此，我曾会通当时上海的中国当局，指定了上海县城以北、以东一块地皮作为居留地，因为在这里的中国人很少，而且有一种自然的疆界，还有一条约三千六百英尺长的江岸，商船在这里江面上停泊，既方便又安全，沿江向内地航行，又有广大的农村。"①

英国人独具慧眼，看出了外滩的重要性。外滩邻近商业发达的县城，又无城墙的限制，且有广阔的发展余地。通过吴淞江，可以与江南地区富裕的广大腹地相通，又可出吴淞口溯长江而上，深入中国内地。无论从政治军事还是从经济贸易上讲，它既是深入中国内地之前的立足点，又足以扼住上海县城的咽喉，控制它就控制了整个上海。难怪几年后当法国建立起它在上海的第一块租界时，法国领事敏体尼也看中了英租界与县城之间紧邻英租界的余下一段外滩，并且也同英国人一样"看出这个地段有许多优点。首先，交通方便，三面都沿着可航行的水路（黄浦江和两条河浜），对运转货物极为重要。其次，也是主要一点，它靠近商业中心。……这是绝妙的一着"②。

1845年11月租界初步划定之后，正是在这样一片"潮来没入水中，潮去则否"③的荒芜的泥地上，一个租界的雏形渐渐形成并飞速发展起来。而在上海租界的发展过程中，由于战乱所造成的租界人口增长亦是洋场繁荣的重要推动力。

上海自建立租界之后，上海及周边地区共经历了三次战乱，其中

---

① 汤志均主编：《近代上海大事记》，上海辞书出版社1989年版，第11页。
② 〔法〕梅朋、傅立德：《上海法租界史》，倪静兰译，上海译文出版社1983年版，第35页。
③ 岑德彰编译：《上海租界略史》，第17页。

影响最大、持续时间最长的分别是1853年的小刀会围攻上海和1860年的太平天国起义，王韬在《瀛壖杂志》中曾提道："沪上自二十年中三经兵燹：道光壬寅也，咸丰癸丑也，同治壬戌也。壬寅海警，西兵无意踞城，仅作五日留，故不至过于蹂躏，惟城内外空屋多付一炬。癸丑粤、闽会匪戕官作乱，与官军相持十有八月，大、小东门城外，悉成一片瓦砾场。贼去城空，官军遂入纵火焚烧，东南半城顿为灰烬。咸丰庚申，金陵发逆迭陷苏、常，疾驰东下。自是年秋七月至同治壬戌九月，松、沪一带，贼踪遍地，附城村落为墟。国家承平日久，文恬武嬉，遂使吴疆险垫，弱于藩篱。"①

1853年9月7日小刀会起义军占领上海县城，与清军的对抗持续到1855年2月；1860—1862年太平天国军队曾三次进攻上海。频繁的战乱与动荡的局势，迫使上海县城居民乃至周边江浙一带的富户涌入租界。

当时在墨海书馆工作的管小异曾向王韬讲述小刀会战乱中逃亡的惨烈景象："城陷后，捐躯殉难，阖室自焚，及阵亡被杀者，不下二万人。满城中死尤惨烈，五万人仅存四百数十人而已。……狂寇之兴，首尾九年，踞窃金陵，已越六载。今官军攻围得手，渐附城垣，毒焰稍熠，势将瓦解。奈捻匪张乐形结连滋扰，上游复通，贼粮得以援济，而恢复又无时矣。天乎！何斯民之重不幸也？"②而咸丰十年（1860）六月间，身在租界的王韬也曾亲见南京难民纷纷涌入租界避难的情景："夕阳在山，晚风多凉，同阆斋散步环马场，见金陵难民络绎而至，鸠形鹄面，殊不忍睹。"③

---

① 王韬：《瀛壖杂志》，上海古籍出版社1989年版，第45页。
② 王韬：《王韬日记》，汤志钧、陈正青校订，中华书局1987年版，第52—53页。
③ 王韬：《王韬日记》，汤志钧、陈正青校订，第183—184页。

小刀会和太平天国起义造成上海周边地区人民纷纷涌入租界寻求保护，一方面使得租界人口激增。据统计，1853 年前租界华人仅 500 人，1855 年公共租界华人激增为 2 万人；1890 年公共租界人口达 16.7 万余人，法租界人口为 4 万余人，其中外国人合计 3821 人，其余均为华人。华人大量涌入并通过租赁定居租界，出现"华洋杂居"的局面。① 另一方面使得租界的地价飞涨，"当太平军进逼之际，中国官绅，群趋租界，所有房屋，咸有人满之患，即在河浜之内，大小船只，轴舻相接，居民不逃之租界，则逃之浦东，乘舢板渡浦者，索价至二十元。租界内人口骤增至三十万，生活程度，亦随之继长增高，昔日每哀克（英亩）之地，可以四十六至七十四金镑购得者，今则索价至八千镑至一万二千镑云"②。

在战乱纷起的时期，上海一隅的租界代表了安定的政治环境、有序的城市规划、繁荣的商业和举业仕途之外更多的就业机会。在时人心中，"混在杭州城里，一万年也不会有什么机缘。上海是通商口岸，地大物博，况且又有租界，有什么事，可以受外人保护的"③。且在上海租界，只要有一技之长，便一定能混口饭吃。因此，上海周围以及江浙一带的富商大贾纷纷逃难来到租界；举试不利的一些中下层文人与操各种方言的百姓也一起涌入租界，为上海经济提供了充足的人才和劳动力资源。同时，十里洋场的外国人，为上海社会带来了生产方式、商业经营和生活风尚的种种变化。一时间上海滩人口聚集、百业兴盛，出现了前所未有的繁华景象，为近代报刊的创办和发展做好了充分的经济、技术和读者资源的准备。

---

① 蒯世勋等编著：《上海公共租界史稿》，第 10—16 页。
② 岑德彰编译：《上海租界略史》，第 66 页。
③ 邅园：《负曝闲谈》，上海古籍出版社 1985 年版，第 65 页。

开埠初期的上海，由于商业与经济的繁荣所带来的城市的崛起，变化日新月异，其样貌正如1848年重返上海的福钧所看到的："我在英国住了将近三年之后，现在（1848年9月）又坐在上溯黄浦江开往上海的一只中国小船里了。驶进上海时，我首先看到的是樯桅如林，不仅是前次来上海时引人注意的中国帆船，而且还有颇多的外国船只，主要来自英国和美国。……除了航运以外，更使我惊异的是江岸的外观。我曾听说上海已经建造了许多英美的洋行，我上次离开中国时，的确有一两家洋行正在建筑；但是现在，在破烂的中国小屋地区，在棉田及坟地上，已经建立起规模巨大的一座新的城市了。"①

第二节 近代报刊业兴起与《申报》创刊

上海租界兴起之后，随着商业经济的日益发展和西方人传教中心的北移，越来越多的传教士带着印刷机器和技术来到上海，创办以传教为目的的现代报刊。随后，报刊从以传教为目的的外报转变为服务于现代商业的中文报纸，且不断涌现，越来越多的报刊在上海创刊、经营、竞争和发展，而《申报》正是其中的佼佼者。

一、"邸报"与第一份中文报刊的创立

中国报刊业的起源，最早可以追溯到汉唐时代，当时官方盛行一

---

① 姚贤镐编：《中国近代对外贸易史资料：1840—1895》（第1册），第562页。

种刊载皇帝诏令、诸臣奏议和官吏升降信息的官方"报纸",被称为"邸报"。戈公振在《中国报学史》中谈到邸报的起源:"邸,《说文》'属国舍也'。《汉书》注:'郡国朝宿之舍,在京师者率名邸。邸,至也;言所归至也。'……邸中传抄一切诏令章奏以报于诸侯,谓之'邸报'。犹今日传达消息之各省驻京代表办事处也。"①

在汉代和唐代,"邸"是供地方要员赴首都出差时的住所或总部,因为重要的官场消息是被誊抄后送到这些宅门里的,所以邸报又被称为"宫门钞"。而各个地方首府出版的与邸报内容与功能相似的公报则被称为"辕门报"或"辕门钞"。所谓辕门指的是高官的府邸或衙门。很显然,无论是"邸报"还是"辕门钞",都是公报性质的官方信息发布平台。正如卫三畏(Samuel Wells Williams)1848年在《中国总论》(*The Middle Kingdom*)中所说:"京报一般为城市的上层社会和知识分子所阅读和谈论,会使他们更多地了解统治者的品格和行动,超过了罗马人对其君主和参议院的了解。在各个省里,数以千计的人为买不起完整版的读者抄写和缩写公报。"②

就其内容而言,美国学者白瑞华认为邸报是一种被家族文化左右并体现着中国伦理纲常的公报,其目标群体是广大的学者型官员:"公报模式经过演变曾经一度适合中华帝国主义的宣传需要,满足学者型官僚的新闻口味,是统治体系中的一个强大因素,把分布广泛、族群各异的民众凝聚成一个帝国,孙中山把这样的民众称之为'一盘散沙'是非常贴切的,他们在生活中对帝国事务不闻不问,也不受于一种国家意识约束。……左右公报新闻的文化是一种家族文化,体现

---

① 戈公振:《中国报学史》,生活·读书·新知三联书店2011年版,第25页。
② 〔美〕白瑞华:《中国近代报刊史》,苏世军译,中央编译出版社2013年版,第25页。

着伦理纲常。"①

到了清初,邸报被改名为《京报》,但戈公振认为无论是邸报还是《京报》,都是适应政治需要而产生的,形式简单,内容单一,因此,它们仅仅具有报纸之雏形,而并不是现代报学意义上的新闻纸:"自报纸历史上言之,'邸报'之产生,为政治上之一种需要,汉唐当藩镇制度盛行时,其驻在京师之属官,皆有'邸报'之发行。其记载甚简单,无非皇帝诏令,诸臣奏议,与官吏升降而已;清初改称《京报》,其性质与前代无异。狭义言之,'邸报'与《京报》不过辑录成文,无评论,无访稿,似不足称之为报纸,然当时消息公开传布,惟此类物则谓其已具报纸之雏形,亦固无可非议也。"②

戈公振在《中国报学史》中给现代报纸下的定义是:"报纸者,报告新闻,揭载评论,定期为公众而刊行者也。"③ 按照戈氏的定义,邸报和《京报》都不属于现代报纸,目前学界公认的第一份现代中文报纸是英国传教士米怜(William Milne)于清嘉庆二十年(1815)八月五日创刊于马六甲(Malacca)的华文月刊《察世俗每月统记传》(原名 Chinese Monthly Magazine)。该报自嘉庆二十年(1815)起至道光元年(1821)止,凡7卷,574页,是外国人创办的第一份中文报纸。

《察世俗每月统记传》最初每期印500册,后增加到2000册,每逢广东省县试、府试的时候,由米怜的助手梁发携带前往考棚,与宗教书籍一同分送。剩下的则由朋友趁游历之时,销售于南洋群岛、暹

---

① 〔美〕白瑞华:《中国近代报刊史》,苏世军译,第30页。
② 戈公振:《中国报纸进化之概观》,载《中国近代报刊史参考资料》(上册),中国人民大学1982年编印版,第1页。
③ 戈公振:《中国报学史》,第8页。

罗、交趾等东南亚各地华侨荟萃之区。该刊物有少数几期是由马礼逊、麦都思及梁发三人编辑，其余均出自米怜之手。虽然米怜将刊名《察世俗每月统记传》释义为"一份普通的阅读记事录，包括对社会舆论和实践的调查"①，但另一方面，米怜又申明刊物服务于宗教事业："办刊的初衷在于这个小出版物会把普通知识的传播与宗教和道德结合起来，包括对当前公共事件的通告，唤起反思和调研，这看来是合乎情理的。促进基督教发展是其主要目标；其他题材的处理虽然与此为从属关系，但也不被忽视。知识和科学是宗教的侍女，可以成为道德的辅助工具。"② 因此，归根结底，《察世俗每月统记传》虽然客观上传播了一些新闻和科学知识，但其本质仍然是为宗教事业服务的工具。

从严格意义上来说，《察世俗每月统记传》创刊于南洋，因此，1833 年郭士立（Karl Friedrich August Gutzlaff）在广州创办的《东西洋考每月统计传》才是真正意义上的中国现代第一份中文报刊。据戈公振考证，"《东西洋考每月统记传》（原名 Eastern Western Monthly Magazine），自道光十三年起至十七年止（一八三三至一八三七年），凡四卷。最初发刊于广州，所载为宗教、政治、科学、商业与杂俎等，后由郭实猎（Charles Gutzlaff）主持，迁至新加坡。至道光十七年，又让与在华传播实用知识会（The Society for the Diffusion of Useful Knowledge in China）。此报发刊于中国境内，故我国言现代报纸者，或推此为第一种，因前三种皆发刊于南洋也"③。不过，这份报刊也仍然是西方传教士主持的为宗教事业服务的传播工具。

第一次鸦片战争之后，英华书院由马六甲迁至香港，伦敦布道会

---

① 〔美〕白瑞华：《中国近代报刊史》，苏世军译，第 33 页。
② 〔美〕白瑞华：《中国近代报刊史》，苏世军译，第 34 页。
③ 戈公振：《中国报学史》，第 65—66 页。

的麦都思、理雅各（James Legge）、伟烈亚力（Alexander Wylie）、美魏查（William Charles Milne）等一众传教士带着印刷机器和铅字前来传教，报刊业亦随之兴盛。

1853 年，中文期刊《遐迩贯珍》（*Chinese Serial*）在香港创刊。该刊每年发行于香港，每册自 12 页至 24 页。初由麦都思任主笔；次年，由奚礼尔（C. B. Hillier）任主笔；咸丰六年（1856）改由理雅各任主笔。旋即停刊。咸丰七年（1857），《六合丛谈》（*Shanghai Serial*）发刊于上海。每月一册，所载为宗教、科学、文学与新闻等，大半出自伟烈亚力之手，余系投稿。与《察世俗每月统记传》等早期传教士传播的报刊相比，《六合丛谈》以更为隐晦的方式传教，刊物中涵盖了大量的天文学、地理学、力学等西学知识，当时在墨海书馆任职的王韬参与了《六合丛谈》稿件的润色和编撰。"《六合丛谈》在中国新闻事业发展史上的价值，在于开创了一种使中国文人进入新闻业圈里活动阻力较小的门径，这就是外国人出面，中国人办报的'秉笔华士'模式。"[①]

简单追溯中国报学源头，我们发现，与上海的政治、经济地位相一致的是，上海在最初并不是现代报刊业的源头。古代上海因为不是重要的行政单位，甚至无权办报。

"邸报和《京报》都由朝廷所特许的人在北京抄送或印刷。在京师以外则由提塘、驿站递送。各地也有被特许的翻印点，但上海及其相邻各县区都不是被特许翻印点。"[②] 而在鸦片战争以后，随着西方人传教重心的北移及租界经济地位的日益提升，上海逐渐成为现代中国

---

① 马光仁主编：《上海新闻史：1850—1949》，复旦大学出版社 1996 年版，第 35 页。

② 马光仁主编：《上海新闻史：1850—1949》，第 1 页。

报刊业的重镇。

二、从商业报纸中脱颖而出的《申报》

1843年上海开埠以后，西方人带来的报刊业，除了要服务于宗教事业之外，还需要为侨民的商业活动和日常生活提供更多的信息资讯，现代商业报纸遂在沪滨一带悄然兴起。

道光三十年六月廿六日（1850年8月3日），《北华捷报》（North-China Herald）在上海创刊，这份英文报纸的问世成为我国近代新闻事业的起点。

从形式上来说，《北华捷报》具有十分完整的近代新闻报纸结构。"英文《北华捷报》创刊号，第一版以广告为主，也有几则重要消息……广告有上海主要的洋商店铺、保险公司、房地产业、拍卖行、银行等的各种营业告白。第二版刊出两篇评论：《致读者书》和《谈我们现在及将来与中国的关系》。第三版主要内容为本市与中国乃至南洋印度各商埠的消息。第四版刊登了大量船期广告，进出口贸易统计录和我国的《京报》选录。"①

从办报目的来说，《北华捷报》不再以阐发基督教教义为唯一要义，而是为了"开放上海"，服务于上海租界的侨民的商业活动和日常生活。奚安门（Henry Shearman）在《北华捷报》创刊号上所刊出的《致读者书》一文中，已表达了该报出版的缘起和宗旨："由于上海开埠已有六年。而不到五年的时间，上海已成为亚洲第四大港口；四个月以前，上海与香港之间已开辟了定期航线。"因此，"我们认为

---

① 马光仁主编：《上海新闻史：1850—1949》，第11—12页。

创办一个报刊的时机已经来到",他办报的目的是"要为本埠造成最有利益的东西"。①

《北华捷报》之后,在上海占有重要影响力的英文报纸是《字林西报》。咸丰十一年(1861)正月,《字林西报》(North-China Daily News)的中文版《上海新报》创刊,其英文名称为 The Chinese Shipping List & Advertiser,直译为《中文船期广告纸》。该刊"洋纸两面印,大小约抵普通报纸四分之一。每二日出一纸,星期日亦停刊。由伍德(Wood)、林乐知等编辑。其新闻大半译自《字林报》,余则转录《京报》及香港报纸"②。从1861年至1871年,《上海新报》稳稳居于上海报坛第一中文报刊的位置,直到1872年4月30日《申报》创刊之后,《上海新报》遭遇到强劲的竞争对手,才急谋改弦更张,改为日刊,核减报价,刷新内容,但仍然不敌《申报》的势头,遂在1872年年底宣布停刊。

1872年,英国人美查(Ernest Major)在上海创办《申报》。安纳斯托·美查最初和他的哥哥在中国贩卖茶叶,精通中文。后来茶叶生意受挫,急谋他业。当时担任买办的江西人陈莘庚看到《上海新报》畅销沪滨一带十年,遂劝说美查办报,同时还向美查推荐了他的同乡江西人吴子让作为报馆的主笔。此后,美查苦心经营,《申报》很快就在上海站稳了脚跟,并给美查带来了巨额的利润回报。关于《申报》创立的过程,戈公振在《中国报学史》中有完整的记录:"《申报》发刊于同治十一年(一八七二年)三月二十三日,为英人美查所有。美查初与其兄贩茶于中国,精通中国语言文字。某岁折阅,思改业。其买办赣人陈莘庚鉴于《上海新报》之畅销,乃以办报之说进,

---

① 马光仁主编:《上海新闻史:1850—1949》,第13页。
② 戈公振:《中国报学史》,第72页。

并介其同乡吴子让为主笔。美查赞同其议,乃延钱昕伯赴香港,调查报业情形,以资仿效。时日报初兴,竞争者少,其兄所营茶业亦大转机,故美查得以历年所获之利,先后添设点石斋石印书局、图书集成铅印书局、申昌书局、遂昌火柴厂与江苏药水厂等。"①

《申报》创办时的情景,胡道静在《申报六十六年史》中云:"《申报》为英人美查与友人伍华德(C. Wordward)、朴卖懿(W. B. Pryer)、约翰·瓦其洛(John Wachillop)四人合办,每人出股本规银四百两,于一八七一年五月十九日,即前清同治十年四月初一日,订立合同,创办一张中国文字的日报。"② 事实上,英人美查在1871年就和伍华德等人签订了一张合同,准备创办一份华文报纸。但是《申报》的创刊号,却是在第二年的4月30日(即农历壬申三月二十三日)才出刊的。

美查创办《申报》于中国新闻事业由洋商主导的时代,因此,社会上有一些人对美查创办《申报》的目的深感怀疑:"有英人美查者,在沪创办公司,经营江苏药水厂、火柴厂、集成图书公司、点石斋等,而《申报》即其所营事业中之一部分也。时沪上未有报纸,而美查独手先创办;在我人今日观察,必谓其有何种野心,或欲借以操纵舆论,或欲借以侵略文化。然在当时之美查,确未有此种深意,不过视为营业上之宣传而已,故自创办《申报》后,一切俱委华人经营,初执笔政者为蒋芷湘,继为何桂笙、钱昕伯等。"③

光绪十四年(1888),年届七十的美查忽动故国之思,于是添招

---

① 戈公振:《中国报学史》,第72—73页。
② 胡道静:《申报六十六年史》,载《本报简史》,《申报》1947年9月20日。
③ 张默:《六十年来之申报》,载申报馆:《申报馆概况》,申报馆1935年版,第28页。

外股，改为美查有限公司，而收回其原本，并请其友阿拍拿及芬林等人代为主持。① 黄协埙在《本报最初时代之经过》中对美查出让申报馆的心态记录得颇为详尽："阅岁，美查欣然曰：'我之心力已瘁矣，我之名誉已扬矣，我以《申报》所获之利，添设点石斋石印书局、图书集成铅印书局、遂昌火柴厂、江苏药水厂，已次第告厥成功矣。急流勇退，正在此时。'乃将申报馆改为公司，已则航海返故国。公司诸务，委芬林及阿拍拿二君代之，二人皆英国籍，美查盖同乡也。"②

1908年3月，美查在英国病逝，《申报》曾刊登了一篇题为《报馆开幕伟人美查事略》的文章，其中谈到美查19世纪70年代创办《申报》的筚路蓝缕之功：

> 夫人之足以永垂不朽、名著史册者，岂仅立德立言之士云尔哉！亦在识时务、开风气、兴实业、造时世之英雄耳。洵是，则美查之事有足述矣。美查，英人也，于同治初年来申营洋布业，能通中国言语文字，于同治十一年三月二十三日创办申报馆。点石斋、图书集成印书局、江苏药水厂次第建设。其时上海虽已通商，而报馆印刷诸业尚未发达，故美查专以开通风气，整兴实业为己任，不仅区区为一己之利益已也。嗣以年老归国，所办各事，委人经理，顾其功伟矣。昨本馆接美查逝世电耗，为之怃然者久之。美查享年七十有几，功成名立，耄耋而终，其志固可无憾。惟当报馆日形发达，工艺日益进步之秋，不能不大其开幕之

---

① 参见戈公振：《中国报学史》，第73页。
② 黄协埙：《本报最初时代之经过》，载申报馆编：《最近之五十年》，申报馆1923年版，第489页。

伟功而惋惜其人也。本馆爰为之述其事，以志哀悼。①

《申报》既不是近代中国第一份报纸，也不是近代上海第一份中文报刊，却能够在创刊的当年就使得已经经营了十年之久的《上海新报》被迫关停，并且能够从众多外报中脱颖而出，这一方面离不开外界的客观原因，比如《上海新报》局限于租界圈子，主要是为上海侨民服务等，而另一方面，也是更重要的原因在于《申报》经营者安纳斯托·美查立足于中国社会，任用中文主笔的气魄与眼光。正如戈公振在《中国报学史》中记载的，美查与他经营期间的《申报》在中国新闻史上留下了无数个开先河的事件：

> 美查虽为英人，而一以营业为前提，谓"此报乃与华人阅看"，故于言论不加束缚。有时且自撰社论，无所偏倚，是其特色也。光绪二年，以《申报》文字高深，非妇孺工人所能尽读，乃附刊《民报》，间日出一纸，每月取费六十五文。光绪十年，又附刊《画报》，每十日出一纸；一纸八图，所绘多时事，每纸取费八文，此为我国日报有增刊之始。……光绪七年，津沪电线初通，美查即用以传递谕旨。迨京津电线续成，朝野大事，亦间有以电报传递者，由是社会知阅报之有益。凡此荦荦大端，均当时所深为诧怪，而至今报纸尚有未能踵行者。至于增加材料，推广销路，免除误会，亦颇煞费苦心，逐渐前行。虽其间有效有不效，然美查开路之功，不可没也。②

---

① 《报馆开幕伟人美查事略》，《申报》1908年3月29日。
② 戈公振：《中国报学史》，第73页。

相比之下，《上海新报》最大的问题正在于始终局限在租界范围，"它主要靠船期行情和商业广告撑市面，新闻报道除太平军进军江南一段时期以外，基本上处于视同尾闾，聊备一格的局面，多登一些可以，少登些也无妨。新闻来源除偶有一些各地热心者的投书外，多半译自外刊外报，而且都是西方人的观念，国内来件多官场浮沉等动态消息，有价值的言论稿基本没有。这都是《上海新报》的弱点，因此《上海新报》很难走出洋行做生意登广告的圈子，发行数十年来始终未突破期发 400 份的水平。这也给得《申报》的异军突起，造成了可趁之机"①。

与《上海新报》主要为上海侨民服务不同，美查自《申报》创刊之初即将这份报纸当作一份商业报刊来经营，在他主持《申报》的 27 年时间内，始终坚持创新意识，任用吴子让、蒋芷湘、钱昕伯、蔡尔康等一批华人主笔，不断创新，创办《瀛寰琐纪》《点石斋画报》，创设申昌书局等，积极开拓与培养各个层面的读者群体。

《申报》重视言论，自创刊第一号起差不多每天一篇，刊登在头版头条，很少间断；新闻报道方面，《申报》在翻译外报和转载香港等报刊提供的新闻材料的同时，特别注意社会新闻的采访，绘声绘色做细致的报道；在文学作品方面，第一期《本馆告白》就宣布"如有骚人韵士有愿以短什长篇惠教者，如天下各名区竹枝词，及长歌记事之类，概不取值"，广泛调动传统文人的投稿积极性；在广告方面，《申报》打破了《上海新报》主要刊登洋行广告的惯例，把广告范围扩大到上海各戏馆上演戏目，为新开菜馆及新办游乐场做宣传的报道，从多方面满足华人应酬社交的需要。②

---

① 参见马光仁主编：《上海新闻史：1850—1949》，第 58 页。
② 参见马光仁主编：《上海新闻史：1850—1949》，第 58—60 页。

此外，美查自称"尊闻阁主人"，与他所聘用的华人主笔之间既是主客关系，又是师友关系。比如，美查在《申报》创刊前，派钱昕伯前往香港向王韬请教办报事宜，同时还让钱昕伯把王韬的《淞隐漫录》带回上海，以便日后在《申报》刊发。江西人吴子让是《申报》最早聘用的主笔之一，1878年7月3日（光绪戊寅六月初四）吴子让因病逝世，美查以"尊闻阁主"的笔名在第二天《申报》的头版头条上刊登了一篇情深意切的悼念文章：

> 岁戊寅六月初四日壬午，老友吴君卒于上海之寓所，其子某奉君遗骸于翌日癸未入殓礼也。按君讳嘉廉，字子让，江西建昌府南丰县人。少负大志，于学无所不窥，以太学生应省试，屡踬棘闱。值天下多事，慨然定澄清之局，遂弃帖括业，挟策遍干当事。历游滇黔关陇燕豫齐楚间，郁郁无所遇。既而谒曾文正公于戎幕，公一见如故，凡军国大事半以谘之。君阅历既多，所学益进，运筹帷幄，动能匡公之所不逮，遂由军功保留湖北，以知县即补，荐升直隶州知州加运同衔。吴氏本簪缨门第，至君乃益振家声。顾性淡荣利，不乐仕进，戎事粗定，解组而归，以上海为通商总汇地，足以觇中外之时势，襆被来游。时仆适倡设《申报》，慕君名，以礼延请来馆，六载之中，崇论闳议大半出君手，远近观者仰君如山斗，仆亦深相依赖。不图一旦遽痛人琴，享年六十一岁。呜呼哀哉！君至性纯笃，家庭之间相处以让，其病也实缘气体素亏，兼目击西北旱荒，施救无术，心常抑郁，遂抱沉疴。然犹冀吉人天相，尚有挽回，而不料其竟至于斯也。呜呼哀哉！
>
> 诔曰：思君之容，岩岩古松；思君之才，清无点埃；思君之

行,行简居敬。相视莫逆,六年一日,二竖忽侵,维摩示疾,昊天不吊,玉楼遽召。子年幼稚,君死谁恃?君志未伸,君名常新,独怜我身,顿亡嘉宾。濡笔鸣悲,涕泗涟洏,灵如有知,尚其鉴兹。①

由这一篇情真意切的诔文来看,吴子让在《申报》创刊初期承担了重要评论文章的写作,美查也非常尊重吴子让,二人在早期报刊创办的艰辛过程中结下了深厚的友谊。

对于吴子让等第一批报馆文人来说,当时海内文人以举业为唯一要务,尽管在西人报馆工作能够拥有较为丰厚的薪水,但以社会眼光来看,仍属于不名誉的事业。美查除了在报刊业务上尊重华人主笔之外,还能够给予他们参加科举考试的自由。因此,早期申报馆的许多主笔、编辑如蒋其章、蔡尔康、金剑花等都有一边办报,一边参加科举考试的经历。其中《申报》第一任主笔之一蒋其章至少参加了1876年丙子恩科和1877年丁丑正科两次会试,并在1877年考中进士之后离开申报馆,赴敦煌任县令。换而言之,美查除了在情感上与华人主笔保持师友关系之外,还能够给予他们选择职业的自由,因此,《申报》创刊初期,美查周围聚集了一批优秀的中下层士人。

第三节 《申报》绘制的上海文学地图

《申报》创刊于1872年4月30日,从5月18日第15期开始便大

---

① 尊闻阁主:《诰封朝议大夫运同衔直隶州知州用湖北即补县吴君哀诔》,《申报》1878年7月4日。

量刊登以租界生活为主要内容的竹枝词,至 1875 年 7 月 5 日,《申报》共刊登了洋场竹枝词 702 首。这些竹枝词借由《申报》的传播空间,大量地、反复地言说着 19 世纪 70 年代上海外滩、洋行、马路、跑马场、西餐厅、茶楼、戏园、妓院等令人眼花缭乱的租界场景。

有研究者认为,在基本的文学要素中,文本与地点密不可分。甚至可以说,文学本身便可以视为地图集,是宇宙的想象地图,正如梅尔维尔(Herman Melville)在《雷德本》(*Redburn*)中所述:"在某种意义下,几乎所有的文学作品都是旅游指南。"① 从这个意义上来说,《申报》洋场竹枝词不仅凸显了现代都市空间意识,延伸了租界日常消费习惯,同时还栩栩如生地绘制出了一幅晚清上海文学地图。

一、外滩:视觉冲击与文明体验

上海租界像一块巨大的磁石吸引着上海县城与周边地区传统士人的目光。"上海一邑,自通商以后,城外泰西租界之内,光怪陆离,无奇不有,以余足迹所经之地,固未有繁华奢靡,向能过于此地者。……上海一邑,不过沿海偏隅,租界数里,不过贸易聚会,乃其繁华竟能过于诸处,岂非奇事乎?西人之楼阁连云,火灯耀日,东西洋之车往来,街市轮帆各种之舟排列于河,洋行所陈货物,百怪千奇,真有目所未见耳亦未闻。"② 每天,上海租界都在接纳无数从四面八方涌来观看洋场胜景的沪游者,而外滩上气象巍峨的西洋建筑则是租界带给他们最初的视觉冲击。

---

① 〔美〕布拉德伯里编:《文学地图》,赵闵文译,知书房出版社 2009 年版,第 1 页。
② 《论上海繁华》,《申报》1874 年 2 月 14 日。

当人们快要到达港口的时候，他们最先看到的将是黄浦滩上的帆樯林立，英国、美国、法国等国家的火轮船和货船，往来穿梭于这个繁忙的港口。其次便是黄浦滩上巍然屹立的英国总领事馆、怡和洋行、东方银行、字林报馆等气派的西洋建筑。这些以砖瓦为材料，有着露台的西洋建筑与上海县城低矮的草木房屋相比，像是缥缈的海外仙山，几乎震撼了每一位内地游客："上海自与泰西通商，时局一变。丁未仲夏，先君子饥驱作客，小住沪北。戊申正月，余以省亲来游。一入黄歇浦中，气象顿异。从舟中遥望之，烟水苍茫，帆樯历乱，浦滨一带，率皆西人舍宇，楼阁峥嵘，缥缈云外，飞甍画栋，碧槛珠帘。此中有人，呼之欲出；然几如海外三神山，可望而不可即也。"①

对于上海本地人来说，比外滩建筑更让他们感到震撼的是租界在短短几十年间迅速崛起的整个过程。人们或许还记得在不久之前，这里只不过是"一片泥滩，三数茅屋"，坟丘累累的泥地。因此，这种强烈的今昔对比，便成为许多洋场竹枝词的开篇：

> 吴淞口子犬牙排，防海当年筑炮台。
> 一自通商都撤去，随波轻送火轮来。
> 百丈高楼挂绣旗，画桡小艇集江湄。
> 更闻海角呜呜起，便是轮船欲到时。
> 万里通商海禁开，千年荒冢幻楼台。
> 可怜酒地花天里，夜有青磷泣草莱。
> 连云楼阁压江头，绣户珠帘响玉钩。
> 不道通商夸靡丽，也疑身在泰西游。②

---

① 王韬：《漫游随录》，第 28 页。
② 邗江词客：《沪游竹枝词》，《申报》1874 年 6 月 11 日。

然而现在，繁华靡丽的外滩成了众多沪游者观看上海的第一站。如果从北边公共租界的起点看起，在苏州河边，高踞在一片很大的草场之上，内有空地、四周遍植树木的建筑便是英国领事馆。而顺着洋泾浜的方向南行，一路可以看到怡和洋行、大英轮船公司、沙逊洋行、仁记洋行、丽如洋行、宝顺洋行，最后是被称作"所有建筑中最华美"的上海总会大楼。楼阁氤氲、气象峥嵘的西洋建筑是进入租界后沪游者最直观的都市体验："楼台处处仿西洋，亚宇栏干卐字墙。遮莫中华豪富户，有谁能比大英商"①，"租界鱼鳞历国分，洋房楼阁入氤氲。地皮万丈原无尽，填取申江一片云"②，"共说洋泾绮丽乡，外夷五口许通商。鱼鳞租界浑相接，楼阁参差倚夕阳"③。

当沪游者们欣赏了外滩繁忙的港口与巍峨的建筑之后，转入洋行后面的直街，走在用煤屑、炉渣和卵石铺筑的马路上时，他们更为真实地感受到现代都市的便利、文明与繁华。1845年，西人在沪北划定租界之后便锐意经营市政设施，修筑马路就是第一项重要的市政工程："租界大街由东至西者统称'马路'。……经工部局陆续整理，两旁砌以石磡，较马路稍高。磡下砌石条微侧，引水入沟，雨过即可行走。……水不存积，历久不坏。且每日扫除两次，尤为洁净。"④ 干净、整洁、无积水的租界马路和彼时上海县城尘土飞扬、泥泞拥挤的土路形成了鲜明的对比："租界马路四通，城内道途狭隘。租界异常清洁，车不扬尘，居之者几以为乐土；城内虽有清道局，然城河之水秽气触鼻，僻静之区坑厕接踵，较之租界几有天壤之异。"⑤ 上海租界

---

① 珠联璧合山房：《春申浦竹枝词》，《申报》1874年10月10日。
② 《沪北西人竹枝词》，《申报》1872年5月29日。
③ 沪上闲鸥：《洋泾竹枝词》，《申报》1872年7月19日。
④ 葛元煦：《沪游杂记》，上海古籍出版社1989年版，第1—2页。
⑤ 李维清：《上海乡土志》第十课，著易堂光绪三十三年（1907）印制。

的道路宽敞整洁，人们行走其中所感受到的远不仅是通衢之便，更油然而生一种所谓"文明生活"的切身体验："双马轮车夹小车，终朝辘辘起尘沙。却劳工部经营好，洒扫街前十万家"①；"沪北风光尽足夸，门开新北更繁华。出城便判华夷界，一抹平沙大道斜"②；"马路宽围畅好游，一尘不染最风流。前途洒道洋车出，密雨如丝润似油"③。的确，上海租界的"道路"构造了租界的空间，也定义了一种"文明"。这种"文明"的特征是不去寻根问源，而是满足于当下日常生活所需，方便、整洁、温饱与安全。④

19世纪80年代，煤气、电灯、自来水等现代化设施在上海租界一一修建起来，其中，电报更是让人们感觉既匪夷所思又巧夺天工的事物："栈器全凭火力雄，般般奇巧夺天工。一条电报真难测，万里重洋瞬息通"⑤；"奇哉电报巧难传，万水千山一线牵。顷刻音书来海外，机关错讶有神仙（地线信，一名电报，数万里重洋，朝发夕至）"⑥；"漫说天机不易参，远乡消息霎时谙。人工巧夺天工巧，今后休寻鲤寄函"⑦；"最是称奇一线长，跨山越海度重洋。竟能咫尺天涯路，音信飞传倏忽详"⑧。

1888年，有一位自称"初开眼界人"的读书人，对《申报》所描绘的电灯、自来水、电话、电线等现代文明设施将信将疑，于是便随同经商的朋友前往租界寓居一月有余。耳闻目睹的亲身体验使得他

---

① 嘉门晚红山人：《续沪江竹枝词二十首》，《申报》1872年9月28日。
② 海上逐臭夫：《沪北竹枝词》，《申报》1872年5月18日。
③ 留月主人：《沪城口占竹枝词二十首》，《申报》1874年11月26日。
④ 张鸿声主编：《上海文学地图》，中国地图出版社2012年版，第6页。
⑤ 邗江词客：《沪游竹枝词》，《申报》1874年6月11日。
⑥ 苕溪洛如花馆主人：《续春申浦竹枝词》，《申报》1874年12月1日。
⑦ 云间逸士：《洋场竹枝词》，《申报》1874年4月27日。
⑧ 珠联璧合山房：《春申浦竹枝词》，《申报》1874年10月10日。

对于租界的现代文明深为折服:

> 仆生于小邑之中,居于穷乡之内,生平足迹不出五十里之外,且耕且读,意亦自得。暇时阅《申报》,每见其述洋场之胜景,不禁神为之往,意为之移。然其所谓电灯如月,可以不夜;清水自来,可以不涸;德律风传语,可以代面,虽远隔而如见;电线递信,速于置邮,虽万里如一瞬。此等语,辄目之为海外奇谈,疑信者半。因思亲至其地一扩眼界,以征报上所言之虚实。今年有友人经营来沪,仆与俱来,舍于洋场者逾月。终日无事,躞蹀街头,见列柱如林,布线如蛛丝,知为电线,而传报之速则不获见也。一日友人有事传电伦敦,未顿饭时而回电已至,友人告仆曰:此即电报灵速之证也。伦敦去此六七万里,而来去消息至于如此之速。不禁为之舌桥不下。……游毕而返,拥被独眠,清夜思之……仆之得见此等未见之事已为大幸,将来寓沪既久必且更有所获,再当笔之于书。①

"初开眼界人"的洋场之游完全打消了他当初对于《申报》描述的洋场胜景的疑惑,他带着各种视觉与心理的巨大冲击,重新回到闭塞的小县城,并将以亲历者的视角绘声绘色地向周围的人们讲述发生在上海租界里的种种奇迹。

二、洋行:商业都市的买卖行为

上海是一个被"买"和"卖"两种行为统治的商业都市。开埠以

---

① 初开眼界人:《洋场述见篇》,《申报》1888 年 3 月 31 日。

后，由于外滩地价日益高涨，因此有一些洋行也修建在与外滩一墙之隔的大马路上。白天，当沪游者们蹀躞街头的时候，正是各大洋行、银行繁忙的工作时间，在那些忙碌的身影里，有一批被称作"康白度"的特殊人群："华人在洋行司理账目货物、总管杂务，有康白度买办名目。"① 康白度其实是洋泾浜英语的发音，翻译成标准英语即"comprador"。

买办在上海租界这个商业都市中，作为买方和卖方的中介，具有不可替代的重要作用："巨贾千缗未足夸，洋商交易羡丝茶。每逢礼拜公司放，百万朱提散客家"②；"糠摆渡名不等闲，宁波帮口埒香山。逢人自诩瓜瓜叫，身列洋行第几班"③；"人心反古尚奢华，酒地花天兴不赊。最是洋行康勃渡，更多通事业丝茶"④。

上海租界的买办出入于各大洋行之间，承担着西人与中国人商业行为的中介，他们所讲的是一种以汉语为主，混合了英语、葡萄牙语、马来语等多种语言的混合语，即洋泾浜英语，又称为别琴英语（pidgin english）。

1873年3月3日至3月17日，《申报》上刊登了署名"洗耳狂人阳湖少坪"即杨勋的一百首别琴竹枝词：

生意原来有别琴，洋场通事尽知音。
不须另学英人字，的里（三）温（一）多（二）值万金。⑤

---

① 葛元熙：《沪游杂记》，第22页。
② 嘉门晚红山人：《续沪江竹枝词二十首》，《申报》1872年9月28日。
③ 邗江词客：《沪游竹枝词》，《申报》1874年6月11日。
④ 苕溪洛如花馆主人：《春申浦竹枝词》，《申报》1874年10月17日。
⑤ 顾炳权编著：《上海洋场竹枝词》，上海书店出版社1996年版，第28页。的里：three。温：one。多：two。

清晨相见谷(好)猫迎(晨),好度由途叙阔情。
若不从中肆鬼肆(赚钱),如何密四叫先生。①

滑推姆问是何时,定内(夜膳也,筵席也)为因(酒也)用酒卮。
一夜才当温内脱,自鸣钟谓克劳基(粤人呼克老克为克老基)。②

奥登推姆乃中秋,仰看夫而月满楼。
皎洁明星司带四,牛遮内二(新开河)碧波流。③

  与传统农业社会日出而作、日落而息的劳作方式不同的是,上海租界内的现代商业行为都必须遵循时间守则。从周一到周六,每天的上午十点到下午三点是租界的工作时间。因此,计时工具——钟和表也就成为日常生活的必需品,并逐渐改变着人们的传统观念。法租界的工部局是较早安装大自鸣钟的公共建筑:"钟设法工部局,离地八九丈,高出楼顶,势若孤峰。四面置针盘一,报时报刻,远近咸闻。丙子夏修造,改低约二丈。仅用针盘一面,制较狭小。"④ 最初百姓们并不适应钟表,当大自鸣钟准点敲响的时候,路边的行人甚至常常会受到惊吓。然而,随着时间的推移,人们慢慢适应了钟表的作用,于

---

  ① 顾炳权编著:《上海洋场竹枝词》,第28页。谷猫迎:good morning。好度由途:how do you do。肆鬼肆:squeeze,敲诈。密四:mister。
  ② 顾炳权编著:《上海洋场竹枝词》,第32页。滑推姆:what time。定内:dinner。为因:wine。温内脱:one night。克老基:clockee(clock)。
  ③ 顾炳权编著:《上海洋场竹枝词》,第37页。奥登推姆:autumn time。夫而:full。司带四:stars。牛遮内二:new channel。
  ④ 葛元煦:《沪游杂记》,第16页。

是当大自鸣钟在租界准点报时的时候，人们不仅习以为常，还会有意识地校正自己的怀表："大自鸣钟轰碧霄，报时报刻自朝朝。行人要对襟头表，驻足墙荫子细听"①；"洋泾南界法兰邦，塔样高钟桉刻拟。借问火轮机器磨，路人遥指大烟囱（洋泾浜南岸系法兰西租界，大自鸣钟在法捕房前，四面轮盘高矗云）"②。租界大自鸣钟和怀表的普遍使用不仅意味着现代时间观念在租界的建立，同时也意味着人们脱离了日出而作、日落而息的农耕社会，并习惯于生活在一个被时间规划着的现代都市空间之内。

然而这个时节，上海县城里还是一切如旧，时间对农耕生活并不具有现代意义。每到傍晚，城门依旧按时关闭。可是在一墙之隔的租界，人们却惊讶地发现，傍晚时分，租界的夜生活才刚刚开始。1865年，租界开始供应"自来火"，即煤气："初在汉口路，次年迁往新闸。铁管遍埋，银花齐吐，当未设电灯时代，固足以傲不夜城也。"③新能源的使用照亮了上海的夜晚，延长了租界的休闲时间，使得上海租界成为洋场竹枝词中反复吟唱的"不夜城"："西域移来不夜城，自来火较月光明。居人不信金吾禁，路上徘徊听五更"④；"荧荧星火尽生根，三处煤烧数十墩。铁树开花光四映，竟忘天地有黄昏"⑤；"棋盘街道各纵横，马路条条认最清。不怕夜游忘秉烛，汽灯如炬彻宵明"⑥；"沿浦黄昏拭目临，倒垂火树插波心。早知继晷凭煤气，何必焚膏到夜深"⑦。从煤气灯到电灯，工业文明照耀

---

① 海上逐臭夫：《沪北竹枝词》，《申报》1872年5月18日。
② 苕溪洛如花馆主人：《续春申浦竹枝词》，《申报》1874年12月1日。
③ 胡祥翰：《上海小志》，第9页。
④ 鸳湖隐名氏：《洋场竹枝词》，《申报》1872年7月12日。
⑤ 云间逸士：《洋场竹枝词》，《申报》1874年4月27日。
⑥ 邗江词客：《沪游竹枝词》，《申报》1874年6月11日。
⑦ 珠联璧合山房：《春申浦竹枝词》，《申报》1874年10月10日。

下的上海租界，才可以每天上演着戏园、茶楼、烟馆以及长三书寓的浮世绘与众生相。

三、四马路：都会生活的感官刺激

上海租界每天的办公时间是上午十点到下午三点。四点钟以后，租界的外国人和中国人便各自在他们的领域里找寻娱乐消遣，享受休闲时光了。然而，不论是洋行大班和买办流连的上海总会、抛球场或跑马场，还是三教九流热衷的宝善街与四马路的茶园、戏园、酒楼和妓院，上海市民都一样欢迎；所有前来租界开眼界的沪游者，也必须要亲自到这些地方去游走一番，才算是真正触摸到了上海都市空间休闲文化的肌肤腠理。

赛马是上海开埠以来租界最重要的公众娱乐活动。每年的五月和十一月初，赛马活动举行期间，不仅上海县城的百姓涌入租界观看盛会，甚至连苏州、杭州、嘉兴等上海周边地区的市民也纷纷前来，人们"环而观者如堵墙"，"自租界达马场之各路，但见往返者如鱼贯，如蚁阵……一跑马之处广场东北两边之路，人如堵墙，叠层拥积，约有万数之多。有匠公短衣窄袖者，有方袍圆领者以及绮罗子弟，苍白役老，更有老妪少妇，咸接趾错履，延颈注目，以争一看，并有马车多辆，皆乘巾帼之类，脂粉之艳焉"①。

对于那些慕名而来的游客来说，这三天赛马活动当中，不仅能看到精彩的竞技项目，而且能看到倾城出动、士女飞腾以及富商巨贾一掷千金的洋场众生相："年年赛马在春秋，绿耳华骝迥不侔。一霎如

---

① 薛理勇：《旧上海租界史话》，上海社会科学院出版社 2002 年版，第 251 页。

飞几十里，争看骏骨占鳌头。（西人筑跑马场，每逢春秋佳日，赌赛驰骋以先到旗门者为胜，富商巨贾一掷千金，极豪华行乐之盛）"①；"抛球看惯不须称，拍卖商量到泰兴。听说明朝大跑马，倾城士女兴飞腾"②；"三天跑马亦雄观，妇女倾城挈伴看。赖有邻家老妈妈，跳浜等到夕阳残"③；"抛球跑马竞相夸，竹叶扁舟水面划。一掷千金拼一试，旁观拍手笑声哗"④。

当然，除了赛马、抛球、打猎等西式娱乐活动之外，上海租界还有更多本土化的休闲娱乐活动，而活动的场所就集中于四马路、五马路一带的棋盘街和宝善街上。那些街头林立的茶楼、戏园、书场、酒楼、烟馆和妓院每一天都吐纳着数量庞大的消费者，它们被称为上海租界的"销金窟"："沪上热闹之区独称宝善街为巨擘，今则销金之局盖在四马路焉。每当夕阳西逝，怒马东来，茶烟酒雾，鬓影衣香，氤氲焉荡人心魄。若夫荷暑已退，柳风乍拂，粉白黛绿者咸凭槛依阑，招摇过客。……入夜则两行灯火，蜿蜒如游龙，过其间者，但觉檀板管笙与夫歌唱笑语、人车马车之声，嘈杂喧闹，相接不绝，抑何其盛也！……而余之游沪，以四马路会归外，更有八事焉：戏馆也，书场也，酒楼也，茶室也，烟间也，马车也，花园也，堂子也。"⑤ 在租界的众多休闲活动中，茶楼、戏馆、烟室和妓院是一般士人最热衷的娱乐场所，也是《申报》洋场竹枝词反复吟唱的主题：

丽水松风杰阁齐，评茶有客日攀跻。

---

① 苕溪洛如花馆主人：《续春申浦竹枝词》，《申报》1874年12月21日。
② 海上逐臭夫：《沪北竹枝词》，《申报》1872年5月18日。
③ 鸳湖隐名氏：《洋场竹枝词》，《申报》1872年7月12日。
④ 珠联璧合山房：《春申浦竹枝词》，《申报》1874年10月10日。
⑤ 池志澂：《沪游梦影》，上海古籍出版社1989年版，第156页。

绕楼四面花如锦，遍倚红栏任品题。①

啜茗同登丽水台，不须叫局有花陪。
阿侬怕负黄昏约，小婢轻声耳畔催。②

绝妙歌喉杨月楼，误从戏局认风流。
痴心也欲携红拂，空戴南冠学楚囚。③

丹桂飘香金桂开，双双菊部帝都来。
莫嫌歌舞即富甚，曾沐君恩雨露培。（丹桂园在宝善街，金桂轩在闸路中，皆京都梨园，声闻辇下，名优如周春奎等曾经供奉御览，其余以曲胜以艺胜者，复不一而足。）④

阁号眠云众口誉，效颦比户辟精庐。
长街短巷灯如海，万里云烟信不虚。⑤

歇浦弹丸别有天，茶园酒肆任流连。
知君新有烟霞癖，相约眠云阁上眠。⑥

朋侪三五乐忘归，问柳寻花扣绮扉。

---

① 海上逐臭夫：《沪北竹枝词》，《申报》1872年5月18日。
② 珠联璧合山房：《春申浦竹枝词》，《申报》1874年10月10日。
③ 邗江词客：《沪游竹枝词》，《申报》1874年6月11日。
④ 苕溪洛如花馆主人：《续春申浦竹枝词》，《申报》1874年12月21日。
⑤ 忏情生：《续沪北竹枝词》，《申报》1872年5月18日。
⑥ 珠联璧合山房：《春申浦竹枝词》，《申报》1874年10月10日。

> 行近门前忽惆怅,已经一局两茶围。①
>
> 富贵荣华四里名,十分春色斗雏莺。
> 何须艳说丁家巷,花径三三别有情。②

鸦片战争之后,上海租界吸食鸦片成风,眠云阁是上海最著名的烟馆。在那里,只需花费一二百个铜钱便可体面应酬,因此,每到中午和傍晚,这里总是人潮涌动:"上海烟馆甲于天下,铺设雅洁,茗碗、灯盘无不精巧。眠云阁其最著也,窗牖挂落,雕镂极工。他如南诚信、北诚信以轩敞胜,醉乐居、永恒昌以酒肴两便胜。馆内桌椅多用红木镶嵌石面,飞去青蚨一二百片,既可邀朋,又能过瘾。午夜两市竟同潮汐依时而来,人气烟香,迷蒙似雾,无烟霞癖者恐不能消受片时也。"③

因为租界狎妓冶游之风盛行,烟馆、茶馆、戏园、酒楼也同时是长三幺二妓女日常出入的交际场所:"长班飞轿快如逃,浪子风流兴致豪。一纸红笺呼案目,叫来出局又时髦"④;"泰和明庆备佳肴,浦五新新也代庖。要叫倌人先出局,忙开条纸唤奔跑"⑤。烟馆、茶楼、戏园与酒楼等日常消费空间的拓展促进了上海妓业的兴盛,同时,长三书寓倌人的各种社交活动也推动了上海租界的进一步繁荣。所谓"销金窟"绝无夸大之嫌:"只一戏馆,而一日一夜费至数千金。推之马车、东洋车、小车、烟馆、酒馆、妓馆、茶馆、书馆,无益之资诚

---

① 忏情生:《续沪北竹枝词》,《申报》1872年5月18日。
② 海上逐臭夫:《沪北竹枝词》,《申报》1872年5月18日。
③ 葛元煦:《沪游杂记》,第124页。
④ 苕溪洛如花馆主人:《春申浦竹枝词》,《申报》1874年10月17日。
⑤ 云间逸士:《洋场竹枝词》,《申报》1874年4月27日。

不可以数计。据云，就是租界一隅而论，日需瓜子四十石，蜡烛五六百斤，地火灯、洋油灯不在其内。烟馆灯油一日且二三十篓。习俗豪奢，至于此极。"①

1877年秋，一位沪游者以细腻的笔触描绘了从烟馆会友到外滩骑马，从茶楼凭眺到酒肆对饮，从澡堂沐浴再到书市听曲的租界日常休闲生活：

> 余观于上海而知人生行乐之地，固在目前。……庇精致烟具全副，不瘾不痼，客至则出以佐谈笑。横卧榻上，洁水煮细茶一壶，知己相对，清闲无事即示□□语可也。或好游喜玩，赁马车一辆，二三人乘以遨嬉，鞭疾马骤，周浦滩西北郊地，精神为之一爽。或登茶楼酒肆，闲坐对饮，凭栏眺望，见游人如蚁，东蹲西屯，怪怪奇奇无所不有，亦足畅我心目，娱我性情。……古人求长生不死之术，令至今日而居上海，亦将以为神仙不啻矣。身非富人依人作嫁，或为商伙，或为馆师，则碌碌终朝。当夕阳西匿，暝色未昏，亦将行此数者以适一时之意，以解一日之烦，固不必富人而后为此，亦不必闲人而后能此。②

作者认为，租界里的上海乐事已经逾越了古典中国的范畴："夫性情之乐，山水诗文也，形骸之乐，声色衣食也。今上海形骸之乐可云盛矣。"③ 的确，自古以来，中国文学作品中的背景，大多数是以自然界的天然风景作为衬托。尤其在诗歌方面，十之八九是以风花雪月

---

① 郑祖安：《百年上海城》，学林出版社1999年版，第368页。
② 《上海乐事解》，《申报》1877年10月13日。
③ 《上海乐事解》，《申报》1877年10月13日。

为写景的对象。在散文方面,也多以山林、溪流、乡村、田园作为背景,古典文学正是在对这些自然意象的反复描写中,达到心灵上的和谐与宁静。然而,在上海租界,洋场竹枝词的描写对象变成了饭店、公园、西餐厅、跳舞场、热闹的街市、往来的马车以及身在其中忙碌游走的人群。正如沪游者所言:"上海形骸之乐可云盛矣。"在商业繁荣的十里洋场,短暂的感官刺激代替了永恒的心灵宁静,对于生活强烈的欲望与爱意变成了租界交错式的生活跃动,而这也正是上海租界都会生活的生命力之所在。

四、霞飞路:被物化的异国情调

对于那些"企慕异邦"、热衷于新鲜事物的人们而言,上海租界无疑是观看西方器物文明,体验与享受"异国风情"的最佳选择。19世纪50年代上海开埠之初,便有英国侨民携家属而来,那些高鼻深目,戴着礼帽,穿着鲸骨裙的西方美人便成为租界上的异国风景:"元绸小盖掩娥眉,裙桶撑开十幅披。最爱沙堤群试步,随身玉雪耍孩儿"①;"甫下香车缓缓来,又驰骏马逐飞埃。雕鞍横坐如牛背,错认村童叱犊回。(自注云:西人妇女乘马者皆侧身横坐无跨足于马背者)"②;"高车驷马坐娇娥,鞭影斜阳一霎过。洋女也知羞怯意,面垂半幅紫绡罗"③;"相携同坐七香车,彼美西方艳若花。似怕街头人看煞,方巾遮面拥青纱"④;"携手同登油壁车,鞭丝掩映鬓边鸦。是

---

① 《沪北西人竹枝词》,《申报》1872年5月29日。
② 《沪北西人竹枝词》,《申报》1872年5月29日。
③ 珠联璧合山房:《春申浦竹枝词》,《申报》1874年10月10日。
④ 《沪北西人竹枝词》,《申报》1872年5月29日。

谁眷属同游骋，拥得名花去看花（自注：西商时撷妇女出游泥城外各花园）"①。

不论是外滩、南京路还是霞飞路，漫步在洋场街头，人们常常有如入泰西之感，可以说，上海租界的日常生活常常能够让人体验到异国风情。1872年5月29日，《申报》刊登的一组24首《沪北西人竹枝词》就谈到了沪北租界的建筑、礼拜日、西方美人、西餐、跳舞、乐队、油画、马车以及印度捕快等各种新鲜事物，这些诗歌面面俱到地刻画了充满异国风情的上海租界西人日常生活的全景。其中仅仅西餐一项就涉及了面包、奶酪、火鸡、啤酒、葡萄酒、餐具及用餐礼仪等丰富的西方饮食文化：

牛酥羊酪作常餐，卷饼包面日曝干。
留待中华佳客到，快教捧上水晶盘。

银刀锋利击鲜来，脯脍纷罗盛宴排。
传语新厨添大菜，当筵一割已推开。（自注：宴客设大菜，一割即命撤去再易他馔。）

筵排五味架边齐，请客今朝用火鸡。
卑酒百壶斟不厌，鳞鳞五色泛玻璃。（自注：用火鸡最为珍重非上客不设也。）

酪浆膻肉也加餐，器皿精工尽用盘。

---

① 《续沪北西人竹枝词》，《申报》1872年5月30日。

对客无须夸下箸，刀叉拈手主宾欢。

贵宾宴集礼文严，未许朋侪入画帘。
独有两行红粉女，长台端坐玉叉拈。（自注：若宴贵客，诸客无得入座，惟眷属则侍坐两旁不避面也。）

烧鸭烧猪味已兼，两旁侍者解酸盐。
只缘几盏葡萄酒，一饮千金也不嫌。

小饮旗亭醉不支，玉瓶倾倒酒波迟。
无端跳舞双携手，履舄居然一处飞。（自注：醉饮肆中则男女抱持叫跳以为相悦云。）

璃杯互劝酒休辞，击鼓渊渊节奏迟。
入抱回身欢已极，八音筒里写相思。（自注：击鼓劝酒以为极乐，并有八音筒奏中外各乐。）

面似乌龙足炫奇，黑衣翻映漆光雌。
无由偏爱修容饰，香水如油擦两颐。
（自注：黑人其黑如漆，光可以鉴。尤喜修容，香水、洋肥皂常不去手……）[1]

每一天，无数的西洋货物从遥远的英国和法国迢迢而来，在黄浦

---

[1] 《沪北西人竹枝词》，《申报》1872年5月29日。

滩头被分发和运送到租界的各大洋行。那些所谓"奇技淫巧"的小物件琳琅满目地充斥着洋行的柜台,地球仪、寒暑针、显微镜、望远镜、怀表等无奇不有,让那些前来上海"开眼界"的游客眼花缭乱,叹为观止:

> 制出团圆大地球,量天有尺一针浮。
> 海滨真得畸人术,经度分明四部洲。
> 气摄空中铁匣沉,表随天意换晴阴。
> 是谁尽泄苍穹密,寒暑针兼风雨针。
> 显微小镜制偏精,方寸洋笺折叠平。
> 暗拓小窗闲把玩,牛毛人物太分明。
> 一枝铜管豁双眸,方寸能教大地收。
> 千里山川供眼底,何须更上一层楼。①

除了这些在洋行中能够买到的舶来品之外,门铃、风扇、电梯等一些舶来品在西人进出的公共场合也并不罕见:

> 危梯折叠万层中,暗窍机关一线通。
> 弹指叩门人已应,恍疑中有接声筒。
> 鼓橐全凭一线功,当空大扇制何工。
> 七轮应笑丁家样,张翕蒲扇四面风(自注:夏间堂设风扇,一人司之满座凉飕,洒然,龙皮佳制不得专美也)。
> 层楼重叠接云霄,上下何堪陟降劳。

---

① 《续沪上西人竹枝词》,《申报》1872 年 5 月 30 日。

妙有仙梯能接引,螺纹□子快升猱(自注:螺旋梯盘旋而上,最为轻便)。①

对于那些喜欢尝试新鲜事物的游客来说,到租界的照相馆中拍摄一帧照片带回去,也是个不错的选择:"楼名福托葛来夫,拍照人间各样图。药水房中常黑暗,只传儿子不传徒(福托葛来夫,photogragh)";"传神端不借丹青,有术能教镜照形。赢得玉人怜玉貌,争模小影挂云屏"②;"无须妙笔也传神,认得青楼笑脸真。拍处管教形毕肖,相知即是镜中人"③。

总之,这些林林总总、形形色色、充满异国情调的租界事物,只有在上海洋场这个万花筒里才能呈现得真切而又梦幻,就像曾朴住在法租界里所感受到的氛围一样:

我现在住的法租界马斯南路寓宅(Route Mosseet),依我经济状况论,实在有些担负不起牠的赁金了。我早想搬家,结果还是舍不得搬。为什么呢?就为马斯南是法国近代的制曲家,我一出门,就要想他《拉霍尔王(Le Roi de Lahare)》、《少年维特(Werther)》的歌剧。再在夕阳西下时,散步在浓密的桐荫之下,左有高耐一街不啻看见西特和霍拉斯悲壮的布景,右有莫理爱街,好像听见《伪善者Tartub》和《厌世人(Misunthrope)》的苦笑……我彳亍在法国公园,就当她是鲁森堡,我蹒跚在霞飞路,就当她是霜霰莉蕊,这些近乎疯狂似的 Exotisime,就决定了

---

① 《续沪上西人竹枝词》,《申报》1872年5月30日。
② 海上逐臭夫:《沪北竹枝词》,《申报》1872年5月18日。
③ 云间逸士:《洋场竹枝词》,《申报》1874年4月27日。

我的不搬家……①

文学与地理密切相关。"事实是，小说与地方的生活密不可分"，美国作家威尔第（Eudora Welty）曾有这样的观察，"地方提供了'发生了什么事？谁在那里？有谁来了？'的根据——这就是心的领域"。在最基础的文学要素中，地方、旅行与探险总是不可或缺的三件事。我们的诗、小说和戏剧自身就能绘出世界的图像，这幅地图范围广大，某些部分在其中特别明亮，某些部分则黯然无光，它总是在时空中有所转变。我们的文学作品中，有很大的部分乃是根植于地方的故事，这些地方可能是某处景观、区域、村落、城市、国家或某个大陆。它大部分是像奥德赛（Odyssey）那样的旅行，在冒险、发现、探索或朝圣之中，朝一个新的世界走去。②

19世纪70年代的上海，每天有无数的人涌入租界。众多文人留下了许多类似于沪游指南的书籍。到《申报》创刊的1872年，租界建设已初具规模，越来越多的传统士人不断涌入租界，他们从外滩进入租界，惊叹于英国总领事馆、怡和洋行、字林报馆等外滩建筑的巍峨宏伟；他们走在外滩马路上，切身感受着干净、整洁的租界道路与现代文明生活的体验；他们穿过五马路，出入于宝善街那些被称作"销金窟"的各式茶楼、烟馆、戏园与妓院；他们经过棋盘街，慕名到跑马场看英国人一年两度的赛马盛会……所有这些沪游人的足迹，都完整而详尽地保存在1872年至1875年间《申报》刊登的洋场竹枝词中。

---

① 曾朴：《东亚病夫序》，载张若谷：《异国情调》，世界书局1929年版，第9页。
② 〔美〕布拉德伯里编：《文学地图》，赵闵文译，第1页。

按照丹尼斯·伍德所说:"地图建构世界,而非复制世界。"①《申报》刊登的这些竹枝词,不仅仅再现了19世纪70年代上海洋场胜景,更绘制了一幅栩栩如生的晚清上海文学地图。

---

① 〔美〕丹尼斯·伍德:《地图的力量》,王志弘等译,中国社会科学出版社2000年,第24页。

第二章 《申报》文人群体研究

《申报》自 1872 年由英国人美查创刊至 1949 年终刊，在其漫长的报刊经营史中，曾经先后出现过口岸知识分子、洋场文人、礼拜六派作家、鸳鸯蝴蝶派作家等多个文人群体。社会分层是社会学用以研究社会结构的理论与方法，笔者将借以分析在相同的地域环境中，同一历史时期的文人面对大致相同的社会矛盾、文化冲突时，何以会出现不同的个人选择，从而形成多样化的文人社会分层。《申报》文人具有复杂的多重面向：一方面，他们来源于传统的文人群体，热衷于诗词唱酬等文人雅趣；另一方面，他们又是近代中国第一批接触报刊媒体的新闻从业人员，在商业大潮的裹挟之下，置身于租界洋场的现代都市生活之中。因此，他们兼具传统文人与现代报人的双重身份，是主流社会中的边缘人。如果以 1890 年《申报》宣布停止刊登旧体诗词为时间节点，那么 1872 年至 1890 年之间，口岸知识分子和洋场才子是《申报》文学谱系中的第一批文人群体。

第一节 社会分层理论下的士的等级

社会分层（social stratification）是指社会成员、社会群体因社会资源占有不同而产生的层化或差异现象，尤其指建立在法律、法规基础上的制度化的社会差异体系。"分层"这个词最初是从地质学中引入的。地质学中称为 stratify，指的是地质的沉积成层现象。后来，这个词被引入社会学，用意在于：采用地质中的分层现象比喻人类社会各社会群体之间的层化现象。①

在西方社会学史上，马克斯·韦伯的社会分层理论被称为经典分层理论。他以财富（经济地位）、权力（政治地位）和声望（社会地位）三个要素作为社会分层的标准。在韦伯的社会分层理论基础上，又形成了多种社会分层理论。其中，功能主义分层理论在美国长期占统治地位。美国著名社会学家丹尼尔·贝尔甚至断言后工业社会中，"在很大程度上，职业是划分社会阶级与阶层的最重要的决定性因素"。在他看来，社会分层结构主要表现为职业结构，而某种职业地位的获得主要取决于上一代人的教育水平与职业状况以及本人的教育水平和初职的影响。②

马克斯·韦伯认为社会分层理论中的财富、权力和声望三要素是相互独立又彼此影响的。然而，在中国漫长的封建社会中，科举取士制度决定了中国传统社会分层的核心因素只有一个——教育等级，即士人通过科举考试的级别。

一、士的特权和等级划分的条件

传统中国社会分为士农工商四个等级，其中"士"为齐民之首、

---

① 参见李强：《社会分层十讲》，社会科学文献出版社 2008 年版，第 1 页。
② 〔澳〕马尔科姆·沃特斯：《现代社会学理论》，杨善华等译，华夏出版社 2000 年版，第 349 页。

乡民之望："中国的统治阶层——尽管这种统治有时中断，且经常处于剧烈的斗争中，但总是不断更新，不断发展——现在和过去，整整两千年以来，始终是士。"① 士阶层处于中国社会的最高等级，这是毋庸置疑的。在古代中国，一个读书人所能获得的财富、权力与社会声望都取决于他们所受教育的级别，也就是科举功名的等级。正如马克斯·韦伯所说的："在长达12个世纪的时间中，人们的社会地位概由其官职决定，而不是其财富决定。而获得做官的资格又是由其所受的教育决定，特别是由其科举考试的结果决定。"②

清代科举考试分为童试、乡试、会试和殿试四个级别，其中童试属于"地方考试"，乡试为"分省考试"，而会试和殿试则是"中央考试"。当一个读书人从参加童生考试开始直到取得进士资格，在他完成了漫长的举业之路后，将得到何种回报？或者说获得哪些特权？马克斯·韦伯认为士享有不服徭役、免除笞刑和享受俸禄三种特权："任何士，包括仅仅及第而未做官的，都有等级制的特权。士在他们的地位巩固以后不久，就享有特殊的等级制的特权。最重要的是：1. 免除'下贱的劳动'，不服徭役；——2. 免除笞刑；——3. 享受俸禄（津贴）。"③ 事实上，除了这三点，士阶层享受的特权还有很多，包括参加某些特定礼仪的特权、服饰上的特权、法律诉讼上的特权、免除赋税的经济特权等等。但就本文所涉及的范围而言，我们只围绕社会分层理论的权力、财富和声望三个维度来考察士阶层的特权。

---

① 〔德〕马克斯·韦伯：《儒教与道教》，王容芬译，商务印书馆1995年版，第160页。
② 〔德〕马克斯·韦伯：《文明的历史脚步——韦伯文集》，黄宪起、张晓玲译，上海三联书店1997年版，第60页。
③ 〔德〕马克斯·韦伯：《儒教与道教》，王容芬译，第180—181页。

士绅阶层在晚清中国是一个由科举考试等级而划分出来的规模庞大的群体。"依其政治和社会地位,可分为两级:第一级为上层士绅,包括文武官员及有官衔者(1850年以前80,000人,以后150,000人)、进士(包括文武两科,1850年以前4,000人,以后4,100人)、举人(包括文武两科,1850年以前18,000人,以后19,000人)及五贡(1850年以前27,000人,以后35,000人);第二级为下层士绅,包括生员(仅文科,附生、增生、廪生,1850年以前附生386,000人,增生37,153人,廪生37,177人,共约460,000人;1850年以后附生475,000人,增生37,337人,廪生37,361人。另有武生(人数较少),例监(1850年以前约310,000人,以后约430,000人),例贡。大概说来,在1850年以前,士绅阶层的人数约1,100,000人,其中120,000人,即全数的百分之十一,属于上层士绅;350,000人,即全数的百分之三十二,属于正途出身。在1850年以后,士绅阶层的人数约1,450,000人,其中200,000人,即全数的百分之十四,属于上层士绅;530,000人,即百分之三十六,属于正途出身。"①

在庞大的士绅群体中,数量仅为14%的上层士绅,却享受最广泛的特权。就政治维度而言,通过科举考试之后,便可以授官,获得进入统治阶层的通行证。张仲礼认为:"绅士的地位是通过取得功名、学品、学衔和官职而获得的……功名、学品和学衔都用以表明持该身份者的受教育背景。官职一般只授给那些其教育背景业经考试证明的人。"② 也

---

① 张玉法:《晚清的历史动向及其与小说发展的关系》,载林德明编:《晚清小说研究》,联经出版事业公司1988年版,第13—14页。
② 张仲礼:《中国绅士研究》,上海人民出版社2008年版,第3页。

就是说，只有通过科举考试的士人才能拥有授官的资格。① 在明代，拥有了进士身份几乎就意味着能够成为明代高级官僚体系中的一员，拥有了政治话语权。《明史》记载："明制，科目为盛，卿相皆由此出。"②

在明清科举考试中，科甲尤以翰林为重。《明史·选举志》论一代宰辅出身："成祖初年，内阁七人，非翰林者居其半。翰林纂修，亦诸色参用。自天顺二年李贤奏定纂修专选进士。由是非进士不入翰林，非翰林不入内阁，南北礼部尚书、侍郎及吏部右侍郎，非翰林不任。而庶吉士始进之时，已群目为储相。通计明一代宰辅一百七十余人，由翰林者十九。盖科举视前代为盛，翰林之盛，则前代所绝无也。"③

这一风气，至清代不变，《清史稿·选举志》："（庶吉士）三年考试散馆，优者留翰林为编修、检讨，次者改给事中、御史、主事、中书、推官、知县、教职，其例先后不一，间有未散馆而授职编、检者。或供奉内廷，或宣谕外省，或校书议叙，或召试词科，皆得免其考试。凡留馆者，迁调异地他官。有清一代宰辅，多由此选。其余列卿尹膺疆寄者，不可胜数。士子咸以预选为荣，而鼎甲尤所企望。"④

就财富维度而言，官员也拥有相对巨大的权力和威望。从地方上的知县，到朝廷的高官，都代表了君主至高无上的皇权，而前者作为地方官在贯彻中央政府的命令时拥有巨大的权威，后者影响着朝廷的

---

① 古代士人的功名还可以由纳捐而获得，这些士人被称为"异途"；本文所指的士阶层主要是通过逐级考试而取得生员、举人和进士身份者，他们身份显赫，被称为"正途"。
② 《明史》卷六九《选举志一》。
③ 《明史》卷七〇《选举志二》。
④ 《清史稿》卷一〇八《选举志三》。

决策。这种地位给了绅士们迅速积累财富的最大机会。在向绅士提供的各种机会之中，当官不仅是最荣耀的职业，而且几乎是获得巨额财产的唯一途径。在中华帝国，授予官职，同时也就是赋予财富。①

拥有功名的士人在授官之后，便拥有了一份长期稳定的收入，这一份收入比起担任塾师、幕僚和游方郎中都更为丰厚和体面。即使是薪俸至薄的清代官吏，收入也是颇为可观的。

具体而言，一品180两，官员薪俸依品级发放，至五品依次递减25两，为80两。六品60两，七品45两，八品40两，九品只33两。京官银1两搭禄米5斗。乾隆二年（1737）以后，官员俸禄加倍，七品知县每年的俸银已涨至90两。除正式薪俸之外，雍正时期为整饬吏治，还加给养廉，官员俸禄大幅度提升，总督多至一二万两，知县亦在2000两上下。而至于官员的隐形收入则更为惊人，"据日人调查，二三流之官僚，其豢养数十人，每年收入为二万九百三十元，支出为一万四千四百十元，年可储存八千五百元。为宦十年，即可积金八万五千元"②。

在19世纪，曾国藩、李鸿章等高官显爵的巨额家产的情况是人所共知的，除了薪俸收入，他们更多的收入来源于他们身居的高位，马丁·米勒（J. Martin Miler）曾做了这样的描述："李氏的巨额财富是在太平天国起义时期奠定其基础的。……因为从那时起他在帝国中逐步地扩大影响、扩展权力，并利用其职权来增加财富。正如当时中国的民谚所说，'为李家吠叫的每条狗都是肥的'。李家的成千上万亩田地，大量的绸缎庄、当铺，遍布了全中国。"③

---

① 参见张仲礼：《中国绅士研究》，第213页。
② 萧一山：《清代通史》（下卷），中华书局1986年版，第1608页。
③ 转引自张仲礼：《中国绅士研究》，第213—214页。

马士（H. B. Morse）在小说中也曾描述一个大官在19世纪初将其做官的收入寄给在家的侄子去购置产业。死后，他留下了价值几百万两银子的大宅院，并在稻田、桑园渔场等乡村产业中都有投资。在毗邻的吴江，一家钱庄、一家当铺和两家粮店中有他的投资；在苏州城里，两家钱庄、八家当铺里也有他的投资。此外，他还储存着大量金锭、银锭。① 学员即使是考中"秀才"，成为低级绅士阶层，也可以有不菲的收入："科举本非善政，然贫贱之士，小而言之，进学后开贺，可获贺礼者三百余串，中举则倍之矣。"② 同时，步入"正途"的童生及其家人受到人们的尊敬，反之则受到蔑视。

　　具体而言，士阶层主要分为以生员或秀才为主体的下层绅士阶层和以举人、进士为主体的上层绅士阶层。士人通过科举考试之后，伴随权力和财富而来的还有巨大的社会声望。不同层级的士人阶层享受着不同级别的社会声望，这种社会声望的延伸甚至一直影响到他们的族人和先人："从官大人等级中间产生了中国的各级文官，这个官大人等级在大一统的君主政体时代变成了一个有文凭的袭俸禄者阶层，他们当官的资格和级别视通过考试的次数而定。考试分3大等。但由于还有间试、复试、预试以及大量特殊条件，所以考试实际又增加了好几倍。初等考生有10种考试，'他通过了多少考试？'是对一个级别不明的生人习惯地提出的问题。虽然有祖先崇拜，但决定社会等级的，并不是一个人有多少祖先。倒是正好反过来：一个人的官品决定着他能否有祖庙（没读过书的人只有一个祖宗牌位），祖庙中能供多少祖先。就连万神庙里城隍的级别也取决于该城父母官的官品。"③

---

① 张仲礼：《中国绅士研究》，第214页。
② 朱峙三：《朱峙三日记》，华中师范大学出版社2011年版，第115页。
③ 〔德〕马克斯·韦伯：《儒教与道教》，王容芬译，第168页。

有时候，上层绅士所享受的社会声望甚至被视为整个地区甚至省份的共同荣誉："一个考生被皇上钦定为头名状元，他来自哪个省，就是哪个省的名和利（这就是为什么皇帝有时在排名次时需要考虑，考生是否属于还没有出过状元的省份），每个被金榜题名的人都得到'乡里声望'。"① 实际上，通过殿试获得了进士头衔的读书人，即使不做官，在社会上也有很高的地位。

下层绅士虽然不能直接授官，但是在地方上也能够获得受人尊重的身份和地位，例如朱峙三一面积极参加童生考试，一面也不得不承认"科举为误人之政策。已入学者为乡人敬重，未入学者，乡人冷眼或非笑之"②。对于贫寒家庭而言，其子弟通过科举考试获得功名，即使未入仕途，也能得到一份实至名归的社会尊敬。

除了历史文献外，清代科举的众生相在各种文学作品中亦有栩栩如生的呈现。《儒林外史》第十五回中，马二先生劝匡超人以举业显亲扬名："贤弟，你听我说。你如今回去，奉事父母，总以文章举业为主。人生世上，除了这事，就没有第二件可以出头。不要说算命、拆字是下等，就是教馆、作幕，都不是个了局。只是有本事进了学，中了举人、进士，即刻就荣宗耀祖。这就是《孝经》上所说的'显亲扬名'，才是大孝，自身也不得受苦。……假如时运不好，终身不得中举，一个廪生是挣的来的，到后来，做任教馆，也替父母请一道封诰。"③

而每到放榜之时，科场之外，榜棚之下，除了中举的奔走相告之外，更有无数落榜的士人，或惭愧抑郁，或拍案大笑，或强颜欢笑，个中种种，正是科举制度下的士人百态：

---

① 〔德〕马克斯·韦伯：《儒教与道教》，王容芬译，第186页。
② 朱峙三：《朱峙三日记》，第121页。
③ 吴敬梓：《儒林外史》，安徽文艺出版社2002年版，第108页。

初时但有喧闹之声,继之以哭泣之声,继之以怒骂之声。须臾,一簇人儿各自走散:也有呆坐石上的;也有丢碎鸳鸯瓦砚;也有首发如蓬,被父母师长打赶;也有开了亲身匣,取出玉琴焚之,痛哭一场;也有拔床头剑自杀,被一女子夺住;也有低头呆想,把自家廷对文字三回而读;也有大笑拍案叫"命,命,命";也有垂头吐红血;也有几个长者费些买春钱,替一人解闷;也有独自吟诗,忽然吟一句,把脚乱踢石头;也有不许僮仆报榜上无名者;也有外假气闷,内露笑容,若曰应得者;也有真悲真愤,强作喜容笑面。独有一班榜上有名之人:或换新衣新履;或强作不笑之面;或壁上题诗;或看自家试文,读一千遍,袖之而出;或替人悼叹;或故意说试官不济;或强他人看刊榜,他人心虽不欲,勉强看完;或高谈阔论,话今年一榜大公;或自陈除夜梦谶;或云这番文字不得意。①

明清之际,举业思想的流毒所至,连闺秀小姐都不能幸免。《儒林外史》中的鲁小姐从小接受父亲的八股教育,认为普天之下一切文章都不如八股好:"八股文章若做的好,随你做甚么东西,要诗就诗,要赋就赋,都是一鞭一条痕,一掴一掌血。若是八股文章欠讲究,任你做出甚么来,都是野狐禅、邪魔外道!"②鲁小姐不仅自己沉迷于八股文章,还日夜盼望着新婚丈夫公孙能够早日取得功名。而当她发现公孙对举业并不热衷之后,既失望又不满地对自己的母亲抱怨道:"母亲,自古及今,几曾看见不会中进士的人可以叫做个名士的?"③

---

① 董说:《西游补》,古典文学出版社1957年版,第32—33页。
② 吴敬梓:《儒林外史》,第75页。
③ 吴敬梓:《儒林外史》,第76页。

那些能够尊崇社会主流价值观念，激励丈夫考取功名的女性也是必然受到世人赞誉的贤内助。《型世言》中，李实甫因功名未成又行事狂放，屡屡被人取笑。王小姐便将自己的首饰取下，勉励夫君："以此为君资斧，可勉力攻书，为我生色。且老母高年，河清难待。今我为君奉养，菽水我自任之，不萦君怀，如不成名，誓不相见。"而每次朔望之日，王小姐归家省亲，也必然关心丈夫的功课如何。李实甫亦"谢绝宾朋，一意书史，吟哦翻阅，午夜不休"①。一年左右，李实甫即从秀才一直考中了进士，一时传为佳话。明清时期，举业百态在这些文学作品中的呈现，在当时并非虚构，殆为实录。

在通商口岸开放之前，儒家教育本身的威信在民众中一直坚如磐石，士阶层是拥有政治、经济和社会声望的特权阶层。读书人只要通过了科举考试便意味着将成为统治集团的一员，拥有官方授予的政治地位、优渥的经济待遇和显赫的社会声望，考中使普通士人的个人价值得到全面的体现，并且使得家族的利益和荣耀得以显扬，因此，才会有一代又一代的读书人心甘情愿、倾其一生、皓首穷经地奔走在这一条漫长的求取功名之路上。

二、残酷的竞争环境和漫长的等待机制

科举的成功，在中国封建社会尤其是明清两朝，所代表的不仅仅是士子个人的功名，更是整个家庭、家族乃至地方的名誉。整个社会对于科举功名的渴望与残酷的现实之间产生了巨大的落差。正如彭元端在《录遗告示》中所说："科举一道，得失颇重，不特功名之路，

---

① 陆人龙：《型世言》，作家出版社1993年版，第248—249页。

抑且颜面所关。"一个人是否在科举考试中题名，不仅仅与个人的命运休戚相关，更是整个家族门楣的希望之所在："贡监生员等，奋志芸窗，希心桂籍。或贫而辍馆，远道盈千；或老且观场，背城战一。少年英俊，父兄之督责维严；壮岁飞腾，妻孥之属望尤切。又或穷无资斧，持券向人；家有朋亲，携壶出祖。……皆期虎榜之先登，岂料龙门之难上。"①

一个普通的士人，从童生考试到乡试、会试，最后到殿试，必然要经历越来越严苛的选拔与淘汰之路，梁启超对此种情况进行了形象的描写："邑聚千数百童生，擢十数人为生员；省聚万数千生员，而拔百数十人为举人；天下聚数千举人，而拔百数十人为进士。复于百数十进士，而拔十数人入于翰林。"②

科举制度下对官员的选拔决定了必然有一大批下层士人被淘汰在功名之路上。举人、进士等上层绅士的名额是极为有限的，仕途拥塞、沉沦下僚是绝大多数读书人不得不面对的残酷现实："读书郎为作官，苟时乖运蹇，累试不中，则宦途不得迈进，终古泥蟠，寒酸实甚，故称'寒士'。因其无论为乡绅，为幕宾，为书吏，为塾师，皆无一定之收入，故生活不免困苦。吴蔗诗云：'说起穷来真是穷，一年糊口仗生童。'郑燮诗云：'教书原来是下流，傍人门户过春秋。半饥半饱清闲客，无枷无锁自在囚。'是以教书先生为社会取笑之资料。"③

到了晚清，科举制度本身的弊端变得愈益严重。一方面，整个社会被一种功利的社会心理所左右："自科举之法行，人期速效。十五

---

① 诸联：《明斋小识》，进步书局1912年版，第53—54页。
② 梁启超等：《公车上书请变通科举折》，载舒新城主编：《近代中国教育史资料》，人民教育出版社1985年版，第39页。
③ 萧一山：《清代通史》（下卷），第1609页。

而不应试，父兄以为不才；二十而不与胶庠，乡里得而贱之。读经未毕，辄孜孜焉于讲章时文。迨其能文，则遂举群经而束之高阁。师不以是教，弟子不以是学。当是时不惟无湛深经术明达体用之儒，即求一二明训诂章句典章者，亦不可多得。"①另一方面，是有限的录取名额和越来越庞大的考试队伍之间的不可调和的矛盾。

有清一代，各个地方乡试、会试的名额总体上没有大的变化："乡试录取名额，视各省缴纳田赋之数目，人口之多寡及文风之高下，以为差别。田赋数目，最关重要，因户口向不准确，文风高下亦无定评。大概大省八九十名，再加其他条件，用以订名额。咸同间，各省报效国家，捐助军饷，总数达数百万两，因有增广名额。凡捐十万两，加中一名，为一次增广名额，捐款三十万两，为永远增额，但增广名额，亦另有限制，各省名额总共一千二百九十名。"② 会试中额大概每科三百名，乾隆五十二年（1878）规定分省，各省名额以该省应试学人实数及省之大小为标准。

就科举全程而言，最初的两级考试，特别是乡试最难通过。据统计，晚清通过资格考试可参加乡试者，与录取人数之比，约为70：1；每次会试约有七八千举人参加，报考者与录取人数之比，约为30：1。③ 张仲礼在《中国绅士研究》中列举了一系列详细的例子来说明，据浙江乡试主考官王先谦说，自同治四年（1865）至光绪二年（1876）浙江六次乡试中，每次应试者都达1万余人："天下通材，称浙最盛。寇乱起咸丰初，逾江湘，穴金陵，凭陵大吴，以窥全越。郡

---

① 陈东原：《中国教育史》（2），商务印书馆1936年版，第421页。
② 刘兆璸：《清代科举》，东大图书有限公司1979年版，第28页。
③ 何怀宏：《选举社会及其终结》，生活·读书·新知三联书店1998年版，第355页。

邑残破，人文散失略尽矣。然乙丑（1865）而后，举科凡六，每试应者万余，得士数百。奇才宿儒，骈出其中。"据山东巡抚丁宝桢奏，同治末（约1873年）山东考生约1.29万人，举额仅69个。在直隶，同治十三年（1874）竞争的考生约1.3万人。在江南，同治三年（1864）考生约1.6万人。①

尤尔（F. H. Ewer）的《三年一度的考试》记载："三年一度的考试又一次举行了。南方省份满怀希望的士人又一次会集广州。沙里淘金，要从九千余名士子中挑出最有中选希望的才子……"如果严格按照章程，应试士子应为4740人，因为广东只有举额72名、副榜14名，每一举额可有应试人数60名，每一副榜可有30名。尤尔的记载是根据其实际经历，因而是可靠的。因此广东乡试的实际人数是理论人数的一倍。②

除了竞争的激烈之外，科举制度作为一项高度完善的官员选拔制度，其本身有着完善的应试体制。一个普通的读书人，从参加童生考试开始，首先要经过县官主持的县试、知府主持的府试和学政主持的院试，才能成为"秀才"或"生员"，获得最低的科举功名。成为秀才之后，才能成为官学的学生，正式踏上漫长的科举取士的道路。秀才在所在地区参加学政主持的每三年一次的乡试，通过考试之后成为举人，并获得任官资格。所有的举人都有资格参加第二年在京城贡院举行的全国性考试——会试，通过会试之后成为贡士。贡士参加皇帝亲自主持的殿试之后，被划分为三个等级：一甲三名，分别为状元、榜眼和探花，赐进士及第；二甲若干名，赐进士出身；三甲若干名，赐同进士出身。至此为止，一个普通的读书人才可以说真正完成了他

---

① 张仲礼：《中国绅士研究》，第142页。
② 张仲礼：《中国绅士研究》，第141页。

的应考生涯。

在中国古代,士人阶层大概可以分为两类:一类是已经完成科举考试的全过程,获得头衔的士人;一类是数量庞大的,正在一级一级参加科举考试的士人。不管是哪一类士人,都将耗费漫长的时间在参加逐级的科举考试上。对于那些累试不中的士人而言,科举考试正是他们毕生的事业。

在举业之路上,一般士人的日常生活便是不断地在应试和准备应试中度过的。正如梁启超所说的:"当其应童子试也,县试数场,经月始毕。又逾月而试之府,府试数场,经月始毕。又逾月而试之院。三试竣事,一年去其半矣……一经黜落,则穷愁感叹,不能读书,而颓然以自放者,又复数月。感叹既已,而县试又至矣……既幸而入学,而诸生得解之难,其情形犹是也。举子得第之难,其情形犹是也。"① 在那时候的中国,功名社会里的许多人都经历过这种生涯。他们一次一次地出入场屋,又一年一年地游学、游幕,劳碌于功名和生业之间。如《冷庐杂识》记载的士人徐氏之坎坷蹉跎:"海宁徐楚畹学博善迁,乡荐后,困于公车,家徒壁立,以星命之学游历江湖三十年。"②

科举的独木桥狭窄难行。癸卯府试未中,刚刚参加童生考试的朱峙三便有了宿命的感叹:"至各亲友处略座谈,均说科名迟早有定数。噫!科举取士,寒士可以出头,然老死其间未能得一青衿者,盖十分之九也。唯寒士求出路,落地后须迟一年或两年再考,遭亲丧又须迟

---

① 梁启超:《饮冰室合集》第 1 册《文集一·论科举》,中华书局 2015 年版,第 26 页。
② 杨国强:《晚清的士人与世相》,生活·读书·新知三联书店 2008 年版,第 3 页。

二十四个月再考,考取与否又在不可知之数。以故洪子卿先生今年五十九岁,尚称童生,与予等同进场也。"①

即使是对那些少数考中进士的幸运儿来说,完成举业也将耗费大半生的精力。张謇,字季直,江苏通州(今南通)人,光绪二十年(1894)甲午科一甲一名状元。但他花了整整35年时间在举业之上:"综吾少壮之日月,宛转消磨于有司之试而应其求,盖三十有五年。"②很多士人都是在少年时期,轻易地便考上生员,一时春风得意。可是他们在从生员通往举人、进士的路上却屡屡受挫,有很多人一直坚持考到七八十岁,不知不觉便耗费了毕生的精力。

且顽老人李平书少年遭逢战乱,14岁丧父,中止学业,到上海当学徒,16岁在亲戚帮助下重新读书,17岁考取秀才,本以为功名乃唾手可得,但此后一直到34岁才担任知县,不禁感慨半生蹉跎:"余自龆龄遭难,流离琐尾,几濒于危。年十四而孤,十五学贾,十六还读,十七幸入邑庠,十八应省试,茫茫然不知功名为何物,以为如一衿之唾手可得焉。犹忆庚午榜前,至邑庙豫园九狮亭相家问功名。相士云:'功名尚早,至三十三可得一知县。'余怫然不悦,孰料一再蹉跎,果至乙酉三十三而得优贡,丙戌朝考以知县用。虽实年三十四,而册年则三十三。相士之言,何其验欤!"③

1879年秋,《申报》文人葛其龙赴顺天府乡试得中,他的知交好友纷纷在《申报》上发表诗作表达恭贺之情。12月26日,洞园吏隐梅卿氏发表了《贺葛君隐耕抡魁京兆即步前寄留别原韵》两首,其一

---

① 朱峙三:《朱峙三日记》,第120页。
② 徐凌霄、徐一士:《凌霄一士随笔》(三),山西古籍出版社1997年版,第802页。
③ 李平书:《且顽老人七十岁自叙》,载熊月之主编:《稀见上海史志资料丛书》(第3卷),上海书店出版社2012年版,第277页。

曰:"锦标夺得驾归舟,不负长安此一游。桂树高攀香满袖,菊花来就景宜秋。苍生霖雨诗增价(前以诗稿助赈),华国文章学本优。旧隐龙湫难久隐,让君特地出人头。"① 诗人想象着葛其龙作为一个普通士人金榜题名时的春风得意之情。同一天的《申报》还刊登了另外一位署名"江南下第人可园氏"的诗《己卯南闱报罢有感》:

节过题糕蕊榜开,刘蒉下第□矜才。
鹏程讵得图南去,虎将偏逢败北回。
童仆无欢忘扫榻,妻孥相劝且衔杯。
早知首不朱衣点,何苦忽忽矮屋来。

鹊声送喜竟无因,帖报泥金在别人。
文字三场空得意,暑寒九日枉劳神。
登龙未际风雪会,屈蠖仍栖陇亩身。
屡赴棘闱虚万选,青衫又湿泪痕新。

主持富贵在天公,敢恨吾生运未通。
五度秋闱辛且苦,一场春梦杳而空。
姓名弃置孙山外,珍采韬藏陆海中。
自揣巍科无我分,闭门权作咬虿虫。

秋风旗鼓振文坛,鏖战徒劳勇力殚。
不孝不廉糊口绌,无才无命出身难。

---

① 洞园吏隐梅卿氏:《贺葛君隐耕抡魁京兆即步前寄留别原韵》,《申报》1879年12月26日。

购书耻问登科录，领卷羞称荐士单。
学业荒疏根业浅，漫凭流俗肆讥弹。

直被诗书误半生，悔余拼命把名争。
蟾宫未折三秋桂，萤案仍亲五夜檠。
揭晓已知鱼脱网，抵宵犹梦鹿衔苹。
个中第一惊魂处，邻舍敲锣报捷声。

踏槐消息静沉沉，莫赏焦桐□下琴。
望榜几穿妻子眼，赠金多负戚朋心。
文章纵织机中锦，科第难捞海底针。
再隔三年来拾芥，霜华恐欲鬓毛侵。①

作者在五度秋闱失败之后，对科举功名之路产生了深刻的幻灭感。"不孝不廉糊口绌，无才无命出身难"，一次又一次地名落孙山使诗人对家庭产生了沉重的负疚感："文章纵织机中锦，科第难捞海底针。"尽管他感叹举业之路难于登天，但也只能等待三年之后再踏槐黄之路。同是己卯乡试，中试者葛其龙是"锦标夺得驾归舟，不负长安此一游"；而下第者则是"购书耻问登科录，领卷羞称荐士单"。这一悲一喜，映照的正是中国传统士人在举业之路上天差地别的境遇。

对广大的读书人来说，每一次考试的失利都是一次沉重的打击。1846年，王韬和老师顾惺一行人同到金陵参加乡试，落第后在尺牍中写道："悒悒不能自解者数日，迩来文字因缘忏除殆尽，旧时结习，

---

① 江南下第人可园氏：《己卯南闱报罢有感》，《申报》1879年12月26日。

弃若隔生。"① 翻阅早期《申报》，以"下第"为题的文人诗歌比比皆是，如《丙子下第感怀》："凄凉景况是重阳，我负秋风又一场。我辈看来关命运，诸公从此算文章。甘心放废天犹忌，历劫神仙鬼亦忙。只有银灯花谢久，于今不敢再猖狂。"② 再如《落地感怀》："簇簇秋思万感攒，青灯重对泣阑干。虚檐月写墙阴曲，破屋风增柝韵寒。沧海深宵珠自泣，潢池无盗剑频看。霜蹄暂蹶随非失，报国弥殷一寸丹。"③

然而在举世沉迷于科举考试的时代，除了屡败屡战，继续准备参加下一次考试之外，他们并没有其他更好的路可以选择。在1903年前后欧风东渐的大环境下，对于时务颇有兴趣的普通士人朱峙三仍然积极参加童生考试，其原因正在于"科举在清代为寒士求出路第一门径，以故无恒产者舍此不能救贫，至于做官则在第二步"。因此，广大士人"尚甘心应科举者，则是谋生、求出路、显亲三项累之"。④

鸦片战争之前的普通士人，不管经历了多少次科场的挫折，他们一边从事着塾师、幕僚、游医、星象之学，一边等待着他日的一举鹏飞。对他们而言，除了在功名之路上不断地考试，不断地等待之外，并没有第二条路可走。但是，1840年鸦片战争的爆发以及随后通商口岸的建立，上海租界的繁荣，却悄然改变了读书人的命运。普通的士人，尤其是下层的绅士阶层在科举之路以外，有了更多的选择。而当江南地区的士人因战乱或谋生等种种原因麇集于沪滨之时，一个起初被边缘化而后却深刻地影响着中国近代文学的文人群体——条约口岸

---

① 王韬：《弢园尺牍·与朱瘿卿茂才》，文海出版社1983年影印版，第26页。
② 楚武得间不得不问之斋主人：《丙子下第感怀》，《申报》1877年1月3日。
③ 洪都白花洲畔啸梅处士：《落地感怀》，《申报》1882年12月14日。
④ 朱峙三：《朱峙三日记》，第104页。

知识分子诞生了。

第二节 条约口岸知识分子的兴起与日常生活

1840年第一次鸦片战争，晚清政府对外的大门被迫打开。1842年，根据《南京条约》规定，中国向英国人开放广州、福州、宁波、上海和厦门五个城市作为通商口岸。其中，上海汇聚了天时、地利、人和各方面的条件，在短短几十年时间内就发展成中国最大的贸易中心和对外港口。新兴的资本主义工商业提供了大量的就业机会，越来越多的国人涌入租界谋生，其中就包括王韬、李善兰、管嗣复等一批传统士人，他们是活跃在上海租界，经历了中国现代性转变的第一批传统士人，也是《申报》文人的源头，柯文将他们称为"条约口岸知识分子"（treaty port intellectuals）。

一、条约口岸知识分子的形成

19世纪四五十年代，儒家价值体系仍根深蒂固，整个社会对于那些觅食沪滨、佣书西人、非"正途"出身的下层绅士抱有很深的成见。这一批口岸文人是被主流社会边缘化的群体，而这种边缘性却恰恰因为甲午战争之后近代中国社会的巨大转变而拥有了一种超前性。

柯文在分析以王韬为代表的口岸知识分子时认为："王韬的朋友乃何许人也？他们许多都曾深受儒学经典训练，取得秀才资格，而又起码部分是因西方人在上海的出现所创造的新的就业机会而来到上海的。作为个人而言，他们颇不寻常，甚或有些古怪，不乏才华横溢者。就整体而言,他们代表了中国大地上一种新的社会现象——条约口岸知识分子,他们的重要性与日俱增。他们在中华世界的边缘活动。起初,他们的工作对中国主流中的种种事件似乎几无影响,但最终他们所提出的内容却与中国的实际需要逐渐吻合。直到这时,他们才渐次得到一定的社会地位和自尊。"①

作为条约口岸知识分子的代表人物,王韬是被研究得最多的士人。王韬(1828—1897),原名利宾,后改名瀚,字紫诠、兰卿,号仲弢、天南遁叟、弢园老民等。道光二十九年(1849)九月,王韬在江南连月大雨、父亲病逝的双重打击之下,因衣食之忧,不得不背井离乡,来到位于上海北关外的墨海书馆,辅助麦都思等传教士进行《圣经》翻译工作。

1849年至1862年是青年王韬寄居沪上、佣书西人以谋生的时期。期间,王韬一方面不断地承受着"卖身事夷"的道德与精神的折磨,另一方面,他也不断地被动或主动地接受西学知识,经历着知识体系结构的重构。对王韬来说,在墨海书馆充当翻译只是权宜之策,但他没有想到的是,正是这一段沪上生活使得他完成了从传统文人到条约口岸知识分子的蜕变,成为后人考察口岸流风与文艺变迁的起点:"王韬旅沪求活,始终视为暂局。希望一日赚足赀财,返乡买田购屋,可以息影林泉。此皆屡见于王氏自述,确足凭信。……然于此段上海之颠沛境遇,浪迹心情,游戏人生,竟亦留下雪泥鸿爪,俾后世学者借以考镜口岸士风以至文艺嬗变之滥觞。"②

王韬在墨海书馆工作期间,结识了李善兰、蒋剑人、管嗣复等一

---

① 〔美〕柯文:《在传统与现代性之间:王韬与晚清改革》,雷颐、罗检秋译,中信出版社2016年版,第17页。
② 王尔敏:《中国近代文运之升降》,第334页。

批和他有着相同身份与经历的下层文人,这个群体也正是近代中国第一批口岸知识分子的主要代表人物。

李善兰(1811—1882),号秋纫,别号壬叔,浙江海宁人,诸生,曾参加杭州府乡试不中。李善兰是近代著名的数学家、天文学家和植物学家:"精畴人家言,为吴门陈硕甫先生高足弟子。咸丰壬子夏五月来沪,侨居大境杰阁。"从1852年至1859年在墨海书馆工作期间,李善兰曾与传教士伟烈亚力翻译欧几里得《几何原本》后九卷,成为清代算学集大成者:"有清一代天算之学勿庵(梅文鼎)为金声,壬叔(李善兰)为玉振。然壬叔补译《几何原本》,不独为勿庵未见之书,实综明以来天算家治西术者而得其全,其所自造亦皆精益求精。"① 此外,李善兰还与艾约瑟合译了《重学》,为我国近代史上第一部力学译著。其后,还与伟烈亚力合译了《谈天》18卷、《代数学》13卷、《代微积拾级》18卷,与韦廉臣合译了《植物学》8卷。

蒋敦复(1808—1867),原名金和,字子文,又字纯甫,号剑人,上海宝山县人,诸生,清词后七家之一。蒋敦复是当时著名的狂士,行为放荡不羁,屡屡以游戏之态应科举考试:"宝山蒋剑人敦复,道、咸间名士也,与张文虎齐名。弱冠时,薄制举文而不为,其父故老明经,督之弥严,欲其取科名以自显。而蒋入场,喜弄狡狯,所为文,恒引用僻典,诡不入格,以是屡不售,放荡不羁,时人咸目为狂生。"②

咸丰六年(1856),蒋敦复经王韬推荐入墨海书馆担任翻译工作,与英国传教士慕维廉合作翻译《大英国志》。该书出版后,受到一致

---

① 费行简:《近代名人小传》,文海出版社1967年版,第412页。
② 徐珂编:《沪稗类钞》,载熊月之主编:《稀见上海史志资料丛书》(第1卷),第309页。

好评,《剑桥中国史》中提到蒋敦复在翻译此书时的贡献:"慕维廉的译文之所以受到中国学者的赞扬,在相当程度上是由于他的合作者,十九世纪五十年代上海文学界的主要名人蒋敦复(1808—1867年)的技巧。"① 在墨海书馆期间,蒋敦复与王韬、李善兰深相契合,常常在一起喝酒剧谈。他们的朋友许起,在《珊瑚舌谈初笔》中说,咸丰五、六年(1855—1856)间,蒋、王、李"并居沪渎,同作寓公,诗酒佯狂,蔑王侯而薄轩冕,虽贫勿悔也"②。当时,云间(松江)画家胡公寿曾给他们三人画了一幅"海天三友图",成为一时佳话。后来,蒋敦复又和王韬、马建忠并称为"海上三奇士"。

管嗣复(?—1860),字小异,江苏江宁(今南京)人,乃桐城散文后四家之一管同之子。1853年太平军攻克南京,他被迫留在大营中从事文书工作。一年之后逃出,在无锡遇到传教士艾约瑟,被带到上海墨海书馆。管嗣复大约在1854年进入墨海书馆工作,协助传教士合信翻译了《西医略论》《内科新说》《妇婴新说》等医学专著:"小异名嗣复,江宁茂才,家乡残破,避难邓尉。西士艾约瑟至吴遇之,与之谈禅,极相契合,载之俱来,同合信君翻译医书。一载之间,著有《西医略论》《妇婴新说》二种,俱已锓版。合信自谓二百年后,此书可不胫而走矣。"③ 随后,管嗣复又帮助裨治文润色其《亚美理驾合众国志略》。然而1859年,他却拒绝了裨治文请他助译《旧约》的要求,理由是《圣经》与其所信守的儒家思想相抵触。

张福僖(?—1862),字南坪,别字仲子,出生于浙江归安县

---

① 〔美〕费正清编:《剑桥中国晚清史》(上卷),中国社会科学出版社1985年版,第624页。

② 政协上海市宝山区委员会文史资料委员会编:《宝山史话》(续集),内部资料1991年版,第33页。

③ 王韬:《王韬日记》,汤志钧、陈正青校订,第6页。

（今湖州市）一个贫苦家庭。张氏自幼好学深思，偏爱天文历算，曾中秀才，在乡里"拔冠一军，名誉鹊起"①，但因不喜作八股文，于科举仕途无甚进步。咸丰三年（1853），张福僖因李善兰介绍到上海墨海书馆工作，协助传教士艾约瑟翻译西学书籍，翻译了包括《光论》在内的一系列西学书籍："咸丰癸丑，艾君约瑟聘予在沪译天算格致诸书，《光论》此其一种也。"② 在此期间，张福僖在接触和介绍西方近代科学知识的同时，其学术思想也逐步发生变化。

沈毓桂（1807—1907），字寿康，号赘翁，江苏吴县（今苏州）人。震泽县学的附生，早年科场失意，于是只能在乡间设馆做塾师。道光三十年（1850）到上海，经王韬引荐结识了麦都思，并一度在墨海书馆任麦都思的汉文翻译助手，一年后又回到家乡重操旧业。1859年他在沪与艾约瑟相识，遂再度赴墨海书馆担任华文翻译。林乐知在《褒扬耆儒奏折书后》曾这样叙述沈毓桂的翻译贡献："嗣偕墨海书馆麦都思、慕维廉、艾约瑟、伟烈亚力诸君，编译诸书，如《新》《旧约》初刻本、《英国志》、《释教正谬》、《天道实义》、格致、化学、天文、算学、医理、性理等书约有三十余种。"③ 也正是在这一年，沈毓桂接受了艾约瑟为他进行的基督教洗礼，其根本原因仍在于仕途困顿所造成的人生失意："余不谙世事，不随人情。家徒壁立，迹类蓬飘；年年冯煖，常同弹铗。依人岁岁，邹阳不免曳裾；作客青眼，难逢知己不易。两鬓已雪，百念皆冰。于是淡然于世俗，而殷然于天道焉。"④

---

① 王韬：《瀛壖杂志》，第92页。
② 张福僖：《光论》，中华书局1985年版，第2页。
③ 邹振环：《译林旧踪》，江西教育出版社2000年版，第55—56页。
④ 沈毓桂：《中西相交之益》，《万国公报》第649期，1881年7月。

沈毓桂在墨海书馆期间共翻译了《大英国志》《释教正谬》《天道实义》和《格致新机》等30余本西学书籍。同治七年（1868），沈氏协助美国传教士林乐知创办《万国公报》，并任华文主笔；光绪五年（1879），创办上海中西书院，自任总教习，前后执教18年。

张文虎（1808—1885），字孟彪，号啸山，清松江府南汇县（今属上海市）人，诸生。通经学、小学、历算、乐律，旁及子史。张文虎少年家贫，16岁即为童子师，但他对于士人普遍热衷的科举功名颇不看重："不喜帖括，肆力诗古文。道光丙戌始补邑诸生。……壬辰大比，试卷墨污，题诗号舍而出，自是不复应试。"① 之后，张文虎流落沪上，曾参与墨海书馆的西学书籍翻译工作："咸丰初，李善兰与英人艾约瑟辈译《重学》及《几何原本》后九本，为与校刊参订之役，艾等大折服，叹为彼国专家弗能及。"②

应龙田，字雨耕，祖籍浙江金华。曾为英国传教士威妥玛的翻译助手和中文老师，曾跟随威妥玛于1852年至1853年往游英国。1853年六月初回国之后，应龙田曾手持威妥玛的信札前往墨海书馆拜访麦都思，表达自己想要受洗的愿望。此后，应龙田每日来墨海书馆读《圣经》，麦都思都耐心地为他进行讲解。1854年七八月间，不论是清晨、午后还是薄暮，王韬常常与应龙田剧谈饮酒："晨至英署，与雨耕、春农剧谭，莲溪亦偕往"③；"午后，应雨耕、孟春农、曹潞斋来，同偕酒垆小饮"④；"二十日丙辰，薄暮至英署，后途遇应雨耕，因与散步剧谈，同至砚耕家，即别"⑤。王韬曾这样描述他和应雨耕的交情：

---

① 支伟成：《清代朴学大师列传》，岳麓书社1998年版，第292—293页。
② 支伟成：《清代朴学大师列传》，第293页。
③ 王韬：《王韬日记》，汤志钧、陈正青校订，第109页。
④ 王韬：《王韬日记》，汤志钧、陈正青校订，第108页。
⑤ 王韬：《王韬日记》，汤志钧、陈正青校订，第109页。

"韬来海上,以文字交者,固不乏人,以意气交者,足下一人耳。"①

王韬在墨海书馆佣书西人时期的交际范围非常广,正如他后来在《弢园老民自传》中所言:"沪上虽为全吴尽境,而当南北要冲,四方冠盖往来无虚日,名流硕彦接迹来游,老民俱与之修士相见礼,投稿赠纻,无不以国士目之。中如姚梅伯、张啸山、周弢甫、龚孝拱,其交尤密。西馆中,则又海宁李壬叔、宝山蒋剑人、江宁管小异、华亭郭友松并负才名,皆与老民为莫逆交。惟是时事日艰,寇氛益迫,老民蒿目伤心,无可下手,每酒酣耳热,抵掌雄谈,往往声震四壁,或慷慨激昂,泣数行下,不知者笑为狂,生弗顾也。"②

除了与李善兰、蒋敦复、管嗣复等人交往密切之外,王韬还与姚燮、张文虎、周双庚、龚孝拱、郭友松等人为莫逆之交,常常在一起诗酒往还,抵掌雄谈。这一批人,大多是困顿场屋、沉沦下僚的下层绅士阶层,他们往往因战乱或生计而浪迹沪上,这些在沪上谋食,被王韬称为"海上寓公"的传统文人也是中国第一批口岸知识分子的组成部分。笔者根据《王韬日记》《瀛壖杂志》《弢园尺牍》《王韬年谱》等文献史料整理了他在沪上时期交往的士人名录。这一份名录同时也基本囊括了19世纪后半叶口岸知识分子的主要成员。

表2-1 王韬沪上文人交际圈(1849—1860)

姓名	字号等	籍贯	举业	职业	备注
袁祖德	字又村	浙江钱塘		入资为丞,任上海知县	咸丰三年(1853)上海小刀会起义时被杀

① 王韬:《弢园尺牍·寄应雨耕》,第106页。
② 王韬:《弢园文录外编》,上海书店出版社2002年版,第269—270页。

(续表)

姓名	字号等	籍贯	举业	职业	备注
胡枚	字少文	宁波鄞县			咸丰四年（1854）死于难
刘旬隋	字松岩	河南太康	丁未进士		咸丰八年（1858）任县事，于上海抗敌
王寿康	字保之，号二如				咸丰三年（1853）避乱居南翔
瞿应绍	字子冶，号瞿甫				道光二十九年（1849）冬卒
徐渭仁	字文台，号紫珊				
刘枢	字星旋，号鸿甫			嘉庆癸酉知县	
刘汲	字际可，号书樵	江苏浦西	嘉庆戊辰副榜	陕西学使幕	
江驾鹏	字冀云				王子春、王韬从之游
郁松年	字万枝，号泰峰				
毛祥麟	字对山			善岐黄术	
侯梅衫	字敵			乡塾	
陈常	字少远	江苏诸翟镇	诸生	刀笔，理讼事	庚申，死贼
沈炳垣	字晓沧	浙江桐乡		县事，苏州同知	松江同知
平畴	字耕烟，号种瑶	江苏山阳			官需次沪上

（续表）

姓名	字号等	籍贯	举业	职业	备注
郭麐	字祥伯，号频伽				丙子冬杪游沪渎，小住王韬处
沈梦塘	字渊	江苏宝山	孝廉	幕僚	
丁大椿	字小仙	山东	诸生	君平术	
张澹	字新知，号春水	江苏吴江		幕府，砚田	晚年往来于吴淞间，旅食沪城，卒以贫死
周文鼎	字石香	浙江秀水	茂才		咸丰壬子（1852）冬，居北关
李善兰	号秋纫，别号壬叔	浙江海昌	茂才	天文馆总教习	1852年至墨海书馆，同治戊辰（1868）年入都，与王韬、蒋敦复并称"海天三友"
蒋敦复	字纯甫，号剑人	江苏宝山			晚年寓居沪上，同治六年（1867）卒，与王韬、李善兰并称"海天三友"
姚燮（1805—1864）	字梅伯，号复庄、大梅山民	浙江镇海	道光甲午举人	卖画	晚清文学家、画家，咸丰乙卯（1855）客海上最久，与王韬诗酒往还，过从甚密
张鸿卓	字啸峰，号筱峰、伟甫	江苏华亭	明经		
于源		浙江秀水			时来沪上，与王叔彝观察交最善
秦次游		浙江秀水	孝廉		
孙次公		浙江秀水	明经		执骚坛牛耳者

(续表)

姓名	字号等	籍贯	举业	职业	备注
孔继荣	字宥涵				咸丰乙卯（1855）偕癸甫同来，殉难于扬营
黄韵珊		浙江海盐	孝廉		戊午春间来游沪渎
华冀纶	字邃秋	江苏金匮	甲辰贤书		
华蘅芳	字若汀	江苏金匮	诸生	广方言馆	丁巳年（1857）来沪，与西人韦廉臣游，适馆三月而去
徐寿	字雪村	江苏无锡		广方言馆	清末科学家
徐建寅	字仲虎				同治十三年（1874）与福蓝颜创办格致书院
万斛泉	字清泉	湖北兴国			同治六年（1867）延主龙门书院
何咏	字梅屋	江苏上元			刘松岩大令聘之至沪上
凌竹泉	字志珪	江苏上元			
孙文川	字澂之，号学博	江苏上元		司文牍，知府	与王韬往还颇密
祝凤喈		福建浦城			罢官后，移家沪上
江湜	字弢叔	江苏苏州	诸生	幕友	三与乡试，皆不第，忧愤殒其生
杨引传	字延绪，号醒逋、莘圃	江苏吴县	诸生		王韬内兄，醒逋挈眷避居洋泾，后病殁沪寓

（续表）

姓名	字号等	籍贯	举业	职业	备注
叶廷琯	字调生	江苏吴县			吴门沦陷，避地沪上，著有《吹网录》《鸥波余话》
冯桂芬	字林一，号景亭	江苏吴县	道光进士	官至右中允	咸丰三年（1853）避兵至沪，著《校邠庐抗议》
周白山	字双庚，号四雪	浙江余姚		曾与慕维廉佣书，月余即分手	顾有奇穷，丐食沪滨。落魄文人，夭其无年
任竹君		浙江余姚			
徐金罍		浙江余姚			沪上寓公
贝青乔	字子木	江苏苏州		幕友	卒于北上途中
刘熙载	字融斋	江苏兴化	道光甲辰进士	翰林院编修、詹事府中允	主讲上海龙门书院
齐玉溪	名学袭	江西婺源			道光戊申（1848）曾来沪上，与毛君对山结文字交
薛时雨	字慰农	安徽全椒	早岁甲科		同治丙寅（1866），借沪上诸寓公流连诗酒
张熊	字子祥，号鸳湖外史	浙江秀水			乱后挈家寄沪做寓公
林益扶	名谦晋，字牧畴	祖居同安，寄籍台湾	嘉庆癸酉举人	宦于闽	王韬外舅，晚年侨寓沪上，不名一钱

(续表)

姓名	字号等	籍贯	举业	职业	备注
周弢甫	名腾虎	江苏阳湖		幕友	咸丰辛酉（1861）偕汤果卿来沪，浮沉幕府中，屡征不就。疫疠亡
周蠵					至粤补官
周世澄	字孟舆			金陵书局校对	
凌霞	字尘遗，号病鹤、子与	浙江吴兴			乱后避兵寓居沪渎
胡远	字公寿，号横云山民	江苏云间			屡试有司不售，弃而学画，工书画
胡鼻山	名震，字不恐	浙江富阳			
钱叔盖	名松，字耐青				庚申（1860）破城，阖门死难
王秋言		江苏吴江			
宋小坡	字希轼	江苏太仓			奇穷日甚，饘粥几至不给。所识多知名士，往来沪上者，辄以润笔钱资之
汪燕山		江苏江宁			庚申之春，苏垣陷贼，避迹沪上，与王韬往来频繁

(续表)

姓名	字号等	籍贯	举业	职业	备注
左枢	字孟辛	湖南湘乡			乱后挈家，避兵沪上，与王韬往还最密，没于军营
左仲敏		湖南湘乡			左枢之弟
惠烈文	字能静	江苏阳湖			庚申春间避乱来沪
吴沐盦	名新铭		茂才	幕僚	
龚橙	字孝拱	仁和		入上海英领事馆任翻译	侨寓沪上，几二十年，与王韬交往密切
汤裕	字衣谷	仁和			以一官需次申浦
张文虎	字啸山	南汇	茂才	金陵书局校对	乱后避兵来沪
管嗣复	字小异	江苏江宁	茂才	与英人合信合译《西医略论》《内科新说》《妇婴新说》	家乡残破，避难上海。庚申春，往客山阴，惊悸而死
张南坪		归安	茂才		橐笔海上，时与西士畴人家言，然未有成书。同治初元(1862)，贼害
孙启絮	字正斋	浙江鹿城	诸生		
朱均一	字次瘿，号少谷				精篆刻，工书法，善画梅
钱文漪	字莲溪	江苏娄县	诸生		
顾秉圻	字秋涛	上海	诸生		

(续表)

姓名	字号等	籍贯	举业	职业	备注
殷蓉峰		新安	诸生		
张日升	字若愚	江苏金山	诸生		
林会庵		上海	诸生		与王韬父有旧
应龙田	字雨耕	浙江金华			曾随居停主人威妥玛漫游英伦，与王韬合作《瀛海笔记》《瀛海再笔》
邓文钦	字子明	江苏江宁	诸生		逃难来沪，寄居墨海书馆
邓文铃	字子衡	江苏江宁		弃学从商	逃难而来，子明弟
陈萃亭					咸丰二年（1852）冬间至沪，在伟烈君处钞胥
孙文川	字澄之	江苏江宁	诸生		避难来此
韩应阶	字菉卿	江苏云间	孝廉		出资刊印《几何原本》八卷
徐君青	字均卿，号有壬	浙江乌程		1859年任江苏巡抚	丁巳（1857）四月中曾来沪上，至墨海书馆印书车
严云初	字桐君，号棉生				
张世贵	字鲁生	浙江慈溪		曾任中国第一炮舰统带	喜格致之学，谓士流中之佼佼者
何咏	字梅坞	江苏江宁			诗格苍老

(续表)

姓名	字号等	籍贯	举业	职业	备注
郭嵩焘	字伯琛，号筠仙	湖南湘阴	道光进士	曾任苏松粮储道，两淮盐运史，首任驻英、驻法公使	1856年来上海，参观墨海书馆
郭福衡	字友松	江苏华亭	孝廉		为王韬莫逆之交

资料来源：王韬《瀛壖杂志》（上海古籍出版社1989年版）、王韬《王韬日记》（中华书局2015年版）、王韬《弢园尺牍》（中华书局1959年版）、张志春编著《王韬年谱》（河北教育出版社1994年版）、郑方泽编《中国近代文学史事编年》（吉林人民出版社1983年版）。

在王韬的交往名单中，除了未注明的，只有刘旬隋、郭嵩焘、刘熙载、冯桂芬是进士，姚燮、华蘅纶、薛时雨、林益扶是举人；刘熙载、万斛泉是有着较高社会声望的书院山长，而徐君青、刘枢、刘汲、袁祖德是属于上层绅士阶层中的官员。

王韬、李善兰、蒋敦复、管嗣复、张文虎、张福僖、沈毓桂和应龙田等传统文人是近代中国第一批条约口岸知识分子的代表人物，他们主要活动在1849年至1860年的上海租界，其最初的职业都与墨海书馆有着或多或少的联系，他们在日常生活中与英国伦敦布道会的传教士麦都思、慕维廉、伟烈亚力、艾约瑟、美魏查、合信等有密切交往。按照社会分层理论的财富、权力和声望三个维度来分析，他们都只是刚刚具有科举考试资格的秀才、诸生，仕途困顿，沉沦下僚，没有稳定的收入和煊赫的社会声望，属于中国绅士的最底层。然而，1840年鸦片战争之后，五口开放通商，时代的巨变加上个人特殊的际遇使得他们比前一代士人有了举业之外的选择——佣书西人。在沪上谋食的过程中，他们成为近代中国第一批系统接触到西学知识的传统士人,也是最早被上海租界欧风美雨浸润,亲身体验晚清上海近代化过程的口岸知识分子,他们在沪上栖居的时期正是他们的知识体系得以重构的阶段。

因此,他们在沪上谋食期间接触的那些微不足道的日常生活事件在潜移默化中改变着自身的认知结构与知识谱系,其意义正如王尔敏所言:"这次与西洋教士接触的机会,虽是短暂而且偶然,实则开启王韬后数十年的谋生环境、思想行径与交游范围。其创机极微,而影响波及相当广阔悠久。"① 由于王韬留存了非常多的史料文献,尤其是《王韬日记》和《弢园尺牍》等,因此,本书将以王韬为个案,分析口岸知识分子这一群体在沪上谋食期间的知识体系与思想观念的近代转变。

二、墨海书馆的《圣经》翻译工作

作为一个传统的士人,少年王韬所接受的完全是正统的儒家教育:"仆幼承庭训,留意典籍。埋首学间,顾身士林。心无旁骛,唯孔子之道是从。先父见背,仆继承其职,始闻圣教。"② 王韬之所以去墨海书馆工作,首先在于他父亲王昌桂曾经在那里为传教士翻译过《圣经》。其次,也是更重要的原因在于1849年夏六月,王韬的父亲在上海因病去世,整个家庭的重担全部落在青年王韬的身上。然而,作为一个刚刚取得秀才资格的年轻人,除了在家乡开馆授徒、充当私塾先生之外,王韬并没有更好的选择。可是,当年适逢江南大水,王

---

① 王尔敏:《王韬早年从教活动及其与西洋教士之交游》,载林治平主编:《近代中国与基督教论文集》,宇宙光出版社1981年版,第276页。
② 叶斌:《王韬申请加入基督教文析》,《档案与史学》1999年第4期。

韬举家面临严重的生存危机，这个时候，传教士麦都思的邀请成了王韬唯一能够抓住的救命稻草："己酉六月，先君子见背。其时江南大水，众庶流离，砚田亦荒，居大不易。承麦都思先生遣使再至，贻书劝行，因有沪上之游。缪厕讲席，雅称契合，如石投水，八年间若一日。"①

王韬初来上海的两三年，在城北租赁了吴澹人的住所居住，然而咸丰二年（1852）八月，由于吴氏将有香港之行，王韬被迫另寻住处，这让王韬不免生出寄人篱下之感："余于城北僦屋数椽，与澹人偕居。近日澹人将至香港，下逐客之令，不免谋容邴之所，以免露外。困厄之中，何所不有，思之凄绝。"② 半个月后，王韬迁居于北关外墨海书馆的宿舍。这里紧邻麦都思的住处，且庭院开阔，环境清幽："是日余迁居于北城外，小楼数楹，颇绕幽致。其地僻静，人迹罕至，尽堪读书。"③ 如果没有特殊情况，王韬每天早晨会在固定的时间去墨海书馆开始一天的工作："清晨至墨海馆中校理秘文。"④

1856年3月15日，郭嵩焘赴墨海书馆参观并拜访麦都思时明确指出王韬所从事的是与基督教有关的文字工作："麦君著书甚勤，期间相与校定者，一为海盐李壬叔，一为苏州王兰卿。……王君挈眷寓此，所居室联云：短衣匹马随李广，纸阁芦帘对孟光。亦有意致。询其所事，则每日出坐书厅一二时。彼所著书，不甚谙习文理，为之疏通句法而已。"⑤

王韬日记中所记载的每日校对的"秘文"即为《圣经》。这份翻

---

① 王韬：《弢园尺牍·与英国理雅各学士》，第256页。
② 王韬：《王韬日记》，汤志钧、陈正青校订，第38页。
③ 王韬：《王韬日记》，汤志钧、陈正青校订，第43页。
④ 王韬：《王韬日记》，汤志钧、陈正青校订，第21页。
⑤ 郭嵩焘：《郭嵩焘日记》，湖南人民出版社1981年版，第33页。

译工作由墨海书馆的传教士和中文翻译共同完成,据传教士美魏茶回忆:"我们的日常工作是:开始时读一段经文,然后祈祷,从上午十点到下午两点半。翻译程序……是逐字逐句推敲,使每人都有机会提出他认为最满意的辞句以供选择。"①

王韬参与的文言文译本被称为"委办本"《圣经》,其风格渊博典雅,语言简洁流畅,符合当时士人阶层与普通百姓的阅读习惯,同时也成为19世纪末20世纪初传播最广泛的《圣经》译本。②麦都思等传教士对王韬的翻译工作相当满意:"(王韬)虽不如父亲之广博,而灵敏活用则有过之,文采优雅而论断允当,于是雇用之,并深庆得人。他不仅受到其他年长同事的敬重,又勤奋地承担大部分译事,经其同事略加删改后,我们多能接受,《新约》的大部分与《旧约》全部,都是如此完成,《约伯记》与《箴言》中的许多佳句,以及充斥整部《圣经》的信而流畅的译笔,都归功于他。"③

然而,晚清道咸年间,基督教仍然是一种被妖魔化的外来事物,就连一般的开明士绅都对基督教抱有深刻的偏见,如魏源认为教徒行事邪僻,大违礼教:"若中国之天主教,则方其入教也,有吞受药丸领银三次之事,有扫除祖先神主之事,其同教有男女共宿一堂之事,其病终有本师来取目睛之事。"④当时传统文人一心以科名为正途,像王韬这样佣书沪上的落魄文人屈指可数。因此,王韬在"今兹卖文,所入岁得二百金"⑤的同时,也时刻承受着巨大的精神折磨与道德

---

① 〔美〕柯文:《在传统与现代性之间:王韬与晚清改革》,雷颐、罗检秋译,第22页。
② 参见〔美〕费正清编:《剑桥中国晚清史》(上卷),第593—594页。
③ 苏精:《王韬的基督教洗礼》,载林启彦、黄文江主编:《王韬与近代世界》,香港教育图书公司2000年版,第439页。
④ 魏源:《海国图志》,中州古籍出版社1999年版,第241页。
⑤ 王韬:《弢园尺牍·寄所亲杨茂才》,第69页。

压力。

虽然王韬一生并没有真正认同基督教，但自从事这份职业开始，他的儒家知识结构已然开始改变。同治六年（1867），王韬跟随理雅各前往欧洲漫游，途经亚丁红海，即刻想到《圣经》记载的摩西分红海故事：

> 由亚丁出，则为红海；由亚勒珊得出，则为地中海。观所绘地图，红海两岸皆山峡，并不广阔，晴日和风，舟平如砥。然行四五日，登舵楼以望，亦复杳无涯涘，盖其阔约五百余里云。相传当中国商时，摩西率以色列民出埃及，埃及王法老追袭其后；摩西偕众竟履红海而过，法老随之，俱陷没于波涛中，至今阴雨之际，犹闻鬼哭声啾啾然。①

作为对比的是，晚清使西日记中，经过并提及红海的有斌椿的《乘槎笔记》、张德彝的《航海述奇》、郭嵩焘的《伦敦与巴黎日记》和戴慈鸿的《出使九国日记》。这些游记或描绘红海的地理概况，或叙述历史沿革，却都没有提及摩西与《圣经》。稍晚的袁祖志曾于光绪九年（1883）春漫游欧洲，往返途中曾两次经过红海，并作《亚丁登山作》《红海舟中遣兴》②等诗，诗中提到了英国人对亚丁的开垦和建设，但也仍未提及摩西故事。可见，王韬游记中使用的摩西分红海的典故，并不是那个时代传统士人的共识，而是来自他早年在墨海书馆翻译《圣经》的经历。

---

① 王韬：《漫游随录》，第56页。
② 袁祖志：《谈瀛阁诗稿》，《清代诗文集汇编》（第705卷），上海古籍出版社2010年版，第582、601页。

在墨海书馆工作期间，王韬不仅协助翻译了《圣经》，还于咸丰四年（1854）八月受洗，成为一名真正的基督徒。①受洗之后每逢礼拜日去教堂领受主餐、听讲《圣经》便成为王韬1854年至1858年间一项重要的日常活动。

咸丰四年（1854）八月王韬受洗之后，他的日记中便有大量礼拜日参加教会活动的记载："晨至会堂听英人说法，讲者操彼处土音，不甚可辨"（八月初十），"是日赋闲，至医院听英人说法，受主餐"（八月廿四），"归至礼拜堂，听麦牧师讲解圣书"（十月初七）……

按照《王韬日记》的记载，咸丰五年（1855）元宵节过后，王韬像一个虔诚的教徒一样，在每个礼拜日风雨无阻，不间断地参加各种教会活动。这一年夏季七八月间，王韬每个礼拜日准时参加教会活动，并乐在其中：

> 晨往会堂，祗受晚餐。酒味清冽，香流齿颊，真如醍醐灌顶。午后听麦牧师说法毕……（七月十四日）
>
> 是日礼拜，诣会堂祗受圣餐，入城讲解圣书。听者甚众，为言真葡萄树之譬，反复开导，颇有信者。（七月廿一日）
>
> 潘惺如从甫里来，相见欢然。……午后同至会堂，听英人讲解《圣经》。（七月廿八日）
>
> 继入城听慕君说法。（八月初六日）
>
> 继予至会堂，祗受晚餐，同论隐谷入教之事。竹生等以为不

---

① 相关文章可见苏精：《王韬的基督教洗礼》，载林启彦、黄文江主编：《王韬与近代世界》，香港教育图书公司2000年版；叶斌：《上海开埠初期伦敦会发展的基督教徒分析》，《史林》1998年第4期；叶斌：《王韬申请加入基督教文析》，《档案与史学》1999年第4期；〔美〕韩南、姚达兑：《汉语基督教文献：写作的过程》，《中国文学研究》2012年第1期。

可，予独以为可，两不相合，颇有龃龉。午后，同研香、式如、
恂如、隐谷、芷卿舍弟啜茗茶寮，座中群议纷纷，无非为隐谷受
洗一事。(八月十三日)

　　传教士麦都思既是王韬现实中的居停主人，同时也是他在宗教
精神上的引领者。咸丰六年（1856）八月中旬，麦都思离开上海回
国。王韬作《送麦西士回国》七律四首送别麦氏并回顾八年来的友
情，认为麦都思是自己平生第一知己："知己平生首数公，海邦物
望最为崇。学从天授推无敌，道自西来证大同。有愧粗才怜阮籍，
不将奇字诧扬雄。八年聚首情如昨，岁月因循感慨中。"（其二）①
不幸的是，麦都思抵达伦敦三日后便去世了。当麦都思的死讯传到
上海，王韬悲痛至极："敝居停麦牧师于丙辰八月返国，冬尽得抵
伦敦。至仅三日，溘焉而逝。闻信骇悼，潸然出涕。此瀚海外一知
己也，悲真刻骨，痛欲剸心。精契所在，存没无间，人琴之感，幽
显迥殊。"②

　　麦都思的离开加上道咸年间社会各阶层对于基督教的误解与偏
见，使得王韬的宗教活动热情跌入谷底。因此，咸丰八年（1858），
《王韬日记》虽然篇幅增加了许多，但是在那些冗长的文字里，只有
为数不多的两条参加礼拜活动的记录，而本年绝大多数的礼拜日，王
韬的日常活动从领受圣餐、听讲《圣经》变成了沪上传统文人热衷的
茶寮品茗、诗酒唱酬和勾栏访艳。

---

①　王韬：《蘅华馆诗录》卷二，光绪十六年（1890）铅印本，第13页。
②　王韬：《王韬日记》，汤志钧、陈正青校订，第185页。

三、佣书西人的矛盾心态

上海租界于道光二十三年（1843）开埠，而王韬于道光二十九年（1849）即到沪滨谋食。进入墨海书馆担任传教士的中文教师，其工作主要是翻译《圣经》，偶尔陪同慕维廉等传教士前往上海周边地区传教。当时，在通商口岸工作的买办虽然在经济上非常富裕，然而其社会地位却普遍受到人们的鄙视："向时中国之能操泰西言语，能识英人文字者，当轴者辄深恶痛嫉，中国文士亦鄙之而不屑与交。"① 作为第一代口岸文人，王韬脱离儒学正轨的行为是不被社会承认和接受的。但对于面临生存危机的王韬而言，墨海书馆丰厚的报酬远远超过在乡间做私塾先生的收入："此间校理之役已将蒇事，去留尚不可知。今兹卖文所入，岁得二百金，尚且以布衾质钱，金钗贳酒。倘一旦归来，更将何以为计，念之真堪堕泪。"②

道德和物质上的矛盾使得王韬在道光二十九年（1849）至同治元年（1862）沪上谋食期间始终处于不安的痛苦状态之中。他希望能够在物质需求得到满足之后重返举业之路，或者回归乡间，买田读书，做一个有着高尚道德的传统士人。因此，在沪上谋食期间，一方面，他在日记、尺牍中不断地向亲戚、朋友强调他在墨海书馆的工作环境是多么恶劣，西人是怎样地难以沟通："已删定文字，皆系所主裁断，韬虽秉笔，仅观厥成。彼邦人士拘文牵义，其词诘曲鄙俚，即使尼山复生，亦不能加以笔削。"③ 王韬作为一个传统士人，流落沪滨，就馆

---

① 王韬：《弢园文录外编》，第25页。
② 王韬：《弢园尺牍·寄所亲杨茂才》，第69页。
③ 王韬：《弢园尺牍·与所亲杨茂才》，第51页。

西人使他深感惭愧:"堕地以来,寒暑三十易。精神渐耗,志气渐颓,而学问无所成,事业无所就。徒踽天踏地于西人之舍,仰其鼻息,真堪愧死。思之可为一大哭。"① 同时,他清醒地知道,世人对于他们这些非正途出身的士人亦抱有深厚的偏见:"论者犹谓附猩慕膻,兼金可致,蒙污韫垢,故辙顿移,物议沸腾,难以置喙。"② 但迫于生计,王韬又不得不继续为西人工作,在与友人的尺牍中他一再表示,一旦经济宽裕便可返回乡里,保守一个传统士人的节操:"韬逐臭海滨,为西人佣书,计非得已,然舍此无可适者。欲为禄仕以谋升斗,而疆场有事,不得不供驱策。男儿以马革里尸诚为壮事,但有老母在,不敢以身许国。壮志渐消,分阴可惜,拊髀自叹,安能郁郁久居此哉!当早蓄买山之钱,以作避世之计,枕葄经史,承欢菽水,可出可处,可穷可通,然后始偿韬之素志也。"③ 他一再反复地强调沪上这个浊臭之地绝非久留之所,"行将改弦易辙,槁饿穷乡。离腥膻之恶壤,守泉石之素志"④,强调自己在这里是情势所迫:"羁縻于此,势非得已。沪城斗大,绝无可语者,安能郁郁久居此哉!"⑤

对于王韬来说,就馆西人当然是一件情非得已的痛苦选择,然而,要再回到举业之路也未尝不是一件难事。王韬后来在与理雅各的书信中强调自己科举考试第一次失利之后便不再起科举功名之念,而是肆力于经史之学,希望有朝一日能够实现自我价值:"十七试京兆,一击不中,遂薄功名而弗事。于是杜门息影,屏弃帖括,肆力于经史,思欲上抉圣贤之精微,下悉古今之繁变,期以读书十年,然后出

---

① 王韬:《王韬日记》,汤志钧、陈正青校订,第202页。
② 王韬:《弢园尺牍·与杨三醒逋》,第53页。
③ 王韬:《弢园尺牍·再寄孙惕庵》,第90页。
④ 王韬:《弢园尺牍·奉顾涤庵师》,第59页。
⑤ 王韬:《弢园尺牍·寄周丈侣梅》,第60页。

而用世。"①

事实上，在墨海书馆期间的青年王韬，还难以放下心中的执念，看到别人科举高中，他内心的举业之梦也时常被触动："遁迹海滨，真如匏系驽骀，下才无志，腾骧只增伏枥之悲耳。桐叶已落，槐花正黄，见人家泥金遍帖，功名之念未尝为稍动于中。酒酣耳热，时复潸焉。自讪同学少年亦多不贱，彼此相形，益觉泪下。羁縻于此，势非得已……安能郁郁久居此哉？"② 在儒家价值体系中，举业不仅仅能够提供生存的物质之资，更是一个传统士人实现自己"治国平天下"之理想的唯一途径。王韬也不例外，沉沦下僚的他盼望着有朝一日能遇见贵人，并汲引他走向仕途："韬家贫亲老，欲为禄仕，苦无汲引之人，旅食京华，居大不易，况烽烟未靖，道路堪虞，此事尤未易言。"③

谋食沪上期间，王韬不仅内心保留着举业之梦，他甚至还先后两次参加科举考试，试图重回功名之路。咸丰六年（1856），在丢弃八股帖括十年之后，王韬到江苏昆山参加科举岁考，却大败而归，郁郁之中，他甚至梦到自己高中举人，醒来却仍然只是幻梦一场："三更得一梦，甚奇。梦予生前系姓贾，亦士人，筑屋西泠桥畔。娶妻美而慧，能歌咏，伉俪甚相得。后妻卒再娶，容亦丽而才不逮，因此郁郁寡欢，谒云栖大师处祈梦，以卜终身。梦云栖授以一钱，上镌'云阶万里'四字。贾受钱而寤，旋应省试获第。予醒后，历历不忘，心甚异之，不知何解也。"④ 1859 年 3 月 22 日至 3 月 29 日，王韬又一次参

---

① 王韬：《弢园尺牍·与英国理雅各学士》，第 257 页。
② 王韬：《弢园尺牍·寄周丈侣梅》，第 60 页。
③ 王韬：《弢园尺牍·与杨墨林太守》，第 93 页。
④ 王韬：《王韬日记》，汤志钧、陈正青校订，第 200 页。

加了生员岁考,这一次,他似乎对于考试结果已经有了悲观的预感,并与周醒逌等人登山之时在庙墙上题诗一首:"头颅三十不成名,竿木逢场悔此行。重见故山余涕泪,喜从老友话平生。文章忧患兵戈感,身世悲凉儿女情。何日买田容小隐,好寻泾畔结沤盟。"①

事实上,帖括之学也并不是王韬的强项,他曾自言:"邱伯深寄书至,劝予秋闱必去,以酬先人未竟之志。其意良厚。奈予于帖括一道,束诸高阁已十余年矣,今复欲执笔为此,断不能如时世妆之争妍取怜也,因此功名之心益灰。"② 但直到同治元年(1862),因上书太平天国之事而被迫远走香港之后,王韬才彻底断绝了功名之路的念想。

然而,颇有深意的是,虽然王韬自己一直在墨海书馆替传教士工作,在工作之余他也常常流连酒楼妓馆,享受上海租界的休闲生活,但他自己却又似乎对于商业气氛浓厚的上海洋场和那些蜂拥而来、希望在城市中寻找机会的士人充满了鄙夷之情:"此邦氛浊之场,肩毂摩击,腥膻萃附,鸦雀之声,喧阗通衢,金银之气,熏灼白日。聆于耳者,异方之乐,接于目者,猥杂之形。每值熟梅酿润,枕箪皆湿,当秋吼风,窗棂欲飞。只堪下箸,已费何曾之万钱,聊欲容身,仅胜王尼之露处。"③ "同处一堂,绝少雅士,屈身谋食,岂有端人。本非知心之交,不过觍面为友,厕身其间,时有抵牾,不得已呼听马牛,食争鸡鹜,随行逐队,竽滥齐庭,问舍求田,箫吹吴市。至于出而订交,品类尤杂,久溷势途,面目都变,一溺利薮,谈吐可憎,性情既

---

① 王韬:《王韬日记》,汤志钧、陈正青校订,第272页。
② 王韬:《王韬日记》,汤志钧、陈正青校订,第290页。
③ 王韬:《弢园尺牍·奉朱雪泉舅氏》,第139—140页。

殊，踪迹斯阔。"① 在王韬看来，这些同样在沪上谋食的人面目可憎，满身铜臭，只知倾轧追逐，而毫无风雅之态。

一方面，王韬看不起这些逐臭海滨的沪上谋食者，但另一方面，当看到管小异宁愿饿肚子也不肯为传教士裨治文翻译《圣经》的气节，他又觉得非常惭愧。咸丰九年（1859），王韬在日记中详细记述了他和管小异关于坚持儒家观念与佣书西人的一次争辩。

美国传教士裨治文邀请管小异帮助翻译《旧约》和《亚墨利加志》，但管氏因为这些书籍大悖儒家思想而不愿为之："吾人既入孔门，既不能希圣希贤，造于绝学，又不能攘斥异端，辅翼名教，而岂可亲执笔墨，作不根之论著，悖理之书，随其流，扬其波哉。"② 管小异认为，身为士人，既然不能够发扬儒家精神，又不能排斥异教，那么唯一能够坚守的便是不随波逐流为西人翻译《圣经》。对此，王韬却不认同："译书者彼主其意，我徒饰词句耳，其悖与否，固于我无涉也。且文士之为彼用者，何尝肯尽其心力，不过信手涂抹，其理之顺逆，词之鄙晦，皆不任咎也。"③ 王韬认为文人就馆西人本来就是为生活所迫，况且翻译《圣经》也不过是顺手涂抹，文人并不需要负文辞之责。但管小异再次申明，当初他为传教士合信工作的时候，每个月只有十五金，叶翰池曾屡屡批评他"贬价屈节，以求合西人"，他对此的回答是，自己是为西学知识而来，并非屈节事人："来此欲求西学，非逃儒而入墨，不可谓屈节。"因为他帮助合信翻译的是医学书籍，并不是基督教的《圣经》，与儒家价值观念并无根本冲突。在管小异看来，只要终身不翻译《圣经》之类的书籍，不违背儒家教义

---

① 王韬：《弢园尺牍·奉朱雪泉舅氏》，第139页。
② 王韬：《王韬日记》，汤志钧、陈正青校订，第266页。
③ 王韬：《王韬日记》，汤志钧、陈正青校订，第266页。

便可问心无愧:"人之一身,本无定价,迫于饥寒,何所不可,不可谓贬价。惟我终生不译彼教中书以显悖圣人,则可问此心而无惭,对执友而靡愧耳。"面对管小异的言辞,曾经翻译过《圣经》的王韬不禁深感惭愧与后悔:"噫! 闻小异言,窃自叹矣。当余初至时,曾无一人剖析义利,以决去留,徒以全家衣食为忧,此是一失,后悔莫追。苟能辨其大闲,虽饿死牖下,亦不往矣。虽然,已往者不可挽,未来者犹可致,以后余将作归计矣。"①

作为第一批条约口岸知识分子,王韬在墨海书馆工作期间所面临的新的人生困境是其他任何时代的传统士人都不曾遭遇的。同时,王韬本人也始终在佣书西人与功名举业之间、在逐臭海滨与买田归山之间、在坚守儒家立场与接纳基督教义之间徘徊与挣扎。

四、条约口岸文人的认知体系重构

1852年底,墨海书馆的《圣经》翻译工作基本完成:"庚戌夏,同施、美二君翻译《旧约》,迄咸丰壬子冬,始得竣事。按《新》《旧约》书之成,前后共阅六载……"②之后,王韬开始协助美魏茶、伟烈亚力等人翻译一些西学书籍,并参与了《遐迩贯珍》和《六合丛谈》的稿件润色、写作和编辑工作,在此过程中,广泛大量地接触西学知识使得王韬作为一个传统士人的知识体系被重新建构。

《遐迩贯珍》(1853—1856)是麦都思在中国本土(尤其是香港)出版的中文期刊。《六合丛谈》(1857—1858)则是由上海墨海书馆刊行、伟烈亚力任主编的中文期刊,其内容涉及化学、地质学、动植物

---

① 王韬:《王韬日记》,汤志钧、陈正青校订,第266页。
② 《麦都思行略》,载沈国威编著:《六合丛谈》,第580页。

学、天文学、力学、流体力学、声学和光学等领域广泛的西学知识，因此这两份期刊在近代中国都起到了传播与普及西学知识的客观作用。从1853年至1858年，《遐迩贯珍》和《六合丛谈》运营期间，王韬的主要工作是润色稿件，使得期刊上的文章辞藻华丽、格调高雅，符合传统士人的阅读习惯。

1853年10月1日刊行的《遐迩贯珍》第1卷第3号上有一篇署名"美魏茶"的《彗星说》，该文辞藻典雅华丽，反映了作者较高的文学修养："维七月之望后三日，夕阳已落，清风徐来，荡我襟灵，萧然意远。时余居沪渎北关外，颇有园林之胜，堪以道暑。"美魏茶在夏天的傍晚登楼眺望，突然看见一颗彗星，此时王韬恰好经过，认为彗星出现是不祥之兆："王子过而问焉，因谓余曰，灾异之兴，先见于天象。……亦曰彗星专主不祥，古今来彗星之见不一，见则必罹兵祸。……"美魏茶则引用《圣经·旧约》的内容来反驳王韬的言论："《旧约》之书不云乎，维彼上帝，上天彰其荣光，穹苍显其经纶，永朝永夕，仰观其象而知之。天无言而有言，无声而有声。不言之言，布于宇内，无声之声，闻于地极……"，最后"王子唯唯而退"，美魏茶再次阐明写作的目的在于解释彗星乃自然现象，与人间祸福并无关系："使知吉凶祸福之故，盛衰成败之征，皆非星之所能主也。而彗星其一端也。因作彗星说一篇，笔之于书，并以质诸当世之明理者。"① 同时，王韬七月十九日的日记却指明该文章出自他之手："彗星见，因作《彗星说》一篇。"② 此时王韬已经搬到沪北墨海书馆的宿舍中，与文章描述地点一致。此外，日记时间农历"七月十九日"与文章开头"七月之望后三日"的时间也是基本吻合的，而整

---

① 《彗星说》，《遐迩贯珍》1853年第3号。
② 王韬：《王韬日记》，汤志钧、陈正青校订，第84页。

篇文章典雅流畅的文风当出自王韬之手。不论这篇文章的作者是美魏茶还是王韬,可以肯定的是该文章一定经过王韬之手润色。

1857年开始,在伟烈亚力主编的《六合丛谈》上,王韬对于西学知识的翻译与传播工作参与得更多更直接了。有研究者认为,王韬实际上还参与了《六合丛谈》的编辑工作。① 《六合丛谈》中确定由王韬翻译和写作的文章有《西国天学源流》《英华通商事略》《重学浅说》和《反用强说》4篇。其中只有《反用强说》这篇小文章署名王韬(利宾),其他三篇在发表时未署名。

《西国天学源流》一文连载于《六合丛谈》第1卷的第5、9、10、11、12、13号以及第2卷的第1、2号上。文章没有署名,但在上海美华书院出版的《弢园西学辑存六种》(1889—1890)中所附的由王韬自己撰写的《弢园著述总目》中,可以看到"《西国天学源流》一卷,西士伟烈亚力口译,长洲王韬笔录"的记述。王韬在跋语中说:

> 余少时好天文家言,而于占望休咎之说颇不甚信,谓此乃谶纬术数之学耳。弱冠游沪上,得识西士伟烈亚力,雠校余闲,辄以西事相咨询,始得窥天学之绪余。适李君壬叔自椷李来,互相切磋。一日,询以西国畴人家古今家来凡有若干。伟烈亚力乃出示一书,口讲指画,余即命笔志之,阅十日而毕事。于是西国天学源流,黎然以明,心为之大快。②

---

① 沈国威编著:《六合丛谈》,第30页。
② 淞隐庐活字本《西学辑存六种》1890年,转引自沈国威编著:《六合丛谈》,第26页。

《英华通商事略》连载于《六合丛谈》第 1 卷的 2、6、7、8、9、10 号；《重学浅说》连载于《六合丛谈》第 2 卷第 1、2 号，该文以图文并茂的形式阐释近代力学原理。此外，王韬在《弢园著述总目》中说有"《重学浅说》一卷……西士伟烈亚力口译，长洲王韬笔受……是书向编入《六合丛谈》中，亦有单行本。后乃冠于艾约瑟所译《重学》之首。我与伟君皆未署名。"① 此外，《六合丛谈》第 4 号刊登了韩应阶的《用强说》，王韬却反其意而行之，在第 9 号发表了驳论文章《反用强说》，同时他在日记中也简略记载了写作过程："长日无聊，戏反其意作《反用强说》一篇寄往墨海，俾刊入《六合丛谈》中。"②

从四篇文章的内容来看，《反用强说》一文篇幅短小，仅仅针对韩应阶的《用强说》而发议论，并不涉及专门的西学知识，其内容符合王韬此时的西学认知水平。而《西国天学源流》《英华通商事略》《重学浅说》三篇文章则分别属于天文学、经济和力学三个领域，且文章用了较长的篇幅，以图文并茂的形式阐释了相关领域的知识，有完整的学科体系，这三篇文章是超出王韬的认知体系的。而且，王韬不懂英文，只能以伟烈亚力为中介，进行西学知识的翻译与传播工作，因此，王韬在《六合丛谈》中的工作更多地还是侧重于润色文字与传播西学。客观上说，王韬在墨海书馆翻译、编辑和阅读《遐迩贯珍》与《六合丛谈》稿件的过程，就是一个不断吸纳西学知识，重构认知体系的过程。

---

① 淞隐庐活字本《西学辑存六种》1890 年，转引自沈国威编著：《六合丛谈》，第 28 页。
② 王韬：《王韬日记》咸丰七年六月十六日，上海图书馆藏，未刊，转引自沈国威编著：《六合丛谈》，第 28 页。

王韬的西学知识不仅来源于墨海书馆期间从事的《圣经》翻译与西学专著的翻译工作，还来源于他所接触的西儒交际圈子。除了墨海书馆创始人麦都思之外，王韬还与美魏茶、慕维廉、伟烈亚力、合信、艾约瑟等传教士都保持着良好的关系。

　　作为口岸知识分子的代表，王韬除了从传教士群体直接获得西学知识外，还从其他口岸文人那里间接获得西学知识。咸丰八年（1858）十二月二十二日，韩应阶带着《几何原本》八卷前来拜访王韬："云间韩菉卿应陛来访，以所刊《几何原本》相赠，得之如获拱璧。……《几何原本》八卷，系伟烈君与壬叔所译，而菉卿以其特探秘钥，西法大明，特出资授梓，今已藏事，因携一册来饷予，殊可感也。夜挑灯将此书略展阅一过。"①《几何原本》八卷本是伟烈亚力和李善兰共同翻译，韩应阶出资印刷的。当晚，王韬挑灯夜读，并写书信一封，将这套《几何原本》送给对算学非常感兴趣的士人郁泰峰。在写给郁泰峰的书信中王韬谈到他在墨海书馆所接触的西学知识：

　　　　几何之学，素重于泰西。自利玛窦入中国，与徐文定公译成此书，其学乃大明。……今西士伟烈与海宁李君，不惮其难而续成之，功当不在徐、李下。先生素讲西法，获之必喜。……予在西馆十年矣，于格致之学，略有所闻，有终身不能明者：一为历算，其心最细密，予心粗气浮，必不能入；一为西国语言文字，随学随忘，心所不喜，且以舌音不强，不能骤变，字则更难剖别矣。②

---

① 王韬：《王韬日记》，汤志钧、陈正青校订，第240页。
② 王韬：《王韬日记》，汤志钧、陈正青校订，第241页。

王韬虽然并不精通算学知识，但是在墨海书馆工作期间，他与近代著名的数学家李善兰过从甚密，而李善兰又一直协助伟烈亚力、艾约瑟、韦廉臣等翻译《几何原本》《谈天》《代数学》《代微积拾级》《重学》和《植物学》等书籍，长期的耳濡目染使得王韬对于近代算学知识并不陌生。

同样，王韬在墨海书馆期间的另一位知己管嗣复于1858年间协助西医合信翻译医学书籍，王韬从管氏那里获得了现代医学的相关知识。"小异名嗣复，江宁茂才，家乡残破，避难邓尉。西士艾约瑟至吴遇之，与之谈禅，极相契合，载之俱来，同合信翻译医术。一载之间，著有《西医略论》《妇婴新说》二种，俱已锓版。合信自谓二百年后，此书可不胫而走矣！"① 咸丰九年（1859）三月三十日，王韬晚饭后阅读管小异翻译的医学书籍："饭罢，偶阅小异所译《内科新说》，下卷为西药本草，而间杂中药在其中。西药性味，予所未晓，而其所用中药治诸病处，恐不甚效。予谓西人于脏腑节窍，固属剖析精详，惟治华人内症必不验，因纯以霸术故也。"② 虽然王韬对西医的认识还存在着偏差，但至少已能够将西医纳入认知范围，并思考中西医的差异，比起传统知识分子的认知体系，已经有很大的进步了。

对王韬而言，沪上佣书不仅仅是一份报酬丰厚的工作，更是一扇打开视野的窗口，这些社会文化层面的日常生活体验，改变了传统士人王韬的知识体系，并决定了王韬作为一个启蒙知识分子的人生走向。

---

① 王韬：《王韬日记》，汤志钧、陈正青校订，第174页。
② 王韬：《王韬日记》，汤志钧、陈正青校订，第287—288页。

第三节 《申报》文人群体考辨与概述

史学家王尔敏认为,近代中国口岸开放,不仅对中国近代历史产生深远影响,亦是中国近代文学转变的关键因素。通商口岸的繁荣直接促成了通俗文学的发展与繁荣:"文风转变关键,江海口岸地区为生成发展之重要温床。近代江海口岸,对外接触多,启发智慧速,思想转变快,形成潮流易。……近代所有通俗文学之发达,以及新文学之创生,均以口岸为诞生养育发展壮大之所。以中国文学重心而言,亦为重大改变。……通商码头读者之需要,岂能领会古文家庄严典重之诗文。而通俗文学则正可投合口岸读者之需要,此所以通俗小说报刊之纷纷登场,呈现一片繁荣也。"①

而在近代文风转变的过程中,起主导作用的是19世纪五六十年代,以墨海书馆王韬等为代表的口岸知识分子和同治十一年(1872)《申报》创刊以后,以蒋其章、葛其龙、袁祖志、蔡尔康等为代表的洋场文人。虽然以当时的儒家价值观念评价,这些人都属于举业不顺、沉沦下僚的边缘士人,然而,以他们后来在中国历史和文学史上的地位而言,他们才是开启近代文风变迁的核心力量。

如果说王韬、李善兰、蒋敦复、管嗣复等一批活跃在1849—1860年前后的传统士人是近代中国第一批接受传统知识与文化断层的口岸知识分子的话,那么1872年,随着《申报》在上海创刊,又一批游离于儒家秩序之外的边缘士人汇聚于此。他们是近代中国第一批从事

---

① 王尔敏:《中国近代文运之升降》,第76页。

新闻报刊事业的知识分子，他们一方面受雇于西人，在繁华的上海租界接触到了新的知识与观念，而另一方面，他们常常与沪上友人诗酒应酬，同时借助于《申报》等新兴报刊传播空间，在虚拟的文学社区中与海内外士人进行文字唱和，建立他们庞大的文人交际网络，他们被学界称之为报馆文人或洋场才子。

与其他外人办报不同的是，英国人安纳斯托·美查创办《申报》的目的虽然在于营利，但美查本身精通中国文化，他在报纸创刊之初即派钱昕伯（钱徵）前往香港向王韬咨询办报事宜。同时，他还礼聘江浙地区一些著名的士人任《申报》主笔，其中包括《申报》第一批主笔浙江蒋其章和江西吴子让等。

蒋其章（1842—1892），又名蒋芷湘，字子相，浙江钱塘人，自1872年至1875年在申报馆担任第一任主笔。曾以蘅梦庵主、小吉罗庵主和蠡勺居士为笔名在《申报》上发表诗词、文论和翻译小说。和大多数《申报》文人举业受挫的经历不同的是，蒋其章在进入申报馆前已经考中举人，在任职的三年时间内，他曾两次参加礼部主持的恩科和正科会试，并在丁丑（1877）正科考中进士之后离开上海，赴甘肃敦煌任县令。《清代朱卷集成》对于他的家庭情况、个人履历及两次参加科举考试的经历都有详细记载："蒋其章，字子相，号公质，又号质庵。行一。道光壬寅年（1842）四月二十四日吉时生。浙江杭州府学廪膳生。钱塘县商籍。肄业诂经精舍、敷文、崇文书院、东城讲舍，前肄业紫阳书院、上海敬业书院。著有《泽古堂集》。"①

蒋氏于1877年考中进士后离开上海，赴敦煌县令任，重新回到社会承认的"正途"之中。虽然蒋氏在申报馆工作的时间不长，但却

---

① 顾廷龙主编：《清代朱卷集成》（第42册），成文出版社有限公司1992年版，第329页；又参见第258册，第39页。

对《申报》的发展与经营有着开创之功。例如，他曾于1872年5月在《申报》发表第一首诗歌——《观西人斗驰马歌》，于1873年创办申报馆的第一份文学期刊——《瀛寰琐纪》，并以"蠡勺居士"之名在该刊物上发表了中国近代第一篇报载翻译长篇小说——《昕夕闲谈》。他还曾主持上海文坛，发起四次唱酬活动，并在《申报》和《瀛寰琐纪》上刊登了大量的文人唱和之作，形成海上唱酬之风。关于蒋氏对《申报》的开创之功，本书将在后面的章节中展开全面论述。

此外，与蒋其章同时进入申报馆工作的传统文人还有吴子让。相比取得过功名的蒋其章，普通士人吴子让的生平史料则更为匮乏。我们只知道吴子让是美查的买办陈庚莘的同乡，正是陈氏推荐美查创办中文报纸，也是陈氏将吴子让推荐给美查的。至于吴子让生平及其在申报馆期间的活动史料则无从考究。1878年7月3日（六月初四），吴子让因病逝世，第二天的《申报》即刊登了尊闻阁主人美查所写的悼念文章，美查回顾了《申报》创刊之初，吴子让被聘请来馆的情形，以及六年来他们共同创业的经历："岁戊寅六月初四日壬午，老友吴君卒于上海之寓所……按君讳嘉廉，字子让，江西建昌府南丰县人。……时仆适倡设《申报》，慕君名，以礼延请来馆，六载之中，崇论闳议大半出君手，远近观者仰君如山斗，仆亦深相依赖。"①

吴嘉谦（1817—1878），字子让，江西南丰县人。以太学生身份参加乡试，却屡屡败北。吴氏遂放弃帖括之业，曾经四处游历而无所遇。后得以拜谒曾国藩，担任幕僚，颇受重用。吴子让颇有军事才能，后以军功受知县即补，荐升直隶州知州加运同衔。卸任后，吴氏

---

① 尊闻阁主：《诰封朝议大夫运同衔直隶州知州用湖北即补县吴君哀诔》，《申报》1878年7月4日。

居沪上。1872年美查设立《申报》，因仰慕吴子让的大名，故聘请他来报馆。按照美查的说法，从1872年《申报》创刊至1878年吴子让逝世，"崇论闳议大半出君手，远近观者仰君如山斗，仆亦深相依赖"。六年间，吴子让写了大量重要的评论文章，在读者中有很高的声誉，美查亦与之结下了深厚的情谊。根据美查的文章，我们大致可以推断吴子让在申报馆的六年间，主要负责的是《申报》上的评论文章的写作，相当于现代新闻学中的社论。

葛其龙也是早期申报文人群体中的重要一员，但他并没有参与申报馆的实际编辑工作，而是主要主持《申报》和《瀛寰琐纪》上的文人唱酬活动，是当时《申报》文人群体的核心成员之一，也是海上文坛的领袖。1886年4月，葛其龙不幸病逝，邹弢曾在《申报》上刊登一首悼念诗歌，追悼这位昔日的海上文坛盟主：

> 海畔钟灵不易才，梅村诗派甚相推。
> 为何遽赴修文召，值得西州大恸来。
> 词林此席许先生，大吕黄钟有正声。
> 一日国风吹得恶，诗坛从此哭城长。
> 声气相交结念懽，社中得句共传观。
> 赘谈序后君长别，要作春秋绝笔看（余之借庐赘谈，君有序语，稿成君卒）。
> 肮脏儒冠了一身，匆匆归去梦为尘。
> 可怜儿女须婚嫁，当有人间未了因。
> 社友飘零皆作古（近年来词中如汪秋珊、齐玉溪、汤壎伯、陈曼寿、秦澹如、仓吟香、朱益生、黄笠雨，皆英俊作古），中年哀乐及伤心。

自搔短鬓伤遭际，怒碎鱼苗七尺琴。①

葛其龙（？—1886），字隐耕，号龙湫旧隐，别署寄庵老人，浙江平湖人。光绪元年（1875）前后，葛其龙曾在沪上从事书籍校勘工作，马承昭在为葛氏所作的《寄庵诗钞》序中谈到彼此相识的缘由："忆昔光绪元年，余辑《当湖外志》十六卷成，寄海上付剞劂氏，顾纂香明经属君以校雠之役。君许诺，由是尺素往来各通情愫。"而且马承昭在序言中也特别谈到葛其龙曾担任编辑工作多年："君寒素士也，频年为人作嫁，以余暇作诗而诣已如是。"②

1872年6月13日葛其龙便以龙湫旧隐的笔名在《申报》上刊登《前洋泾竹枝词》和《后洋泾竹枝词》各12首。从《申报》创刊的1872年直到他逝世前两年的1884年，葛其龙成为主持《申报》海上文坛时间最长、作品最多、声誉最盛的文人，是早期《申报》文人群体中当之无愧的核心人物。较其他士人更为幸运的是，葛其龙曾在光绪五年（1879）己卯科顺天乡试中式，名列第十名，实现了自己的举业梦。③但他在近代新闻史与文学史中最广泛的影响仍然是作为海上文坛主持和《申报》核心作者的12年。

除了蒋芷湘和吴子让，王韬的女婿钱昕伯也是《申报》草创时期的重要人物，美查曾派他前往香港向王韬咨询香港报业情况，在蒋其章离开《申报》之后，钱昕伯曾担任申报馆主笔长达20年之久。

钱昕伯（1832—？），名徵，别署雾里看花客。浙江吴兴（今湖州

---

① 梁溪瘦鹤词人：《挽龙湫旧隐》，《申报》1886年4月11日。
② 葛其龙：《寄庵诗钞》，光绪四年（1878）孟春刻本。
③ 来新夏编：《清代科举人物家传资料汇编》（第30册），学苑出版社2006年版，第214页。

市）人。早年考中秀才，善诗文，才思敏捷。清同治七年（1868）与王韬长女苕仙在上海结婚。同治十一年（1872）《申报》创刊时，曾被派赴香港考察报业。同治十三年（1874）回沪后，接替蒋芷湘任《申报》总编纂，主持《申报》编辑部"尊闻阁"二十余年。任职初期曾对中国官衙刑审人犯问题提出异议，遭到《汇报》《益报》与顽固派官绅的攻讦。此后《申报》则采取谨慎态度，不再得罪官方。清光绪元年（1875）曾主持编辑出版《申报馆丛书》，卷帙浩繁，许多珍贵资料得以保存。光绪四年（1878）曾与蔡尔康合编《屑玉丛谈》，共4集24卷，还曾主编中国最早的画报《瀛寰画报》5卷。晚年很少在报上露面，大约在光绪三十三年（1907）以后去世。①

何镛（1840—1894），字桂笙，别署高昌寒食生，浙江山阴人。少年时有神童之誉，考中秀才，成为享受补贴的廪生。但之后的科举考试却屡屡受挫，郁郁不得志。清光绪二年（1876）再次赴杭州应试，仍未中举，遂绝意仕途，进入《申报》，担任钱徵的副手。自1875年11月开始以高昌寒食生的笔名在《申报》发表新闻报道和诗词作品，由于他才思敏捷，不久即声名鹊起。在蒋其章参加会试离开申报馆而钱徵又体弱多病的情况下，成了《申报》的代理总主笔，著有《劫火纪焚》《红楼梦词题名录》《齿录》等。1894年12月7日何桂笙病逝，美查在第二天的《申报》上亦刊登了一篇悼念文章，回顾其生平与著述：

> 君姓何氏，讳镛，字桂笙，又号高昌寒食生。浙之山阴人也。幼负不羁才，有神童之誉。补博士弟子员，未几即食饩。屡

---

① 参见贾树枚主编：《上海新闻志》，上海社会科学院出版社2000年版，第668页。

试辙，高等乡父老咸以远到期之。屡膺鹗荐，未遂鹏抟，郁郁不自得。会当赭寇肇乱，君侍奉尊庭，跋涉兵戈间。旋奉讳读礼，厥后橐笔申江。本馆雅相契尚，延主笔政，持论明通，颇似陈同甫、辛稼轩一流人。性喜诙谐，则又东方曼倩之亚也。方谓相得益彰，可期白首。不意偶患肠疾，遽于十一日巳刻赴修文之召。享年五十有四。呜呼伤哉！君有丈夫，子二女二，生平长于撰述，著有《劫火纪焚》、《红楼梦词题名录》、《齿录》等稿，皆有刊本，惟一二六文稿一百卷，因赀啬未付梓。人君今已矣，而抚子敬之琴，闻山阳之笛，有惓惓不能自已者，故濡笔而为之传。①

沈定年（1845—1885），字饱山，浙江山阴县人。少读经书，旁及子史。曾担任知县官职。1875年游于上海，美查遂聘请其来申报馆工作。沈氏在报馆中亦写了很多议论文章，在读者中有很高的声誉。1876年冬，沈定年在申报馆创立文学期刊《侯鲭新录》，并由上海机器书局印行。该刊物体例与《瀛寰琐纪》相同，内容包括文史、传记、诗词、戏曲等，其中诗词占有相当大的比重。创刊号有蔡尔康的《侯鲭新录序》："搜瑰玮之撰述，联翰墨之因缘。行文则或整或散，要以不戾乎古；纪事则可惊可愕，总期不诡于正。旁逮诗歌，下及词曲……异事同登，奇文共赏。"② 1885年10月18日，《申报》上刊登了美查对于沈饱山的悼念文章，回顾了十年来沈氏对《申报》的贡献：

岁乙酉九月初十日乙巳，友人沈君卒于上海之寓所，其子某

---

① 尊闻阁主：《山阴何君桂笙小传》，《申报》1894年12月8日。
② 郑方泽编：《中国近代文学史事编年》，吉林人民出版社1983年版，第113页。

奉君遗骸于翌日丙午大殓礼也。按君讳定年，字饱山，浙江山阴县人。少敏慧，沉酣书籍，邃于经学旁及史子，不愿以世袭自见。由岁贡生投充八旗官学，教习俸满，以知县截取。乙亥岁来游申江，仆以礼延请来馆，凡有议论，多出君手。海内观者无不佩服，仰之如山斗。仆亦深相依赖。不图今秋忽撄疾，缠绵床笫者两月余。竟尔玉楼赴召，享年四十岁。呜呼哀哉！诔曰：以君之智可以济世，以君之才不愧琼瑰。强仕之年，遽归九泉，十载之友，于焉分手。君有高堂，幸尚康强，君有令嗣，书香克继。君虽禄终，千载誉隆。濡墨和泪，为君涕洟。君如有知，尚其鉴兹。①

与沈饱山在申报馆担任主笔不同，落第士人蔡尔康最初只是在申报馆襄助编务，后来转去《沪报》和《万国公报》而成就斐然。

蔡尔康（1851—1921），字紫绂，别号铸铁生、铸铁庵主、缕馨仙史，嘉定南翔（今属上海）人。蔡尔康功名之路颇不顺利，同治七年（1868）考中秀才之后便屡试不中，"及入秋闱，堂备满荐，八试不售"②，不得已才投身报业，没想到却成就了一番事业。

蔡尔康于1874年底进入申报馆，但他并没有直接参与《申报》的编务，而是主要为申报馆搜求新奇绝异、幽僻瑰玮之书，汇辑出版申报馆《聚珍版丛书》。蔡氏同时还为申报馆编印的第三种文艺月刊《寰宇琐纪》编选《尊闻阁同人诗选》，又为英国画师所绘的画幅撰写中文说明，并编辑成《环瀛画报》等。蔡氏大约在1881年下半年

---

① 尊闻阁主：《敕授文林郎截取知县八旗官学教习兼袭云骑教尉岁贡生沈君哀诔》，《申报》1885年10月18日。
② 蔡尔康：《先妣沈太安人行述》，《万国公报》1896年第92期。

离开申报馆，后应聘入《沪报》，主持笔政。① 1883年至1884年，蔡尔康出任《字林沪报》第一任总主笔，主笔期间，他锐意改革，加强副刊文章，以《野叟曝言》首创报纸连载长篇小说的先例，还辟《花团锦簇楼诗集》，以刊载诗词小品，使得报纸销路大增。1893年受聘于《万国公报》，同年出任林乐知、李提摩太的"记室"，并继沈毓桂之后任《万国公报》华文笔政。蔡尔康的译著有与李思伦白合译的《万国通史前编》，与李提摩太合译的《泰西新史揽要》、贝德礼的《农学新法》、《新学汇编》、《八星一总论》；与林乐知合译的《中东战纪本末》、英国贝恩福的《保华新书》、《九九新论》、《泰西朝野金载》等。②

蔡尔康之后，在申报馆担任主笔的传统士人还有黄协埙和邹弢等人。其中黄协埙曾担任过11年的《申报》总主笔。

黄协埙（1851—1924），浦东人，字式权，原名本铨，号梦畹，别署海上梦畹生、畹香留梦室主。黄协埙少年时期曾拜在张文虎门下，早年博学，工诗词，尤长于骈体写作。清廪生，1884年入过秋闱，但考中生员之后却再也没能在功名之路上晋升，最终游离于科举体制之外。本年入申报馆工作，供职于主笔房，任主笔襄理笔政。光绪二十年（1894）由于总主笔钱昕伯年迈多病，在代理总主笔事务的何桂笙逝世后，做主笔已10年的黄协埙继任总主笔，开始长达11年的主理笔政生涯。1905年，由于黄协埙主持下的《申报》太过保守，导致《申报》声誉受损，销量日下，黄协埙遂解职归田。

邹弢（1850—1931），字翰飞，号潇湘馆侍者，别号瘦鹤词人、

---

① 参见马光仁主编：《上海新闻史：1850—1949》，第86—87页。
② 参见邹振环：《译林旧踪》，第69—70页。

司香旧尉,晚号守死楼主。江苏金匮(今无锡)人。1875年末诸生,然入泮后,尝十试秋闱,皆遭弃。在《申报》创刊时期,他便是主要作者之一:"二十六岁入泮时,《申报》初刊,遂与嘉兴孙苹田、杜晋卿等唱和,但吟稿不自收拾。辛巳秋,至申江为报馆记室,于是稍稍留稿。"①1880年,邹弢旅居沪上,为申报馆记室,后又尝为主笔。曾先后在《申报》《益闻报》和《趣报》任编辑及主笔,在上海新闻业具有很高的声誉与影响,著有《浇愁集》《三借庐笔谈》《三借庐赘谈》以及白话章回小说《海上尘天影》。1898年邹弢在其创办的《趣报》上曾刊登一篇短文谈到他辗转于沪上各个报馆之间的经历:

> 梁溪瘦鹤词人,名下士也,历为沪上各报馆主笔,有班香宋艳之才,得苏海韩潮之派。扫坛词客,海宇文人,咸为心折。惜如宣圣当年,有道大莫容之,慨升平所就之馆,席犹未暖,凫已欲飞。今春屡邀醉玉合创趣报馆,时事日艰,依人乏味,不如自成一队,局面虽非阔绰,究有鸡口牛后之分。订约再三,誓同甘苦,因勉诺之。乃出报未及两月,词人另应汇报馆聘,按汇报馆主即益闻录之居停,曾延词人佐理益闻,未几接馆,今又旧雨重联,当不致有王粲登楼之感,而汇报得兹槃槃大才,赞襄笔政,洛阳纸贵,拭目俟之。②

袁祖志(1827—1898),字翔甫,号枚孙。别署仓山旧主、杨柳楼台主等。浙江钱塘(今杭州)人,著名文人袁枚之孙,上海知县袁祖德之弟。曾在上海租界福州路胡家宅之东设立杨柳楼台,成为当时

---

① 邹弢:《三借庐剩稿》,中华图书馆1914年铅印本。
② 《词人高就》,《趣报》第50号,1898年8月17日。

上海文人竞相拜访与吟咏聚会的场所。光绪九年（1883）随招商局总办唐廷枢游历西欧各国，归来辑为《谈瀛录》六卷。本年度下半年，应聘为《新闻报》总编辑。光绪二十二年（1896）因年逾七十精力不济退休。其著述有《沪城备考》及《上海竹枝词》等风行于时。

孙玉声（1862—1937）名家振，别署名警梦痴仙、海上漱石生，小说家。常居上海，家境富有。29岁主编《新闻报》，后来又参与编辑《申报》及《舆论时事报》，先后共19年。又曾自办《采风报》《笑林报》《新世界报》等。

韩邦庆（1856—1894），字子云，号太仙，亦署"大一山人"，又号"花也怜侬"，江苏华亭（今上海）人。光绪贡生，后屡应秋试不中，担任过《申报》撰述，偶尔也为报纸撰写论说，与《申报》主笔钱昕伯、何桂笙等时相唱和。光绪十八年（1892）初，自办《海上奇书》杂志，初为半月刊，后改为月刊，由上海点石斋石印，为图文并茂的早期文学杂志。该刊内容大部分为韩邦庆个人的作品，如自撰的文言小说和吴语小说《海上花列传》长篇连载，也录有前人的笔记小说，开创了报刊连载长篇章回小说，且每回自成起讫的先例。该刊出版了十五期，未及一年即停办。① 颠公在《懒窝随笔》中评价说："绘图甚精，字亦工整明朗。"又云："按其体裁，殆即现今各小说杂志之先河。"韩子云以章回连载形式，分期刊载他的吴语长篇小说《海上花列传》，为了阅读方便，每回自成起讫。这种体例，被后来许多影响较大的小说，如《官场现形记》《二十年目睹之怪现状》等沿用，并且无不先用连载的形式发表在报刊上。②

《申报》于1872年4月30日创刊，1872年5月2日刊登署名

---

① 参见贾树枚主编：《上海新闻志》，第671页。
② 参见郑方泽编：《中国近代文学史事编年》，第153页。

"南湖蘅梦庵主"即蒋芷湘的《观西人斗驰马歌》，到1890年3月21日发布启事宣称不再刊登诗词作品："兹以报纸限于篇幅暂置不登。所有诗词及一切零星杂著请勿邮寄，俾省笔札之劳。"1907年《申报》恢复文学内容的刊登是以小说《新年梦游记》和《栖霞女侠小传》连载为肇始的，因此，可以说1872年至1890年《申报》上刊登的旧体诗词就是《申报》文学的全部内容，这些创作旧体诗词的传统文人就是早期《申报》文坛的主体。

因此，笔者在全面搜集1872年至1890年间《申报》旧诗体词的基础上，统计出早期《申报》文人一览表如下：

表2-2 《申报》文人一览表（1872—1890）

姓名	字号	《申报》笔名	籍贯	举业	著述或发表诗文	备注
蒋其章（1842—1892）	字子相、芷湘	蘅梦庵主、蠡勺居士、小吉罗庵主	浙江钱塘	1877年丁丑科进士	《泽古堂集》散佚不存，1872—1877年在《申报》发表诗词作品	《申报》第一任主笔，1872—1875年在任
吴嘉谦（1817—1878）	字子让	不详	江西南丰	太学生	不存	1872—1878年在申报馆
沈定年（1845—1885）	字饱山	不详	浙江山阴	贡生	1874年10月10日发表《听雨遗诗钱塘贾新复初氏遗稿》	1876年冬，创立文学期刊《侯鲭新录》
葛其龙（？—1886）	字隐耕	龙湫旧隐、寄庵老人	浙江平湖	1879年应天乡试举人	著有《寄庵诗钞》，1872—1884年在《申报》发表诗作	《申报》早期核心作者之一

（续表）

姓名	字号	《申报》笔名	籍贯	举业	著述或发表诗文	备注
袁祖志（1827—1899）	字翔甫	海上逐臭夫、仓山旧主、忏情生	浙江钱塘		著有《上海竹枝词》、《谈瀛录》六卷、《沪城备考》等，1872—1890年在《申报》发表诗词作品	《申报》核心作者之一
黄协埙（1851—1924）	字式权，号梦畹	海上梦畹生、畹香留梦室主、申左梦畹生	江苏川沙	廪生	著有《惨绿吟》，1873—1890年在《申报》发表诗词作品，其他发表的文论启事则延续到1904年	1894—1905年任《申报》主笔，与蔡尔康、邹弢、管斯骏、钱昕伯、王韬、高太痴、何桂笙等唱和
何镛（1840—1894）	字桂笙	高昌寒食生	浙江山阴	廪生	著有《劫火纪焚》、《齿录》、《红楼梦词题名录》；1876—1890年在《申报》发表诗词作品	曾任《申报》编辑、主笔；与李芋仙、钱昕伯、王韬、高翀、袁祖志、邹弢、黄式权等唱和
蔡尔康（1851—1921）	字紫黻	不愁明月尽馆主人、缕馨仙史	嘉定南翔	廪生	译著有《万国通史前编》《泰西新史揽要》《农学新法》《新学汇编》《八星一总论》《中东战纪本末》《保华新书》《九	历任《申报》《新闻报》《字林沪报》《万国公报》主笔；与蒋其章、葛其龙、姚芷芳、邹弢、杜晋卿、钱昕伯、何桂

(续表)

姓名	字号	《申报》笔名	籍贯	举业	著述或发表诗文	备注
					九新论》《泰西朝野金载》；1874—1890年在《申报》发表诗词作品	笙、管斯骏等唱和
邹弢（1850—1931）	字翰飞	潇湘馆侍者、瘦鹤词人、司香旧尉，晚号守死楼主	江苏金匮	诸生	著有《海上尘天影》、《三借庐丛稿》、《三借庐笔谈》十二卷，1876—1914年在《申报》发表诗词作品	曾任《申报》《益闻报》主笔，创办《趣报》，与袁祖志、葛其龙、蔡尔康、管斯骏、钱昕伯、姚芷芳等唱和
杨文斌（生卒不详）	字稚虹	滇南香海词人、昆池钓徒	云南蒙自	司马	著有《海滨唱酬词》，1872—1873年在《申报》发表诗词作品	与蒋其章、江湄、葛其龙等唱和
黄铎	字小园	鹭洲诗渔		布衣	著有《胠馀集》，1872—1878年在《申报》发表诗词作品	与江湄、葛其龙、蒋其章、蔡尔康、袁祖志等唱和
江湄（1808—1879）	字伊人	鹤槎山农		广文	著有《秋水轩印存》《秋水轩诗稿》，1872—1874年在《申报》发表诗词作品	与蒋其章、葛其龙、黄铎、杨稚虹、蔡尔康等唱和

（续表）

姓名	字号	《申报》笔名	籍贯	举业	著述或发表诗文	备注
王韬（1828—1897）	字弢园，号紫诠	天南遁叟	江苏吴县	秀才	著有《弢园文录》《弢园文录外编》《蘅华馆诗录》《弢园尺牍》《瀛壖杂志》等，1882—1890年在《申报》发表诗词作品，文论则写到1896年	与何桂笙、管斯骏、钱昕伯、李芋仙、袁祖志、黄式权等唱和，《申报》重要作家，与美查关系良好
杨勋	字少坪	洗耳狂人	阳湖		著有《别琴竹枝词》一百首	广方言馆学生，后任英语翻译
韩邦庆（1856—1894）	字子云，号太仙	大一山人、花也怜侬	江苏华亭	贡生	著有《海上花列传》《太仙漫稿》《海上奇书》，1887—1888年在《申报》发表诗词作品，文论则延续至1890年	《申报》编辑，1887—1888年与黄协埙等唱和
姚学欧	字芷芳	茂苑赋秋生			1876—1888年在《申报》发表诗词作品	与葛其龙、蔡尔康、邹弢、袁祖志、钱昕伯、何桂笙、管斯骏等唱和
高太痴（1863—1920）	名莹，更名翀	别署太痴、侣琴、怅花、玉琴仙侣、潄芳斋主	上海	秀才	曾请业于高昌寒食生之门，曾任《申报》编辑、《字林沪报》主笔、《同	与袁祖志、管斯骏、邹弢、钱昕伯、何桂笙、蔡尔康、葛其龙、黄式

(续表)

姓名	字号	《申报》笔名	籍贯	举业	著述或发表诗文	备注
					文沪报》总编，1877—1890年在《申报》发表诗词作品	权、姚芷芳、李芋仙、蔡宠九等唱和
蒲华	字作英		秀水		1879—1890年在《申报》发表诗词作品	与葛其龙等人唱和
程仲承（？—1880）			白门		1878—1880年在《申报》发表诗词作品	与葛其龙、黄铎、黄式权、蔡尔康等人相唱和
杨伯润	字南湖	南湖外史	浙江嘉兴		1877—1885年在《申报》发表诗词作品	与杜晋卿、姚芷芳、袁祖志、王韬、钱昕伯、何桂笙、蔡尔康等唱和
杨殿奎	字叔夔	可园居士	梁溪		1874—1890年在《申报》发表诗词作品	与葛其龙、蔡尔康、邹弢、管斯骏、袁祖志、王韬等唱和
万钊（1844—1899）	初名世清，字剑盟，又曰碉民		江西南昌		曾刊《鹤碉诗》八卷，词一卷，1877—1890年在《申报》发表诗词作品	与管斯骏、袁祖志、姚芷芳、杨伯润、葛其龙、蔡宠九、袁祖志等唱和

(续表)

姓名	字号	《申报》笔名	籍贯	举业	著述或发表诗文	备注
钱徵	字昕伯	雾里看花客			曾任《申报》主笔；1876—1890年在《申报》发表诗词作品	与蔡尔康、葛其龙、黄铎、姚芷芳、邹弢、何桂笙、高翀、袁祖志、李芋仙、杜晋卿、王韬等唱和
吴溢（？—1882）	字益三	茗上醉墨生			1875—1881年在《申报》发表诗词作品	与管斯骏、李芋仙等人唱和
管斯骏	字秋初	平江藜床书生、藜床旧主	江苏吴县		1881—1890年在《申报》发表诗词作品	与王韬、钱昕伯、何桂笙、袁祖志、李芋仙、邹弢、高太痴、蔡宠九等唱和
王孟洮		味灯室主			1872—1880年在《申报》发表诗词作品	作品不多，以竹枝词为主
杜晋卿	字求煃	饭颗山樵	浙江海昌	茂才	1874—1889年间在《申报》发表诗词作品，为早期核心文人	与葛其龙、万钊、杨伯润、袁祖志、蔡尔康、黄铎、钱昕伯、蒋其章、邹弢、陈曼寿、管斯骏、李芋仙、王韬、何桂笙、黄式权等唱和

(续表)

姓名	字号	《申报》笔名	籍贯	举业	著述或发表诗文	备注
蔡宠九					曾任《申报》编辑，1875—1888年在《申报》发表诗词作品	与万钊、李芋仙、葛其龙等唱和
孙熙曾	字莘田	鸳湖映雪生			1873—1885年在《申报》发表诗词作品	与蔡尔康、袁祖志、杜晋卿、高翀、管斯骏等唱和
陈鸿诰	字曼寿	味梅花馆主	浙江秀水	明经	1874—1887年在《申报》发表诗词作品	与杜晋卿、万剑盟、杨伯润、李芋仙、葛其龙、邹弢、袁祖志、钱昕伯等唱和
李士棻（1820—1885）	字芋仙	童鸥居士、二爱仙人	四川忠州		1880—1885年在《申报》发表诗词作品	与袁祖志、王韬、何桂笙、姚芷芳、钱昕伯、蔡尔康等唱和
金继		免痴道人			1875—1890年在《申报》发表诗词作品	与蔡尔康、杜晋卿、王韬、黄式权等唱和
孙辛畬	字莘田	鸳湖扫花仙史、鸳湖映雪生			1875—1888年在《申报》发表诗词作品	与陈曼寿、杜晋卿、葛其龙、邹弢、钱昕伯、管斯骏、何桂笙

（续表）

姓名	字号	《申报》笔名	籍贯	举业	著述或发表诗文	备注
						等唱和
俞达	字吟香	慕真山人			1876—1883 年在《申报》发表诗词作品	与蔡尔康、袁祖志、邹弢、姚芷芳等唱和
李东沉	字芷汀	酒坐琴言室主	浙江慈溪		1872—1887 年在《申报》发表诗词作品	与蒋其章、葛其龙、蔡尔康、管斯骏、王韬等唱和
黄文瀚	字瘦竹	辑竹词人	鹭洲		1881—1889 年在《申报》发表诗词作品	与杨稚虹、姚芷芳、黄式权、管秋初、袁祖志、钱昕伯、高翀、王韬、李芋仙、邹弢等相唱和
张兆熊	字遂生	海上忘机客	茗溪		1872—1890 年在《申报》发表诗词作品	与钱昕伯、管斯骏、袁祖志、何桂笙等唱和
秦云	字膚雨	西脊山人			1879—1889 年在《申报》发表诗词作品	与蔡尔康、葛其龙、钱昕伯、管斯骏、黄桂笙等唱和
黄天河		钵池山农		广文	1873 年在《瀛寰琐纪》发表诗词作品，在《申报》偶有论说文	

（续表）

姓名	字号	《申报》笔名	籍贯	举业	著述或发表诗文	备注
姓名不详		绿天居士			1873—1877年在《申报》发表诗词作品	与江湄、蒋其章、蔡尔康、黄铎、葛其龙等唱和
姓名不详		梦游仙史	金沙		1873—1880年在《申报》发表诗词作品	与蒋其章、葛其龙、蔡尔康等唱和
姓名不详		嘘云阁主			1874—1879年在《申报》发表诗词作品	与蔡尔康、绿天居士等唱和

综上所述，19世纪70年代到90年代，以《申报》为核心，活跃在上海洋场的这一批传统士人，便是继五六十年代王韬、蒋敦复、管嗣复等为代表的口岸知识分子之后，第二批脱离儒家价值体系，经历并参与了中国文学近代化过程的洋场文人。

他们才华横溢，大多数在青少年时期便顺利地考取了秀才，成为在书院中领取膏火津贴的廪生。但他们之后的科举之路却非常不顺。吴子让"少负大志，于学无所不窥，以太学生应省试，屡踬棘闱"①；何桂笙"幼负不羁才，有神童之誉。补博士弟子员，未几即食饩。……屡膺鹗荐，未遂鹏抟，郁郁不自得"②；袁祖志曾经在50岁生日之时感叹自己五应科举考试而不中："已是人生半百身，有才无命例沉沦。传家岂必科名重（余五次应试不售），入世惟存面

---

① 尊闻阁主：《诰封朝议大夫运同衔直隶州知州用湖北即补县吴君哀诔》，《申报》1878年7月4日。
② 尊闻阁主：《山阴何君桂笙小传》，《申报》1894年12月8日。

目真。"①

蔡尔康"及入秋闱,堂备满荐,八试不售"②,曾在《申报》上发表《下第说》,以游戏笔墨讽刺秀才曲意媚俗,甚于妓女:

> 且秀才与妓女亦何异之有哉?秀才心存登第,妓女志在从良,及其脱白空怀,娥眉老大。文章为之减色,脂粉遂以无华。古今来才子途穷,佳人命薄,大抵如斯也。谓予不信,请即成事之共知者,一一较量之。童子束发受书,习帖括业,严师督责不率则夏楚施其威,坐拥皋比,俨若协律郎之教曲也,所学已就得获一衿。有过则舆论得肆讥评学官得相戒饬,簧官注册,一如隶籍教坊也。由是朋友聚谈津津于八股,谓某楚进士之文,投时利器,某翰苑之稿,夺命金丹。心摹手仿,竟为时世之梳妆。……小游仙曰妓女从良,尽多节烈。秀才登第,便打抽风。以是较之,妓女尚高出秀才头地,君何尊秀才而鄙妓女哉!③

何桂笙幼年时聪明颖慧,有过人之誉,却在举业之路上颠踬不前:"才思若风樯陈马,锐不可当。洋洋千万言可立而待蕞者。侨寓吴门,适冯敬亭太史主讲正谊书院,奇先生之才,面试以赋八义手,而赋成,太史惊为飞卿再世……数试秋闱不获售,遂绝意进取。"④邹弢"有斑香宋艳之才,得苏海韩潮之派。骚坛词客,海宇文人,咸为

---

① 袁祖志:《丙子九月秋五十初度述怀六律录请诸大吟坛粲正》,《申报》1876年11月10日。
② 蔡尔康:《先妣沈太安人行述》,《万国公报》1896年第92期,第64—65页。
③ 蔡尔康:《下第说》,《申报》1873年11月11日。
④ 高莹太痴甫:《何桂笙先生五十寿序》,《申报》1890年5月8日。

心折"①，却不能在功名之路上稍有进步，"然入泮后，尝十试秋闱，皆遭弃"②。

一次又一次的科举考试失败，使得他们晋升举人、进士等上层绅士阶层的目标变得极为渺茫，在太平天国战乱的背景下，他们或主动或被动流落到沪滨，进入西人开办的报馆从事笔政工作。尽管当时他们的地位还不被社会所承认，同时他们也没有意识到自己所从事的工作对于近代中国文学和中国学术的转折有着怎样深远的影响，但在商业气息浓厚的上海租界，在口岸流风转变的环境下，他们在不自觉中已经登上了历史转变的车轮。其意义，正如史学家王尔敏所揭示的："近代、现代文学班首族群隐然潜在的改变，就是由两类人士成为文坛主导：一是作态名士，一是洋场才子。这类词汇已毫不新鲜，五十年前阿英讨论晚清小说已昌言之。我们须知这是真正的近代文学嬗变骨子根荄。"③

---

① 《词人高就》，《趣报》第50号，1898年8月17日。
② 邹弢：《浇愁集》，黄山书社2009年版，第2页。
③ 王尔敏：《中国近代文运之升降》，第334页。

第三章　申报馆的世界眼光与文学活动

蒋其章是《申报》第一任主笔,他于1872年由美查聘请而进入申报馆工作。1875年上半年,他因准备参加1876年的丙子恩科会试和1877年的丁丑正科会试而辞职离开申报馆。虽然他在申报馆任职只有短短的三年时间,但其间他却和英国人美查一起做了许多在近代新闻史和文学史上开创先河的事情,如翻译了《谈瀛小录》等三篇域外小说,创办了中国近代第一份文学期刊——《瀛寰琐纪》,并在该刊上翻译并连载了英国小说——《昕夕闲谈》。这些具有开创意义的工作表明《申报》在创刊之初,便具有开阔的世界眼光,并在客观上促进了西方文学在中国的传播。

第一节　《申报》第一任主笔蒋其章生平考略

蒋其章,字子相,又作芷湘,是《申报》第一任主笔。他从1872年4月30日《申报》创刊之日起便担任主笔,至1875年上半年辞职赴京参加科举考试结束。在19世纪末上海租界众多的洋场才子中,蒋其章是唯一一个由报馆文人回归传统士人者。蒋氏在申报馆工作的时间并不长,他1872年以举人身份担任报馆主笔,于1875年辞职应考，1877年考上进士，随后赴甘肃敦煌任县令。

一、海上订鸥盟的主笔生涯

经过多位学者的严谨考证，目前学界对于蒋其章的生卒年已有定论，蒋其章生于道光二十二年四月二十四日（1842年6月2日），卒于光绪十八年正月十五日（1892年2月13日），享年仅50岁。[①]

翻阅《清代朱卷集成》，可以查到蒋其章较为完整的履历："蒋其章……字子相，号公质，又号质庵。行一。道光壬寅年四月二十四日吉时生。浙江杭州府学廪膳生。钱塘县商籍。肄业诂经精舍、敷文、崇文书院、东城讲舍，前肄业紫阳书院、上海敬业书院。著有《泽古堂集》。钱塘县商籍肄业。原籍安徽歙县……妻朱氏，继娶王氏。"[②]

蒋其章是《申报》的第一任主笔。1872年4月30日，《申报》创刊号上曾刊登一则报道西人赛马的新闻——《驰马角胜》。这则新闻报道了上海租界西人赛马及租界民众倾城往观的盛况："西人于廿二至廿四日连日驰马角胜负。定于十二钟驰三次，停一点钟。稍为休息再驰，至夜方散。当其驰马之际，西人则异样结束，务求精彩。或二三骑或三四骑，连辔而行，风驰电疾，石走沙飞，各向前驱，不为后殿。倘行次齐整，无有参差，则胜负均焉。若一骑稍有前后则高下立判，胜者扬扬自得，负者颓然气沮……西人咸往观焉，为之罢市数

[①] 参见邹国义：《〈申报〉第一任主笔蒋其章卒年及其他》，《华东师范大学学报（哲学社会科学版）》2011年第1期；邵志择：《〈申报〉第一任主笔蒋芷湘事略》，《新闻与传播研究》2008年第5期；刘德隆：《1872年——晚清小说的开端》，《东疆学刊》2003年第1期；夏惠、张世忠：《〈申报〉首任主笔在敦煌》，《档案》2017年第3期。

[②] 顾廷龙主编：《清代朱卷集成》（第42册），第329—330页。

日。至于游人来往,士女如云,则大有溱洧间风景。……而蹀躞街头者,上自士夫下及负贩男女,杂沓踵接,肩摩更不知其凡几矣。"①

这则新闻未署名,虽然很有可能是出自蒋氏之手笔。但可以肯定的是,第二天,蒋其章即以蘅梦庵主的笔名②在第二期《申报》上刊登了《观西人斗驰马歌》,成为对新闻《驰马角胜》的诠释与补充:

> 春郊暖袅杨丝风,玉鞭挥霍来花骢。
> 西人结束竞新异,锦鞯绣袄纷青红。
> 广场高飐旂竿动,圆围数里沙堤控。
> 短阑界出驰道斜,神骏牵来气都竦。
> 二人并辔丝缰柔,二人稍后飞黄虬。
> 更有两骑同时发,追风逐电惊双眸。
> 无何一骑争先驶,参差马首谁相避。
> 后者翻前前者骑,奔腾直挟狂飙势。
> 草头一点疾若飞,黄鬃黑鬣何纷披。
> 五花眩映不及瞬,据鞍顾视犹嫌迟。
> 四蹄快夺流星捷,尾毛竖作胡绳直。
> 须臾双骑辔已回,红旗影下屹然立。
> 名驹血汗神气闲,从容缓辔齐腾骞。
> 后者偃蹇足不前,桥根盘辟斜阳天。

---

① 《驰马角胜》,《申报》1872年4月30日。
② 蒋其章在《申报》上发表文章主要有三个笔名,"蘅梦庵主"主要发表诗词作品;"小吉罗庵主"主要发表散文、论文及一些评论;"蠡勺居士"主要出现在《申报》文学期刊《瀛寰琐纪》上,例如英国小说《昕夕闲谈》的译者以及《长崎岛游记》等论说文的作者。见〔美〕韩南:《论第一部汉译小说》,载氏著:《中国近代小说的兴起》,徐侠译,上海教育出版社2004年版;邬国义:《第一部翻译小说〈昕夕闲谈〉译事考论》,《中华文史论丛》2008年第4期。

>是时观者夹道望，眼光尽注雕鞍上。
>肩摩毂击喝彩高，扬鞭意得夸雄豪。
>健儿身手本矫健，况得骥足腾骧便。
>兰筋竹耳助武功，黄金市骏真英雄。
>胡以迟疾决胜负，利途一启群趋风。
>孙阳伯乐不可得，谁能赏识超凡庸。
>遍看骠骑尽神品，与人一心成大功。①

蒋其章在主持《申报》期间，曾以蘅梦庵主的笔名在《申报》上发表了大量的旧体诗词，并主持海上文坛，与美查共同创立第一份文学期刊《瀛寰琐纪》，并以小吉罗庵主的笔名发表《鱼乐国记》、《顺风说》（一、二）、《人身生机灵机论》、《记英国他咚巨轮船颠末》、《长崎岛游记》等论说文和游记，同时还以蠡勺居士的笔名将英国作家利顿的长篇小说《夜与晨》翻译成白话小说《昕夕闲谈》，并在《瀛寰琐纪》上连载，成为目前可考的第一部汉译小说。

但颇有意味的是，蒋其章虽然在《申报》创刊初期做了许多开拓性的工作，然而，《申报》历史上与他相关的记载却很少。这一方面与他自己所选择的回归传统的道路有关，另一方面也与他个人的际遇和时代环境有关。

《申报》创刊之时上海已开埠近三十年，然而，世人仍普遍沉浸于科举之路。张默在《六十年来之申报》一文中谈到《申报》创刊时的社会氛围："其时我国民虽经极大之内乱，外力之渐加压迫，而初未稍悟。喘息稍定，即以为从此可太平无事。政界中人，奔走仕途，

---

① 南湖蘅梦庵主：《观西人斗驰马歌》，《申报》1872年5月2日。

雍容揄扬，以博取富若贵；莘莘学子，则仍迷溺于科举，除毕生致力于帖括外，无他事业。举世以粉饰升平、润色鸿业为事。其时所谓智识之士怀才不遇者，既无他途可入，复不敢议论朝政，则往往借风月笔墨，游戏文章，以抒写其抑郁无聊之意。"①

在此种社会氛围下，人们对于报馆主笔和编辑普遍抱有偏见。当时的陕甘总督左宗棠因《申报》左右社会舆论，影响朝廷决策而对报人产生深刻偏见。左宗棠认为报纸误导社会舆论，其中报馆文人起到很坏的作用："停军以待，且看事势云何，六十许人，岂尚有贪功之念，所以一力承当者，此心想能鉴之洋事，坏于主持大计者，自许洞知夷情，揣其由来，或误于新闻纸耳，此等缪悠之谈，原可闭目不理，无如俗士，惟怪欲闻，辄先入为主，公谓忌之者，多不知忌之者，尚托空言此，则以无为有，足惑视听，江浙无赖士人，优为之处士横议，托于海上奇谈，都人士遂视为枕中秘矣，所系在颠倒是非，辨言乱政，不仅江浙一时之害。"②

虽然此时上海有好几家报馆，但左宗棠矛头直指的正是申报馆，他曾多次在信札书牍中将受聘于西人、任职报馆的文人蔑称为"江浙无赖之徒"。例如在《答两江总督沈幼丹制军》中，他贬斥报馆文人仅接受英国人几百元报酬就编造新闻，这些假新闻甚至成为精通洋务者的持论依据："吴越人善著述，其无赖者受英人数百元，即编辑新闻纸，报之海上奇谈，间及时政。近称洞悉洋务者，大率取材于此，不觉其诈耳！"③ 在《答李筱轩侍御》中，他认为所谓新闻纸不过是

---

① 张默：《六十年来之申报》，《申报概况》，申报馆1935年版。
② 左宗棠：《左宗棠全集》第14卷《答杨石泉》，上海书店出版社1986年版，第11880页。
③ 左宗棠：《左宗棠全集》第14卷《与两江总督沈幼丹制军》，第11897页。

英国人所设的骗局,而报馆文人从中混淆视听,左右舆论,造成恶劣的社会影响:"近时传播新闻纸本英人设局,倩江浙无赖之徒所为,侈谈海务,旁及时政,公造谣言,以惑视听,人所共知。"①

在中国近代报学发轫初期,以左宗棠为代表的当权派对报馆文人的偏激言论,反映了整个社会对于新闻业的隔膜与偏见。姚公鹤在《上海闲话》中曾谈到当时社会普遍以举业为重而轻视新闻业:"而社会间又不知报纸为何物,父老且有以不阅报纸为子弟勖者。(一则虑其分心外骛,一则以报纸所载多不切用之文字也。彼时社会以帖括为唯一学问,而报纸所载亦实多琐碎支离之记事,故双方愈无接近之机。)"②

对于一般士人而言,不走科举正途而在报馆担任主笔和编辑是不名誉之事。1947年《申报》中的一篇回忆性文章指出,当年申报馆主笔的社会地位实际等同于洋行买办:"'买办'和'师爷'这两个名词,现在是已不大听见了。但当年的《申报》,在洋人主持之下,会计和编辑方面的人,却是被人称为'买办'和'师爷'的。"③

《申报》创刊的第二年,一位署名"平之氏"的读者也在来信中对报馆文人舍弃科举正途,而受聘于西人,从事新闻职业的小道而深感惋惜:"久读贵馆《申报》,每念作者以大家之气魄为杂志之词章,以为俱此伟才何难雍容揄扬,上鸣国家之盛,而乃汩设于稗官野史之谈,浸淫于志怪搜奇之论,雕绘一切,以取悦于庸俗之耳目,未免长才短驭,伤志士之怀矣!⋯⋯而又何必小用惜也?"④

---

① 左宗棠:《左宗棠全集》第14卷《答李筱轩侍御》,第11887页。
② 姚公鹤:《上海闲话》,上海古籍出版社1989年版,第127页。
③ 《买办和师爷》,《申报》1947年9月20日。
④ 《附录来信》,《申报》1873年11月23日。

即使在《申报》创刊三年，已经在上海立足之后，仍有读者来信强调举业的重要性，要求报纸刊登文章策问："贵报之于诗词则已罗列矣，而于文章策问则未有见也。自来举业一道本属空谈……然举业有弊，凡事皆有弊……皇章懔懔，夫曰有其举止莫敢废也。"① 甚至连《申报》早期文人群体中的重要成员，海上文坛的主持者之一葛其龙也认为学而优则仕才是文人的正途："天之生才人也，聚之朝廷之上，和其声以鸣国家之盛，洵美矣！既不然，聚之名胜之区，旗亭画壁，邗上题襟以播一时之韵事，亦足乐也。若迫而至于海滨不已穷乎！"② 在此种社会氛围与舆论压力之下，《申报》本身的论调也强调受聘于西人从事新闻业乃文人下等"艺业"："笔墨生涯原是文人学士之本分，既不能立朝赓歌扬言，又不能在家著书立说，至降而为新报，已属文人下等艺业，此亦不得已而为之耳。"③

在此种社会氛围之下，蒋其章虽然在申报馆工作期间兢兢业业，且与《申报》主人英国人美查相处融洽，但他始终没有产生以新闻业作为终身职业的念头，申报馆只是他功名之路上暂时的栖身之所。事实上，蒋其章在申报馆工作的三年期间，一直在不间断地关注科举考试信息，预备再次搏击。

作为《申报》主笔，蒋其章能够第一时间获得与科举相关的各类消息。1875 年正月十八日，《申报》刊登了一则朝廷将开设恩科的启事："昨有京师中传来信息，谓今岁光绪建元之元年，各省定开恩科，举行乡试。其谕旨大都与登极诏书同时颁下也云云。然则有志功名者固当温习经书，揣摩风气，解经射册，各竭尽尔能，探蟾窟而赋鹿

---

① 《与申报馆论申报纸格式鄙见》，《申报》1875 年 3 月 13 日。
② 杨稚虹：《海滨酬唱词》，光绪二十四年（1898）春香海阁刊本。
③ 《论新报体裁》，《申报》1875 年 10 月 8 日。

鸣,特指古文意。故一俟见有明文即当登报再布。"① 报中所谓"昨有京师中传来消息",说明这个时候申报馆所得到的不过是口头消息,虽然可信度非常高,但毕竟不是正式的谕旨。但即便如此,消息的发布者仍提醒所有有志于科举考试的士人应该尽早做好准备,"有志功名者固当温习经书,揣摩风气,解经射册,各竭尽尔能,探蟾窟而赋鹿鸣"。

半个月后,《申报》即刊登了正月二十日的谕旨,正式公布了清政府将于1875年举行乡试恩科,1876年举行会试恩科的消息:"正月二十日上谕:为政以得人为首务,我朝列圣御极建元均于三年大比之外特开乡会恩科,广罗俊彦。朕缵承大统,宜遵成式,嘉惠士林。著于光绪元年举行乡试恩科,二年举行会试恩科。用副朕作育贤才至意该部知道。钦此。"②

1875年上半年,蒋其章因为准备参加第二年的会试恩科而从申报馆辞职③,可是这一次他并没有考中。但随后在1877年的会试正科中,蒋其章脱颖而出,考中了进士,成功晋升为上层绅士阶层的一员。1877年5月29日,《申报》即刊登了本年度丁丑科会试的名单,其中浙江钱塘蒋其章的名字赫然在列。④ 6月13日的《申报》新闻,还注明蒋其章浙江钱塘人,乃"第三甲赐同进士出身"⑤。

1877年11月23日,新科进士蒋其章以蘅梦庵主的笔名在《申报》上发表了与陈曼寿、杜晋卿的两首唱和之作:

---

① 《开科信息》,《申报》1875年2月23日。
② 《谕旨恭录》,《申报》1875年3月10日。
③ 参见邵志择:《〈申报〉第一任主笔蒋芷湘考略》,《新闻与传播研究》2008年第5期。
④ 《丁丑科会试题名全录》,《申报》1877年5月29日。
⑤ 《申报》1877年6月13日。

> 铜坑清梦尚温麈,自向疏窗画月痕。
> 怪道后山诗格冷,万梅花里闭柴门。
> 影疏香暗林君复,两字能传花性情。
> 恰笑蹇驴风雪里,一天诗思太寒生。①
>
> 打头黄叶坐人衣,正是晴秋补读时。
> 恰胜书痴忘触热,版床频逐树阴移。
> 小杜翩翩未相识,桐清课剧劬书凭。
> 凭谁别貌曜仙骨,画作横琴石上图。②

与过往唱和之作略有不同的是,后一首蒋其章署名"蘅梦庵旧主",似乎预示着他将要与短暂的报人生涯告一段落的心态,事实上,这也是蒋其章在《申报》上发表的最后一组作品。但本年蒋其章还没有离开上海,直到第二年(1878)二月的花朝,龙湫旧隐葛其龙还在上海与万钊等友人为蒋其章饯行,并在诗中注明"时子相将赴甘凉"。同年《申报》4月5日刊登的《送子相出宰甘肃》一首则是典型的送别诗,表明蒋其章将要离开海上唱酬的岁月,远赴"关山匹马古长城"的西北边陲:

> 连番风雨误青春,一笑晴光到眼新。
> 更喜四人逢百五(香叶、剑盟合年七十,子相与余合年八

---

① 蘅梦庵主:《奉题陈曼寿明经梅窗觅句图册七绝二章,录请楼馨仙史,雾里看花客郘改》,《申报》1877年11月23日。
② 蘅梦庵旧主:《奉题杜晋卿茂才秋树读书图册断句二章,录请吟坛同政》,《申报》1877年11月23日。

十，亦适逢其会也)，与花同日庆生辰。
娇红嫩碧斗鲜妍，次第寻芳到水边。
一路香风吹面暖，玉楼人醉杏花天。
流水无心聚断蓬，一尊聊与故人同。
申江今似秦淮上，文酒风流属寓公。
柳色依依动别情，一鞭有客赋西征。
座中恐惹离愁起，不遣双鬟唱渭城。(时子相将赴甘凉。)①

十年海上订鸥盟，今日江干远送行。
琴鹤一舟仙眷丽，关山匹马古长城。
栽花有意为娱母，作宦无奇要爱民。
临别赠言君记取，从来循吏本书生。②

葛其龙的这一组送别之作遂成为蒋其章在《申报》中的最后消息。此后，或许是为尊者讳，申报馆的同人对于蒋其章遂不再提及。申报馆主人美查曾为早期的《申报》主笔吴子让、何桂笙、沈定年等都写过追悼文章，对蒋其章却从未提及。而已进入科举体制步入正途的蒋氏自己，也断然地与这一段报人生涯告别，不再提及过往。

二、"边关堕作吏"的幕僚生活

1878年春，新科进士蒋其章告别了海上唱酬的生涯，以敦煌县令

---

① 龙湫旧隐：《花朝借蒋君子相香叶万君剑盟小饮江楼》，《申报》1878年4月5日。
② 龙湫旧隐：《送子相出宰甘肃》，《申报》1878年4月5日。

的身份前往甘肃，希望在新的环境中，实现自己的人生理想。然而，仅仅两年多的时间，他的"治国平天下"的儒家理想便破碎了。1880年九、十月份，蒋其章被革职，1880年11月26日，《申报》刊登的十月十六日的《恭录谕旨》中有"左宗棠奏甄别庸劣不职各员，请分别革职降补一折"，其中提到"敦煌县知县蒋其章居心浮伪，办事颟顸"①。"居心浮伪，办事颟顸"八个字轻易断送了蒋其章千辛万苦得来的职位，也彻底断送了他的仕途之梦，而上奏报表的，正是曾经对报馆文人抱有深刻偏见的西北重臣——左宗棠。

被革职的蒋其章并没有选择重新回到上海，回到申报馆，也没有选择归隐乡间，而是前往新疆阿克苏地区，投入左宗棠下属张曜的幕府担任书记一职，希望有朝一日能够积累边功，重回仕途。

1880年至1885年间，蒋其章一直在边疆苦寒之地等待重新被录用的机会，期间，他和张曜的另一位幕僚施补华经常往来唱和，互相倾诉仕途淹留、报国无门的苦闷。虽然蒋氏诗文集今已不存，但施补华的《泽雅堂诗二集》中却留下了大量这一时期与蒋其章的唱和之作，如《疏勒行馆与子相夜谈杂作三首》《再用秋心韵答棣芬、子相》《题子相秋怀二十首后》《天意二首与子相》《和子相咏雪》《雪中与子相饮酒》《饮酒一首与子相》《留子相饮酒》《岁暮与子相》《同子相、福之至虚随园看花，杰堂军门置酒款之，邀子相作诗贻杰堂兼与福之别》等。在西北苦寒之地，蒋其章正是在与友人的互相鼓励之下，在对春天的期待中，渡过了一个又一个漫长的冬夜：

　　孤灯语二老，夜久轩窗开。

---

① 《恭录谕旨》，《申报》1880年11月26日。

空庭一片月,也自东南来。
乡音苦童仆,侧耳群相猜。
佳茗万里致,郑重倾一杯。
我心如宿火,世事真死灰。
子亦可怜人,翩翩扬马才。
边关堕作吏,须发飞黄埃。
作吏复见斥,从军尤自哀。
效彼楚囚泣,愧此达士怀。
穷通本由命,藏仓何有哉。
所贵岁寒节,凛凛不可摧。
东方渐欲明,雄鸡声乱催。
曷不觅佳睡,鼻息鸣晴雷。

(《疏勒行馆与子相夜谈杂作三首》)①

疏勒城头雪皑皑,蒋子赋诗清且哀。
十年布被无暖气,梦魂不到孤山梅。
老施诵之三叹息,羁臣绝徼何有哉。
苦无燕玉足送老,安得越酿同欢怀。
冻墨自书寒瘦语,险韵欲开尖叉才。
老施罢吟夜寥寂,一念忽召春风回。
黄蜂紫□宛飞舞,桃李无数心花开。
昆仑照眼峰峦变,南高北高青崔巍。
明湖即在幼海边,画船还往波潆洄。

---

① 施补华:《泽雅堂诗二集》,光绪十六年(1890)两研斋刻本。

> 意想所至出形象,倏如弹指成楼台。
> 宁知此老鸦瑟缩,铁箸自拨红炉灰。
> 明朝开户积三尺,骑马不辨东西街。
> 白米方忧市价贵,黄棉乍喜戎衣裁。
> 蒋子新诗勿再作,试呼吹律邹生来。
>
> (《和子相咏雪》)①

1885年正月,蒋其章随同张曜返回北京待命,1886年又跟随张曜赴山东济南任职。1891年七月,张曜卒于任上,而蒋其章也在光绪十八年(1892)壬辰元宵节踏灯归来之后骤然逝世。② 蒋其章去世后,同在山东巡抚幕府任职的王以敏作了一首《百字令·哭蒋子相》的词作:

> 竹山才调,记弹琴嗜酒,目空天壤。不是老兵莲幕客,三黜谁容疏放?廿载思君,紫台青冢,重理珠泉榜。鬓丝堆雪,彩毫依旧无恙。 几日送我旗亭,醉魂醒未,影事随春往。燕子楼空雏凤死,谁吊屯田仙掌?烟柳微词,霜花剩稿,都付秋坟唱。刺船归矣,海涛终古哀响。(君令甘肃敦煌,挂吏议,从军新疆十余载。晚随张勤果重来济上。著有《明湖渔唱词》,以无子,身后俱佚去。)③

---

① 施补华:《泽雅堂诗二集》,光绪十六年(1890)两研斋刻本。
② 参见邬国义:《〈申报〉第一任主笔蒋其章卒年及其他》,《华东师范大学学报(哲学社会科学版)》2011年第1期;邵志择:《〈申报〉第一任主笔蒋芷湘考略》,《新闻与传播研究》2008年第5期。
③ 王以敏:《檗坞词存》卷二,光绪九年(1883)刊本。

回顾蒋其章的一生，他28岁考中举人，30岁入申报馆，担任首任华人主笔。35岁进士及第，即授敦煌县令一职，其功名之路比起大多数的海上报人算是非常平顺。36岁赴敦煌县令，兢兢业业治理县治，但却因不得左宗棠赏识，短短两年半即被罢免。38岁开始担任张曜幕僚，跟随他赴新疆阿克苏和山东济南等地，在案牍文书之间等待恢复旧职、继续起用的希望。然而时间流逝，蒋其章回归仕途的希望渺茫，直到50岁骤然去世。蒋其章没有子嗣，身后寂寞，书稿淹没不存。然而，令人意想不到的是他被文学史、新闻史反复提及的却正是他在《申报》担任主笔的那三年。

三、"剪淞病旅"即为蒋其章考

《申报》创刊初期，由于当时报人在社会上仍属于不名誉之职位，因此蒋其章在《申报》和《瀛寰琐纪》上发表文章绝大多数情况下使用的是笔名。在蒋其章担任《申报》主笔期间，他所有发表的文章中，只有刊登于1877年11月12日《申报》的《读味梅花馆诗五集题赠陈曼寿明经，即用集中沪城秋感唱和诗韵》和《奉送张鲁生太守出使日本》两组诗歌是署名"钱塘蒋其章子相"，其他所有文章皆使用笔名。

目前学界所公认的蒋其章的笔名为"蘅梦庵主""小吉罗庵主"和"蠡勺居士"三个。[①] 美国学者韩南进一步指出，蒋其章的三个笔

---

① 参见〔美〕韩南：《中国近代小说的兴起》；邬国义：《第一部翻译小说〈昕夕闲谈〉译事考论》，《中华文史论丛》2008年第4期；邬国义：《〈申报〉第一任主笔蒋其章卒年及其他》，《华东师范大学学报（哲学社会科学版）》2011年第1期；邵志择：《〈申报〉第一任主笔蒋芷湘考略》，《新闻与传播研究》2008年第5期。

名使用各有偏重:"显而易见,这个作者写散文时用'小吉罗庵主'的笔名,写诗用'蘅梦庵主'或'小吉罗庵主',写白话小说就用'蠡勺居士'。"①

韩南所言大致不虚。当然,蒋其章的三个笔名偶尔也有交叉使用的情况。比如,《瀛寰琐纪》刊登的《瀛寰琐纪序》中署名是"海上蠡勺居士序于微尘稀米之庐";翻译小说《昕夕闲谈》前四节末尾的评点者署名是"小吉罗庵主";1875年11月15日蒋其章赠送给刘履尘的诗作《南城刘履尘茂才同依榷署,小住虔南,谈燕之余,谬承青目,羁旅无聊中居然得一知己,快何如耶。因次枉赠四律韵奉答即题其秋斋蠡余集后》署名也是"小吉罗庵主人"。1873年2月11日,《申报》在头版上刊登新闻《论杭州织造经书大案件》就同时署名为"蠡勺居士口述,西泠下士拟稿,蘅梦庵主手录"。此外,作者在文末还附录了一段说明"此稿由武林邮寄申江所以维持清议,舒写沉冤也。幸览者勿以为不留余地而弃掷之,幸甚"②,并署名为"小吉罗庵主跋"。

但是,蒋其章的常用笔名并不止这三个,经过笔者系统梳理《申报》所有相关文献史料,发现蒋其章还有一个不为人熟知的笔名——"剪淞病旅"。考证"剪淞病旅"这个笔名及其在《申报》上刊发的各类诗文作品,可以丰富和补充蒋其章作为报馆主笔在沪上的文学活动与个体经历,并可考证蒋其章从申报馆辞职的准确时间,这对于《申报》第一任主笔蒋其章的生平经历具有重要的文献价值与文学史意义。

---

① 〔美〕韩南:《中国近代小说的兴起》,徐侠译,第106页。
② 蠡勺居士口述,西泠下士拟稿,蘅梦庵主手录:《论杭州织造经书大案件》,《申报》1873年2月11日。

由于蒋其章的《泽古堂文集》已经散佚不存，因此，目前无法从蒋其章的诗文作品集中找到"剪淞病旅"即为蒋其章的直接证明。但假设"剪淞病旅"即为蒋其章，首先可以从其发表在《申报》上的诗词作品来推断，所有的诗文作品发表的时间与场合都与蒋其章当时在沪上的活动相符。

"剪淞"的名字刊于《申报》始于1872年11月2日头版刊登的一条论说文《戒酒论》，作者署名"剪淞居士"，这篇文章刊载于申报馆的重要启示《刊行〈瀛寰琐纪〉自叙》和《本馆告白》之后，其地位与作用相当于今日报纸每日一篇的"社论"。"剪淞居士"是否即为蒋其章，姑且存疑，但至少可以肯定，作为社论的撰写者，"剪淞居士"是申报馆的主笔或编辑人员。

"剪淞"的名字再出现在《申报》上则是两年后的1874年。本年度，"剪淞病旅"作为沪上吟咏的一员，其唱和诗作常常刊登在《申报》上。

1874年10月31日，剪淞病旅发表了《九秋补咏同淞南吟社诸子作》，并附录了序言一则："序曰龙湫旧隐萧居多感，秋士善悲。辄为九秋补咏九章，书来告予九题而秘其佳句，不令偕瑶笺并读。其意殆欲来致师耶。挑灯呎墨，依题构思，自写牢愁，别抒感触。匆匆脱稿，先借鲤鱼函呈教想佳咏或不能终秘矣。"① 由于龙湫旧隐葛其龙发起了九秋补咏，剪淞病旅遂作了九首分题为"秋影""秋痕""秋思""秋意""秋魂""秋梦""秋韵""秋味""秋容"的七律诗和之。

随后，剪淞病旅又于11月5日在《申报》上发表了《九秋续咏》组诗，其内容则为"秋猎""秋泛""秋眺""秋成""秋病""秋禊"

---

① 剪淞病旅：《九秋补咏同淞南吟社诸子作》，《申报》1874年10月31日。

"秋汛""秋获""秋读"。同时，作者还附录了简短的序言："序曰凌苕仙史见龙湫旧隐《九秋补咏》，因另拟九题，仆亦同作录请同社诸子正和。"①

古代文人常常以时令作为诗词唱和的主题，由这两组九秋吟咏可以看出，剪淞病旅为沪上文人圈的一员。他参加了葛其龙组织的诗社活动，并积极进行诗词唱和。

两天之后，剪淞病旅又发表了一首佶屈聱牙的五言诗《立冬日约聚星吟社诸子雅集城东小筑，为饯秋之宴，先成此诗奉柬并乞和章》：

境逝即千秋，击石那觅火。
兴到即一醉，拈花乃证果。
佳日不易逢，行乐讵容惰。
今年饯秋筵，开社始议我。
折柬书蝉联，叠韵诗婀娜。②

11月9日，《申报》刊登了无近名庵道人的和作《秋尽日剪淞病旅招饮酒楼作》。

无论是诗歌的原作还是和作，其思想内容与艺术成就都没有特别之处，但值得一提的是题目所透露出来的信息。剪淞病旅的题目指出，该诗为立冬之日，聚星吟社诸君子在城东举行了饯秋雅集，而《申报》上发表的即为剪淞病旅在该雅集中的吟咏之作。无近名庵道人的题目表明，这一次雅集是由剪淞病旅召集的。由此可知，剪淞病

---

① 剪淞病旅：《九秋续咏》，《申报》1874年11月5日。
② 剪淞病旅：《立冬日约聚星吟社诸子雅集城东小筑，为饯秋之宴，先成此诗奉柬并乞和章》，《申报》1874年11月7日。

旅为聚星吟社的成员之一，且他作为发起人在城东小筑发起了1874年立冬之日的沪上文人雅集。

和沪上文人的其他唱和之作相同的是，剪淞病旅发起的文人唱和不仅是酒席之间的文人雅和，而且是借助了《申报》公共传播空间的新型文人唱和，是现实与虚拟相结合的沪上文人唱和。

11月11日，蔡尔康在看到《申报》上的文人唱和之作后发表了《读剪淞病旅代柬诗，知于立冬日为饯秋之宴，喜赋一章，即用元韵，录请同社诸词坛粲政》一首：

> 秋尽殊匆匆，司爟变国火。
> 走送到西郊，小结人天果。
> 白帝非长官，定怨衣冠惰。
> 毕竟本虚幻，周旋我与我。
> 底事堤边柳，向人犹袅娜。
> 对比倘无诗，安用名流伙。
> 剪淞今骚客，以侑复以妥。
> 开筵约饯秋，丽句来道左。
> 迴环读珠玉，笑口不觉哆。
> 正声久不作，谁把中流舵。
> 近逢赐袄期，高会肯延拖。
> 遥知三径开，香已蓺意可。
> 张灯列九华，弹琴听双琐。
> 贱子何言哉，敢效陈惊坐。
> 驾车快赴约，晨起命修鞹。
> 目怜马周任，翻笑毕卓裸。

> 为问千金裘，美酒换得么。
> 二豪任侍侧，蜾蠃与螟蛉。
> 待抒锦绣才，乍脱烟花里。
> 损笺坚此约，心事寻双颗。
> 未饮神先醉，襟怀觉骇骕。
> 久盼黄花筵，自怜腰肢弹。
> 新和搜枯肠，犹愧云五朵。
> 欲觅飞鸿寄，闪闪白日堕。①

蔡尔康的这首和作是完全依照剪淞病旅的原韵而作的。虽然蔡尔康并没有参加聚星吟社立冬之日的宴饮聚会，但他却能通过《申报》这个虚拟的唱和平台和公共传播空间与同社诸君子进行同题唱和。这是《申报》创刊之后的文人唱和与传统文人唱和最大的不同之处。

此外，11月11日，蔡尔康还发表了《九秋补同聚星吟社诸子作奉尘剪淞病旅教政兼呈诸同社》七律九章，对剪淞病旅之前的九秋吟唱进行回应。加上11月23日《申报》发表的鹭洲诗渔黄小园的《读剪淞病旅及龙湫旧隐九秋补咏悲君落拓，触我穷愁，爰赋九章以附骥尾，若论工拙，直是小巫见大巫也，录呈诸大吟坛教正》和11月30日泖河渔隐发表的《叠见龙湫旧隐、剪淞病旅、缕馨仙史诸君九秋杂咏，捧诵再三不胜拜服，今特谬续九章，不足供大雅之一笑也，即请诸君并众诗坛斧正》的和作，进一步说明了剪淞病旅九秋吟的活动也是属于聚星吟社的社内吟咏活动之一。

1874年11月12日，剪淞病旅在《申报》上再一次发表对缕馨仙

---

① 缕馨仙史：《读剪淞病旅代柬诗，知于立冬日为饯秋之宴，喜赋一章，即用元韵，录请同社诸词坛粲政》，《申报》1874年11月11日。

史蔡尔康的和作：

> 友朋萍聚难，因缘托香火。
> 共和频伽音，乃证无遮果。
> 唱酬钝机锋，敝帚从懒惰。
> 而况过时啼，寒虫噤如我。
> 起视二三子，眉目斗娇娜。
> 饯春得句佳，结夏拈题夥。
> 凛兹秋节徂，吟魂帖烟妥。
> 采荇湖欲冰，持螯手虚左。
> 拟作雅集图，豪兴供笑哆。
> 徒劈词苑笺，未放酒池舵。
> 句漏恋丹砂，不逐众宾坨。
> 拆简谢未遑，蜡屐请犹可（是日之集以龙湫葛君事阻，函乞改期致误佳叙）。
> 赢师摩垒频，村匠列肆琐。
> 订船鼎娥愁，灶觚锄妾坐。
> 坦然竟出游，驱驱车转輠。
> 譬如命衣冠，主人反袒裸。
> 杖藜待揭来，治具嘲作么。
> 翩翩逐浪鸥，蠕蠕负子嬴。
> 应声耳讵聪，高咏头自里。
> 清供爱竹萌，弃材取蓬颗。
> 再订开炉筵，醉态画驳骒。
> 蒙君和拙诗，姿媚鬓丝鬋。

寒菊胜风枝，早梅逗霜朵。
好参文字禅，醉任鸟愤堕。①

饯秋雅集之后，聚星吟社又有消寒雅集，11月19日，缕馨仙史蔡尔康在《申报》上发表了《剪淞病旅以叠韵诗见示，兼订消寒爱夜集城北之醉月居，聊为嚆矢，冀日亦叠前韵，奉酬录请同社诸吟坛正和》五首，完整记录了一次文人雅集的过程：

作诗意必新，岂肯食烟火。
款客馔不丰，只须设茶果。
小集醉月居，饮酬吟各惰。
相视颇莫逆，登楼惟君我（余偕剪淞先至）。

吴姬三四人，隔座夸婀娜。
鸟知共命难，虫怜应声伙。
黄菊邀陶潜，白杨忆何妥。
故人漫迟留，相待已虚左。
二苏翩然来，快谈语声哆（谓梦游仙史及其令兄梦翁）。

岂是尻为轮，何妨风作舵。
浑欲晒陈人，青纡复紫拖。
能作如是宴，佛意所印可。

---

① 剪淞病旅：《立冬日饯秋之约虽成拙诗迄未果践乃蒙缕馨仙史用韵枉和，展诵之余辄形愧报，叠韵奉答兼订后期，并请同社诸大吟坛正和》，《申报》1874年11月12日。

杯倾银凿落,曲听玉连琐。

蕉梦醒蘧蘧,后来居上坐(梦蕉仙史后至)。

捋战疾似梭,舌辨利于鞞。

谁画消寒图,解衣盘礴裸。

酒力愧不胜,具言归去么(余先醉以不胜酒力即起逃席而归)。

出门竟未辞,代谋羡蜾蠃(诸同人辍饮遍寻余于街市间)。

譬如食子桑,亲自携饭里。

谁信不羁者,手握丁香颗。

归眠明月床,何处寻驿骒。

一任畅福园,花娇兼柳弹(剪淞意余当在畅福园听女弹词独任寻之)。

知否倦寻芳,只峰千□朵。

纵酒聊行吟,一笑唐两堕。①

按照缕馨仙史蔡尔康的说法,本次消寒雅集定在城北也就是租界的醉月居中,蔡尔康和剪淞病旅先至,集会上有三四个江苏歌姬,之后梦游仙史和他的兄长梦翁一同前来。最后迟到的是梦蕉仙史。席间,文人们听曲、畅饮并行酒令,蔡尔康因为不胜酒力而由席间逃走。诸同人纷纷罢席而出,在街市上遍寻蔡尔康。剪淞病旅认为喝醉了的蔡尔康一定在戏园听戏,于是诸同人遂前往畅福园寻找。虽然就

---

① 缕馨仙史:《剪淞病旅以叠韵诗见示,兼订消寒爱夜集城北之醉月居,聊为嚆矢,冀日亦叠前韵,奉酬录请同社诸吟坛正和》,《申报》1874年11月19日。

这组诗词的思想内容来看，并无甚可取之处，然而，这一组诗却真实地反映了19世纪末上海租界洋场文人宴饮娱乐的日常生活。

从现有的史料来看，1874年底聚星吟社文人所举行的消寒雅集不止一次。在农历十二月初八日，即1875年1月15日，蔡尔康又发表了一首《初九日订为消寒之宴三叠剪淞病旅韵奉柬诸同社》，以诗代柬，邀请诸同人于初九日共赴江上酒楼的消寒之宴：

> 征诗如征兵，邮筒急星火。
> 屡约消寒会，迁延终不果。
> 骚坛诸巨手，毋乃太慵惰。
> 因念聚星社，创始非自我。
> 元卿诗无敌，刚健含婀娜（谓剪淞病旅）。
> 葛洪本性灵，数典不嫌伙（谓龙湫旧隐）。
> 老去羡江郎，安置殊帖妥（谓鹤槎山农）。
> 令子蜚英声，同砚忆虚左（谓绿蕉红豆庵主，曾受业于家大人）。
> 黄氏竹林贤，唱和一家夥（谓鹭洲诗渔暨绿梅花龛诗隐）。
> 双井花佣□，天台忻访艳（谓云来阁主）。
> 苏海快飞舵（谓梦游仙史），曾巩与居般。
> 不为俗所拖（谓咏雩子梦蕉居士），昨岁社事联。
> 徐陵作序可（谓梦鸥馆主），王恭品濯柳（谓绿天居士）。
> □□学鲁氏，李程才青琐（谓蓬山旧侣）。
> 鲰生愧不才，乃亦陪末坐。
> 清言霏玉屑，妙论炙彀輠。
> 今年作消夏，时令宜裎裸。

> 华恒自东来，旗鼓独张么（谓百花庄词人）。
> 龙门有沈约，蒲炉辨螺赢（谓云间逸史）。
> 遍集诸名流，合谢痴云里。
> 美玉玩球球，明珠排颗颗。
> 一旦谐旧约，休惜醉骏骐。
> 伫见新词成，佳人云鬓亸。
> 为问酒楼旁，寒梅开几朵。
> 劈笺语同社，前盟慎勿堕。①

同时，作者还在附录中强调了第二天消寒雅集的具体时间和地点，即第二天巳刻，也就是1875年1月16日上午9点，在江上酒楼"消寒之约，同社诸君子，半未深悉。醉后走笔成此，非诗也。诸君子弗哂其陋，明日巳刻，早集江上酒楼，俾'绿蚁新醅酒，红泥小火炉'之句不得专美于前，则幸甚矣。初八日晨附启"。

蔡尔康诗中所提到的同社诸君子如剪淞病旅、龙湫旧隐、鹤槎山农、绿蕉红豆庵主、鹭洲诗渔、云来阁主、梦游仙史、咏雪子梦蕉居士、梦鸥馆主、蓬山旧侣、百花庄词人和云间逸史一方面都是聚星吟社的社友，另一方面，他们中的大多数都是在早期《申报》上积极投稿的文人。

对于这一次消寒雅集，剪淞病旅在十天之后发表了一首和作：

> 前年寄海曲，倾盖逢诸君。
> 消寒盛文讌，赌酒张吾军。

---

① 缕馨仙史：《初九日订为消寒之宴三叠剪淞病旅韵奉柬诸同社》，《申报》1875年1月15日。

红梅互酬唱，好音笙匏分。
华灯夜忘倦，捧笺双鬓亲。
去冬花里闲，诗梦时氤氲。
今年重聚处，社集宜纷纭。
如何赋团雪，犹自幸同云。
因订群雅材，拟策骚坛勋。
僧厨粥相溢，村市鼓声殷。
红炉暖阁中，煮酒罗膻荤。
座有大小户，醉舞俱欣欣。
风雅缅南园，提唱思前人。
鲰生艰旅食，龃龉到斯文。
上无长吏贤，作养徒云云。
世人余白眼，那解风生斤。
只余社中友，昀沫称乐群。
一为河朔饮，酬酢心惓勤。
春生绮席温，雪意烘斜曛。
回思开宴地，冒雨宵日醺。
风景固不殊，把尊话□闻。①

在这一首和作中，有几点细节值得注意。所谓"前年寄海曲，倾盖逢诸君"，说明剪淞病旅是在两年前与同社诸君子开始海上唱酬的。剪淞病旅作此诗的时间是甲戌年十二月十八日，而前年也就是壬申年十二月，时任《申报》主笔的蒋其章为了应付岁末报馆稿件匮乏的原

---

① 剪淞病旅：《同社诸君招饮江楼作消寒第一集，感念旧游不胜怅惘，辄成五言二百字，聊抒胸臆，不足言诗即请指疵并希赐和》，《申报》1875年1月25日。

因曾发起和组织了四次消寒雅集。当然，这里的"前年"可以是特指也可以是泛指，并不能直接证明剪淞病旅的身份。但不管剪淞病旅的身份是什么，他所提到的"鲰生艰旅食，龃龉到斯文。上无长吏贤，作养徒云云。世人余白眼，那解风生斤。只余社中友，昫沫称乐群"，这几句诗却直观地呈现了19世纪末沪上文人的艰难环境。一方面他们不得不面对生活的艰辛，暂时舍弃他们传统读书人的身份到沪上觅食，而在此过程中，他们不得不时时面对世人的白眼，面对儒家社会体制的排斥；另一方面，他们也因为麇集于湖滨而结识了一些有着相同经历与境遇的同社诸君子，彼此诗酒唱和，排遣愁怀。

1874年末至1875年初，剪淞病旅和聚星吟社文人之间的频繁唱和虽然不能直接证明他的身份，但至少说明了他不仅是聚星吟社的成员之一，而且是核心成员，因为他曾多次发起同社诸君子的雅集。

1875年花朝节前，剪淞病旅有江右之行，沪上诸多友人纷纷在《申报》上发表赠别之作。1875年3月18日，剪淞病旅首先在《申报》上发表了组诗四首，表明将要离开沪上，前往江西：

> 海上成连未易逢，更难情味各疏慵。
> 联盟旧例翻几复，出世游踪想泖峰。
> 旅馆秋灯三载忆，江楼春酒十分浓。
> 无端小住成良会，怕说匡庐第几重。

> 郁孤台上想登临，壮观应酬万里心。
> 旧约岂宜忘白社，□音重与写青琴。
> 但思亲舍云千叠，自爱中年雪一簪。
> 多谢故人情郑重，桃花潭水未为深。

> 羁怀谁与破无聊，酒盏诗筒客互邀。
> 出郭每携名士屐，倚楼时听玉人箫。
> 白门秋梦关心远，燕市春风寄慨遥。
> 离会当时分手易，那知折尽柳千条。
>
> 尚想城东旧酒炉，文章烟月两模糊。
> 才疏枉自驯龙性，食少翻宜羡鹤臞。
> 欲问生涯羞茅粟，尚余残梦绕菰庐。
> 匆匆挥手诸君远，愿写春江录别图。①

"匡庐"为庐山，"郁孤台"在赣州，这两处点明作者将要离开上海前往江西。这一次离别似乎不是短期离别，作者流露出对于沪上友人的依依不舍之情。

对照蒋其章的相关文献，1875年上半年，蒋其章从申报馆辞职，离开沪上，准备参加1876年的会试恩科。巧的是，蒋其章离开上海之后也是先前往赣州。1875年11月15日，《申报》上曾刊登履尘道人与小吉罗庵主蒋其章的一组唱和之作，这两组诗题都明确显示了蒋其章正是1875年在江西赣南幕府之中与刘履尘结为知己的。履尘道人诗歌为：

> 三千里外远游程，十八滩寒旅梦惊。
> 诗卷压舟随客王，潮声如鼓挟春行。
> 青衫入暮徐文长，金石留题项子哀。

---

① 剪淞病旅：《将之江右留别沪上诸君》，《申报》1875年3月18日。

我臣微之君白传,个中香火有同情。

愔愔琴德占瑷瑶,戎马而还久寂寥。
遥夜怀人千绪触,残春为客一杯浇。
调莺珠箔新翻谱,扑蝶雕阑售按阄。
锦瑟华年丝肉感,乐云如梦月如潮。①

小吉罗庵主人即蒋其章也在诗中提到两人相识于江西旅途之中,即:

短艓南来逐雁程,眼中人在见先惊。
高秋华岳神鹰挚,独客关河健马行。
诗笔奔腾驱鳄海,褴衫冷落走燕京(君随宦岭峤献赋金台)。
才人心迹存吟卷,细雨昏灯共此情。

荔枝味隽抵江瑶,诗派图中未寂寥。
骨太崚嶒脂不润,胸多块垒酒难浇。
晓莺怨写芳姿扇(君生平有一恨事),雏凤声和内史箫。
相对隐囊犹忍俊,凉虫絮月况如潮。

啸□鸾凤振黄昏,语出肝脾动客魂。

---

① 履尘道人:《吉罗道人以名孝廉入赣南幕府,应外舅观察许公之聘也。鼎以羁栖蜩馆,得侍尘谈,宵榻篝灯,辄承指授。荒斋跧伏,文话久疏,自郆日入座后,吾道为不孤矣。狂喜之余,率呈四律,即题其〈泽古堂诗初集〉后》,《申报》1875年11月15日。

师友摧颓余剑气，弟兄离合验衫痕。
玉成天定偿廉吏，文福人犹盼德门。
预料秋风新得意，胸中云梦已全吞。

早年词赋动江关，听鼓中原抗手还。
琐骨自超仙侠外，骚坛应在李何间。
丛残著述鱼三食，华黼文章豹一斑。
笔砚惭干焚未尽，从今不敢说藏山。①

在剪淞病旅宣布自己将要离开沪上前往江右之后，同社诸君子于花朝前二日也就是二月十日在江上酒楼为剪淞病旅饯行。关于这一次雅集，有3月20日嘘云阁主的《花朝前二日同人饯剪淞江上酒楼即席赋二绝句》和缕馨仙史的《二月十日为醉春之宴，先成二律兼饯剪淞江右之行》记载。其中，缕馨仙史的赠别诗其一为"西湖才放棹，又报豫章游。琴剑自兹去，莺花不解留。金尊涵丽景，玉勒控离愁。鸿印分明在，归来约饯秋。"② 这一首短诗中有两点值得注意，蔡尔康所说"西湖才放棹，又报豫章游"，指出剪淞病旅此前曾前往杭州西湖，而现在将要赴豫章之行，而蒋其章正是在1873年初曾前往浙江钱塘。"琴剑自兹去，莺花不解留"一句指出剪淞病旅善于抚琴，而蒋其章也精于此道。

1873年1月8日，《申报》刊登了茦申的《壬申长至日，同人作

---

① 小吉罗庵主人：《南城刘履尘茂才同依榷署，小住虔南，谈燕之余，谬承青目，羁旅无聊中居然得一知己，快何如耶，因次枉赠四律韵奉答即题其〈秋斋蠢余集〉后》，《申报》1875年11月15日。

② 缕馨仙史：《二月十日为醉春之宴，先成二律兼饯剪淞江右之行》，《申报》1875年3月20日。

消寒雅集于怡红词馆,奉和大吟坛原韵》一诗。虽然诗中并没有提到蒋其章的名字,但从"君藏有《牧斋外集》"、刻录《瀛寰琐纪》等细节可以看出这首诗确实是赠送给蒋其章的。

  相逢难得便相知,领受兰言喜不支。
  听曲无心惟纵酒(原唱有曲厌闻句故及之),赏花有约敢愆期。
  珠探骊领君先得,集购虞山我未披(君藏有《牧斋外集》)。
  飞出琴声斜照里,不须更访水仙师(君善琴)。
  愁阵堪攻仗酒军,金樽满酌肯辞醺。
  翦红刻翠联裙屐,索异探奇广见闻(近刻《瀛寰纪》)。
  行乐筵开添线日,爱闲身似出山云。
  诸公尽属登瀛客,拭目争看锦绣文。

作者还特意在"飞出琴声斜照里,不须更访水仙师"一句后注明"君善琴",可见蒋其章擅长抚琴。而蒋其章本人在1875年5月29日发表的《舟中怀人诗》中也谈到"只今一别浑如雨,剩欲重携海上琴"①。龙湫旧隐葛其龙有《蘅梦庵主以归舟感怀诗索和,仍用赠别原韵畴二律邮呈》,其中有句谓:"问字早深群辈望,听琴更切美人思。"②

此外,3月22日《申报》又刊登了龙湫旧隐葛其龙的四首七律:

---

① 小吉罗庵:《舟中怀人诗》,《申报》1875年5月29日。
② 龙湫旧隐:《蘅梦庵主以归舟感怀诗索和,仍用赠别原韵畴二律邮呈》,《申报》1873年2月18日。

第三章　申报馆的世界眼光与文学活动

君来半月始相逢，笑我论交性太慵。
何忆浦滨联旧雨，便从江上看奇峰。
春波荡漾连天远，别绪萦回比酒浓。
此去衡庐赠盼望，莫云隔断万千重。

昔日蓬门喜惠临，言如兰臭订同心。
剪残夜雨窗前烛，听到高山海上琴。
每向青衫抛客泪，频开白社集明簪。
诗筒酒盏犹余事，勉我前程感益深。

客窗枯坐正无聊，多谢吟朋折柬邀。
杨柳晓风低玉笛，梨花春雨湿琼萧。
唱骊旧曲听难尽，扑蝶良辰数未遥。
把袂匆匆分袂易，长亭愁缕系千条。

煮酒曾携小火炉，重寻旧约未模糊。
沈郎善咏腰先瘦，平子工愁貌易臞。
好向睢园吟绿竹，不教溢浦慨黄庐。
送君预祝花生日，为写江楼话别图。①

在葛其龙的赠别之作中他提到"君来半月始相逢"，说明葛其龙在剪淞病旅刚刚来到沪上半个月后便与之结识。同时，诗中所谓"衡庐"亦指明剪淞病旅将要前往江西，而"剪残夜雨窗前烛，听到高山

---

① 龙湫旧隐：《预祝百花生日，剪淞赋诗留别次韵赠行》，《申报》1875年3月22日。

海上琴"一句,也强调了剪淞病旅善于抚琴。同年3月24日,武陵氏发表的《和剪淞病旅之江右四律原韵》也提到"桃李芬芳名士宴,芝兰幽静古人琴"①。因此,从擅长于抚琴这一特征上来看,蒋其章与剪淞病旅的这一特长已得到沪上友人公认。

1875年农历二月花朝节前后,沪上友人在江边小楼聚会为剪淞病旅饯行,农历三月,剪淞病旅已经离开沪上奔赴南昌,但这一次旅途并不顺利,不但风雨阻滞,舟行极为缓慢,剪淞病旅本人还染上疾病。在凄风苦雨的逆旅途中,剪淞病旅作了12首怀人诗,并发表在乙亥三月十五日,即1875年4月20日的《申报》上,诗为:

无端一梦逐寒潮,倦旅孤篷兴寂寥。
铁柱官遥□醉酒,石钟山近为停桡。
西江游迹存新草,南浦离踪怨旧条。
苦忆诸君情太重,一番回首一魂消。

订交只惜与□迟,才共听莺已唱骊。
诗梦早随彭蠡月,俊游犹想沪滨时。
青衫跌宕狂中酒,红袖轻盈笑索诗。
为说风标在人口,姓名间付舵工知(浔阳舟子崔礼廷曾两度载君,述轶事,甚悉)。

愿花常好馆主

稚川与我最情□,文字知交骨肉真。

---

① 武陵氏:《和剪淞病旅之江右四律原韵》,《申报》1875年3月24日。

诗律推敲今渐细,世途阅历气逾醇。
菊尊待约延秋侣,花社应联醉月人。
独有旅怀消不得,阻风中酒负秾春。

龙湫旧隐

苏家昆季与飞腾,酒圣书颠得未曾。
疏俊恍疑人魏晋,性情□辨味淄渑。
欲通水递鱼千里,为盼云书雁□绳。
何日再劳调鼎手,不须同醉市楼灯。

梦游仙史

河梁携手重徘徊,苏李诗成更举杯。
画舫连宵吟夜雨(同舟来沪上),故园一例负寒梅。
才人蹭蹬原同病,路鬼揶揄亦可哀。
问水同风吾未惯,羡君安稳拥书台。

悟痴生

枫泾畸士太多情,不怪幽斋简送迎。
目以通今成绝识,岂徒博物负时名。
草元未就才当惜,花乳分贻惠不轻。
蚁门床前君莫忏,近来我亦听无声(舟中病耳)。

程端坡

缕馨才调剧纵横,态度西昆见性灵。
影争暗留珠作记,新词脆与玉同听。

蚌胎乍结心先喜（别时君方得女），娥绿虽餐眼不青。
我亦湖州遗恨者，曲中怕与唱珑玲。

缕馨仙史

奇书脱卖太□聊，手散黄金兴不骄。
万古牢愁看绿鬓，半生英气付红箫。
多才岂信翻篇累，艳福从来不易消。
旧买鸡林君可记，关系为盼海东潮（君有再赴日本国访友贩书之意）。

花消英气词人

君家名父富收藏，兵后楼罗汝兴忙。
四壁古□熏翰墨，一庭春雨养苍筤（庭前慈竹复活）。
手笺细捡□都韵（君之同人尺牍□装潢成册），佳拓亲贻纸亦香（蒙赠以刻定武兰亭）。
我到西江朋旧少，一瓻常忆旧书堂。

徐石史

赵君书理褚君书，标格生来各不如。
禽向偏多婚嫁累（谓平岩），山林翻爱市廛居。
惠山闻已携吟屐（谓嘉生），笠泽何妨狎醉渔。
翰墨缘深忘不得，何时剪烛夜窗虚。

南洋画隐分湖渔隐

海上论交君最先，容斋而外（谓洪子安）数斯贤。

如云吟侣仍三径，似水交情已十年（用录别时语）。
雪送屐声寻酒梦，月昏窗影话茶禅。
只今一别浑无赖，待看秋风放榜人。

章伯云
一春心事落花知，如此风光奈别离。
红雨满帘人去后，绿波双剪燕来时。
天涯梦断朋簪乐，倦旅禁□病骨欹。
料得故人回望处，清明烟柳写相思。①

这一组怀人诗直观呈现了剪淞病旅的沪上文人交际网络，其中"愿花常好馆主""龙湫旧隐""梦游仙史""悟痴生"和"缕馨仙史"都是经常在《申报》上刊登诗词作品的沪上文人。

1875年，蒋其章辞去申报馆主笔一职，准备参加1876年的会试恩科。1876年，蒋其章再一次落第。但他并没有返回沪上，而是继续参加了1877年的会试正科，并顺利地取得了进士身份。1877年5月29日，《申报》刊登丁丑科会试名单，其中就包括了浙江钱塘蒋其章。根据《申报》新闻，浙江钱塘蒋其章在1877年的会试中取得了"第三甲赐同进士出身"。②

值得关注的是，在第二日的《申报》第二页上，在《邑尊验尸》《惨杀近闻》和《松郡岁试题》等社会新闻之间不起眼的位置上，有

---

① 剪淞病旅：《仆游申江道中阻雨阻风舟行迟滞，蓬窗清暇，辄忆旧欢，感事怀人，率尔成咏，共得十二首，舟抵南昌写寄悟痴生，嘱付报馆刊登，冀得遍视同社诸君云尔》，《申报》1875年4月20日。
② 《申报》1877年6月13日。

一则《敬贺剪淞》的启事:"剪淞病旅,浙江名士,向为本馆主持笔墨之人。识见明通,才华富赡。阅本报者无不钦仰其名。前年以公车报罢,留北方深回溯。今阅本科会榜,其名已巍然写列。欣幸之余,辄申燕贺。盖此布特剪淞之喜即本馆亦与有荣施焉。"①

根据启事的内容来看,剪淞病旅为浙江人士,曾为申报馆的主笔,"前年以公车报罢"即是剪淞病旅于1875年上半年因参加科举考试而从申报馆辞职。"今阅本科会榜,其名已巍然写列",说明剪淞病旅的名字出现在刚刚公布的1877年的会试名单中。浙江人士,《申报》主笔,1875年因公车报罢,1877年名列会试榜中,符合所有这些条件的,在当时只有浙江钱塘蒋其章一人而已。

作为旁证的一则材料是,1877年6月12日,鸳湖扫花仙史映雪生孙莘田发表了七律两首,祝贺剪淞病旅在丁丑科会试高中:

声名吟社昔群推,价重鸡林第一才。
秋水蒹葭萦旧梦,春宫桃李列新栽。
主持风雅当年寄,报道泥金此日来。
簪罢宫花衣罢锦,羡君稳步到蓬莱。

玉皇香案吏前身,驾得红云降太真。
始信文章原有价,本来笔墨早通神。
沪滨酬唱怀吟侣,阆苑英华咏吉人。
惭愧秋蓉生冷落,春风不逐紫薇臣。②

---

① 《敬贺剪淞》,《申报》1877年5月30日。
② 鸳湖扫花仙史映雪生:《敬贺剪淞捷南宫试七叠忆仓山旧主韵》,《申报》1877年6月12日。

孙莘田诗中所提到的细节与蒋其章的经历也是完全符合的，例如"主持风雅当年寄"，指蒋其章当年担任《申报》主笔期间主持海上文坛的事实；"沪滨酬唱怀吟侣"也指出蒋其章当年与沪上文人频繁进行的海滨酬唱。

蒋其章在1877年考中进士之后与1878年赴甘肃敦煌县令前的这一段时间曾重返沪上，与沪上友人短暂相聚。1877年11月23日，蒋其章以蘅梦庵主的笔名在《申报》发表两组诗作《奉题陈曼寿明经梅窗觅句图册七绝二章，录请缪馨仙史、雾里看花客郢改》和《奉题杜晋卿茂才秋树读书图册断句二章，录请吟坛同政》。这也是一般认为的蒋其章在《申报》上发表的最后一组诗词作品。

然而，查找《申报》文献，笔者发现，在1881年，《申报》还曾刊登三首作者为"剪淞病旅"的七律：

> 白杨櫹槭作涞秋，静卷军咨坐旅愁。
> 绝塞凄风酸画角，中宵凉月湿旃裘。
> 魇生文字能招祸，老至边关尚好游。
> 颇厌世途空慰藉，未抛心力赋登楼。

> 雪压南山驿骑驰，呼镫快读故人诗。
> 十年雅故看温卷，万里阙河托梦思。
> 蚁蛄兜鍪随戍卒，鹓莺文采羡佳儿。
> 五云宫阙挥毫日，好嘱双鱼侑一卮。

> 青袍跌宕醉旗亭，淞北朋簪眼独青。
> 自别斯人征陇坂，更无知己结云萍。

黄獐饮血冰犹热，紫蟹堆盘酒带腥。
寄语曷强江海上，习池狂语得谁听。①

这一组诗是写给龙湫旧隐葛其龙的，"绝塞凄风酸画角，中宵凉月湿旃裘。魔生文字能招祸，老至边关尚好游"，表明作者此时正身处边关苦寒之地；"颇厌世途空慰藉，未抛心力赋登楼"说明作者仕途堵塞，一腔报国热情无处施展以致情怀抑郁；"青袍跌宕醉旗亭，淞北朋簪眼独青"则提到当年作者曾经在沪上与友人旗亭唱和，举行文人雅集，并受到朋友们的青睐。再看蒋其章本年度的行止。蒋其章于 1878 年春赴敦煌县令任，但在 1880 年九十月份就因为左宗棠的弹劾而被革职。被罢免之后的蒋其章并没有重回沪上，也没有返回故乡浙江钱塘，而是继续留在新疆阿克苏担任左宗棠手下张曜的幕僚。在边疆苦寒之地，蒋其章在等待朝廷继续启用的机会，但等待的时间太过漫长，就像是边关漫长的寒冬一样，在这样的抑郁情怀下，蒋其章回想起当年沪上友人唱和的往事，于是提笔写下了七绝三首，是为《秋夜塞上戎幕奉怀隐耕我兄孝廉得长句三章录寄大方正科》。

虽然蒋其章的《泽古堂集》目前已经散佚不存，但是根据《申报》1877 年 5 月 30 日刊登的启事《敬贺剪淞》及剪淞病旅发表在《申报》上的所有唱和作品，我们发现，剪淞病旅的经历与蒋其章的生平行止，在所有时间和细节上都能够一一对应，因此，笔者认为，剪淞病旅即《申报》第一任主笔蒋其章用来进行诗词唱酬的常用笔名。

---

① 剪淞病旅：《秋夜塞上戎幕奉怀隐耕我兄孝廉得长句三章录寄大方正科》，《申报》1881 年 12 月 10 日。

第二节　早期申报馆翻译西方小说的尝试

报学对文学活动的影响与制约，对于近代中国学术的转变具有重要的影响，其意义正如史学家王尔敏所说："中国人启步走上报学领域，乃近代学术文化一个十分可贵的转折，为期即在同治十一年至十三年（1872—1874）。"①

同治十一年（1872），蒋其章入主申报馆，担任首任华人主笔。虽然他的身份与心态仍不脱离儒家价值体系和传统士人身份，然而，在与英国人美查共同经营《申报》的过程中，他接触了大量的西学知识，并能够按照报刊媒体的传播特点来展开文学活动。

蒋其章担任主笔期间，申报馆的文学活动主要体现在以下两个方面，一是翻译西方小说的尝试，包括《申报》刊登的三篇翻译小说和《申报》文学副刊《瀛寰琐纪》上连载英国小说《昕夕闲谈》的尝试；二是以《申报》为传播空间的晚清沪上文人诗词唱酬网络的建立。

一、《谈瀛小录》等三篇文言小说的翻译

在《申报》之前，《上海新报》等一些近代早期报刊也曾刊登过旧体诗词，但却从来没有翻译过西方小说。而在 1872 年之前的中国翻译小说也从来没有经由报刊进行过传播。"从近代报刊出现的 1815

---

① 王尔敏：《中国近代文运之升降》，第 211 页。

年到《申报》创刊的1872年约56年间,中国新闻事业逐步发展,但是出版创作小说103种,出版翻译小说2种,与新闻出版没有发生关系。"① 正是从《申报》开始,近代小说和新闻报刊这两种新事物开始产生交集。

1872年5月至6月间,刚刚创刊一个月的《申报》上面陆续刊登了三篇用文言文翻译的小说——《谈瀛小录》《一睡七十年》和《乃苏国奇闻》(《乃苏国奇闻把沙官小说》)。由于译者采用了同化的翻译方式,因此无论从故事内容还是书名都很难看出原著的痕迹。美国汉学家韩南在《早期〈申报〉的翻译小说》一文中详细考证了这三篇小说的来源:

> 中文版的《小人国游记》(*A Voyage to Lilliput*)即斯威夫特(Jonathan Swift)的《格列佛游记》(*Gulliver's Travels*),翻译成中文时题为《谈瀛小录》,分四期发表于农历四月十五至十八日(公历5月21日—24日);《瑞普·凡·温克尔》(*Rip Van Winkle*)选自欧文(Washington Irving)作品集《见闻杂记》,译文题为《一睡七十年》,发表于农历四月廿二日(公历5月28日),一期载完;《希腊奴隶的故事》(*Story of the Greek Slave*)——包括作为导言的一章的一小部分——选自玛利亚特(Frederick Marryat)的《听很多故事的把沙》(*The Pacha of Many Tales*),译文题为《乃苏国奇闻》,分六期发表于农历四月廿五日、五月一日、二日、六日、九日和十日(分别为公历5月31日、6月6日、7

---

① 刘德隆:《1872年——晚清小说的开端》,《东疆学刊》2003年第1期。

日、11日、14日和15日)。①

《申报》创刊时期，内容颇为简略，其内容主要分为谕旨、考题、诗词和新闻四大类，其中新闻常常刊登社会上发生的各类奇闻轶事以满足人们的好奇心理："那时《申报》的内容，一为谕旨、京报、宫门抄等，报导官场的消息。一为大小考的题目，是给读书人参考的。另有诗词歌曲，那是名士们兴之所至、吟风弄月之作。所谓新闻，却是各地的火警命案、异闻怪事，只可供一般人茶余酒后的闲谈资料罢了。"②因此，草创时期的《申报》虽然宣称有闻必录，即"本馆新报印行已及半月之久，凡有奇闻要事，耳目所周者，罔不毕录"③，但此时《申报》所录的"闻"更多的是"异闻"而不是报学意义上的"新闻"。

《谈瀛小录》《一睡七十年》和《乃苏国奇闻》没有固定的栏目和版面，而是混迹在《汉口异闻》《胎异》《狐女报恩》《苏申新闻》等各类社会新闻和《本馆告白》《会审公案》等启事之间。在以文言文翻译而成的小说中，译者还隐去了原著中的时代背景和主人公姓名，且特别强调刊登这些荒诞不经的内容正是出于"以广异闻"的目的。《谈瀛小录》自称该故事来自三百余年前的旧籍："昨有友人送一稿至本馆，所传之事最为新异，但其书为何人之笔，其事为何时之事，则友人均未周知。盖从一旧族书籍中检出。观其纸墨霉败几三百余年物也。今节改录之，以广异闻云尔。"④《一睡七十年》将发生在

---

① 〔美〕韩南：《早期〈申报〉的翻译小说》，载氏著：《中国近代小说的兴起》，第131页。
② 《本报原始》，《申报》1947年9月20日。
③ 《本馆告白》，《申报》1872年5月24日。
④ 《谈瀛小录》，《申报》1872年5月21日。

美国独立前后的纽约州乡村的故事搬到爱好修仙访道的魏某身上,而且引入了陈抟和王质的典故:"昔陈抟善睡,每睡必数百年或千年不等。又王质入山樵采,遇二人对弈,观之忘返。洎终局而所执之斧柯已烂。此皆言神仙之事,语殊荒诞不可考。兹有友人谈及一事,似与此二事相类,不知其真伪,亦不知为何时事也。"①《乃苏国奇闻》在文末以小说中主人公把沙官与莫法对话的口吻道出讲故事的目的在于"以广异闻":"把沙官点头称是,遂命莫法曰:尔可记其事以广异闻。莫法退,因请其友编录之焉。"②

三篇小说中都提到故事的文本由"友人"提供,韩南认为"友人"所指很可能是申报馆主人安纳斯托·美查,而这三篇翻译小说很可能是蒋其章与美查合作翻译的:"如果美查和蒋其章的确合作将《夜与晨》译成中文,那么他们可能也是这三部作品的译者。这三部作品是用文言文翻译的,一部分是因为它们的'志怪'小说的性质。《申报》上的译文比《昕夕闲谈》同化的成分更重,根据作者的意愿来表达,不像是翻译小说,而更像是中文原创。"③

二、长篇小说《昕夕闲谈》的翻译与连载

这三篇混迹在社会新闻中以文言文写成的颇似中国古代传奇志怪的翻译小说似乎并没有引起读者的兴趣,因为《申报》上看不到任何读者的反馈意见。但美查在报刊中刊登翻译小说的尝试却没有停止。

---

① 《一睡七十年》,《申报》1872年5月28日。
② 《乃苏国奇闻把沙官小说》,《申报》1872年5月31日。
③ 〔美〕韩南:《早期〈申报〉的翻译小说》,载氏著:《中国近代小说的兴起》,第141页。

1872年11月，美查和蒋其章共同创办了申报馆的第一份文学刊物——《瀛寰琐纪》，随后，在1873年1月出版的第3期《瀛寰琐纪》上便刊登了署名蠡勺居士翻译的英国长篇小说《昕夕闲谈》（Night and Morning），这一部小说是迄今可考的中国人翻译的第一部汉译小说。

韩南认为这部小说有一个双人翻译的过程，也就是由美查和蒋其章共同翻译完成。同时他还考证出了《昕夕闲谈》的文本来源、原作者和小说流派："这部译著是一部长篇小说《夜与晨》的上半部，为英国作家爱德华·布威·利顿（Edward Bulwer Lytton，1803—1873）所作，1841年首次出版。它结合了利顿喜欢的两种流派：一种是青年成长小说，例如他的小说《欧内斯特·买特拉瓦》，这部小说源于这一流派的经典之作——歌德的《威廉·迈斯特》；另一种是罪犯小说（newgate novel）及其中受到同情的罪犯。"①

布韦尔·利顿（Edward Bulwer Lytton，又译作布威·利顿、布尔活·利顿，1803—1873）是英国维多利亚时期集"诗人、散文家、演说家、政治家、戏剧家、学者、小说家、小说评论家"于一身的传奇性人物。《大不列颠百科全书》称利顿是"英国政治家、诗人和评论家，更重要的，他是一位高产的小说家。他的小说虽然年代久远，但仍颇具可读性。他的经历使得他的作品富有历史情趣"②。

韩南进一步指出，美查选择翻译利顿的小说的原因在于，"尽管利顿的声望在20世纪急剧下降，但他仍然是19世纪70年代英国最著

---

① 〔美〕韩南：《论第一部汉译小说》，载氏著：《中国近代小说的兴起》，第103页。
② 参见张卫晴：《翻译小说与近代译论：〈昕夕闲谈〉研究》，中国社会科学出版社2012年版，第26页。

名的小说家之———与狄更斯齐名。他因擅长讲述引人入胜、扣人心弦的故事而闻名,其他一些能力也使他受到大众的欢迎"①。

和前面三篇翻译小说极端同化的翻译方式不同的是,《昕夕闲谈》从一开始便在《申报》上连日刊登启事,申明《昕夕闲谈》是一部英国小说,准备用连载的方式在一年左右的时间内全部刊登:

> 今拟于《瀛寰琐纪》中译刊英国小说一种,其书名《昕夕闲谈》,每出琐纪约刊三四章,计一年则可毕矣。所冀者,各赐顾观看之士君子,务必逐月购阅,庶不失此书之纲领而可得此书之意味耳。据西人云,伊之小说大足以怡悦性情,惩劝风俗。今阅之而可知其言之确否。然英国小说则为华人目所未见、耳所未闻者也。本馆不惜翻译之劳力,任剞劂之役,拾遗补缺,匡我不逮,则本馆幸甚。如或以为不足观而竟至失望则本馆之咎也。惟此小说系西国慧业文人手笔,命意运笔各有深心。此番所译仅取其词语显明,片段清楚以为雅俗共赏而已,以便阅之者不费心目而已。幸诸君子其垂鉴焉。谨启。②

事实上,这部小说从 1873 年 1 月在《瀛寰琐纪》上刊登第一、二回,至 1875 年 3 月结束,每期杂志刊登 2 节,一共翻译了 52 节。也就是说,《昕夕闲谈》在《瀛寰琐纪》上一共连载了两年多的时间,且一直在《申报》上同步进行宣传,这在中国近代翻译文学史和近代报刊史上都是意义重大的开先河事件。

---

① 〔美〕韩南:《论第一部汉译小说》,载氏著:《中国近代小说的兴起》,第 109 页。
② 《新译英国小说》,《申报》1873 年 1 月 1 日。

当然，美查和蒋其章也知道翻译小说对中国读者来说是闻所未闻的新事物，所谓"英国小说则为华人目所未见、耳所未闻者也"，因此，他们自然会担心读者对于报刊连载小说的方式不习惯，遂特别在启事中强调"所冀者，各赐顾观看之士君子，务必逐月购阅，庶不失此书之纲领而可得此书之意味耳"。甚至他们也做好了翻译小说不被读者接受的心理准备："如或以为不足观而竟至失望则本馆之咎也。"

在1873年1月的第3期《瀛寰琐纪》上，蒋其章以"蠡勺居士"的笔名发表了《〈昕夕闲谈〉小叙》，首先追溯了中国古代小说的源流，阐明小说的作用。同时蒋氏为了提高小说这一文体的地位还在文中大声疾呼"谁谓小说为小道哉"：

小说之由来久矣。……推原其意，本以取快人之耳目而已。本已存昔日之遗闻琐事以附于稗官野史，使避世者亦可考见世事而已。予则谓小说者当以怡神悦魄为主，使人之碌碌此世者咸弃其焦思繁虑而暂迁其心于恬适之境者也。……则其感人也必易，而其入人也必深矣。谁谓小说为小道哉？

今西国名士撰成此书……因遂逐节翻译之，成为华字小说，书名《昕夕闲谈》。陆续附刊其所以广中土之见闻，所以记欧洲之风俗者，犹其浅焉者也。诸君子之阅是书者，尚勿等诸寻常之平话、无益之小说也可。壬申腊月八日蠡勺居士偶笔于海上寓斋之小吉罗庵[①]

小说具有感化人心，变易风俗的社会作用，蒋其章不但强调小说

[①] 《〈昕夕闲谈〉小叙》，载《瀛寰琐纪三种》（第1册），全国图书馆文献微缩复制中心2013年版，第99页。

"其感人也必易，而其入人也必深矣"的社会作用，更首先提出了"谁谓小说为小道哉？"的观点，蒋其章的观点似乎预示了中国近代文运变迁过程中小说崛起的必然趋势。

蒋其章对于近代小说理论的提出以及翻译实践的进行对于近代小说的发展具有重要的开先河的意义。他为提高小说地位所做的工作距离光绪二十三年（1897）严复与夏曾佑在天津《国闻报》上发表《本馆附印说部缘起》上倡导"夫说部之兴，其入人之深，行世之远，几几出于经史上，而天下之人心风俗，遂不免为说部之所持"①早了24年；距离光绪二十四年（1898）梁启超在《清议报》上发表《译印政治小说序》中提出小说对于改良政治的推动具有重大功效早了25年；距离光绪二十六年（1900）林纾出版第一部翻译小说《巴黎茶花女遗事》早了整整26年。

在《〈昕夕闲谈〉小叙》之后，译者还附录了一组名为《英国小说题词》的组诗，用来介绍小说的内容：

> 此是欧洲绝妙词，描摹情态出须眉。
> 谁知海外惊奇客，即是长安游侠儿。
>
> 穷乡安砚复何求，渔猎从他貉一邱。
> 不信此心如止水，无端也便逐东流。
>
> 鲦鱼苦况有谁怜，美眷如花况眼前。
> 羡煞良朋得佳偶，众香国里小游仙。

---

① 严复、夏曾佑：《〈国闻报〉附印说部缘起》，载阿英编：《晚清文学丛钞》（小说戏曲研究卷），中华书局出版社1960年版，第12页。

碧玉原来出小家，桶裙曳地面笼纱。
何当领取殷勤意，有女居然赋并车。

阿父防闲意太严，闭门深琐玉钩帘。
萧郎独恨无缘甚，从此羞歌《昔昔盐》。

归来病况现维摩，拥榻支离奈若何？
药店飞龙惊出骨，痴心终算苦心多。

(《英国小说题词》节选)①

为了向《申报》读者推荐这篇英国长篇小说，蒋其章采用了许多同化翻译策略，比如，他将小说中无关紧要的心理描写内容删除，使得小说更为紧凑。而在小说形式上，译者按照中国传统小说的样式编辑对仗回目，如第一回"山桥村排士遇友，礼拜堂非利成亲"，第二回"俏佳人心欢联妙偶，苦教师情极害相思"，等等。同时，译者还在前四回的文末附录了详细的评点，例如在《昕夕闲谈》第一回结束后评点道：

小吉罗庵主评曰：此一回书乃全部之纲领、全书之关键。譬如树之有根、水之有源、房屋之有主人也。书中以非利为主，排士一边，特借作影子耳。而乃开篇先叙此一边并先叙山桥之景色荒凉、风俗纯厚，大有无怀葛天之风，所以为借礼拜堂成亲之张本也。笔虽写此一边，而心光、眼光早已注在那一边矣。项庄舞

---

① 《英国小说题词》，载《瀛寰琐纪三种》(第1册)，第100页。

剑，志在沛公，此龙门神技也。

又曰礼拜堂成亲一事，若用明叙则必曰教师如何安排，从人、乡人如何作据，岂非笨伯乎。书中妙在以一语揭过，专叙成亲之后如何温存、如何安慰，而非利之处心积虑以图此女者，皆可不用明序矣。此聪明之笔，古人所谓虚者实之，实者虚之之法也。作者其得力于芥子园之各种才子书耶？[①]

蒋其章认为第一回是整部小说的纲领与关键。而书中人物安排则以非利为主，以排士为辅，小说内容虽然在写排士，但实际上也暗含着非利的命运发展。小说开篇所写的礼拜堂成亲的情节，将婚礼的过程一笔带过，只写成亲后的情景，是一种非常高明的虚实结合的手法。在第二回的评点中，蒋其章针对小说的故事情节，指出作者一方面使用了"截断法"，另一方面采用了烘云托月的对比法：

> 小吉罗庵主评曰：非利拥美而回。若在庸手必接叙其如何归家、如何安顿，文笔岂不直致令人一览无余乎？此却于说到开发从人作别排士之后，顿然截断。此在古文家所谓把关手段也。看此书者，必急欲问其如何归家、如何安顿。偏被他一口咽住，再也不肯吐出，真真好看煞人。
>
> 文曰非利既得意中人而回，闺房燕乐事甚画眉。使用正笔写之，即极力张皇亦不过与寻常小说相等。此却从排士想求佳偶而不可得一面反托出来，甚而至于成疾甚而至于卧床说。此一边愈苦楚愈凄凉，则那一边愈美满愈快乐矣。此画手烘云托月之法

---

① 《昕夕闲谈》，载《瀛寰琐纪三种》（第1册），第99页。

也。看此书者，勿当作真而为排士下泪也。①

在第三回中，蒋其章指出作者将非利与排士两个人的悲喜情状相对比，采用了"独茧抽丝，双鑑取影"的对比方法："小吉罗庵主评曰：此一回叙排士病中情形十分凄苦。正反照非利这边团圆之乐与游适之趣也。倒从排士心中一苦一乐一悲一喜说得十分酣足。此所谓独茧抽丝，双鑑取影，文心之妙，有似石出倒听枫叶下，橹摇背指菊花开。真属灵妙绝伦。"②在第四回中，蒋其章指出小说在情节安排上采用了前后照应的方法："此在文法为照应，在事理为平等也。"③

"评点"是中国小说特有的批评方法，这种理论从中国典籍的评注传统中发展而来，在这里，"评点"正是蒋其章在中国文化语境下翻译小说的一种策略。正如韩南所说："译者的评论极大地强化了同化翻译的目的，他先是用中国术语为小说辩护，然后赞美小说使用了中文所特有的技巧。而且在一些场景中，译者赞美的那些技巧，是他自己引入或加强的。"④

从《〈昕夕闲谈〉小叙》到《英国小说题词》，从对仗回目到文末评点，从《申报》上一直在同步刊登的广告再到美查和蒋其章历时两年翻译的16万字的长篇小说，19世纪70年代，美查和蒋其章以报刊连载的方式向广大读者推广现代西方翻译小说的努力值得人们尊敬。

然而，《昕夕闲谈》作为第一部在近代报刊上连载的长篇翻译小

---

① 《昕夕闲谈》，载《瀛寰琐纪三种》（第1册），第112页。
② 《昕夕闲谈》，载《瀛寰琐纪三种》（第1册），第160页。
③ 《昕夕闲谈》，载《瀛寰琐纪三种》（第1册），第166页。
④ 〔美〕韩南：《论第一部汉译小说》，载氏著：《中国近代小说的兴起》，第127页。

说，其效果却似乎并不明显。《昕夕闲谈》于 1873 年 1 月刊登于第 3 期的《瀛寰琐纪》上，每期两回。1875 年 3 月，《申报》发表了一则启事，说明因岁末忙碌，去年 12 月的《瀛寰琐纪》推迟至 1875 年 3 月 13 日才正式出书，同时也是最后一期《瀛寰琐纪》。在接下来的 4 月，申报馆刊登了停刊《瀛寰琐纪》以及 1875 年正月的《四溟琐纪》将于 4 月 13 日出书的启事："启者本馆所刻《瀛寰琐纪》逐月出书，已至二十八卷，板式稍大，页数较少。今自本年正月分起，改为袖珍板式，增添页数，庶舟车携览更形简便，改名《四溟琐纪》。其第一卷正月分者业已装订成编，于礼拜二即三月初八日可以出书矣。"①

因此，1875 年 3 月 13 日的《瀛寰琐纪》上刊登的两节译文正是翻译小说《昕夕闲谈》的最后两节。半年之后，1875 年 9 月 3 日，《申报》刊登了一则广告，宣布英国小说《昕夕闲谈》将在本月初七出版"全帙"：

> 启者。本馆昔所排印之《昕夕闲谈》一书系从英国小说而译出者也。其间描摹豪士之风怀、缕述美人之情意、写山水亭台之状、记虫鱼草木之形，无不色色俱新、栩栩欲活。是以远近诸君争愿得以先睹为快，并欲窥其全豹。兹已装订成册，计每部三本收回纸价，工洋一角，准于月之初七日出书。如蒙赐阅，祈向本馆或卖《申报》人购取。若在外埠，则仍系卖报者出售也，此布。②

《申报》出版的这部"全帙"实际上是对小说的草草收场，让康

---

① 《启事》，《申报》1875 年 4 月 10 日。
② 《〈昕夕闲谈〉全帙出售》，《申报》1875 年 9 月 3 日。

吉与美费儿夫人结婚,在利顿原著中,康吉只是与美费儿夫人有过一段短暂的罗曼史,经过许多冒险后,他最终娶了凡尼。这则广告将小说说成好像是一部标准的"才子佳人小说"。① 在1902年《申报》刊登的一则启事中也承认长篇连载小说《昕夕闲谈》的翻译工作属于半途而废:"曩年本馆曾译《昕夕闲谈》一书,盖泰西小说家言也。惜半途辍笔,未竟全书,驱遣睡魔,辄引以为憾。"②

但由于传播媒介的改变,《昕夕闲谈》也改变了传统小说的生产方式,即变成小说首先在报刊上每日进行连载,再出版单行本,这些方式开创了近代小说传播的先河。

小说连载的匆匆结束,《瀛寰琐纪》的突然停刊,以及《四溟琐纪》的创刊,有学者认为这一系列事件都与《昕夕闲谈》的翻译者蒋其章于1875年上半年离开申报馆,准备参加第二年的恩科考试有关。③ 而就小说本身而言,其取得的影响是非常有限的。正如韩南所说:"小说的中断无疑意味着它并没有受到读者的青睐。译文没能适当地收尾,整部作品也没有引起任何仿效。"④

《昕夕闲谈》的停刊也意味着美查和蒋其章在19世纪70年代所尝试的以报刊连载的方式刊登翻译小说的失败。正如《申报》最开始在广告中所担心的,中国读者对于连载的方式并不习惯。稍后进入申报馆担任搜集书籍工作的蔡尔康也认为长篇连载的方式并不适合中国读者:"其中鸿文巨制,与夫新奇谲诡之作,靡不咸备。惟势不得不

---

① 〔美〕韩南:《论第一部汉译小说》,载氏著:《中国近代小说的兴起》,第129页。
② 《赠书鸣谢》,《申报》1902年3月8日。
③ 参见邵志择:《〈申报〉第一任主笔蒋芷湘考略》,《新闻与传播研究》2008年第5期。
④ 〔美〕韩南:《论第一部汉译小说》,载氏著:《中国近代小说的兴起》,第129页。

拉杂凑合，以符定例，更或如数万言长稿窘于篇幅，未能全刊，势必逐月分排，断续割裂，阅者病焉。"①

形式固然是一个方面，然而更深层的原因则在于阅读习惯及其背后的文化心态。韩南认为《昕夕闲谈》的失败"更有可能的原因是，在中国没有足够大的外国小说读者群。这表明，《瀛寰琐纪》及其后续杂志原先的世界性眼光，在它们成为更加传统的文学作品集之前是呈现狭窄化趋向的。下一个二十年，在政治和文化环境改变之后，新一代中国读者会对外国小说产生强烈的兴趣"②。

第三节 早期《申报》的西学知识与世界眼光

虽然蒋其章作为《申报》首任主笔只工作了短短的三年时间，然而，就是在这三年时间内，他全面接触了近代新闻业的各种观念，参与并体验了近代报刊运营的各个环节。在此过程中，他还接触到各种前所未闻的报学观念与西学知识。这一切都使得他超越了19世纪70年代的时代环境与氛围，成为一个具有世界眼光的传统士人。

1873年2月18日，《申报》刊登了一则未署名的评论《英国新报之盛行》，提出"西国日报一端，岂以小道视之哉？"的观点。论者以英国《泰晤士报》总主笔低灵一天的日常生活来论述新闻业在西方社会所具有的崇高地位：

---

① 钱徵、蔡尔康辑：《屑玉丛谈初集》，《中国近代史料丛刊》三编（第919、920册），文海出版社2003年版。
② 〔美〕韩南：《论第一部汉译小说》，载氏著：《中国近代小说的兴起》，第130页。

平日起卧皆有暑刻,每日未正始起,盥漱早餐后即出视事。馆中主笔十余人具皆才识超迈,学问淹通者也。低君于其中遴选三四人至以其所长与之商榷。晚刻遍阅各处来函,各国邮报,斟酌权宜,审度事理,损益裁断,默运于一心。既竟,或乘马车遍游衢市,往见外部大臣,与从容商议。国政民情,无所不言,外部大臣无不侧席咨询,虚衷接纳。低君瞭于众情,稔于舆论,知之无不为之备述,以是于军国大计昭然若指诸掌。晚饭无定所,鲜有食于家者。继入主笔,所主笔三四人皆已环坐拱俟。欲作之事皆低君授之以意,主笔诸人闭户构思,限时立就以呈于低君。或可,或否,或详,或略,咸受裁焉。乃授手民刊印。末稿呈览后低许可即行传示四方矣。①

低灵自28岁担任《泰晤士报》总主笔,前后历32年。低灵的一天从下午一点开始。洗漱吃过早午餐之后即前往报馆,与馆中主笔交谈。稍后,则阅读各处的信函、各国邮报,处理馆中各项事务。结束之后,有时则乘坐马车游览街市,并会见外部大臣。晚饭之后再入报馆,裁定主笔撰写的文章。从《泰晤士报》主笔低灵的日常生活可以看出,他在报馆内外都具有崇高的地位和绝对的权威。在馆内,总主笔裁定稿件,管理报刊营运;在外,则与王公大臣结交,主持清议,纵论时势:"总主笔虽无职位于朝而名贵一时,王公大人皆与之交欢恐后。常人之踵门求见者,罕观其面。是以人皆愿为是馆之总主笔而不愿为英国之宰臣。宰臣所操者,朝权也;而总主笔之所持者,清议也。清议之足以维持国是,泰西诸国皆奉为矜式。由是观之,日报一

---

① 《英国新报之盛行》,《申报》1873年2月18日。

道,安可忽乎哉?"①

《泰晤士报》诞生于1785年,在《申报》创刊时已有八十多年的历史,其新闻观念在英国民众中已深入人心。蒋其章作为《申报》主笔,其社会地位与权威虽然远远不能与低灵相比,然而,作为第一批从事新闻事业的传统士人,他在《申报》草创阶段与报馆经营者美查共同完成了多件在中国报学史上开先河的重要事件。

一、近代第一份文学期刊《瀛寰琐纪》的创立

在《申报》创刊半年之后,美查与蒋其章共同创办了中国第一份文学期刊《瀛寰琐纪》,并在1872年10月的《申报》上连续刊登了《刊行〈瀛寰琐纪〉自叙》:

> 新闻纸之流布于寰区也,香港则间日呈奇,峙佳名于三秀;沪渎则每晨抽秘,斗彩笔于两家。或著录应来复之期,教堂握椠;或成帙在合朔之候,京国传书。凡此纪事而纂言,莫不标新而领异。议分乡校,愿考见夫济世之经猷;源讨楷书,愿采辑夫证今之学问。下至方言俚语,足备谈谐,杂笔小诗,亦供喟噱。奈日力之有限,致篇幅之无多。花类折枝,仅悦一时之目;玉非全璧,谁知千古之心。断烂之朝报堪嗤,闻见之屡录难遍。用特勤加搜讨,遍访知交,积三十日之断锦零缣,居然成幅;合四大洲之隋珠和璧,用示奇珍。拟为《瀛寰琐纪》一书……备中朝之史料,名敢托夫稗官;广异域之谈资,陋不嫌夫蛮语。琐闻兼

---

① 《英国新报之盛行》,《申报》1873年2月18日。

述,用附《搜神》《志怪》之余;碎事同登,不薄巷议街谈之末。所愿文坛健者、儒林丈人,惠赠瑶章,共襄盛举。庶几琳琅日耀,如入宝山,梨枣风行,不惭词苑,则本馆有厚望焉。①

按照编者的说法,"奈日力之有限,致篇幅之无多",《申报》作为日报的篇幅非常有限,而广大文人在积极性被调动起来以后向《申报》投稿变得日益踊跃。因此,申报馆才"特勤加搜讨,遍访知交",决定出版每月一期副刊《瀛寰琐纪》。在《瀛寰琐纪》的前面几期中都附录有蒋其章以"蠡勺居士"为笔名所写的序言,进一步阐明了该刊物的创刊宗旨、体例与稿源等。"尊闻阁主人慨然有远志焉。思穷薄海内外,寰宇上下,惊奇骇怪之谈,沉博绝丽之作。或可以助测星度地之方,或可以参济世安民之务,或可以益致知格物之神,或可以开弄月吟风之趣。博搜广采,冀成巨观。其体例大约仿《中西闻见录》而更扩充之。积一月之所得,成书一卷,渐而积之,则一岁之中成书十二卷矣。而更加以友朋之启发,投赠之往来,虽曰见闻固陋,亦必有可观者矣。……同治壬申秋九月之杪海上蠡勺居士序于微尘稀米之庐。"②

蒋其章明确指出,《瀛寰琐纪》的体例"大约仿《中西闻见录》而更扩充之"。《中西闻见录》(*The Peking Magazine*)于 1872 年 8 月在北京创刊,是由传教士丁韪良和艾约瑟等人为传教而创办的介绍西方科学和技术为主的科普杂志,其栏目包括自然科学及各国新闻时事等。早期的《瀛寰琐纪》确实有向《中西闻见录》学习的倾向,但两者最大的不同在于《瀛寰琐纪》上面还有大量的文人唱酬诗词、翻译

---

① 《刊行〈瀛寰琐纪〉自叙》,《申报》1872 年 10 月 11 日。
② 蠡勺居士:《〈瀛寰琐纪〉序》,载《瀛寰琐纪三种》(第 1 册),第 43 页。

小说等文学作品。而到后期，《瀛寰琐纪》这种倾向更为明显，新闻杂录几乎不再刊登。因此，《瀛寰琐纪》被称为是近代中国第一部文学期刊。

与《中西闻见录》一样，《瀛寰琐纪》作为一份定期出版的期刊，首先承担了传播西学知识的任务。蒋其章和美查通过各种途径搜集和撰写相关的文章。

和王韬、蒋敦复、管嗣复等口岸文人长期在墨海书馆工作不同，蒋其章作为《申报》的首任主笔，他的西学知识主要是在担任《申报》主笔期间积累的，有时候，因为报刊版面的原因，他的西学知识往往通过东拼西凑的途径得来。

1872年5月8日，在《申报》第6号的头版上，刊登了一篇题为《地球说》的文章，该文首先提出地球说在中国古籍中早有记载，而非西人独创的观点："近世言天文者辄谓地球之说创自泰西，不知古书中早具言其理，特未详辨其形，非至利玛窦、汤若望诸人始独辟奥窔也。"经过七个方面的考证，最后得出结论："然则地球之说岂特西人知之哉！"[①]

《申报》刊登的《地球说》一文未署名，经邬国义考证该文作者为浙江杭州人高云麟，是蒋其章早年在诂经精舍读书时的同窗学友。在同治九年（1870）合刊的《诂经精舍三集》中，收录有署名高云麟的《地球说》，这一篇文章与《申报》刊登的《地球说》基本内容和文字相同，可以断定为同一篇文章。[②]

蒋其章将高云麟的稿件略作修改刊登在《申报》上，很有可能是

[①] 《地球说》，《申报》1872年5月8日。
[②] 参见邬国义：《〈申报〉初创〈地球说〉的作者究竟是谁?》，《华东师范大学学报（哲学社会科学版）》2012年第1期。

因为《申报》创刊之初,各种文人唱酬诗词作品比较容易征稿,而相关的西学知识、域外事物等内容的稿件却颇为匮乏。除了《地球说》之外,1875年11月2日刊登的《鹦鹉地图歌》则是蒋其章东拼西凑西学知识的一个极端例子:

蟠虹温带萦天细,十洲异事谁能记?
域中原有凤凰山,海外新传鹦鹉地。
此地遥邻墨利加,龙宫宝气学金沙。
西洋线路寅针直,南斗珠星丙夜斜。
狂涛不蚀三铢土,邻邻瑶碧凝悬圃。
四照花开不见人,漫天匝地飞鹦鹉。
仙岛风和气不寒,暖烟红晕日华丹。
啄余香稻明珠碎,栖老瑶林玉蕊残。
双襟染翠修翎碧,衔花钩喙珊瑚赤。
学语谁传海上声,凌云不是中原翮。
桂家娘子武仙郎,眷属相依水一方。
粉羽群飞疑蛱蝶,绿襟比翼学鸳鸯。
星火中宵映天汉,大浪山高横赤岸。
何年舶趆佛郎西,扶桑以外曾亲见。
天海苍茫事有无,广轮曾见地球图。
丹青珍重王孙意,重倩良工院体摹。
连露花台飞万翼,海波倒射晴霞色。
丹穴鸾雏自有家,乌衣燕子曾开国。
披图我意最相思,小录夷坚信有之。
记得南朝柳归舜,游仙曾遇木(戴)蝉儿。

郁华满地真如此，此去中华知几里。
只在圆罗一握中，盈盈尚隔千重水。
我疑此地即蓬莱，青鸟传书定往来。
日暮清泠瑶水碧，随风还上紫瑷（琼）台。
不然竺国应相近，金经日诵参心印。
六时奏乐散天花，妙音自和频伽韵。
君不见天宝当年乐事稀，呼名常伴玉真妃。
画枰劫散牙床冷，香冢蘼芜葬雪衣。
又不见德寿宫庭盛南渡，解涤曾许归山去。
中使前头问上皇，离情黯淡钱塘树。
从来文采致樊笼，绣槛屏山冈（闭）后官。
争似瀛洲西畔路，飞翔任意海天空。
海碧天青飞自在，瑶精散晕生光彩。
天上芙蓉别有城，人间星宿原通海。
弱水西流去不还，芝英瑟瑟玉成田。
一生不入黄金殿，莫向风前说陇山。
楼台倒影鱼龙伏，欲泛仙槎路难卜。
想见归飞拍拍时，晚来（潮）一片斜阳绿。
小梦华胥记未真，雕笼闲（间）对绿朝云。
剪灯拟续陈思赋，谁是曾经沧海人。

这首题为《鹦鹉地图歌》的诗歌署名"蘅梦庵主旧稿"，也就是蒋其章的旧稿。在诗歌的开头，作者特别加以注释，说明该诗所咏叹的是别名为"鹦鹉地"的"澳洲大陆"："西洋地球图载：'此地为南极下野区、新开南墨利加火山，皆为第五、六洲。曾有佛郎西舟于大浪山望见有地,就之,惟平原游荡。入夜,星火弥茫,一方无人,但见鹦鹉而已,故名。'"①

诗歌已经署名"蘅梦庵主",当不会有任何疑问,可是笔者经过考证发现这首诗歌的原作者并非蒋其章,而是嘉庆举人,同为浙江钱塘人的陈文述(1771—1843)。陈文述的《碧城仙馆诗钞》第六卷的第一首诗即是《鹦鹉地图》,其引言与《申报》的《鹦鹉地图歌》略有不同:"西洋地球图载,此地为南极下野区、新同南墨利加火地,皆为第五、六州。曾有佛郎西舟于大浪山望见有地,就之,惟平原莽荡。入夜,星火弥漫,一方无人,但见鹦鹉。名曰鹦鹉地。"② 核对诗歌,则《申报》上的《鹦鹉地图歌》只是略略改动了几个字而已。

可以肯定的是,这首《鹦鹉地图歌》的原作即为陈文述的《鹦鹉地图》。蒋其章本人没有到过澳大利亚,也许他刚好手头有一本陈文述的《碧城仙馆诗钞》,偶然看到《鹦鹉地图》一诗,觉得适合于报纸刊登,便登入《申报》了。至于他为什么要加上"蘅梦庵主旧稿"的署名,或许是为了使整首诗歌更有时效性,或者是因为其他的原因,就不得而知了。

《申报》创刊之初,蒋其章等人的西学知识有时候是直接从其他报纸转载而来的。例如1873年4月18日刊载的《法国儒莲小传》一文,即注明为"选录香港三月十三日《华字日报》"。在王韬的《弢园文录外编》中有一篇题为《法国儒莲传》,与《申报》刊登的这一篇文章除个别字句有改动之外,基本完全相同,而王韬此时又正在香

---

① 蘅梦庵主旧稿:《鹦鹉地图歌》,《申报》1875年11月2日。诗中括号内的字为《申报》改动之处。
② 陈文述:《碧城仙馆诗钞》(二)《鹦鹉地图》,载王云五主编:《丛书集成初编》,商务印书馆1936年版,第91页。

港《华字日报》担任主笔，因此这篇文章可以肯定是王韬所作：

儒莲，法国人，今之硕儒名彦也。生于一千七百九十九年，卒于一千八百七十三年，寿七十有五岁。欧洲之人无论识与不识，无不同声悼惜，以为山斗之望自此而倾矣。欧洲学人又弱一个。承学之士，将何所问津耶？

按先生隶法国籍，世居京师巴黎，斯父某精于制造机器，自名于艺苑间。先生少即嗜学于各国之语言，又字深所笃好，天资警敏，学无不通，希利尼古文古语不由授受而能，人皆惊为圣童。复出及长，文名噪于国中，当轴者以重币征聘，延为法京藏书楼副监督，继又为法国翰林院掌院学士。翰林院者，群儒荟萃之所在，其中讲德修业者，也凡闻望之，士始得预焉，欧洲惟法国有此名。院中藏书三万卷，皆中国典籍也，别国之书几于连楹充栋。先生于华文有癖嗜，既入院，穷昼夜之力研摩考索，不一年遂造其奥。于是手握铅椠，日事翻译，先著《腊顶字孟子》，继译《灰阑记》《赵氏孤儿记》《白蛇精记》，虽皆曲院小说，而抉剔入微，明畅通达，人见之一览即解。旋译《太上感应篇》《蚕桑辑要》《老子道德经》《景德镇陶录》《钩疑抉要》，擘续条分，骎骎乎登大雅之堂，述作之林矣。咸丰癸丑以来，潜心内典，考证禅宗，所译则有《大慈恩寺三藏大法师传》《大唐西域记》，精深详博，殆罕比伦。于书中所载诸地，咸能细参梵语证以近今地名，明其沿革，非今之缁流衲子所能道其万一也。他若《汉学指南》等书，所撰以训导后学者，具有精意，以是四方负笈从游者，自远毕集户外，履满皆以得出先生门下为荣。先生诱掖奖劝，亹亹不倦，其训诲有序，指授有方，因材授学，各有专科，从不躐等而进。凡经先生诲示者，率成名而去。先生既造就人材，乐育后进为国家储才待用，而又谦德自持，虚怀能受。人有一材一技之长者，必为揄扬恐后举之，弗容口其爱贤下士，有可知矣。先生躯干肥硕，精力充裕，自少迄老，无一日释书不观，虽年逾古稀而丰神矍铄，步履如恒人。无子，止一女知书媚学，以不栉才，人称于时。先生爱之不啻掌上珍，同治七年以微疾遽殒，年仅一十有六龄，先生哭之，逾年亦哀。妻年而相若，白首齐眉，有唱随之乐。家虽中赀而服御饮食，务以俭啬。普围城时，先生幸得无恙，及今月以寿终于里舍余耳。

先生名久矣，至英土后，乃以书札通问讯，承先生奖誉过甚。时以文字相折衷，及言旋时，道出巴斯黎，始得一把丰采，方谓重晤有期，不谓先生遽归道山。呜呼！先生足迹虽未至中国，而在其国中译习我邦之语言文字将四十年，于经史子集靡不穷搜遍览，讨流源溯，岂近今所可得哉？持拾撷其生平行谊，略述梗概，如先生者谓非穷经者，古之儒哉！①

儒莲（1799—1873）是"法国翰林院掌院学士""法京藏书楼副监督"，他精通汉语，学问精深详博，罕有匹敌，是法国汉学界的集大成者。儒莲著有《腊顶字孟子》，并翻译了《灰阑记》《赵氏孤儿记》《白蛇精记》《太上感应篇》《蚕桑辑要》《老子道德经》以及《大慈恩寺三藏大法师传》《大唐西域记》等汉籍。同治六年（1867），王韬赴欧洲漫游时曾专程拜访儒莲，并与之进行文学与文化交流："是日风清日暖，往访博士儒莲，法所称博士，犹中华之翰林

---

① 《法国儒莲小传》，《申报》1873年4月18日。

掌院学士也，为素波拿书院监督。院中庋华书三万册，目录凡三卷。儒莲好学媚古，一志穷经，足迹虽未至禹域，而译书已裒然盈尺。见余喜甚，握手接吻，待若上宾。"① 儒莲于1873年逝世，《申报》在同年即转载了王韬的《法国儒莲传》，向中国读者介绍法国汉学大家儒莲的生平事迹，对于中西文化交流的传播颇有裨益。

蒋其章的西学知识还有很多是来源于与美查合作经营《申报》的经历。例如，蒋其章曾以"小吉罗庵主"的笔名在《瀛寰琐纪》第一期上发表了《鱼乐国记》，在《瀛寰琐纪》第二期上发表了《人身生机灵机论》和《记英国他咚巨轮船颠末》等介绍西方新鲜事物和医学知识的稿件。

《鱼乐国记》记载的是1872年8月10日在英国海滨城市布莱顿创办的水族馆："西友近有加意水族者，特于滨海之地名派登者拓地一区，设一巨厂，内置玻璃柜三十五座以蓄海鱼，美其名曰'鱼乐国'。柜之极小者如曲房，如密室然，较之十笏团焦则已广矣；其大者则如厅事，如殿廷；其极大者则不知其所蓄几何。……三十五柜之中皆用活管灵机以灌注海水，使流通于各柜之中……人则由两柜相隔之处以通往来。可以周围审视，而会其志趣，得其情状，盖人亦怳如游历海底，入水晶宫阙焉。此英京之创举也。"作者在文末强调消息的来源在于"西友"："予聆西友之言辄觉其津津有味也，爰泚笔而为之记。"② 但韩南认为作者很有可能是从香港的报纸上得到这个消息的。③

---

① 王韬：《漫游随录》，第63页。
② 小吉罗庵主：《鱼乐国记》，载《瀛寰琐纪三种》（第1册），第26页。
③ 〔美〕韩南：《论第一部汉译小说》，载氏著：《中国近代小说的兴起》，第107页。

《记英国他咚巨轮船颠末》写英国的殖民地澳大利亚日益兴盛，英国本土前往澳大利亚经商与旅游的人越来越多，当时人遂历时五年，建造了一艘名为"他咚"的轮船满足海上交通的需要。该船船身重量已达"一万两千吨"，译者进一步解释该船的名字来源于音译："他咚者译言极大也。"这艘轮船后来曾作为客轮前往美国"牛约"（纽约），也曾在英、美战时运载士兵前往"加纳打"（加拿大），还曾为英、美电报通行起过重要作用。译者在文末提出做人亦与造船一样，需要"乘时以致用"，并做到"君子不先时以自炫，亦不后时以自藏"。①

《人身生机灵机论》一文则探讨了医学上的脑死亡现象，该文据说受到合信《全体新论》的影响。

二、早期《申报》的域外竹枝词

早期《申报》大量刊登以上海租界新事物为吟咏对象的洋场竹枝词，同时，《申报》还第一时间刊登了晚清近代国人走向世界过程中所写的域外竹枝词，体现了一份报刊所具有的现代意识与世界眼光。

1873年1月24日，《申报》刊登了一组题为《游历美国即景诗二十八首》的海外竹枝词，作者署名"陈荔秋太史"。这位陈荔秋太史即带领中国首批幼童赴美留学的陈兰彬。陈兰彬（1816—1895），字荔秋，广东吴川人，晚清时期大臣、学者，首任中国驻美公使。同治十一年（1872）八月十一日，陈兰彬为监督、容闳为副监督，率领第一批学童30人赴美留学，这是近代中国第一批留美学生。这一组诗

---

① 小吉罗庵主：《记英国他咚巨轮船颠末》，载《瀛寰琐纪三种》（第1册），第48—50页。

即为陈兰彬初次赴美途中的闻见录:

大海安知晷刻移,璇玑测度始惊疑。
金山沪渎相衡较,昼夜推迁已四时。

通衢九轨净无尘,列坐车中数十人。
漆几两行窗八扇,看他游艇泛平津。(街车)

丝抽经纬上绒机,羊毳茸茸满地飞。
终日七襄输迅速,何虞卒岁赋无衣。

拍岸涛飞乱石堆,纷蹲海虎不惊猜。
游鱼何处藏踪迹,复有饥鹰没水来。(白鹰皆能没水)

异兽珍禽罗苑囿,名花瑞木满庭阶。
几人到此增游兴,况值清秋日正佳。(金山大花园)

一两车分十六房,一房上下四胡床。
火炉冰桶兼陈设,仍有衣橇列两旁。

火车牵率十车行,方木匀铺铁路平。
八十轮开如电闪,云山着眼不分明。

前车转处后车同,有路中间一线通。
首尾门开穿槛过,游行恍在五都中。

危滩榴槛接危岑，板阁高遮一道阴。
蓦地惊人疑昼晦，车行穿度石岩深。

石炭松柴积路岐，风轮储水漾晴漪。
悬灯树表修渠阁，集事原来费不赀。

补旧添新几日间，取材工匠尚开山。
始知中国兢持意，为惜寰区物力艰。

传闻普法交兵日，车路翻为敌取资。
战守自来操胜算，总须果毅迪平时。

铁线交加电气竿，密于蛛纲冒林端。
居民各自知珍重，不觉长途设立难。

钟鸣酒肆列杯盘，道左停车客语欢。
一饭报完刚一刻，远书遮莫劝加餐。

红绿区分谷雨芽，蔗浆牛乳试新茶。
纵教陆羽遗经熟，香味终难定等差。

卤河千顷白于霜，中有秋花簇簇黄。
闻道摘来供茗碗，清风两腋也生凉。

错处中华卅万人，异乡相见倍相亲。

传闻家国无穷事,便欲车前琐屑询。

万山低处有人家,板界田园路不斜。
便觉眼前生意满,高粱相间木棉花。

腰弓背箭手洋枪,黑鬓红裳塞外装。
男妇纷纷骑马去,乱山深处觅围场。(山中土人容貌极类蒙古)

一自车过阿礼河,清溪曲曲绕山坡。
烟村四望繁阴绕,犹是丹枫绿柳多。

村墟点点望模湖,沙鸟风帆淡欲无。
上下天光波万顷,居然八月洞庭湖。(伊尔厘湖)

天涯海角远经商,逐利人轻去故乡。
地力看来犹未尽,膏腴多少待开荒。

交枝接叶野葵黄,一一倾心向太阳。
暌隔燕山三万里,教人翘首望天阊。

曾经回禄夕加倭,犹是飞灰劫后多。
商贾及时修造亟,高楼杰阁已嵯峨。

台上招贤少嗣音,谁将骏骨市千金。

敞帷不弃风殊古，瞻望高原感特深。（马之出力者皆埋葬）

二百间房客舍宽，楼梯路曲似蛇盘。
征韬五换凭摇撼，煤气灯残寝未安。

千章绿树荫青芜，枪厂宏开气象殊。
九百亩中机器备，翻新花样各形模。（四北岭非尔洋枪厂）

戎器经营运巧思，安排不令点尘镏。
两层楼上森如笋，已是新枪廿万枝。①

1872年八月十一日，陈兰彬与容闳带领30名身穿朝服的幼童，从上海出发，由海路横渡太平洋后抵达美国旧金山。在旧金山，陈兰彬一行只停留了三天就乘坐火车前往美国康涅狄格州。这一组诗正是陈兰彬初抵美国旧金山，在强烈的文化差异和震撼之下写的纪游诗。

经过28天在太平洋上的航行之后，陈兰彬等人首先要克服的是时差问题，因此，他第一次提出了时差的问题："金山沪渎相衡较，昼夜推迁已四时。"来到旧金山，除了宽阔的马路、整齐的街市之外，让陈兰彬等人印象深刻的便是"丝抽经纬上绒机，羊毳茸茸满地飞。终日七襄输迅速，何虞卒岁赋无衣"式的美国新兴的工业社会扑面而来的繁荣景象。

在旧金山，他们第一次乘坐火车，感受着现代化器物所带来的迅捷之便："八十轮开如电闪，云山着眼不分明"；他们在吃西餐时第一

---

① 陈荔秋太史：《游历美国即景诗二十八首》，《申报》1873年1月24日。

次面对琳琅满目的西洋餐具:"钟鸣酒肆列杯盘";他们第一次喝奶茶而感慨陆羽也难分西茶等级:"红绿区分谷雨芽,蔗浆牛乳试新茶。纵教陆羽遗经熟,香味终难定等差。"

"腰弓背箭手洋枪,黑鬓红裳塞外装",他们在美国还遇见了黑头发、黄皮肤,以打猎为生的美洲印第安人。作者还专门在附录中说明"山中土人容貌极类蒙古",事实上,印第安人和蒙古人血型相似、体型相似,两者的祖先可能确有某种血缘关系。"二百间房客舍宽,楼梯路曲似蛇盘。征韶五换凭摇撼,煤气灯残寝未安。"陈兰彬等入住的是九层楼的"皇宫大饭店",即当时旧金山最高的建筑。该饭店有两百多间客房,蜿蜒盘旋的楼梯,有彻夜不熄的煤气灯,这一切都让初开眼界的国人感到惝恍迷离,如处梦境之中。

近代国人走向世界的途径除了学习美洲,还有学习日本这个更为临近的东亚邻国。1873年11月22日,《申报》上还刊登了一组署名为"岭南随俗之人"的《日本竹枝词》20首。作者在附录中谈到自己在日本居住数月,遍游日本的诸多城市,在感受到强烈的异国情调之后遂写下这些竹枝词:"仆客日本数阅月,遍游长崎、神户、大阪、西京、横滨、东京诸处,觉其风俗人情与中国有迥异者。因不忖鄙陋,口占二十首七绝,作为竹枝词,以告未游者,并质诸曾游者,聊博一哂云耳。"同时,作者以席地、礼佛、听经等一个个小的主题串联起全诗,堪称是一部小型而微的日本国游记:

席地

家家席地古风存(日本人席地而坐),摩膝相看婉笑言。

大被同眠当卧榻,只将屏榻作篱藩(日本俗尚闭以屏障,即分楚越)。

礼佛

佛本西方化遍东，无边佛法信无穷。

拈香未脱红尘劫，死去低眉悟色空（日本死后团坐剃头作佛状）。

听经

老僧高坐一谈经，士女如云侧耳听（禅林住持均有说教，日期布告）。

不解此中玄妙契，遍教心醉半惺忪。

早起

庭除内外亦交修（日本俗尚内外颇修洁），南北东西合掌求（日本早起合掌遍拜西方）。

早起何须施所往，鸳鸯个个恰相俦。

午睡

嗜佛心如古佛间，市厘不隐即深山。

饭余一睡都成例（日本人不论贫富最喜午睡），三五鸡声卓午间。

夜游

独惜芳晨作夜游，评花问柳说风流（日本妇女亦喜评花）。

也无秉烛歌相答（日本国法，夜游需当秉烛，否则高歌免捕），声韵揄扬去路悠。

春游

梅杏樱花三月天,踏青携酒满山严。

班荆杂坐遍豪饮,野客佳人醉舞筵。

月夜

山月清寒海上生,渔歌处处益怡情(日本环海而居,处处多渔村)。

故乡明月依然在,与我相随万里行。

呼童

童男童女本三千,徐福当年教化先。

鼓掌一声声响应(日本呼唤使役童辈,以鼓掌为号),垂头蟠膝似逃禅。

浴池

我相先无人相无,浑如出浴贵妃图(日本男女共浴)。

本来面目何妨见,一洗缁尘涉世污。

围炉

都从世态话寒暄,亲炙犹能热处存。

煮茗围炉闲款客,一家团聚共相温。

箭馆

锦帐横开一鼓悬,杨真百步也能穿。

雀屏巧中方抡婿(日本人开设箭馆,邀客游戏,亦艺妓之流也),愧我无才少结缘。

茶室

漫日茶室半芳卿,待合更名信有情(日本茶室更名待合,皆卓文君当炉)。

深夜客来茶当酒,挑灯闲话到天明。

酒楼

酒楼是处即秦楼,洗盏飞觥举劝酬(日本畅饮则洗盏飞觥,互相酬劝为乐)。

长袖舞余饶妩媚(日本小鬟长袖善舞),一声弦管一声讴。

戏园

结绳走险巧能升,直上云梯十二层。

小子轻灵善儿戏,奇奇幻幻不胜称(日本以七八岁小儿弄戏法,巧妙无匹)。

劝进元

锦标劝进插天高(锦标入书劝进元三字),角力低昂试尔曹(日本试武士以角力分优劣)。

环立人间盘马地(观者如堵),鸣金声鼓气谁豪。

云髻

不傍珠环不插花,巧梳华发髻偏华。

翻新奇样□何似,月吐春云日吐霞(日本云髻新奇百出)。

锦带

生初一束惯支腰（日本女子自少以锦带束腰以耸，腰无不细），曳紫拖朱弱柳娇。

笑杀楚宫饥苦忍，瘦来媚态亦无聊。

屐韵

漫言赤脚非便娇，屐韵悠扬魂也销（日本美女喜着高屐，屐声得得如有韵然）。

细雨娉婷稳着步，个中景况总难描。

尘巾

偶将半面露全神，家本大方岂畏人。

近日终风太狂暴，闲游无奈着尘巾（日本寒天佳人均以尘巾遮盖，只露半面）。①

19世纪60年代末，日本实行明治维新，以脱亚入欧的方式学习欧美技术，进行工业化改革，并提倡"文明开化"，大力发展教育等，遂成为亚洲第一个走上现代化道路的国家。同时在历史上，日本与中国毗邻而居，长期受到中国文化的辐射和影响，与中国文化有着深刻的亲缘关系。1873年，像本诗作者"岭南随俗之人"这样的中国人来到日本，一方面他们看到礼佛、听经、围炉等许许多多与中国文化一脉相承的事物，而另一方面，他们感受到的是现代日本与传统中国不同的景象，那是一种经历过现代变革后的更为雅

---

① 岭南随俗之人：《日本竹枝词》，《申报》1873年11月22日。

洁精致的东方文化。

无论是陈兰彬的《游历美国即景诗二十八首》，还是"岭南随俗之人"的《日本竹枝词》20首，对于中国人走向世界的历程来说，他们都并不是开先河者。然而，在近代中国新闻史上，经由《申报》这样的报刊传播空间第一时间向国人展示同时代人走向世界的过程与体验，却是首次。因此，我们可以毫不犹豫地说，早在同治十二年（1873）《申报》的办刊视野已不局限于上海租界一隅，其经营者已经具备了开阔的世界眼光。

三、蒋其章的域外行旅

蒋其章的西学知识，除了他在《申报》担任主编期间从报纸、西人等处间接得来之外，还有一部分来自他的亲身体验。蒋氏曾于1872年10月前往日本长崎做短暂的旅游，归来后写下《长崎岛游记》一文，并刊登在第二期的《瀛寰琐纪》上。

蒋其章的日本之游，曾获一位日本友人接待，"登岸赴旧相识之友家。相见之余，极道契阔，亟待殷勤，甚慰饥渴"①。蒋其章没有说明这位友人的姓名，但据《申报》记载，蒋氏在本年八月期间，曾在申报馆接待一位自号"东洋槎客"的日本人关士仪。这位日本客人是专门前往上海购买印刷所用的字模以及机器的。在申报馆，关士仪还做了一组诗歌与申报馆的文人相互唱和，留下一段佳话："麟州关士仪，自号东洋槎客，又号吞鹏万里客。喜吟咏，豪性轶群，天资拔俗，瀛海钟灵，宜其独抱奇气也。兹以访购字模铅字及摆印书籍之机

---

① 小吉罗庵主：《长崎岛游记》，载《瀛寰琐纪三种》（第1册），第53页。

器来游沪上。前日持盖冒雨枉访本馆主人。言语未通，象胥难觅，谈论问讯之词，皆倩管城子楮先生辈译之。坐语移时始起身辞去，闻其即日将回东洋云。作间自录其《过东洋舟中作》一绝句以示予曰：'落日长风浪不摇，平门（自注日本岛名）西指海程遥。舰头照眼水天白，月沸东洋万里潮。'雄健兀傲颇称壮观，然亦可想见其胸中之豪放矣。"①

虽然语言不通，双方只能凭借文字进行有限的交流，但豪放雄健且喜好吟咏的日本诗人关士仪却给蒋其章等海上文人留下了非常良好的印象。蒋其章还将文人们写下的和诗刊登在《申报》上，记录这一次中日文人之间交流的乐事：

> 蘅梦庵主和之，曰："海风怒撼地球摇，归艇东洋路不遥。羡煞锦袍高咏客，月明万里快乘潮。"逸迈生和之，曰："波光云影共摩摇，一片征帆万里遥。我欲随君瀛海上，水天无际夜观潮。"凌霄散仙和之，曰："碎击晶球急浪摇，碧天高接海波遥。何人舵尾横吹笛，长啸不知新上潮。"翠湖渔隐和之，曰："倚剑狂吟碧宇摇，怒涛汹涌浪声遥。何人精选三千弩，直向江头射落潮。"因录东洋槎客诗而并记之如此。夫东洋各国文教同敷，吟咏一端尤所考校，故孙琴西方伯教习琉球官学时，曾有诗录之。刻清词丽藻辉映一时，海内瞻仰浦馀奉为墨宝，我辈之得遇关君留此唱和之迹亦未始非平生快事也。②

---

① 《东洋槎客诗》，《申报》1872年8月21日。
② 《东洋槎客诗》，《申报》1872年8月21日。

蒋其章在两个月后赴日本长崎旅游是否与关士仪的这一次到访有关，似乎没有更多直接的文献能够证明，但毫无疑问的是，关士仪拜访申报馆以及与海上文人之间的唱和，这种文化的同源性使蒋其章对日本留下了良好的印象。

蒋其章在游记中谈到促成这次日本之游的原因很简单，一方面是自己想开阔眼界，另一方面则是万昌公司有直达航线，非常便捷："余屡闻东洋风景，辄思一游，以括眼界，以快胸襟。即谒万昌公司，询以长崎往返之程，则甚便捷。计舟中来去，岛中游玩，不必十日而已可遍览其胜，尽搜其奇矣。遂决意往游。"①

蒋其章于十月初十日早晨登船，九点船开，十二日即抵达日本，十月十八日夜返航，十月二十日即抵达上海。除去邮轮上的时间，他在长崎一共游览了五日。

蒋其章的长崎岛之游，与以往文人的山水游记最根本的不同在于，他所进行的是一次域外之游，因此，在游览的过程中，作为异域的他者，他不断在捕捉"异"的存在："已得见所未见之异境，到所未到之新域矣。"②

抵达长崎的第二天，蒋其章游览长崎街市，整齐而洁净的环境给蒋氏留下了深刻的印象："屋宇制巨而不高，街衢路平而不狭。……街衢无论大小，僻静繁闹之处，皆甚雅洁。平石如砥，毫无污秽。人性亦最爱洁，大有倪迂之癖焉。……房内空洞绝无长物，凡所为搁几靠椅之属，一扫而空。而墙壁粉垩，窗户雕镂则又极其精丽。"③

---

① 小吉罗庵主：《长崎岛游记》，载《瀛寰琐纪三种》（第1册），第51页。
② 小吉罗庵主：《长崎岛游记》，载《瀛寰琐纪三种》（第1册），第52页。
③ 小吉罗庵主：《长崎岛游记》，载《瀛寰琐纪三种》（第1册），第53页。

第三天、第四天，蒋其章继续游览长崎的山川风物，体会风土民情。他看到日本女子不缠足，男女都着木屐，并注意到日本家家铺榻榻米，人人进入室内都必须脱鞋，他看到长崎通往京都的电线"高杆悬线经天"；他看到小镇上男女同浴的景象，感叹"异哉此风也"；他参观日本书坊，探讨日本文字与中文的差异；他徘徊在长崎名刹之间，欣赏"高拥山麓，雕甍丽日，梵宇连云，石砌镜平，铜铺金灿"的景色；他在友人家宴饮，看到"女童上膳时必跪。宾主苟有问答，亦必跪"，感叹日本社会之古礼犹存；他第一次看到日本人嗜好鱼生，以活鱼待客的饮食习惯："其中有东人最重者则为巨鱼一尾。鱼既献腥，予未敢下箸。问是鱼何以未经烹脍，则曰无此例也。且鱼能以活者献则尤为珍品，尤为美味耳。"①

社会秩序井然有序，街衢宽敞，屋宇洁净，人民安居乐业，身心恬静，蒋其章的长崎之游虽然只有短短五日的浮光掠影，却让他对民风淳朴的日本社会留下了深刻的印象和非同一般的好感："予所最喜者，则其人皆快乐优游，面无忧戚之容，性无重滞之累。在途中者，或担重负轻，或联袂结伴，别无喧争，互相退让，相对则俱有笑容。村落妇女见客则嘻嘻相迎，无嫌疑无拘束，是无怀葛天之民欤。不然何风之醇也。"②

在文章的末尾，蒋其章还附录了一篇简短的跋，用来强调《长崎岛游记》作为域外游记与柳宗元为代表的传统山水游记有本质的区别："古今记游之文，以柳子厚为最擅场。然其文特纪山水之奇胜、泉石之清幽耳。至徐霞客各游记，则于名山大川、洞天福地，无不遍迷。然亦从未有以游记而记及域外之观者。此作殆合柳州游

---

① 小吉罗庵主：《长崎岛游记》，载《瀛寰琐纪三种》（第1册），第54页。
② 小吉罗庵主：《长崎岛游记》，载《瀛寰琐纪三种》（第1册），第55—56页。

记、高丽图经,异域风土志之笔墨而成焉者也。可谓创格,可谓奇文。亟登之以示宇内好游之士,未必非搜奇揽胜及问俗采风之一助云。"①

---

① 小吉罗庵主:《长崎岛游记》,载《瀛寰琐纪三种》(第1册),第56页。

第四章 《申报》文人与海上唱酬之风的形成

1872年,美查经营的《申报》从创刊之日起便强调以"概不取值"的方式吸引广大文人士子前来投稿,到1890年3月,《申报》发布启事,表示因版面原因不再刊登任何诗词作品。在创刊后长达18年的时间内,《申报》在蒋其章等历任文人主笔的主持之下,迎来了以旧体诗词为主的第一次文学创作的高潮。在这个以《申报》为核心和载体的文学创作高潮的进程中,一方面,蒋其章等《申报》主笔借此解决了报刊稿件不足的问题,同时也树立起他们海上文坛盟主的地位;另一方面,申报馆培养了大量的读者和作者群体,强化了广大文人的投稿意识。在《申报》文人不断的诗词唱酬过程中,一个以《申报》为核心的虚拟的文人社交网络亦凭此而建立。这种新的借助报刊媒体为载体的文学传播方式亦深刻地影响到了近代文学的生产方式与传播过程。

第一节 《申报》主笔蒋其章建立的海上文坛

《申报》创刊之初,在短短半年之内就打败经营了十年之久的

《上海新报》，使得后者被迫宣布停刊。其中一个很重要的原因就在于美查任用华人主笔，同时，《申报》积极征求文人诗词，引起了广大士绅阶层的普遍关注与积极投稿。

一、洋场竹枝词与文人投稿意识的建立

1872年4月30日，《申报》在创刊号上发布《本馆体例》，明确宣布"有骚人韵士有愿以短什长篇惠教者，如天下各名区竹枝词及长歌纪事之类，概不取值"①。

事实上，早期报刊创刊之初，往往面临着稿件枯窘、材料常常入不敷出的局面。应对这种情况，报馆可以选择刊登赈捐局或善堂的捐款名单，但这种广告式的补白往往篇幅繁多，且只有出资捐赠人才会阅读，一般读者对此毫无兴趣。相比之下，在稿件匮乏的情况下刊登文人诗词作品确实是一种比较省便又受到广大读者普遍欢迎的做法，孙玉声在《报海前尘录》中曾详细说到《申报》创刊初期以诗词为补白，开海上报刊之先河的历史：

> 报纸以词章补白，始于《申报》，缘彼时日报风气未开，材料艰窘，达于极点，每日拼凑报版，恒有缺乏之虞。惟文人每喜弄笔，时以词章等稿投至馆中，主任人披览之余，择其格律谨严，可以供人一读者送付手民，作为补白之用。为日既久，投稿之人愈众，渐至有游戏文章及骈四俪六之长篇巨著，函请登载。各报来者不拒，皆选刊之。于是作者之诗文得赖报纸以传，而报

---

① 《本馆条例》，《申报》1872年4月30日。

纸赖作者补充篇幅之力,亦殊不鲜,《沪报》《新闻报》继起,当然与《申报》一律,亦以词章为补白之需。惟缕馨仙史蔡紫黻先生,在《沪报》辑《花团锦簇楼诗集》,于报中特辟一栏,编排作书版式,可以装订成册,是为例外。而词章家所有稿件,皆投沪报,当时吸收人才甚多,报纸亦骤增销数,凡投稿者无不人购一纸,是则因补白而推及出书,蔡先生诚可谓别开生面。①

如前文所述,《申报》创刊之初,主笔蒋其章在 1872 年 5 月 2 日的第二期《申报》上即以"蘅梦庵主"为笔名,刊登了诗歌《观西人斗驰马歌》。1872 年 5 月 18 日,袁祖志分别以"海上逐臭夫"和"忏情生"的笔名在《申报》上刊登题为《沪北竹枝词》(22 首)和《续沪北竹枝词》(25 首)的两组共计 47 首上海洋场竹枝词,并掀起了 1872 年第一次《申报》海上文人唱和的高潮。

随后,《申报》连续刊登了一系列以上海租界为内容的洋场竹枝词,其中包括未署名的《沪北西人竹枝词》(24 首),《续沪北西人竹枝词》(24 首),海上忘机客的《后竹枝词》(10 首),龙湫旧隐的《前洋泾竹枝词》(12 首)、《后洋泾竹枝词》(12 首)、《续沪南竹枝词》(20 首)、《沪南竹枝词》(12 首),苕东客未定稿的《烟馆竹枝词》(10 首),吴郡醉月馆主的《女弹词新咏》(12 首),晟溪养浩主人的《戏园竹枝词》(16 首),鸳湖隐名氏的《洋场竹枝词》(24 首)、《续洋场竹枝词》(10 首),沪上闲鸥的《洋泾竹枝词》(24 首),慈湖小隐的《续沪北竹枝词》(20 首),枸溪生的《沪城城内竹枝词》(20 首),南仓热眼人的《沪城竹枝词》(30 首),花川悔多情

---

① 孙玉声:《报海前尘录》,《新夜报》1934 年 4 月 19 日。

生的《沪北竹枝词》（20首），酒坐琴言室主人的《上海竹枝词》（10首），嘉门晚红山人的《续沪江竹枝词二十首》（20首），泾左碌碌闲人的《沪上游女竹枝词》（18首），吴门红豆馆主人的《沪上女伶题词》（8首），侣鹿山樵的《俞稷卿劝戒洋烟诗二十六首》（27首），等等。

免费刊登文人的诗词作品，对于申报馆来说，既可以扩大自己在士人间的影响，亦可以应对报刊版面不足的需要，是一举两得的事情。而对于广大文人来说，申报馆提出的"概不取值"的条件也是颇具吸引力的。越来越多的普通士人被报刊这种新的文学传播方式所吸引，向《申报》投赠自己的诗词作品。这种情况逐渐成为海上报坛的一大风气。例如，作者沪上闲鸥谈到自己创作《洋泾竹枝词》的原因正是仿效友人龙湫旧隐刊登在《申报》上的洋场竹枝词："仆不善诗词，自惭俚鄙，因见敝友龙湫旧隐稿，意在动人，语颇警切，效其意为二十四绝。仍俟高明斯正。"① 1872年7月23日，《申报》刊登鸳湖居士的诗歌，并强调文人的洋场竹枝词经由申报馆的传播引起了广泛的影响："诸名士沪上竹枝词迭经本馆刊行，不少名篇俊句。今有鸳湖居士《沪城感事诗》五首尤为清真雅正，有关世道人心，复录之以备异日猷轩之采。"②

值得一提的是，那些向《申报》投稿并进行唱和的文人，常常提到一个词——"诸吟坛"。例如："贵馆印布诸吟坛佳作莫不各擅新奇，兹有洋泾浜漫兴二律作于辛酉避寇时，回首前尘，如梦如寐，爰为录出，俾览者有抚今追昔之思，亦安不忘危之一道，采风者或有取

---

① 沪上闲鸥：《洋泾竹枝词》，《申报》1872年7月19日。
② 鸳湖居士：《沪城感事诗》，《申报》1872年7月23日。

焉"①;"仆恨人也,平生笔墨每多牢骚,而欲效吉祥语,摩雅颂声往往不可得,岂为处境使然?抑遭时所致耶?今检旧作得《秋兴四首》呈贵馆诸吟坛青目,倘肯分韩潮苏海之余波,节郊瘦岛寒之俭态,则为幸多已"②;"此系吾友平江散人所作,寄呈贵馆,倘不嫌粗俚登诸《申报》,就正海内诸吟坛,斯实幸矣!鸿城自乐人识"③。这里所指的吟坛,与传统文人建立在私谊关系基础上、面对面进行的同人吟坛不同,这里的吟坛是建立在《申报》这样一个公共传播平台上的新式的吟坛。

《申报》文人的吟坛是一个作者和读者不需要直接见面、唱和者之间彼此并不相识的报刊文坛。在这个文坛中,那些作品数量最多、质量最高的人便成为文坛的执牛耳者。在早期《申报》经营时期,龙湫旧隐葛其龙便是除了《申报》主笔蒋其章之外,最重要的海上文坛领袖。

龙湫旧隐,原名葛其龙,号寄庵,浙江平湖人,是《申报》早期的核心作者之一。1872年农历八月十九日,上海发生地震。八月廿二日,《申报》上即刊登了龙湫旧隐的七律《地震书感》:"过眼曾惊劫火红,那堪变又示苍穹。撼摇鳌柱乾坤动,翻覆莺花世界空。只手何人能底定,当头几辈尚痴聋。歌台舞榭知多少,正在邯郸一梦中。(此记壬申八月十九日事也。夫天灾示警,既历见于史书,地震兆凶复目睹。夫近事吴头楚尾每多遇劫之人,隋苑苏台不少遭兵之地,乃干戈乍息便极欢娱,歌舞方酣,顿忘患难。胭脂金粉胜六代之繁华,酒池肉林穷万钱之奢侈。若申江则尤甚者也。某曾遭粤寇,弥厪杞

---

① 宝隐道人:《洋泾浜漫兴诗并引》,《申报》1872年9月14日。
② 杏坪艾德埌:《秋兴四首并引》,《申报》1872年10月12日。
③ 平江散人:《苏城圆妙观竹枝词》,《申报》1872年9月26日。

忧，爰作此诗以昭炯戒。所愿人心早悟居安思危之情，庶几天变可回，作善有降祥之庆矣。）"①

六天之后，也就是 9 月 30 日，《申报》上刊登了泉唐啸岑氏的诗："晓梦惊回日影红，难将休咎卜苍穹。直如瀛海帆樯转，光若蓬壶日月空。众醉岂还能唤醒，时乖强半假装聋。茅斋独和伊人句，感慨诗成一震中。"作者在诗后附录中表达了对葛其龙由衷的仰慕之情："阅贵馆《申报》屡读龙湫旧隐大著，清词丽句，以慷以慨，拜服之至，所恨同游海上，得吟佳作，未识荆颜，因觉和地震书感一律聊志钦慕，录请贵馆斧正，刊入报中，不识龙湫旧隐见之其肯教我否耶？"②作者同是流寓沪上的文人，泉唐啸岑氏多次在《申报》中读到龙湫旧隐的诗作，却无缘相识，因此，作者希望作一首和韵诗刊入《申报》中，希望能够有机会向龙湫旧隐讨教。

10 月 11 日，《申报》上又刊登了"东江散人"的另一首和作《地震书感和龙湫旧隐韵》："当年劫火惨飞红，变象分明示上穹。柱石乍经安反侧（御赐曾文正公中天柱石四字），乾坤邦复撼平空。昭昭史册恒垂鉴，梦梦尘凡此振聋。鳌背蛇头凭浪说，须将休咎卜其中。"同时，作者在附书中表示盼望该诗能够修改之后登入《申报》，向龙湫旧隐等名流致敬："屡读龙湫旧隐诸作，清词丽句佩服良深，不揣鄙陋，特和地震书感一律，敢祈贵馆斧削登诸《申报》以志景仰名流之意。"③

与传统文人诗词唱酬不同的是，《申报》文人具有了报刊这一公共传播空间，他们的唱酬活动并不是在私谊基础上展开的文人交际，

---

① 龙湫旧隐：《地震书感》，《申报》1872 年 9 月 24 日。
② 泉唐啸岑氏：《地震书感和龙湫旧隐韵》，《申报》1872 年 9 月 30 日。
③ 东江散人：《地震书感和龙湫旧隐韵》，《申报》1872 年 10 月 11 日。

相反，他们是经由报刊公共传播空间的诗词唱酬后再发展为私谊关系。也就是说，《申报》文人在报刊上虽然此唱彼和，但大多数情况下，他们还是一种不曾谋面的"文字神交"关系。而正是通过报刊上的诗词唱和，这些流落沪滨的文人之间才建立起了友谊。

1872年8月12日，葛其龙在《申报》上刊登了四首《洋场咏物诗》，并附上了自己写的一封信件表达自己对素未谋面的诗友之间的交谊："未亲尘教，久诵鸿文。上下千年，独具龙门之笔；纵横万里，广搜蜃海之谈。薇盟连番葵倾，奚似某旧家乳水。寄籍申江，忝附艺林，喜交名士，耳闻已久。曾殷访戴之情，面晤无缘，莫遂识荆之愿；虽巴人下里，谬见赏于知音，而蝉噪蛙鸣，终有惭于大雅。乃高怀谦抑询厥里居雅，竟殷勤叩其姓氏，用敢自陈鄙陋，借申仰慕之私，还祈不弃庸愚，更切推敲之助，附呈俚曲并请大裁。"

马车

四面周遭马路开，轮蹄飞处满尘埃。
五陵挟妓并肩坐，十里看花转瞬回。
江上疾驰同破浪，街前乍过似奔雷。
何时异国皆遵轨，不使矜奇斗捷来。

地火

谁知铁树竟开花，谬语当年信不差。
凿地金莲生万朵，烛天银粟照千家。
辉光灿烂欺明月，烟焰迷离夺彩霞。
一路笙歌常彻夜，楼台为尔更繁华。

电线

海上涛头一线通，机谋逾巧技愈工。
霎时得借雷霆力，片刻能收造化功。
击节宵应惊蛰蛰，传书今不借飞鸿。
寄言当局防边者，胜算先筹帷幄中。

轮船

一轮滚滚走雷声，机势全凭火酿成。
浪拨鲸鲵能独破，波翻龙马任横行。
暗偷吴国余皇制，偏窃中原大地名。①
圣代别储舟楫用，会看四海共澄清。

9月4日，《申报》上再次刊登了署名滇南香海词人的《洋场咏物词四阕调依沁园春·并附来书》：

地火

凿地为炉，积炭成山，辉耀四溟。爱玲珑百窍，一齐吐焰，周围三十里，大放光明。绛蜡羞燃，银蟾匿彩，海上如开不夜城。登高望，似战场磷火，点点凝青。　休夸元夕春灯，有火树银花顷刻生。看青藜悬处，千枝列炬，黄昏刚到，万颗繁星。雪月楼台，琉璃世界，游女何须秉烛行。吾何恐，恐祝融一怒，烈焰飞腾。

---

① 龙湫旧隐：《附录来书并洋场咏物诗四律》，《申报》1872年8月12日。

电线

具大神通，经纬纵横，匪夷所思。惯传消递息，捷于影响，穿河贯汉，事更离奇。欲报平安，暗牵线索，入手行间墨尚滋。从今后，任洪乔善误，那怕愆期。　　何人费尽心机，纵万里关山信不迟。笑鱼笺雁帛，无斯火速，简书羽檄，枉说星飞。巧夺天功，能通造化，盻到还云一霎时。机枢动，贯蛟宫蜃窟，直达波斯。

马车

得意扬鞭，电掣风驰，香车玉骢。看四蹄疾卷，惊尘洒面，双轮怒激，碎石飞空。宝勒难羁，油幢高揭，可是潘安入市中？遨游处，任花天酒地，到处留踪。　　雕鞍绣毂匆匆，也不为沙场汗马功。问谁家年少？俨如卫玠，此中坐客，定是秦宫。觅艳寻香，征歌选胜，隐隐雷声语未通。归来晚，指长街照彻，万点灯红。

轮船

不挂蒲帆，不借兰桡，何其快哉！听圆轮转铁，翻江搅海，隔墙鼓鞴，掣电轰雷。釜气蓬蓬，涛头滚滚，黑焰迷空吹不开。飞来也，早六鳌退避，大海澜回。　　此中机械难猜，但水火须从既济推。笑马当一夕，漫夸神助，长风万里，休骋豪怀。稳渡沧瀛，飞行闽粤，琛赆年年满载来。吾何愿，愿今朝驶去，直到蓬莱。

贵馆握江淹之彩笔，携李贺之锦囊，论事则琴座生风，摘词

第四章 《申报》文人与海上唱酬之风的形成 201

则银毫浣露。鸡林贾客愿易名篇，凤诏诗仙争钞杰句，固已播誉风流之窟，蜚声翰墨之场矣。犹复珊网宏开，玉台广辑，或仿香奁而得体，浓艳环生；或造宝筏以渡人迷津，尽指真是才人吐属。无非菩萨心肠，眼福益增心香。愿热仆蛇珠未握，蠡勺自惭，耽涂乙夫新诗，好秘辛之杂事。效颦有愿，调偶谱夫心园，入耳难堪，曲只同于下里。倘蒙加以郢断，灾及枣梨，则马勃牛溲亦备医师之用。蛙吟蚓唱，竟齐广乐之音。敢竭鄙怀，谨陈小引，惟祈大词坛教以不逮，幸甚。①

龙湫旧隐葛其龙和滇南香海词人杨稚虹正是通过《申报》所建构的报刊传播平台进行唱和并发展为私谊关系的。后来，葛其龙和杨稚虹彼此之间还有多次唱酬往来，有些作品还被收入杨稚虹的《海滨唱酬词》中，而葛其龙也曾为该唱酬词作序。

1872年，一方面，《申报》广泛刊登告示向海内文家征求诗词稿件："凡有文坛惠赠及邮筒远寄者，无论鸿篇巨制，短咏长吟，但能穿穴新意，熔铸伟词者，本馆即行留稿，次第刊行，以公同好。概不取其刻资，即有程恐关碍及尚须斟酌之作亦当藏为枕秘，不轻示人，异日改定再行传布。凡送稿已久而未及刊行者，其中别有苦心尚希诸君子原谅为荷。"② 另一方面，越来越多的作者抱着仰慕的心情，将作品被《申报》刊登视为一种荣幸。像寓沪淑娟女史之渴望刊登作品曰"贵馆《申报》百事全刊，四方毕达，窃作短吟，描成长恨，万望付

---

① 滇南香海词人：《洋场咏物词四阕调依沁园春并附来书》，《申报》1872年9月4日。
② 《本馆告白》，《申报》1872年10月18日。

诸梨枣，传及关山。倘愿慰重逢则恩铭五内矣"①；或是像西泠逸叟极力推荐朋友的稿件"余友惜红生游幕江浙有年矣，公余日事吟咏，以破岑寂。今夏，余自白卜赴申，道出吴门，过访吾友，语次即出示试帖及纪游诗卷，功深律细，无美不臻。适案头见有寄赠《黛香眉史七绝十章》，无请非艳，有字皆香，读之，爱不释手，乞归，藏诸行箧。近见《申报》中刊刻诗词者纷纷，余因旧雨情深，录请贵馆主人付诸梨枣，以俟知音者共赏之也"②，类似这样的请求在《申报》投稿中比比皆是。

1872年在《申报》创刊的短短半年时间内，借由洋场竹枝词的大量刊登，《申报》初步建立起了海上文坛。而尤为重要的是，在《申报》文人此唱彼和的示范作用之下，广大读者与文人之间的报刊传播意识已逐步建立。

二、蒋其章主持的四次消寒雅集

《申报》于1872年4月30日创刊，首任主笔蒋其章结合报刊通俗性的要求，积极提倡洋场竹枝词，"概不取值"的刊登条件使得越来越多的文人热衷于将自己的诗词作品投赠到《申报》中来，以报刊传播空间为核心的上海文坛初步形成。在此基础上，为了加强与核心作者的联系，为了吸引更多普通士人的广泛参与，1872年底至1873年初，蒋其章在《申报》发起了四次消寒雅集，获得了海内文家的热烈回应。

---

① 寓沪淑娟女史：《感怀绝句十六首》，《申报》1872年12月12日。
② 浙东惜红生：《赠程黛香七绝十章》，《申报》1872年11月2日。

冬至之后，文人宴饮并诗词唱和本是一件流传已久的民间风俗，《金陵岁时记》曾记载南京文人的这一风俗："日冬至，画素梅一枝，为瓣八十有一，日染一瓣，尽而九九出，则春深矣，曰'九九消寒图'，见《帝京景物略》。吾乡当冬至节后，九人相约宴饮，自头九以至九九，各主东道一次，名曰消寒会，文人墨客饮酒之余，兼及韵事。吴麐伯师《消寒会集》有句云：'有酒但谋金谷醉，无钱不顾铜山摧。'"①

1872年十一月冬至，蒋其章按照传统文人习俗，邀请了一些《申报》核心文人饮酒作诗，并以"消寒雅集唱和诗"为题，将这次唱和之作刊登在《申报》上，是为第一次消寒雅集。蒋其章以"蘅梦庵主"之名首先提出唱和的背景"壬申长至日，同人作消寒雅集于怡红词馆，漫成二律用索和章"：

> 海滨难得订心知，煮酒围炉兴不支。
> 琴剑自怜孤客况，壶觞如与故人期。
> 清游留伴花枝醉，名迹欣从草稿披（是日席间出诸同人唱酬诗札示客）。
> 颇愧不才叨末座，诸君风雅尽吾师。
>
> 旗鼓何当张一军，狂吟意兴托初醺。
> 梦中红蝠犹能幻，曲里黄獐已厌闻。
> 但得神交逾旧雨，自堪眼界拓层云。
> 旅游愧领诸君意，愿作申江结客文。（蘅梦庵主原倡）

---

① 潘宗鼎：《金陵岁时记》，南京市秦淮区地方史志编撰委员会1993年版，第33—34页。

相逢旧雨复新知，酒力难胜强自支。
正拟海滨联雅集，漫教湖上话归期。
金樽檀板心常恋，玉轴牙签手乱披。
才调如君真独步，不当论友合论师。

严申酒令比行军，一盏初倾我已醺。
吟社好从今日启，清歌犹忆昨宵闻。
旋看东阁飞红雪（第一集分咏红梅四律），应遣旗亭赌白云。
藏得虞山遗集在，围炉重与赏奇文。（蘅梦庵主藏有《牧斋外集》，消寒第二集拟以命题故云，龙湫旧隐次韵。）

人生聚处浑无定，但得相逢醉莫辞。
倚柱狂吟发清兴，搔头傅粉故多姿。
眼前行乐宜如此，身外浮名不自知。
十幅蛮笺一尊酒，破窗风雪约他时。

江乡小别三千里，寒意裁添四五分。
北辙南辕谁似我，酒豪诗圣属诸君。
却逢裙屐联高会，自哂疏狂愧不文。
孰是骚坛主盟者，醉扛健笔张吾军。（云来阁主和作）①

本次雅集由蘅梦庵主蒋其章首倡，龙湫旧隐葛其龙和云来阁主和之。蒋其章所谓"是日席间出诸同人唱酬诗札示客"说明这次诗词唱

---

① 《消寒雅集唱和诗》，《申报》1872年12月25日。

和是一次面对面的文人雅集,葛其龙所谓"第一集分咏红梅四律"说明蒋其章一开始就准备进行多次文人唱酬的,而第一次雅集的题目为"红梅四律"。云来阁主在诗的末尾附录了一段话,谈到蒋其章通过葛其龙而遍交海上诸名士:"浪迹海上半年矣,秋间旋里两阅月,殊有离群之感。昨甫解装,蘅梦庵主告余曰:自子去后,吾因龙湫旧隐得遍交诸名士,颇盛文宴。余甚羡之,复闻有消寒雅集,不揣弇鄙,愿附末座因和蘅梦庵主原倡二章即尘诸吟坛印可。"①

与传统文人的诗词唱酬不同的是,《申报》文人的名士风流不仅体现在酒宴之间的文人唱和,还能够借助报刊传播的公共空间向更广阔的读者群体传播,在现实与虚拟相结合的海上文人的唱和过程中,《申报》文人与普通读者共同体验了传统文人趣味。

在蒋其章、葛其龙等人首倡《消寒雅集唱和诗》之后,《申报》上又陆续刊登了诸多读者的唱和之作,如1873年1月4日咏雾主人孅萍的《红梅四首录请吟坛削政并希赐玉》和爱吾庐主人的《和蘅梦庵主人消寒雅集诗原韵》;1873年1月6日梦鱼居士的《红梅四律》和慈溪酒坐琴言室芷汀氏的《遥和消寒雅集诗次蘅梦庵主韵》;1873年1月7日的酒坐琴言室芷汀氏《红梅四律》初稿、啖华阁主人的《恭和大作红梅四律原韵即请郢正》;1873年1月8日茉申《壬申长至日同人作消寒雅集于怡红馆词和大吟坛原韵》初稿、梦游仙史的《消寒第一集即席次蘅梦庵主韵录请同社诸大吟坛绳政》等。在这些唱和诗中,读者纷纷对蒋其章所倡导的文人雅集表示了仰慕之情:

> 天涯何日订心知,闻说消寒兴自支。

---

① 《消寒雅集唱和诗》,《申报》1872年12月25日。

拟与海滨联雅会,为留浦口漫相期。
连朝对酒忘心事,初学吟诗信手披。
寄语词坛风雅士,从今问字是吾师。

频年江上忆从军,罢戍归来酒半醺。
故国河山仍若此,异乡风雨不堪闻。
十年词赋逢知己,万里琴樽隔暮云。
此日围炉清兴好,几时相叙共论文。
(昨读原倡诗及诸吟坛和作清新风雅,无不各擅胜长,惜草草劳人未得一亲雅教耳,不揣鄙陋,率和二律,即希斧政。爱吾庐主人初稿。)①

当《申报》还在陆续刊登广大读者的第一次消寒雅集和诗时,蒋其章随后又发起了第二次雅集。1873年1月9日,《申报》刊登了龙湫旧隐葛其龙的《消寒第二集蒙蘼梦庵主招集江上酒楼,率成一律录呈教正,并祈同社诸吟坛赐和》:

次第消寒借酒钩,鲈鱼味美胜黄州。
已偿张翰三秋思,聊当坡仙十月游。
入座翩迁来野鹤(谓云来阁主),忘形放浪狎盟鸥。
光阴过眼原如梦,曾记春风上此楼(今年灯节梦游仙史招饮于此,有江楼夜燕图之作)。②

---

① 爱吾庐主人:《和蘼梦庵主人消寒雅集诗原韵》,《申报》1873年1月4日。
② 龙湫旧隐:《消寒第二集蒙蘼梦庵主招集江上酒楼,率成一律录呈教正,并祈同社诸吟坛赐和》,《申报》1873年1月9日。

第四章 《申报》文人与海上唱酬之风的形成

随后,蒋其章也发表了六首和作《消寒第二集出〈牧斋外集〉示客并索题词,龙湫旧隐鹤槎山农既各成长古,予亦继声得六绝句》:

者是虞山劫后灰,断笺碎墨认心裁。
如何颓老功名愿,强付楞严半偈来。(集中多禅悦之作)

绛云文笔本清腴,搜辑看从积蠹余。
读至卷终还一笑,祭文偏附老尚书。(卷尾附龚合肥祭文)

党魁何事度逶迟,一疏中兴愤不支。
覆读老臣披沥语,居然朝局顾当时。

几番枚卜误斯人,晚节偏夸气节真。
谁料初心偏大负,还山可许白衣身。

颓唐老笔亦堪怜,如此才名惜晚年。
也识诗人忠爱意,杜陵斟酌作新笺。(内与人书多论笺杜诗语)

遗刻都归一炬中,只今传写惜忽忽。
殷勤谁付钞胥手,小印红铃竹垞翁。①

根据葛其龙和蒋其章的两组诗可以得知,第二次消寒雅集仍然是

---

① 蘅梦庵主:《消寒第二集出〈牧斋外集〉示客并索题词,龙湫旧隐鹤槎山农既各成长古,予亦继声得六绝句》,《申报》1873年1月11日。

蘅梦庵主发起的，蒋其章邀请诸文人在江上酒楼宴饮，席间向诸文友出示了他所珍藏的钱谦益的《牧斋外集》，并向大家索取题词，因此，第二次消寒雅集的主题即为"牧斋外集"，题材则是七绝。在几天之内，第二次消寒雅集得到了龙湫旧隐、鹤槎山农、云来阁主等人的唱和与应答。

四天之后，《申报》文人又发起了以七律体的"雪美人""雪和尚"为主题的第三次消寒雅集，但这一次文人聚会却是由"梦蕉馆主"发起的。葛其龙在和作中特意指明"前两集鹤槎山农不至，今始践约，而蘅梦庵主则又姗姗来迟矣"①。

1873年1月14日，《申报》文人再一次发起了第四次消寒雅集，这一次文人聚会的缘由是为蘅梦庵主蒋其章饯行。但这一次雅集，却因下雨而未能成行，随后蒋其章在《申报》上刊登和作，希望诸吟坛能积极唱和：

> 预邀近局写羁怀，雨雪从教夙约乖。
> 夜话未留征士榻，晨餐恍学太常斋。
> 浅斟低唱知谁是，蜡屐担簦望客偕。
> 何日消寒期再订，分笺重与斗诗牌。②

随后《申报》刊登了龙湫旧隐的和作《消寒雅集已举三次矣，适蘅梦庵主将返西泠，同人拟于十四日举行四集预作江干之饯，以天雨

---

① 龙湫旧隐：《消寒第三集梦蕉馆主招集体江，偶成一律录请诸大吟坛均政，并祈赐和》，《申报》1873年1月13日。
② 蘅梦庵主：《诸同人约于十四日作消寒第四集兼为公钱郾人之举，因雨未赴，偶成小诗附柬龙湫旧隐，并祈遍示诸吟坛赐和为荷》，《申报》1873年1月16日。

不果，蒙柬句索和依韵奉酬录请削正》：

> 连番文酒惬幽怀，四集如何愿独乖。
> 君梦湖山羁客馆，我吟风雪坐萧斋。
> 人生离合原无定，他日行藏可许偕。
> 且待江天开霁景，重歌艳曲记牙牌。

作为第四次消寒雅集的余绪，蒋其章在癸酉年元宵之后，确实有返杭州之行。1873年正月十六日，蒋其章在回杭州的船上写下了两首七律怀人诗：

> 为想团栾饯岁筵，孤舟争耐暮寒天。
> 分笺赌酒怀前约，水栅邮灯亦夙缘。
> 感旧未忘冲雪路，思亲再谱望云篇。
> 不须追忆琴尊柬，枯坐篷窗已惘然。

> 忽忽打桨总嫌迟，鹕水鸳湖路未离。
> 听水乍惊游枕梦，计程终系故园思。
> 难酹赤鲔乘潮愿，已误黄羊祀灶期。
> 多谢诸君齐屈指，霜华正是压篷时。①

1872年底至1873年正月期间，蒋其章在《申报》上发起了四次消寒雅集，引起了海上文人高度的唱和热情。对于普通文人来说，岁

---

① 小吉罗庵主：《归舟感怀沪上故人，即用龙湫旧隐赠别原韵，成诗二章，录请云来阁主和正，即乞诸吟坛同和》，《申报》1873年2月13日。

末之际以消寒集的形式进行诗酒唱和是民间习俗也是文人雅趣；而对于《申报》主笔来说，蒋其章频繁而密集地发起文人雅集，还有解决岁末报馆稿件匮乏的现实意义在内。

近代报刊在早期运营期间普遍面临的一个问题便是新闻材料的匮乏，而这种情况在每年的岁末，水路封河，官署封印，外埠无案牍访报，甚至本埠租界的英法公廨在除夕前也要休停十日左右，同时腊月二十五至正月初五信局停开，这十日之内，沪上报馆收不到任何消息。因此每年岁末新春是报馆稿件最为匮乏的时期。孙玉声在《报海前尘录》中曾在《岁除艰窘》一篇中专门谈及此种困境：

> 办报昔苦材料艰窘，已言之矣，然而一年之中，其艰窘尤当以岁除为最。盖在平日外埠皆有访函，络绎而至，本埠则公堂县署审讯各案，累牍连篇，犹可敷衍蒇事。独至夏历岁除，昔时北道封河，新闻已虑稀少，逮至十二月十八、十九或二十日起，各官署一律封印一月，不理民刑各事，而各外埠皆无案牍访报，虽本埠英法公廨，于封印后开印前尚讯谳，捕房所解各案，然而晚堂已无，且至二十六七日起，亦须停谳十日左右，必正月初六七方复开庭，于是报材乃更枯涩。矧彼时邮局尚未成立，无论何种信件，皆须由信局递寄，途中已感困难，十二月二十五起，各信局又一律封班，必至次年正月初五复开，遂致此十日中，竟无片纸只字到沪，主笔房益苦如无米为炊，虽巧妇亦无从着手，乃不得不先自绸缪，预将京报中之奏折留出，并自撰诗文等稿以补之，不足，则选择外来之诗文以补苴，再不足，则刊长篇之筹赈局捐单，或各善堂征信录，以充篇幅。幸各报自十二月二十六七起，亦须停刊，非特当时无精彩可言，抑且窘态毕露，家家均无

可讳言也。①

在岁末新闻材料严重匮乏的情况下，报刊主笔除了刊登京报中的奏折之外，还以自撰诗文稿件来补充版面，如果还不够，那么则以外来诗文进行补白。因此，蒋其章从1872年12月25日至1873年1月16日，短短的22天内，连续发起了四次消寒雅集正是为了有效地应对岁末报刊新闻稿件严重不足的情况。客观上来看，蒋其章的这一策略也确实起到了积极的作用。从1872年12月25日开始，广大文人对于四次消寒雅集的唱酬之作此消彼长，其稿件一直延续到1873年2月18日鹤槎山农的《消寒第四集饯蘅梦庵主回武林，予因疾未赴，即次龙湫旧隐原韵赠行》。

1872年年底至1873年初，30岁的主笔蒋其章借助《申报》公共传播平台，多次发起文人雅集，一方面有效缓解了报馆岁末新闻稿件匮乏的困境；另一方面，也逐渐奠定了他作为海上文坛盟主的地位。在《申报》文人的心目中，蒋其章文坛盟主的地位亦得到同人公认。1873年4月2日，《申报》曾刊登鹤槎山农的《喜蘅梦庵主见过即以话别》以及龙湫旧隐的《前题次韵鹤槎山农韵》都表达了他们对于蒋氏文坛地位的认同：

> 之子游申浦，清才莫与京。
> 龙文延雅誉，牛耳执诗盟。
> 却喜高轩过，浑忘扫径迎。
> 如何才握手，便话别离情。

---

① 孙玉声：《报海前尘录》，《新夜报》1934年4月25日。

书剑促归装,鞭丝笠影忙。
鸿泥留沪渎,豹雾泽钱塘。
志士重然诺,良朋怀远方。
竹间三径在,愧我不求羊。①

久贵洛阳纸,研都复炼京。
何期萍水聚,得订岁寒盟。
夜雨孤舟送,春风一棹迎。
依依江岸柳,几度不胜情。

乍见又分袂,骊驹太觉忙。
乡心萦胜地,别梦绕横塘。
放鹤登孤岭,听钟到上方。
怅予羁沪渎,犹似触藩羊。②

"龙文延雅誉,牛耳执诗盟"正是对蒋其章海上文坛盟主地位的认可。不仅是同社文人,即使是《申报》的一般读者也承认蒋氏在海上文坛不可替代的地位。1873年4月8日,与蒋其章素未谋面的昆池钓徒在《申报》发表了两首诗,表达了对蒋其章的仰慕之情:

史笔兼词笔,才华媲子京。
空教传鲤简,未许订鸥盟(余与君书札往来实未谋面)。
南浦烟波阔,西湖花柳迎。

---

① 鹤槎山农:《喜蘅梦庵主见过即以话别》,《申报》1873年4月2日。
② 龙湫旧隐:《前题次鹤槎山农韵》,《申报》1873年4月2日。

几时逢蒋捷,擎酒话深情。

橐笔游申浦,冲波两桨忙。
雄戈摇海岳,雅调谱陂塘(去岁以海滨酬唱图求题蒙填《买陂塘》词剧佳)。
文字交千里,相思水一方。
牧斋遗集在,幸未付红羊(君藏有《牧斋外集》)。①

昆池钓徒亦号滇南香海词人,即云南人杨稚虹,他强调与蒋其章未曾见面,"余与君书札往来实未谋面"。但《申报》所提供的报刊传播空间将广大传统士人汇聚起来,成为文字神交,此唱彼和,而蒋其章作为文坛盟主的地位也越来越被广大读者所认可。

1873年12月25日,《申报》上刊登了顾敬修赠送蒋其章的序文,序中,79岁的顾敬修对于年轻有为的《申报》主笔蒋其章赞赏有加:"蘅梦庵主乃武林名孝廉,倡雅会于东南,士林望重,建骚坛于沪渎,《申报》纷驰。昨因公车北上,先事回杭。岁月观摩,盟分鸥订。邯郸学步,技愧虫雕。……"顾敬修最初只是在报刊上阅读蒋其章的作品,认为他作为南国词人、西泠才子,必然倨傲:"其人必倜傥权奇,疏狂跌宕。睥睨一世,睥睨千秋。"然而没想到见面之后他才发现蒋氏低调随和,毫无浮华夸张的报馆文人习气:"(蒋其章)而乃青鞋布袜,淡着畸人。羽扇罗衫,静如处子。珊珊仙骨,弱不胜衣。脉脉芳情,呐如缄口。沉思渺虑,有山深林密之缘;敛锷藏锋,无剑拔弩张之气。和光接物,善气迎人。旁观者以为皮里阳秋,当局者绝不口中

---

① 昆池钓徒:《寄怀蘅梦庵主即次鹤槎山农原韵》,《申报》1873年4月8日。

臧否。"① 顾敬修所谓"倡雅会于东南，士林望重，建骚坛于沪渎，《申报》纷驰"所指的正是蒋其章凭借《申报》的公共传播空间所建立的虚拟的海上文人唱酬平台。

同治十一年（1872），时任《申报》主笔的蒋其章除了主持报馆日常的文人诗词唱和之外，还于 1872 年 12 月 25 日至 1873 年 1 月 16 日在《申报》上连续发起了四次消寒雅集，顺利解决了农历十二月底至次年正月初申报馆稿件严重缺乏的现实问题。而另一方面，四次消寒雅集也在《申报》的公共空间上展示了传统文人雅兴，维系了《申报》文人的交谊，巩固了沪上文坛的运行，同时也进一步强化了蒋其章本人作为海上文坛盟主的地位。

三、由报刊传播空间延伸的文人交际

由报刊空间上的文字神交发展为此唱彼和的文人私谊，这是《申报》文人不同于以往文人交际的一大特点。在作品传播的过程中则表现为《申报》文人之间的唱和首先发生在报刊上，但随后又转而向文集过渡，呈现一个由报刊空间向文集流动的形态，这也是近代报人研究区别于传统文人研究最值得关注的地方。正如陈平原所提出的，"对于研究者来说，保持报刊与文集之间的持续对话，是发现问题并解决问题的关键所在"②。

对蒋其章来说，他与龙湫旧隐葛其龙、鹭洲诗渔黄铎和万钊的交谊就是这样的一种形态。三人都是通过《申报》上的文人唱和而与蒋

---

① 顾敬修：《篆香老人赠小吉庵主人序本馆附启》，《申报》1873 年 12 月 25 日。
② 陈平原：《晚清：报刊研究的视野及策略》，载氏著：《"新文化"的崛起与流播》，北京大学出版社 2015 年版，第 1 页。

其章结识，随后，他们由文字神交发展出了私谊，并互相题赠诗词作品。例如，在葛其龙、黄铎和万钊的诗集中都有为蒋其章悼亡妻子所绘的《月痕楼影图》而作的诗歌。

蒋其章的第一任妻子为同邑朱迪珍，她是一位聪明颖慧、精通诗文的才女，可惜年仅20岁便因病逝世。《两浙𬨎轩续录》中有朱氏的生平事略：

> 朱迪珍，字佩秋，钱塘人，廪生朱允元女，甘肃敦煌知县蒋其章室。著《浣香楼吟稿》。许淮祥曰：佩秋为余中表吴姊之女，表姊婿克庵先生又为余受业师，故知之最详。幼慧，受父教，通诗书，家住会城东横河桥。余归试，必就余论诗，闲出所作，见其别出新意，丽而清，华而不缛，叹美不置。余妹宝娟，嗜吟咏诗筒往来，月必数四。庚申寇警，避兵金华，遂不复相见。辛酉五月，余在雉臯，得表姊吴书，知佩秋以瘵卒，年才二十，昙花一现，是可慨已。余姊哀其遗诗，编为一卷付梓，时在辛酉九月。佩秋适同邑蒋君子相，后成进士，官甘肃敦煌知县。①

1861年，年仅20岁的朱氏在嫁给蒋其章后不到一年便病逝，随即蒋其章本人也遭逢战乱，颠沛流离。在沪上时期，蒋其章曾专门绘制了《月痕楼影图》，用以悼念自己多才多艺的妻子。同时他的好友也向他投赠了一些诗作，这些比较私人化的作品没有出现在《申报》的公共传播空间，而是出现在同一时期海上唱和者的诗集之中。例如，葛其龙的《寄庵诗钞》中有《题蒋子相（其章）〈月痕楼影

---

① 潘衍桐：《两浙𬨎轩续录》卷五四，光绪刻本。

图〉》，黄铎的《胅馀集》中收录了《〈月痕楼影图〉为钱塘蒋子相孝廉其章题》一首，万钊的《鹤碉诗龛集》则收录了《〈月痕楼影图〉为蒋子相其章题》一首：

> 双溪旧侣多情客，一副生绡留泪迹。
> 佩响钗声总渺然，月痕楼影犹如昔。
> 忆昔郎君负俊才，锦心绣口擅新裁。
> 雀屏早欲牵红线，鸾镜争教下玉台。
> 一朝引入天台路，蓉峰便作留仙处。
> 樱桃花底定情时，却忘萍蓬此间住。
> 神仙眷属合登楼，纸阁双声共唱酬。
> 螺黛新描蓉镜里，娥眉初上柳梢头。
> 此事风景真堪喜，此际恩情谁可比。
> 鸾凤相看并影形，鸳鸯密誓同生死。
> 谁知紫玉忽成烟，明月团圞未一年。
> 荀令香消空自悼，安仁断肠亦堪怜。
> 分离未久流离苦，回首家山又鼙鼓。
> 花柳双堤变劫灰，楼台十里成焦土。
> 萧郎从此远从军，书记翩翩迥不群。
> 王粲登楼能作赋，陈琳草檄早工文。
> 烽烟扫尽思归计，姓氏欣看登甲第。
> 便折秋风桂一枝，难忘昔日莲双蒂。
> 扁舟重过旧朱门，指点房栊易怆魂。
> 一角画楼横远影，半钩新月挂愁痕。
> 画楼新月今谁属，睹物怀人增感触。

门外桃花惨淡红,帘边杨柳凄迷绿。
粉坠香飘秋复春,腰支瘦损沈郎身。
绣衾胜欲寻前梦,锦帐何从问凤因。
悼亡诗卷真愁绝,碧海青天情固结。
续命难期紫府仙,传神合倩龙眠笔。
此日披图睹玉姿,风流往事尚堪思。
香闺吟罢人双笑,正是楼头待月时。
　　　　　(《题蒋子相(其章)〈月痕楼影图〉》)①

归来谁与话黄昏,零乱妆台旧墨痕。
纵有莺花慵放眼,虽无风雨易消魂。
吟残红豆春将老,泪渍青衫梦不温。
几度凭栏为惆怅,荒烟一抹掩柴门。

环珮声沉镜槛空,豪情消尽酒杯中。
绿杨影堕双溪月,红杏楼寒一笛风。
陈迹只余诗卷在,相思或许梦魂通。
当年我亦凋潘鬓,碧海青天此恨同。
　　　　　(《〈月痕楼影图〉为钱塘蒋子相孝廉其章题》)②

楼影模糊月痕白,展卷凄凉忽陈迹。
忍将往事复重论,不堪愁绝双溪客。
双溪溪上盛楼台,牛女曾经驾雀来。

---

① 葛其龙:《寄庵诗钞》,光绪四年(1878)孟春刻本。
② 黄铎:《胠馀集》,宣统三年(1911)孟春印本。

闻说庚郎工作赋，欣逢谢女正多才。
茜窗日丽挥毫素，连理枝头花欲妒。
嫦仪本是月中人，神仙合向楼头住。
双宿双飞未一年，那知好月不长圆。
阳台雨冷襄王梦，青鸟音沉禹锡笺。
从此萧郎感莫释，泪痕枯尽襟犹湿。
精卫难填恨海潮，娲皇莫补情天石。
正事含愁赋悼亡，西来铜马又猖狂。
天涯匹马秋蓬泛，烟塚啼鹃宿草荒。
江湖漂泊岁几度，乱后归来景非故。
天上虽采及第花，人间难觅返魂树。
重向双溪一棹游，可怜骑省鬓成秋。
心伤此夕初圆月，断肠当年旧画楼。
为倩龙眠施妙笔，图成风景含凄恻。
柳色依依系去思，帘波渺渺生愁色。
楼角笼阴暮霭沉，妆台旧梦杳难寻。
月明不照鲲鱼影，碧海青天夜夜心。

（《〈月痕楼影图〉为蒋子相其章题》）①

无论是葛其龙还是黄铎以及万钊，作为流寓沪上的传统文人，他们都深切地体会到蒋其章为悼念妻子朱氏所作的《月痕楼影图》，不仅仅是悼念一位早逝的江南才女，更是追忆传统文人举案齐眉、无忧无虑的美好生活，同时也是悼念满目疮痍，已经化为一片焦土的故

---

① 万钊：《鹤碉诗龛集》，光绪十九年（1893）刻本。

园。正如诗人们所吟咏的："分离未久流离苦，回首家山又鼙鼓"；"江湖漂泊岁几度，乱后归来景非故"。这些悼亡诗中都融入了沪上文人感同身受的家国之痛。

和报刊上刊登的唱和之作不同的是，葛其龙等文人赠送给蒋其章的诗词中，都使用了蒋子相的真名，而不是蘅梦庵主等笔名。

1878年春，葛其龙与万钊等人在沪上酒楼为蒋其章饯行而作《花朝偕蒋君子相、香叶、万君剑盟小饮江楼》，其时蒋其章正要离开沪上赴甘肃敦煌任县令：

连番风雨误青春，一笑晴光到眼新。
更喜四人逢百五（香叶、剑盟合年七十，子相与余合年八十，亦适逢其会也），与花同日庆生辰。

娇红嫩碧斗鲜妍，次第寻芳到水边。
一路香风吹面暖，玉楼人醉杏花天。
流水无心聚断蓬，一尊聊与故人同。
申江今似秦淮上，文酒风流属寓公。

柳色依依动别情，一鞭有客赋西征。
座中恐惹离愁起，不遣双鬟唱渭城（时子相将赴甘凉）。①

而在万钊的《鹤碉诗龛集》里，也收录了一组四首《送子相之官甘肃》，从诗歌的内容和背景来看，应该与葛其龙所吟咏的为同一

---

① 龙湫旧隐：《花朝偕蒋君子相、香叶、万君剑盟小饮江楼》，《申报》1878年4月5日。

事件：

> 得第重回首，春明梦已沉。
> 乘边愁远道，作吏背初心。
> 亲老思谋禄，朋交利断金。
> 却看舟似屋，尽室赴艰深。
>
> 少作江湖客，今为关塞游。
> 一官初进步，万里取封侯。
> 立马华山顶，看云陇水头。
> 知君擅奇句，先向锦囊收。
>
> 一听伊凉曲，征人泪万行。
> 地经张掖郡，俗问武都羌。
> 使相筹边急，孱王弃国亡（时闻喀什噶尔之捷）。
> 皇情眷赤子，抚字望贤良。
>
> 两见两番别，人间离恨多。
> 东风正无赖，欲去奈愁何。
> 五字河梁句，平生宝剑歌。
> 勋名须努力，行矣莫蹉跎。

在黄铎的《胠馀集》里，还有其他提到蒋其章的诗，都使用了蒋子相的名字：

天才欣再见,应不亚潘京。
旧物青毡在,新交白水盟。
酒余梅索笑,客至鹤知迎。
闻昨德星聚,悠悠系我情。

未得瞻丰采,翻嗔君太忙。
歌骊声在路,征雁影横塘。
退思自兹始,高风谁可方。
扁舟归亦得,山水足相羊。

(《和伊人喜子相见过即以话别原韵》)

漫笑书生气味酸,光芒也自吐毫端。
襟怀有托琴三尺,岁月无情墨一丸。
佳节独深风木感,残英犹得露华团。
可怜重睹升平世,历尽艰辛耐尽寒。

湖海飘零几故知,多愁减却旧腰支。
守株未必全非计,处世何妨百不宜。
垂老少陵犹作客,滑稽曼倩亦常饥。
菜畦麦瓮茅柴酒,已是平生得意时。

(《岁暮感怀兼怀王子鲍全用蒋子相韵》)

这些唱和诗歌所记录的不过是一个普通士人的日常生活,即欢迎从远方而来的朋友,旧物新友让人感叹;在岁暮之时,思念远方的友人,一方面感慨湖海飘零,另一方面粗茶淡饭的生活已让人心满意足。收录在黄铎《胠馀集》里的这些诗歌，比起《申报》上的唱和之作，少了一些应酬的色彩而增添了更多文人之间质朴的情谊。

1875年5月29日，蒋其章离开上海后在《申报》发表了一组怀人诗，作者所怀的对象包括顾篆香、江伊人（湄）、杨稚虹、黄小园（铎）、黄天河等等，都是他在担任申报馆主笔期间往来唱和的诗坛好友：

蒨是词场百战身，当时行卷说扶轮（君旧有茉莉花诗篇，时传诵）。
只今白发称都讲，犹未青山作外臣。
兵火摧残家尽破，文章结习老逾真。
平头八十今年是，菊酒延龄再一巡。（顾篆香明经）

标格生来鹤不如，小园赋就赋闲居。
皱眉入社思参佛，放胆归田学种蔬。
俗变愤吟新乐府（君有沪北新乐府十章），图成快赠古癸者（君为予书月痕楼影、冬青老屋图卷引首）。
别来闻说君逾健，一杖细藤笑掷初。（江伊人广文）

钵池性格古名流，味外酸咸苜蓿秋。
有癖何尝非酖毒，著述端不为穷愁。
一生心迹留银管，两度奇缘痛玉钩（事见君所撰金壶七墨）。
墨沈洒余应尚富，瓮中他日愿重搜。（黄天河广文）

家山万里问滇池，劫后还乡未明期。

循吏儿孙名易起,才人忧患例先支。

未成结夏三年课,早写吟秋一卷诗(君和老杜《秋兴八首》韵诗,一时和者数十家)。

诸笏西山君莫悔,河阳华鬓讵成丝。(杨稚虹司马)

海滨流寄廿年身,柳色秦淮不算春。

高士谋生原有道,近时医国更何人(君隐于岐黄之术,借给薪水)。

寥寥画本秋留影(兼擅画菊),草草诗笺笔有神(章章甚苍劲)。

闻道竹林昆季在,论交惜未话情亲。(黄小园布衣)

林君幕府擅才思,东浙西吴历聘时。

呼酒市楼狂说饼(夫腊沪上会和时事),钞诗山寺暝然脂(君荟萃近时名媛诗文已得数十家)。

文章政绩怀先业,临水登山看好词。

珍重瑶缄留后约,春江游舫太倭迟。(林夔公广文)

君才合署小斜川(鹤槎贤郎),风致何嫌瘦可怜。

卖药不妨居近市(君主于王氏丸肆),种花雅称骨如仙。

踏灯互醉歌楼月,携屐同吟菊社篇。

只□花时未言别,篷窗常忆□婵娟。(江子榖文学)

惭负诸君嗜芰心,异苔何幸托同岑。

讲堂月旦名谁匹(指海上诸友学),典郡风流契更深。

长白吴兴两太守（醉态尽能容脱略），欢场多谢屡招寻。

只今一别浑如雨，剩欲重携海上琴。

（小吉罗庵《舟中续怀人》）

当初那些无关家国大业的文人唱和不过是欢场中的惯常交往和落魄文人间聊以慰藉的情感抒发。然而，当蒋其章真的离开上海，离开他曾经短暂执掌过的上海报坛与文坛，这些昔日诗酒唱和的朋友，这些同样因战争被迫流离沪滨，乞食于西人，被完全边缘化的口岸知识分子之间，早已产生了深厚的情谊。前路未卜，却不得不行，蒋其章唯有向海上友人寄语告别："只今一别浑如雨，剩欲重携海上琴。"

第二节 葛其龙主持的海上文坛

如果说蒋其章作为《申报》首任主笔是海上唱酬之风开创的第一人，那么葛其龙则是早期《申报》最重要的作家，也是蒋其章离开沪上之后，海上文坛实际上的主持者。从1872年6月13日在《申报》刊登《前洋泾竹枝词》和《后洋泾竹枝词》组诗24首，到1884年7月5日在《申报》发表《挽刘淑人为黄俊生司马作》为止，12年间，葛其龙参与了《申报》上所有重要事件的文人唱和，是以《申报》为传播空间的海上文坛当之无愧的盟主。

一、葛其龙的生平与文坛盟主的地位

葛其龙，字隐耕，号龙湫旧隐，别署寄庵老人，浙江平湖人，著有《寄庵诗钞》。孙玉声的《沪壖话旧录》中曾对他的生平经历有简要记载:"葛孝廉其龙,字隐耕,应礼部试不售,终身无进取志,乃改字隐耕,别署'龙湫旧隐',有愿长为农夫没世之意。原籍浙之平湖人,其先世避发乱至沪,遂考上海籍。胸罗经史,笔散珠玑,八股之外,兼长古学。……后以顺天乡试登贤书,著有《寄庵诗钞》行世。"① 由于葛其龙曾经参加己卯顺天乡试(1879),因此官方对于他的生平籍贯有所记载:"葛其龙,字荫根,号隐耕,又号蒲仙,行三,道光壬寅年六月二十七日吉时生江苏松江府。上海县附贡生,民籍,著有《寄庵诗钞》。"②

由《清代科举人物家传资料汇编》可知,葛其龙生于 1842 年,在家中排行第三。但其兄葛其驹、葛其彪都早逝,唯有其弟葛其凤,号幼溪,国学生,封奉直大夫。葛其龙娶陈氏,生两子鸿年和鸿煦,鸿煦亦早逝。

和大多数洋场文人一样,葛其龙才华横溢,却屡屡在科场中败北,后因太平天国战乱而栖居沪上。而从葛其龙的《寄庵诗钞》那些吟咏身世的作品中,人们可以还原一个层次更丰富的普通士人的生平遭际。

葛其龙少年失怙,母亲含辛茹苦将当时只有五岁的他和三岁的弟弟抚养成人。这在葛其龙的科举履历中也有注明:"母氏郭,克云公女,例赠孺人,诰封宜人,其龙生,五岁而孤,母氏抚养教诲,备尝艰苦。"③ 葛其龙在《寄庵诗钞》中曾有《感怀》诗一首,回忆这一

---

① 海上漱石生:《沪壖话旧录》,载熊月之主编:《稀见上海史志资料丛书》(第2卷),第314页。
② 来新夏编:《清代科举人物家传资料汇编》(第30册),第207页。
③ 来新夏编:《清代科举人物家传资料汇编》(第30册),第209页。

段艰难的少年岁月和慈母的养育恩情：

> 吾年方五龄，吾父即见背。
> 有弟仅三岁，犹在襁褓内。
> 母氏茹苦辛，劬劳历昼晦。
> 抚兹两孤雏，不惮心力瘁。
> 孤雏日长大，继之以教诲。
> 命吾读诗书，命弟习计会。
> 成立今可期，母心始渐慰。
> 母心虽渐慰，吾心转悲悸。
> 忆昔失怙时，凡事俱昧昧。
> 想像先人容，恍惚托梦寐。
> 母尝为吾言，汝父性真挚。
> 庭闱尽孝养，骨肉敦友爱。
> 汝其继家声，守之勿失坠。
> 闻言涕交流，抚躬自滋愧。
> 眷念慈母恩，昊天同感戴。①

虽然少年失怙，但葛其龙聪明颖慧，读书刻苦，受到他的恩师黄晋龢的赞扬："椿荫早凋，叹孤儿失怙。竹林有伴，与臣叔相依。陆机作赋之年，慧心敏悟；苏辙上书之岁，秀骨崚嶒。"虽然葛其龙有不错的资质，且刻苦努力，但这个寒门弟子在科举之途上却颇不顺利。更糟糕的是，太平天国运动席卷江南地区，在烽烟战火之中，葛

---

① 葛其龙：《感怀》，载氏著：《寄庵诗钞》，光绪四年（1878）孟春刻本。

其龙不得不仓皇出逃,并流落沪滨:"当赭寇纵横,黄巾肆扰,玉弩遍野,金戈震天。蜗庐化作灰飞,蠹简不存余烬。生乃仓皇出避,踯躅狂奔。行踪无盘涧之安,举目有河山之异。狼烽告警,乳溪何可栖身。鸿庑赁居,歇浦于焉托足。由来才士,半泣飘蓬。自古羁人,不忘染翰。惊魂未定,偏能茹雅含骚。容膝暂安,依旧引商刻羽。……得倾盖之新知,招题襟之胜友。一篇跳出,四座传观。"①

1881年,葛其龙的侄子何洪锡从故乡上杭县前来探望,葛其龙写了一首长诗,诗中回忆了少年时期曾随同表兄经商、表兄废寝忘食、焚膏继晷、日夜苦读的情景以及于辛酉年在太平天国战乱中拍案而起,因骂贼而死的悲壮往事:

> 尔自故乡来,迢迢三千里。
> 音书昔多阻,相见悲且喜。
> 所悲尔父亡,殉难兵戈里。
> 骸骨不可寻,心伤沟壑委。
> 所喜尔母贤,苦节柏舟矢。
> 抚尔及长大,一脉赖有此。
> 尔父吾表兄,吾姑之仲子(少时随吾父服贾。□乳水年长,喜读书,涉猎饱经史,草书亦颇佳,挥洒时满纸哀哉,吾少孤,尔父每善视)。
> 长吾十五年,亲爱手足比。
> 吾年未弱冠,兄闻苦拿鄙。
> 尔父辄与之,辩论穷百氏。

---

① 葛其龙:《寄庵诗钞序》,光绪四年(1878)孟春刻本。

或借得异书，奚啻荆州似。
忘食更废寝，焚膏以继晷。
朗诵惊隔屋，天明犹未已。
吾每愧不如，浅尝辄已止。
期吾早成立，望吾取青紫。
今虽博微名，重泉知与否。
尔父被难时，岁在辛酉纪。
当贼未陷城，子身可远徙。
何为冒锋刃，竟以骂贼死。
生平气激昂，性尤耽绿蚁。
酣饮痛时事，狂歌拍案起。
想当突遇贼，甘心受刀匕。
布衣名难传，一死亦徒尔。
尔父婚未久，遽已离桑梓。
尔生健五龄，嗟作孤儿矣。
生未识耳面，所幸母可恃。
行年二十六，远游自兹始。
陟屺恐倚闾，云山日遥企。
尔伯死无儿，亦赖尔承祀。
吾愧少资助，无以壮行李。
勉哉早还家，努力奉甘旨。①

葛其龙因躲避太平天国战乱而流落到沪上，并从事与出版编辑相

---

① 龙湫旧隐：《表侄何洪锡近自上杭来，为述往事以贻之》，《申报》1881年7月4日。

关的文字工作。平湖人马承昭在为葛其龙《寄庵诗钞》所作的序言中明确提到他和葛其龙结缘正在于光绪年间，葛氏曾受顾篆香之嘱托为其编辑《当湖外志》十六卷："忆昔光绪纪元，余辑《当湖外志》十六卷成，寄海上付剞劂氏。顾篆香明经属君以校雠之役，君许诺。"①

江浙文人为躲避战乱而背井离乡，流落沪滨，并受聘于西人担任文字工作。他们的生活距离儒家修身治国平天下的理想越来越遥远。葛其龙也不例外，他偶尔会在诗歌中表露自己有志难伸，流落沪滨的苦闷：

> 一年已蹉跎，一夕反留恋。
> 一年三百有六旬，过眼光阴等泡电。
> 少时学业荒于嬉，壮岁亦复无能为。
> 迄今四十老弱至，追悔莫及徒伤悲。
> 吁嗟乎！
> 男儿既不能磨盾草檄入戎幕，杀贼立功画麟阁；
> 又不能闭户读破万卷书，置身天禄登石渠。
> 而乃龌龊恋几豆，不避腥膻同逐臭。
> 不知天地生我果何为，坐使形神日凋瘦。
> 抚膺不觉悲且号，病魔骇走穷鬼逃。
> 胸中魂磊积已久，聊复痛饮浇浊醪。
> 天地之运有终始，吾身安得无泰否。
> 剥极当复理固然，屈久必伸亦如此。
> 转瞬浩浩春光来，儿童笑报梅花开。②

---

① 葛其龙：《寄庵诗钞序》，光绪四年（1878）孟春刻本。
② 龙湫旧隐：《丁丑除夕放歌》，《申报》1878 年 2 月 27 日。

当然，葛其龙在《申报》上发表最多的还是各类文人唱和之作。1872年5月8日，《申报》在第15号上刊登袁祖志的《沪北竹枝词》和《续沪北竹枝词》，掀起了沪上文人吟咏洋场竹枝词的热潮，而葛其龙便是其中最早的一批作者。1872年6月13日，《申报》发表葛其龙的《前洋泾竹枝词》和《后洋泾竹枝词》共24首。随后，《申报》又刊登了葛其龙的《沪南竹枝词》《续沪南竹枝词》《咏弹词女诗》《附录来书并洋场咏物诗四律》等洋场竹枝词。同时，葛其龙也是第一批在《申报》文学期刊《瀛寰琐纪》上刊登诗词散文的作家。

通过《申报》及《瀛寰琐纪》等报刊的公开传播，龙湫旧隐已经在报刊上树立了他文坛盟主的地位。越来越多的读者通过《申报》知道龙湫旧隐，并通过报刊不断地表达对葛其龙的仰慕之情。其中包括葛其龙昔日的友人衣玉文人所说："龙湫旧隐，余友也。近从《申报》中屡读著作，无不惬心贵当，弥切钦迟，辄欲快聆尘论，并候与居，乃疏懒性成，遂致如山阴访戴，乘兴而来，往往兴尽而返，歉仄良深。昨阅《瀛寰琐纪》，见有白桃花诗社，倡和二十四律，愧不获与诸君子一堂雅集，借正是非，爱补成四律，望贵馆削政登入报中，俾龙湫旧隐与诸大吟坛共政之，狗尾续貂，知不免云。"①

但更多的作者是与葛其龙素不相识的文字之交。1873年8月14日，葛其龙在《申报》发起了《消夏分咏四律》，浙西惜红生在看到葛其龙之作后随即也写了四首和作，虽然这个时节已经是农历九月初，夏季已经过去，但作者仍然希望自己的诗歌能够博得葛其龙等诸吟坛一笑："近见《申报》刊刻消夏分咏，诸作超以象外，得其环中，盥诵之余不觉技痒，勉和四律，录请龙湫旧隐诸吟坛粲政。"② 显然，

---

① 衣玉文人：《补和白桃花诗四律次用原韵》，《申报》1872年11月19日。
② 浙西惜红生：《消夏分咏四律》，《申报》1873年11月3日。

浙西惜红生与葛其龙并不相识，从原作与和作之间长达三个月的时间跨度可以推断得出，作者不是《申报》核心作家。1877年10月17日，练川曹孔昭桐生氏在《申报》上刊登组诗表达对于龙湫旧隐的仰慕之情《闻龙湫旧隐之名久矣，恨未一见，成五十六字以申钦慕即请方家指正》，而龙湫旧隐也并没有做出回应，说明曹氏对于龙湫旧隐的唱和是一种单向的仰视。

除了洋场竹枝词外，葛其龙还积极参与了蒋其章所发起的四次消寒雅集，在《申报》上刊登了越来越多的唱酬之作，而他的文坛盟主的地位也逐渐获得同人的认可。例如，1875年《申报》上刊登的一组怀人诗，其中《龙湫旧隐》一诗便肯定葛其龙卓然的文坛地位，并特别注明葛氏"所著诗文刊入记报者甚夥"："独树骚坛帜，高谈仰博闻。诗篇疑织锦，文笔羡凌云。雅度能谐俗，洋名恐误君。鸡林传著述，三复齿流芬（注：君所著诗文，刊入记报者甚夥）。"① 1877年11月12日，《申报》发表了江苏丹徒人万沛淇的《遥赠缕馨仙史并引》一诗，其中有"穷愁屡见陈无己，韵语争传葛立方"句，作者自注曰"报中所刊陈曼寿、葛隐耕二家最多"②。黄文瀚在《删录新旧稿就正葛君隐耕赋呈二律》中明确指出葛其龙文坛盟主的地位："君本龙湫杰，骚坛合主盟。东南推雅望，遐迩重文名（注曰：日本诗人来游沪者，无不访君）。诗卷千秋业（大著《寄庵诗钞》已刊行世），心香一瓣成。倘能容立雪，私愿遂平生。"③

除了是《申报》文人的核心，葛其龙还有一个重要的身份即聚星吟社的发起人。同治十二年（1873），葛其龙为滇南香海词人杨稚虹

---

① 《续山馆怀人诗六律录请诸吟坛郢政》，《申报》1875年6月12日。
② 万沛淇：《遥赠缕馨仙史并引》，《申报》1877年11月12日。
③ 黄文瀚：《揖竹词馆吟草》卷三，民国八年（1919）铅印本。

的《海滨唱酬词》作序的时候谈到自己曾想将聚星吟社与海滨社合二为一,但因人数不齐而作罢:"余侨居沪上,曾有聚星吟社之举,方欲与海滨合为一社,乃诸君既不能常聚,而沪上诸同志又复时聚散,风云际会,花月因缘,未知在于何时,此其中自有天焉,非人力之所能为也。"①1876年11月20日,《申报》上刊登了两首绝句《赠润宝女校书两绝即用闺情原韵》,咏叹流落沪上的女校书,其署名为:"聚星吟社主人寄庵稿",葛其龙即号寄庵老人,其诗集为《寄庵诗钞》。这一条信息应该可以作为葛其龙主持聚星吟社的辅助证据。

聚星吟社的许多成员包括龙湫旧隐葛其龙、鹤槎山农江湄、鹭洲诗渔黄铎、缕馨仙史蔡尔康、云来阁主、剪淞病旅等人。他们又都常常在《申报》发表诗词作品,是《申报》文人的一部分。这些文人的交往兼具了报刊文人文字神交的传播关系以及传统文人社团的同人关系。

作为一个相对固定的文学社团,聚星吟社常常有固定的社事活动。如1873年农历四月六日聚星吟社曾有饯春之行,6月12日,《申报》即刊登了《饯春诗》一组,并附跋曰:"四月六日诸同人饯春于太乙莲舟,鹭洲诗渔以事未赴,小游仙亦以事先归。翌日诗来未及菜送贵馆,兹补录呈电,务祈速登报中,以塞友人之责。聚星吟祈附启。"②

随后,聚星吟社同人又因为瘦吟生将赴金陵而举行了唱酬活动。1873年7月18日,《申报》刊登了聚星吟社的组诗《饯别瘦吟生赴金陵倡和诗》,并附说明"癸酉长夏,瘦吟生将赴金陵,鹭洲诗渔招同饯送夜集寓斋,偶成两叠韵,录呈郢政"。龙湫旧隐葛其龙、鹤槎山农江湄、鹭洲诗渔黄铎等人都参加了这次饯行活动:

---

① 杨稚虹:《海滨酬唱词》,光绪二十四年(1898)春香海阁刊本。
② 聚星吟社:《饯春诗附跋》,《申报》1873年6月12日。

菰蒲摇绿满汀洲,送客情深水不流。
剪烛分襟成小别,扬帆破浪壮同游。
秣陵花月无双曲,铁瓮江山第□州。
重见升平新气象,好教歌舞散闲愁(闻秦淮新禁乐籍,故云)。

豪兴争推黄鹭洲,乌衣子弟更风流。
一尊且尽良宵酒,六代重寻旧日游。
自古才人归白下,于今名士聚江州。
桂花香里君应待,共泛烟波访莫愁。(龙湫旧隐稿)

渔郎重到武陵洲,岁月回头去似流。
庾信波澜饶胜概,孔融杯斝话前游。
十年浪迹春申浦,盖代才名罗鄂州。
同抱天涯沦落感,对公不敢说牢愁。

今夜文星耀海洲,黄公垆畔集名流。
人来北郭开吟社,地异南皮续盛游。
岂有浮名惊日下,且拼斗酒换凉州。
吾宗髯也迟相见(谓味灯室主),缥缈烟波欲寄愁。(瘦吟生次韵)

宛似群仙赴十洲,筵开精舍集名流。
他乡得遇同心侣,卜夜还当秉烛游。
入坐人尊黄佛子,联吟客尽韦苏州。
缘悭不得闻觞政,独酌茅庐且遣愁(余以事阻未赴)。(鹤槎

山农次韵）

> 晴色波光映绿洲，一时小集尽名流。
> 花探上苑期同志，苔聚遥岑慰倦游。
> 诗思苍茫萦沪渎，酒痕零乱话杭州。
> 明朝各得乘风便，消却平生几许愁。（鹭洲诗渔次韵）
>
> （《饯别瘦吟生赴金陵倡和诗》节录）①

此外，聚星吟社除了送别、饯行等活动，夏天还会有消夏唱酬，而冬天则会有消寒集会。如1874年7月24日的《采莲棹歌（聚星吟社消夏第一集）》、8月11日的《咏南园并头莲调寄芰荷香（聚星吟社消夏第二集）》、11月8日的《立冬日约聚星吟社诸子雅集城东小筑为饯秋之宴，先成此诗奉柬并乞和章》、1875年1月15日的《初九日订为消寒之宴三叠剪淞病旅韵奉柬诸同社》等等。

二、《申报》刊载的葛其龙北闱唱和事件

19世纪70年代，对于《申报》文人来说，报馆等地仅仅只是暂时的栖身之所。无论他们在沪上文坛的名声多盛，无论他们在报刊上有多少追随者，没有取得科举功名始终是人生一大憾事。

与多数沪上文人一样，葛其龙也曾中途离开上海，赴京参加顺天乡试。幸运的是，葛其龙在光绪五年（1879）己卯科顺天乡试中考取第十名，实现了自己的举业梦。② 而与蒋其章悄然离开上海不

---

① 聚星吟社：《饯别瘦吟生赴金陵倡和诗》，《申报》1873年7月18日。
② 来新夏编：《清代科举人物家传资料汇编》（第30册），第214页。

同的是，葛其龙在1879年会试期间与沪上友人一直有诗词往来唱和，从他离开沪上赴京会试到11月北闱高中，《申报》上刊登了28首文人的唱和之作。此外，1880年，葛其龙本人还将自己本次的北闱之行组诗发表在《申报》上，将这些诗词文献搜集在一起，便能清晰地呈现出19世纪70年代一个普通士人赴京参加顺天乡试及北闱高中的全过程。其中沪上友人对他的期许、自己在科举途中的见闻以及整个考试过程的复杂心态，是晚清社会一个普通士人科举生涯的缩影。

光绪五年（1879）农历六月廿五日，葛其龙将赴顺天府参加乡试，并在《申报》上发表留别同人诗两首：

> 不从桃叶泛轻舟，有兴乘槎作远游。
> 宫阙好探蓬岛胜，风云高咏海天秋。
> 吟诗敢信才逾壮，献赋深惭学未优。
> 却与诸君虚凤约，听歌踏月板桥头。

> 春申江上柳蒙蒙，唱到骊驹动客衷。
> 车笠偕行逢旧雨（与陈君笠舟同行），河梁赠别话秋风。
> 谁从冀北空群马，果向宣南认雪鸿（去年题《雪鸿偶钞》，有"他时若上长安路，要向邮亭认雪鸿"之句）。
> 若问归期原不远，菊花香里一尊同。①

第二天，《申报》上便连续刊登了多首沪上文人送别葛其龙之

---

① 葛其龙：《将赴京兆试留别同人》，《申报》1879年8月12日。

作。如潜园主人的《送隐耕社兄赴京兆试》、味梅馆主的《葛君隐耕将赴京兆试赋诗赠行》、茂苑赋秋生姚芷芳的《龙湫旧隐将赴京兆试,赋诗留别,两叠陈曼丈喜雨集中诗韵,录请大雅教政》和《同人饯龙湫旧隐于北郭酒楼,三叠喜雨集诗韵》、仓山旧主的《送龙湫旧隐赴京兆试,即用其留别原韵》、未署名的《隐耕词兄将赴京兆试,即次其韵》、聚星吟社曾钰的《龙湫旧隐将赴京兆试,以诗留别,即步原韵赠行》、秀水蒲华作英的《送葛隐耕社兄赴京兆试七律》、海棠巢小隐的《龙湫旧隐将赴京兆试,赋诗留别,即次原韵送行》以及白门程仲承的《送葛君隐耕北闱应试及步其见赠原韵》等。这些诗词大都寄托着友人对葛其龙金榜题名的美好祝福。如茂苑赋秋生姚芷芳:

> 葛君雅抱如朗月,征诗斗酒兴清剧。
> 少岁工文张一军,登坛首挹泮宫泽。
> 名场到处蜚英声,文字光芒万丈赤。
> 今岁喜逢大比年,秋风又奋鹍鹏翮。
> 不占南枝占北枝,抡魁讵费吹毫力。
> 圣世功名重科第,宦途往往拘资格。
> 静听平地雷声起,快睹云泥判顷刻。
> 骊驹未唱诗先成,传笺索和应者百。
> 折简便思招同俦,旗亭相送客中客。
> 归来笑问蓬莱景,拍手狂吟图笠屐。①

---

① 茂苑赋秋弟藻甫:《龙湫旧隐将赴京兆试,赋诗留别,两叠陈曼丈喜雨集中诗韵,录请大雅教政》,《申报》1879年8月14日。

己卯年（1879）七月初五，葛其龙在《申报》上发表诗一首：

> 构得新诗上客舟，此淤真个胜前游。
> 绛云叠织千端锦，明月绍思两地秋。
> 期望远劳朋辈切，才华已让少年优。
> 而今漫说科名事，且向蓬山一举头。
> 江南山色想空蒙，祖道分襟诉别衷。
> 杨柳旗亭今日酒，桃花潭水古人风。
> 争看诗句传鸾凤，共把秋怀托雁鸿。
> 料得桂香蟾窟里，众仙高咏大罗同。①

七月初，告别沪上众友人后，葛其龙踏上了北上应试的漫漫征途。按照1880年葛其龙发表在《申报》上的组诗《北行杂咏》的记录，他从上海启程，由黄海乘船途经烟台，并从大沽上岸，登陆天津。从天津换乘马车，日夜兼程，以每天五十里的速度奔赴京城。葛其龙的这组杂咏完整而翔实地记叙了光绪五年（1879）农历七八月间一位普通士人从上海由水路转陆路，风尘仆仆地赴京参加应天府乡试的艰苦情状：

赴京兆试话别

> 仗剑出门去，飞鸿向北征。
> 牵衣儿女恋，赠策故人情。
> 索寄平安字，相期远大程。

---

① 葛其龙：《蒙诸君子赋诗赠行即叠留别韵奉谢》，《申报》1879年8月22日。

剧怜青鬖悴,犹自博浮名。

申江晓发
朦胧日出动飞轮,江柳依依似恋人。
想得闺中犹未起,梦郎安稳渡天津。

过黑水洋
一舸忽飞渡,浑忘黑水深。
波澜平若镜,风日朗开襟。
传说巨川楫,成连沧海琴。
群鱼都匿迹,听我作龙吟。

烟台晓泊
报晓一鸡啼,烟台望不迷。
波光浮绿黛,山色接青齐。
古观凌云回,人家结屋低。
北行二千里,才得见平堤。

大沽即事
王畿巩固此襟喉,河势盘旋据上流。
当日长城原自坏,频年坚壁已重修。
艨艟漫许他人驾,帷幄深资宰相谋。
下士敢谈军国事,凭高且为豁吟眸。

天津

莺歌燕语尽新声,杨柳青青直到城。
紫竹林中曾一宿,愿将慧业忏风情。

车中行

晨起束行李,匆促登征车。
言别紫竹林,来向京华趋。
积雨经累月,没轨多泥涂。
泥泞马不前,仆夫鞭且驱。
一身任颠扑,覆辙时堪虞。
更有水深处,势欲成江湖。
冒险竟前涉,人马俱踟蹰。
溅泥及幞被,激水沾衣襦。
移时得登岸,回顾犹踌躇。
日行五十里,劳苦逾长途。
我马亦已瘏,我仆亦已痡。
苟非为名累,仆仆何为乎?
日暮就村店,恍如归吾庐。
今宵且休息,明日当何如。

杨村题壁

村店羁栖第一宵,绿杨影里晓风飘。
纵然月色浑无异,梦到乡关路亦遥。

晓发

仆夫催客起，驴背听鸡声。
辀辘梦难稳，崎岖路不平。
连村人语寂，远水一灯明。
闻说天将晓，征车卅里行。

马头镇

门前浓绿树回环，鹅鸭群嬉水一湾。
日落马头新月上，净揩尘眼看西山。

余家汇

行尽崎岖□尽艰，车中三日满尘颜。
举头喜见天门近，一路题诗到此间。

都门杂咏

仰观城阙势崔巍，日照天门紫气开。
析木津流从北绕，太行山色自西来。
悲歌漫击荆乡筑，长啸宜登郭隗台。
望到琼楼最高处，此身知已近蓬莱。
豪家车马日驱驰，独客行吟有所思。
外使何缘营第宅，中朝合早固藩篱。
西窥大海梯航集，北望长城剑戟垂。
圣主怀柔廑远虑，要将恩德借羁縻。
斜街曲巷几经过，艳说胭脂北地多。
苹果盘前燕女舞，樱桃花底玉郎歌。

忽忽醉梦长安酒，渺渺愁怀易水波。
莫笑客囊金欲尽，春明烟景许消磨。
蓟北秋来早觉寒，行装渐怯客衣单。
旌旗风壮飞沙疾，鼓角霜清落叶干。
紫塞苍茫群雁渡，青云寥阔一雕盘。
感时犹有雄心在，且作泳天跃马看。①

葛其龙于己卯年农历七月底、八月初抵达京城参加顺天府乡试。关于在京应试期间的交游以及还家之后的情景，葛其龙在第二组杂咏中有详细记叙：

中秋夜北闱题壁

三千余里赴京华，献赋初成敢自夸。
此夕乘风真恋阙，几人望月不思家。
似曾寻梦来薇省（今年元旦梦坐紫薇花下读书），应许分香到桂花。
烛已烧残眠未稳，一天星斗正横斜。

赠钱塘吴莲伯驾部

长安市上逢吴君，风流倜傥超人群。
延陵家世籍簪笏，本期年少登青云。
岂知蹭蹬不得意，漂泊江海奔风尘。
廿年足迹半天下，结交豪侠轻千缗。

---

① 龙湫旧隐：《北行杂咏》，《申报》1880 年 12 月 14 日。

比来宦游客异北,意气慷慨犹绝伦。
或向花间题舞扇,或从酒肆呼红裙。
醉歌一曲笛为裂,能令四座皆沾巾。
我与相逢在场屋,倾盖如故知有因。
高谈雄辩露肝胆,瞥然将我孤鸿行。
爱我既深望我切,相期鸣鹿歌嘉宾。
功名得失未可定,话别已觉情绪纷。
上林花发如再到,会当尊酒重论文。

余君梅招集景稣堂小饮即席赠意云词史
珊珊风度独来迟,秀挺瑶阶玉一枝。
情绪最怜灯炧候,年华刚到月圆时。
能从鞠部偷新曲,合比旗亭唱好诗。
愿我成名尔如意,云山风雨慰相思。

黄俊生司马招集陶然亭即席赋此
重阳未到便登高,把酒江亭兴自豪(亭系度郎中藻所建故又名江亭)。
南郭风光留画本,西山爽气入吟毫。
葭烟芦雪修秋禊,玉笛银筝佐浊醪。
九陌红尘都涤尽,纵然不醉亦陶陶。
古龛秋色满苍然,石径扪萝曲曲穿。
诗梦冷淘槐叶句,道心静悟木犀禅。
一杯酒共香山醉,胜地名从水部传。
何日与君重聚此,具留鸿雪证因缘。

出都有怀纫兰女史和俊生韵

一鞭驱马出燕京,离合无端感此生。
偶向花间留蝶梦,忍怠月下订鸳盟。
别来纫佩秋初暮,味到兰言气倍清。
回首卢沟桥畔路,夕阳疏柳不胜情。

潞河舟次

才卸征车又上舟,西风萧瑟潞河秋。
推篷忽见南飞雁,一夜乡心逐水流。

归途过黑水洋风浪大作赋此

昔过黑水洋,波澜不惊蛟鳄藏。
今过黑水洋,风雨交作鱼龙狂。
白浪如山拥海立,巨舰当之亦无力。
一叶出没波涛中,此境生平未曾历。
坐不成坐眠不眠,顿使心肝呕欲出。
自朝至暮风始和,乃得稍稍庆安息。
我闻宗悫意气雄,愿破巨浪乘长风。
书生大言何足信,到此亦恐难为功。
圣人浮海特寄托,乘桴未必招由从。
自从互市开海禁,重洋远涉凭艨艟。
其行愈疾势愈险,平地究少风波逢。
我惊方定天亦霁,珠宫贝阙开溟濛。
明朝风利客相贺,鼓轮转瞬趋吴淞。

九日还家与同人小饮

一帆风紧送归槎,节到重阳客到家。
好共故人倾绿蚁,不教旧约负黄花。
元龙湖海余豪气,杜老关山阅鬓华。
今日为谁开笑口,征袍借酒洗尘沙。

京兆报捷

秋风报到捷书迟,宛似昭阳入选时。
贫女绮罗香乍识,穷儒席帽影初离。
得邀一第原堪喜,为念双亲转欲悲。
敢谓显扬今已遂,泷冈待表有余恩。①

葛其龙自己似乎对这一次考试感觉还不错,在八月十五日中秋之夜,他写了一首题壁诗并提到"今年元旦梦坐紫薇花下读书,应许分香到桂花",这个梦似乎预示这一次考试将有可能实现作者蟾宫折桂的愿望。在京应试期间,葛其龙与一般普通士人一样,也结交了一些同样来参加考试的士子,彼此意气相投,结伴同游,他们唱酬往来,互相祝愿着对方能够鸣和声于朝堂之上。重阳节前,葛其龙应同场考生黄俊生之邀约,赴陶然亭饮酒登高。不久,葛其龙告别京中同人于农历八月底、九月初按原路返回家乡。但在返程途中,黄海舟中风浪甚剧。返家后不久,葛其龙接到捷报,终于在科举之路上获得了一席之地,但想到少年失怙,母亲含辛茹苦将他和弟弟抚养成人,想到一个寒门子弟多年来的耕读劬劳,葛其龙不由得悲喜交加,所谓"得邀

---

① 龙湫旧隐:《北行杂咏》,《申报》1880 年 12 月 16 日。

一第原堪喜，为念双亲转欲悲"。

同时，《申报》也已第一时间刊登了己卯顺天乡试高中的名单，其中"葛其龙，江苏上海"名列题名录的第十名。① 葛其龙虽然是浙江人，但在科举考试之时却寄籍申江，孙玉声也曾在《沪壖话旧录》中证实过："（葛其龙）原籍浙江之平湖人，其先世避发乱至沪，遂考上海籍。"② 因此，《申报》所刊登的《己卯正科顺天省乡试题名录》中的"葛其龙，江苏上海"确为龙湫旧隐葛其龙。

沪上友人通过《申报》得知葛其龙北闱高中的消息，纷纷在报刊上发表题赠之作以示祝贺。农历九月廿七日（11月10日），《申报》上即刊登了陈曼寿的《喜龙湫旧隐获中北闱高魁赋此奉贺》："故人声闻早如雷，喜听泥金报捷来。始信文章能夺命，况闻阆苑正需才。鹏抟云路扶摇远，龙跃天门诙荡开。转眼杏林春意闹，望君连步上蓬莱。"③

很快，葛其龙北闱高中的消息传遍了整个海上文坛，朋友们纷纷向《申报》投赠诗词，恭喜葛其龙高中。这些赠诗主要包括瘦鹤词人邹弢的《龙湫旧隐喜捷北魁赋此申贺》、白门程仲承的《龙湫旧隐北闱抡魁赋此奉贺》、茂苑赋秋生姚芷芳的《贺龙湫旧隐北闱报捷》、徐邦逸生的《贺龙湫旧隐释褐之喜》、茗上吴溢的《龙湫旧隐战捷北闱诗以志贺》、鬘华仙馆主《喜龙湫旧隐举京兆同人设席洗尘，赋此言贺，并祈在座诸吟丈赐和》、可园弟杨殿奎的《诗友葛君隐耕魁京兆榜，赋此寄贺》和洞园吏隐梅卿氏的《贺葛君隐耕抡魁京兆，即步前

---

① 《己卯正科顺天省乡试题名录》，《申报》1879年11月3日。
② 海上漱石生：《沪壖话旧录》，载熊月之主编：《稀见上海史志资料丛书》（第2卷），第314页。
③ 禾郡陈鸿诰曼寿：《喜龙湫旧隐获中北闱高魁赋此奉贺》，《申报》1879年11月10日。

寄留别原韵》等等。兹录邹弢的一首诗为代表:

> 龙湫声价原殊众，意气腾骧才吐凤。
> 藉藉诗名满世间，吟情艳入生花梦。
> 嵚崎历落迥无俦，此是神仙第一流。
> 未必忓情甘媚俗，本来骨相要封侯。
> 生平养得王廷器，愿上燕台才一试。
> 破浪遨游夙有心，处囊抑郁成何事。
> 蓬岛三千路许通，让君奋翮去搏风。
> 云霞缥缈探蓉阙，姓字芬芳入蕊宫。
> 蕊宫秋重天香腻，有客寻芳来胜地。
> 欲折红英及第花，先窥绛阙登科记。
> 青衫潦倒太无因，此日骅骝竟绝尘。
> 不信怀才能阨命，若论食报岂输人。
> 转瞬春风吹太液，安排马迅长安陌。
> 泥金帖换锦双红，花蕊榜开云五色。
> 咏到霓裳列众仙，还期直上大罗天。
> 书生经济风云会，才子文章锦绣篇。
> 远道钦心常引领，高塞也是交游幸。
> 如我无才濩落身，年年感慨飘蓬梗。
> 孤馆寒灯伴寂寥，相思和泪写芭蕉。
> 遥吟远盼君知否，梦绕春申江上潮。①

---

① 邹弢:《龙湫旧隐喜捷北魁赋此申贺》,《申报》1897年11月14日。

对于绝大多数海上文人而言，他们都是在科场上屡屡受挫、颠踬不前的落魄士人，又因为战乱或生计等种种原因被迫流离沪滨，而有朝一日能够在科举之路上取得一席之地，重新回归士人的正途，正是他们梦寐以求的理想生活。因此，在恭贺昔日文友葛其龙北闱高中的同时，他们自身也不由发出身世之叹，同时希望葛其龙不要忘记过往沪上文人之间往来唱和的情谊。邹弢在他的《三借庐集》中还收录了另一首五言诗《沪上龙湫旧隐葛隐耕孝廉（其龙）》："遥闻君报捷，我更愧樗蒲。燕市芳踪隔（时君应京兆试），吴江客思孤。烟情凉菡萏，秋梦眷蘼芜。海上同赓唱，殷勤记得无？"①表达了同样复杂的心情。

1879年12月23日，葛其龙在《申报》上发表了两首七律，用以答谢各方亲友的祝贺：

> 临岐既满送行篇，贺我传来又锦笺。
> 跋涉三千经远道，艰难一第博中年。
> 已拼桂籍终无分，不信蓬山尚有绿。
> 天若知余游未足，跨驴重许着吟鞭。

> 返辔俄经两月余，转因小病得家居。
> 客来荒径迎偏懒，句积邮筒答更疏。
> 猿鹤性情犹若此，鹭鸥消息近何如？

---

① 邹弢：《三借庐集》，《清代诗文集汇编》（第773册），上海古籍出版社2010年版，第41页。

> 江东渭北多良友，一纸新诗当报书。①

从1879年农历六月自上海出发，葛其龙赠别沪上友人，到农历九月中举之后，沪上友人又纷纷赠诗表达祝贺，以及1880年葛其龙的两组《北行杂咏》，这些诗作将光绪五年（1879）一个普通士人，一个寒门学子，一个洋场文人赴京参加顺天乡试的过程在报刊空间中完整地保留了下来。对于当时的读者而言，《申报》所报道的不仅仅是葛其龙的个体，更是在举业之路上奔忙的众多士子的共同身影。对沪上文人而言，葛其龙所代表的还是无数个身在租界而心在魏阙的洋场文人的共同经历。只不过，他比他们中的大多数人更为幸运。

三、从报刊空间发展而来的文人私谊

对海上文人而言，科举虽然是他们人生之路的重大事件，但毕竟不是日常生活。租界生活与传统耕读生活最大的区别在于，租界生活具有现代都市生活的特性，具有很强的流动性。与乡土生活的固定性不同的是，普通士人因谋生或战乱等原因而麇集沪上，一旦他们的生活境遇有所改善便选择重回故土或向其他地域流动。所谓沪上"寓公"就是这样一群流动的传统士人，他们的日常总是在离别怀人、消寒消夏、生日祝福、赏月吟风式的各种各样的诗词唱酬之间度过，也正是在这样迎来送往的诗词唱酬之间，那些暂时栖居沪滨的传统文人回归了他们的文人雅趣，同时也寻找到了洋场文人深刻的归属感与认

---

① 龙湫旧隐：《自京兆报捷，远近诸君子以诗词贺者不下数十首，一时未及便酬，偶成两律聊以鸣谢并乞斧正》，《申报》1879年12月23日。

第四章 《申报》文人与海上唱酬之风的形成　249

同感。

滇南香海词人杨稚虹曾与黄天河、马湘艇、贺少楼、陆少葵、林仲夔和林味苏七人在沪上多次唱酬往来，杨稚虹遂搜集而成《海滨酬唱词》，并向葛其龙求序。葛其龙在序言中曾强调沪上文人之间的唱酬往来是这一群体最重要的精神寄托之一：

> 天之生才人也，聚之朝廷之上，和其声以鸣国家之盛，洵美矣！既不然，聚之名胜之区，旗亭画壁，邗上题襟，以播一时之韵事，亦足乐也。若迫而至于海滨不亦穷乎！杨君稚虹，滇南名下士也，以父荫授江苏令，艰于赀，困处青村者将十年。其间与黄君天河、马君湘艇、贺君少楼、陆君少葵、林君仲夔、味苏，唱和最多，得词一卷，名曰《海滨酬唱》。余阅之而不禁有感也。……乃余观集中诸君或官于斯，或幕于斯，或客于斯，或生长于斯，类皆抱不世之概，具杰出之才，竟能出其余绪，发为诗古文词，以维持风雅，振兴坛坫，不必亭台园囿也。一丘一壑，有胜于亭台园囿者矣，不必管弦丝竹也。一觞一咏，有韵于管弦丝竹者矣。使阅此词者，忘其为荒凉寂寞焉，抑亦奇矣。虽然穷通有数，离合无常，今杨稚虹将赴都入觐，味苏举拔萃科，而诸君亦将振翮直上，他日或聚于朝廷之上，和其声以鸣国家之盛未可知也。①

葛其龙和杨稚虹的交往，既有诗集之间的唱酬往来，又有《申报》公共空间中的传播。1872年8月12日，葛其龙在《申报》上发

---

① 杨稚虹：《海滨酬唱词》，光绪二十四年（1898）春香海阁刊本。

表了《洋场咏物诗》四首，用以吟咏马车、地火、电线和轮船四种西洋器物。随后，在9月4日的《申报》上即刊登了滇南香海词人杨稚虹的和作，同样也是吟咏地火、电线、马车、轮船四种，并在附言中请求"大词坛教以不逮幸甚"①。显然，杨稚虹的诗歌是模拟葛其龙的《洋场咏物诗》而来的。

1872年9月25日，龙湫旧隐在《申报》上发表《和滇南香海词人秋兴八首用杜工部诗韵》，后来这八首七律改名为《和杨稚虹司马文斌秋兴八首用杜工部原韵》后，被葛其龙的《寄庵诗钞》所收录。此后，葛其龙与杨稚虹在《申报》上便常有往来唱和之作。

1873年4月19日，滇南香海词人杨稚虹发表了《岁暮怀人诗八首并序》，其中所怀的八人包括鹤槎山农江湄、龙湫旧隐葛其龙、怡红馆主等都是早期《申报》唱酬的主要作家：

> 冻云酿雪之天，煮茗敲冰之日，蜡梅香溢，萤案灯残，砭骨寒风，破窗重补。关心旧雨，梦毂为劳。在千里百里而遥有新知故知之别。交同嵇吕，偏辞命驾之劳，才媲曹刘，益结望风之想。恨金轮之无咒，凭银管以写怀数。既荇俊及顾厨，诗敢诩清新俊逸，尚乞诸吟坛鸳针广席，牛铎同谐，幸甚，感甚。

鹤槎山农

江郎采笔自生春，吟到新诗妙绝伦。

约客常教倾白堕，卜居原不碍红尘。

逍遥疑是商山叟，酬唱招来上国宾（谓蘅梦庵主、云来

---

① 滇南香海词人：《洋场咏物词四阕调依沁园春（并附来书）》，《申报》1872年9月4日。

阁主）。

欲往从之何处是，伊人宛在浦江滨。

龙湫旧隐

好句传来四座惊（屡读大著），稚川才调久心倾。

尊前争唱红罗曲（消寒初集分咏红梅，唱妍畴丽），海外犹知白传名。

愧我依然怀旧庑，如君端合住逢瀛。

何时一作剡溪访，攻破诗城仗酒兵。

绿天居士

荒城岁暮客愁多，试问词人近若何。

雪里羡君披鹤氅，江头迟我泛鸥波。

图书有癖真潇洒，金石联盟当切磋（蒙镌赠石章一方）。

记否大酺楼上饮（端午沪城小住，承召饮酒肆），朗吟狂醉有东坡（谓梦游仙史、鹭洲诗渔）。

三绝曾传郑广囗，斯人妙笔更超群。

韩康姓氏人间识，鲁直才名海内闻。

千里乡心江上月，一生怀抱瓮头云。

岁寒想已编诗集，披读香教对卷焚。

怡红馆主

匆匆一面识君迟，正是蒲觞共泛时（余于今年端午识君于沪渎）。

夜雨青灯会缱绻，秋风红豆费相思。

锦屏福慧人争羡,玉局仙才世共知。
遥想围炉居煖阁,定然咏絮和新诗。

漱玉词人
半载盘桓意气投,几回剪独话绸缪。
家贫亲老同悲感,酒绿灯红共唱酬。
一幅画图留别恨(漱玉词人旋里,石城马君绘青城送别图,同人填词赠别),满天风雪送归舟。
山阴道上梅千树,谱出新词寄我不。

三魔道人
昔年把袂住皋桥,别后愁怀尚未消。
何日才看青琐月,几时同听白门潮。
丰城剑气冲千丈(时以文字受知曾文正公,送往钟山书院肄业),建业文词媲六朝。
堪羡诗人当此际,钟山雪景笔端描。

娜嬛主人
我别乡关十五年,羡君先我返南淇。
大才快夺文坛帜,雅韵新调锦瑟弦。
六诏云山供啸傲,一庐风雨话缠绵。
喜闻投笔从军去,尽扫欃枪洱海边(时娜嬛主人为岑中丞,记室随征大理故云)。

在葛其龙主持早期《申报》文坛期间,文人的关系由报刊上的文字神交发展出彼此契合的私谊是很常见的事情。例如鹭洲诗渔黄小园与葛其龙、蒋其章、袁祖志等人的深厚友情就是从《申报》唱和开始的。

黄铎，字子宣，号小园，别号鹭洲诗渔，江苏江宁人，通岐黄术，光绪四年（1878）因病逝世。黄小园是早期《申报》文人的重要成员之一，在张文虎为他的《胠馀集》所作的序言中，对他的生平有简略介绍："小园先生江宁人也，兄弟三人先生其季。……先生喜读书工诗，通岐黄家言，以术养亲。咸丰三年粤贼窜江宁，挈全家避难句曲山，恃医为活。既而贼又至，乃复奔逃，辗转千里止上海。远近闻其善医争就之，无贫富，馈遗不与较。……先生又善书画，求书画者与求诊者恒杂沓于坐，不以为忤。光绪四年五十有六正月十二日以疾卒。……先生姓黄讳铎，字子宣，号小园，鹭洲诗渔其别自号也。"①

按照张文虎序言的记录，黄铎精通医术，并以行医为生。咸丰三年（1853）因躲避太平天国战乱而带领全家寄居于句曲山，随后因太平军再犯而辗转逃离到上海。在上海，黄小园继续以医术谋生，并擅长书画。黄小园性情和善，每逢有求诊与求画者杂沓而坐，他也不以为忤。

鹭洲诗渔黄小园是早期《申报》文坛的核心文人。从《申报》上刊登的诗词作品可以看出，黄小园参加了四次消寒雅集，并发表了相应的诗词作品。如1872年12月30日的《红梅八律消寒第一集录呈诸大吟坛教正》、1873年1月23日的《咏雪和尚》、1873年1月23日的《咏雪美人》、1873年1月25日的《题虞山外集》和1873年2月27

---

① 黄铎：《胠馀集》，宣统三年（1911）孟春印本。

日的《寒鸦消寒第四集》。同时，他也是聚星吟社的早期成员之一，曾参加1873年7月18日的饯别瘦吟生的活动，并发表了《饯别瘦吟生赴金陵倡和诗》，此外还有1874年的南园消夏活动和1875年初的消寒活动。1876年11月10日，袁祖志在《申报》发表《丙子九月秋五十初度述怀六律录请诸大吟坛粲正》，1877年2月5日，尚在病中的黄小园也写了一首《盥读翔甫先生五十自述大著，感赋四律以为寿，即希郢正，时久病初起，幸勿以迟迟见罪也》，后改名为《读袁翔甫大令祖志五十自述诗感赋，即以为寿》收录于黄铎的《胠馀集》。由于后者比前者多出许多注释，便于理解诗歌创作背景，因此，兹录《胠馀集》中的这组诗歌如下：

未识悬弧是何日，案头忽睹述怀诗（十月三日过尊斋以诗见示，明日予因病归筠溪）。
仓山灵气仍蓬勃，南极星光正陆离。
揽镜莫嗟双鬓改，论交能有几心知。
试看老圃秋容好，独向西风吐艳姿。

年年湖海意如何，五十韶光一瞬过。
兄弟共推清白吏，经纶半寄短长歌（君诗多警世语）。
难为世用缘才大，怕与人言隐恨多。
俯仰不胜今夕感，且凭尊酒养春和（去年子殇妾亡，后复丧偶）。

极艰虞境庆生全，偶为思量亦黯然。
千里关山断行路，一江冰雪度残年（辛酉粤寇犯浦东，予由筠溪携眷附君舟北渡,阅月始抵崇川)。
　　风悲画角吹何急,林立危樯拥不前。
　　记得吴淞同赋慨,元宵将近月将圆(壬戌正月十三夜吴淞舟中玩月,余和王君笃生诗有"节近元宵月近园"之句)。

　　清时无事健吟身,浪迹风尘各有因。
　　大地浮沉同宦海,中年哀乐半诗人。
　　援琴花下歌明月,走笔樽前祝大椿。
　　太史公留佳话在(随园老人六十始得子),还期继武鼓精神。①

　　同为浪迹沪上的传统文人,黄小园与袁祖志是论交知己,"难为世用缘才大,怕与人言隐恨多",他们有相同的抑郁沉沦之感;"极艰虞境庆生全,偶为思量亦黯然",他们对于江南的战乱有惨痛深刻的战争记忆;"俯仰不胜今夕感,且凭尊酒养春和",他们在诗酒唱和之中聊以慰藉人生不得意。这是黄小园发表在《申报》上的最后一组诗,此后,诗人缠绵病榻无法再参加诗酒唱和。一年之后,黄小园因病逝世。

　　华孟玉听闻黄小园病逝的消息即刻撰写了挽诗,以痛彻心扉之情悼念早逝的鹭洲诗渔。1878年3月20日,《申报》刊登了此组挽诗:

　　十年前已哭难兄,今复因君恸失声。
　　顾我填腔多少泪,那堪总为一家倾。

---

① 黄铎:《胠馀集》,宣统三年(1911)孟春印本。

豪气由来不可驯，爱才却似护殊珍。
焦桐此日音凄断，犹喜中郎有替人。

不分犹子与亲儿，一例看君教养施。
廿口嗷嗷三指哺，铜山铸尽也难支。

邹凤声清堪嗣响，竹林群从亦衔华。
一门子弟皆风雅，江北江南有几家。

诗酒声名二十年，法书妙画更超然。
千秋何必肱三折，只此区区已可传。

只缘兵燹赋间关，阅尽崎岖世路艰。
料得风清月白夜，旅魂还唱念家山。

眼前何物是穷愁，酒满樽中豁百忧。
惟有良别君性命，泥人情话到弥留。

盖棺今日论如何，不枉风尘结纳多。
赢得亲朋都道好，半生心血已消磨。

无人不道次公狂，谣诼蛾眉剧可伤。
一任舌锋可生杀，知君未便信雌黄。

我只伤心为苦吟，悼亡哭友过驹阴。

新诗今后编成集，血尽啼鹃无好音。①

在黄小园的沪上友人中，葛其龙是与他关系最密切的一位。他们不仅都是早期《申报》文人，也是《申报》副刊《瀛寰琐纪》的作者，同时也都是聚星吟社的同人。黄铎的《胠馀集》中留存最多的也是与葛其龙之间的唱和诗词，共计33首。包括《上杭葛隐耕其龙以诗订交依韵奉答》、《读隐耕蒲仙诗钞题四十字以归之》、《葛隐耕出示〈红藕香中顾曲图诗〉戏效其体》（3首）、《读王云卿花草楼诗钞，即用葛隐耕西园消夏韵题赠并自述》（3首）、《和隐耕作》（7首）、《和隐耕寒食饮于王蕉声萃仁斋中原韵》、《和隐耕江楼夜宴原韵》、《春寒用隐耕韵》、《白桃花用王云卿韵同隐耕作》、《送春和隐耕韵》（6首）、《四月十三日邀同人小集隐耕以诗谢依韵奉答》、《龙湫旧隐图为葛隐耕题》（3首）、《题葛隐耕吟稿后》、《葛隐耕招范云鄂、曾紫垣、刘蕴山、王梅甫、嬾萍及余小集，醉后得二律以志谢》（2首）、《读隐耕白门纪游诗感赋一律》等。

葛其龙和黄小园都是江浙士人，都经历了太平天国战乱，都是被迫暂时栖身于沪滨的传统文人，他们彼此之间意气相投，以文字相交，正如黄小园在《上杭葛隐耕其龙以诗订交依韵奉答》所描述的，他们的友情是建立于人生逆旅之中深切的知己之情："善刀藏不得，一曲和难成。谁是怜才者，同深逆旅情。黄金羞壮士，青眼到狂生。仗此杯中物，与君朝夕倾。"②

惨痛的战争记忆、欲归不得归的零落衰败的故乡、报国无门的无奈，相同的遭遇，相似的经历使得葛其龙与黄小园二人在沪上成为无

---

① 南汇钓渔华孟玉：《哭挽黄小园先生十绝》，《申报》1879年3月20日。
② 黄铎：《胠馀集》，宣统三年（1911）孟春印本。

话不谈的诗友：

君家龙湫下，我住龙江侧。
吴越遍烽烟，同作申江客。
朝夕抗尘走，不分南与北。
偶逢故乡人，相对情脉脉。
问慰未移时，依旧天涯隔。
天上落将军，风云都变色。
升平已十年，曰归归未得。

昨自龙湫来，细述龙湫事。
山高复水长，风光已殊异。
零落几村墟，凄凉旧僧寺。
古佛卧昏黄，败础埋湮翠。
父老不相识，叩之少记忆。
遥指榛莽中，是君钓游地。
闻见为黯然，归作龙湫记。

君忆龙湫山，我忆龙湫水。
山水未必奇，为是故乡耳。
劫运不易明，盛衰有定理。
草木荣于春，当秋失红紫。
达士处富贵，视之若敝屣。
仆仆风尘中，何如返田里。
朝耕南亩云，暮钓东溪水。

> 诗书时探论，三两旧知己。
> 此乐虽寻常，能知吾与子。①

因此，1878年4月18日，当得知黄小园病逝的消息之后，葛其龙以极其悲恸的心情写了二律，追忆了二人在沪上由文字之交而成为莫逆之交的往昔岁月：

> 忽闻鹭洲死，一哭伤我神。
> 斯人竟不寿，天道宁复论。
> 我初来海上，谈诗殊乏人。
> 席间与君遇，意气颇相亲。
> 向我索吟稿，一见惊绝尘。
> 自此遂订交，苔岑联夙因。
> 君诗既豪迈，书画亦超伦。
> 余事精岐黄，著手能回春。
> 而我重君者，尤在天性真。

> 患难固骨肉，贫穷固本根。
> 推类及朋友，情好能久敦。
> 兴来集知己，斗室常开尊。
> 醉后发吟啸，下笔风云奔。
> 示我《胠馀集》，字字皆泪痕。
> 半生困离乱，悲歌声暗吞。

---

① 黄铎：《胠馀集》，宣统三年（1911）孟春印本。

> 我亦迫戎马，迁徙申江滨。
> 论交十余载，往来如比邻。
> 去夏我遘疾，劳君诊视频。
> 君何病未久，遽尔归荆榛。
> 伤心检遗墨，人亡名自存。
> 黄垆怅重过，剪纸空招魂。①

对于19世纪七八十年代的沪上文人来说，他们之间的诗酒唱和不仅仅是出于拓展交际网络的需要，他们往往都因战乱而不得不流落沪滨，家园即使能够重返也已经在太平天国战乱中化为一片焦土。他们在科举之路上亦屡屡受挫，无法为家人、族人博得半分功名。他们沉沦下僚，在不被世人所看重的报馆、书局寄身，因此，沪上文人之间的诗酒唱酬成了他们浇胸中块垒、寻找深刻的身份归属感与认同感的重要方式。所谓"对酒当歌亦常事，所难得者惟知己。生平落落寡交游，安得嘉宾共戾止"②，又如"尘世可怜，浮生若梦。今我不乐，日月载驰。命酒浇愁，其能已乎。为填此解，用以侑觞"③，再如"天涯我亦羁栖久，趁良宵琴樽雅集。二三吟友，打破愁城，天地阔大，笑浮云苍狗，更说甚勋名不朽。块磊填胸消未得，听床头三尺青龙吼，沧海水渐东走"④。因此，对于葛其龙、杨稚虹等沪上文人而言，海上文人之间的诗酒唱酬，由《申报》提供的公共传播阵地以及由此延伸的文人交谊是他们在衣食住行之外最重要的精神寄托。

---

① 龙湫旧隐：《挽黄小园吟丈》，《申报》1878年4月18日。
② 葛其龙：《喜云岳见过，招集曾芷沅昭馨、刘蕴山其清、王玫甫孟洮、黄小园铎、曾兰坪钰寓斋小饮》，载氏著：《寄庵诗钞》，光绪四年（1878）孟春刻本。
③ 杨稚虹：《海滨唱酬词》，光绪二十四年（1898）春香海阁刊本。
④ 杨稚虹：《海滨唱酬词》，光绪二十四年（1898）春香海阁刊本。

第三节 袁祖志与沪上文人交际网络的建构

如果说蒋其章是由近代报人向传统士人回归的代表,那么袁祖志则是19世纪末洋场文人与报馆文人的典型代表。一方面,咸丰年间,他因内乱而失去亲友,失去家园,流落沪滨;而另一方面,他目睹了整个上海近代化的全过程,目睹了纷繁靡丽的通商口岸的崛起,在这个万花筒般的现代都市中,他以风流名士的身份适应并享受着都市休闲生活。

一、袁祖志与海上竹枝词的兴起

袁祖志于1872年5月18日在《申报》刊登第一组竹枝词《沪北竹枝词》,到1890年7月26日刊登《大人先生论》一文,历时18年。如果说蒋其章是《申报》第一任主笔,葛其龙是早期《申报》文坛的主持者,那么袁祖志则是唱和时间最长的《申报》文人,也是在沪上交游范围最广泛的洋场才子。

袁祖志(1826—1899),字翔甫,浙江钱塘人,著名文人袁枚之孙,因此袁祖志又自号仓山旧主,因1881年于上海筑杨柳楼台又自称为杨柳楼台主人。光绪九年(1883)曾随同轮船招商局总办唐廷枢出洋考察,著有《谈瀛录》六卷。曾担任《新报》与《新闻报》主编,同时与申报馆文人相交甚契,是《申报》早期主要的唱和作者之一。

作为一位资深的报人,袁祖志的生卒年都可以从《申报》和《新闻报》等史料上获得。1876年丙子九月廿五日（11月10日），袁祖志在《申报》发表《丙子九月秋，五十初度，述怀六律，录请诸大吟坛粲正》一诗；1886年10月14日，袁祖志适逢六十大寿，并在《申报》上刊登《今届九月六日六十初度贱辰，蒙薄海内外诸大君子惠过泰和馆，自朝至暮，踵趾相接，并有素未相识亦劳下降者，盛矣哉。自顾何福可以当此。欣幸之余，敬赋八绝登诸日报，遍谢云情，仍求宽其不恭之罪》，向海内文坛求赠和作。因此，根据这两组诗歌，可以推断出袁祖志的生年为道光六年（1826）九月初六日。

袁祖志发表在《申报》的最后一篇作品是1890年7月26日刊登的《大人先生论》一文，据考证，袁祖志的卒年在1899年一月初。1899年1月9日，《新闻报》的正文第4版刊登了李根源所作《挽仓山旧主袁君翔甫》，随后，《新闻报》又刊发了多篇悼念文字：1899年1月11日，刊登了李根源的挽作《二挽苍山旧主袁翔甫》，1899年1月22日，《新闻报》附张发表了蒋承恩的《吊故友仓山旧主袁君翔甫》；1899年2月2日，《新闻报》附张刊登了汤寅臣的《七律二章挽仓山旧主》；1899年2月5日，《新闻报》首页告白中刊登了胡仁寿所作《挽袁翔甫大令》和华耀祖所作《挽仓山旧主联》，其附张上刊登了袁祖志甥孙廖镇钧所作的《挽外祖仓山老人》，将悼念袁祖志的活动推至顶点。袁祖志的去世，确如廖镇钧的挽联所言："浮生若梦，诗人共哭仓山。"①

和大多数洋场文人一样，袁祖志因江南地区多次战乱，不得已而迁居沪上，其一生遭际，在1876年11月10日《申报》所刊袁祖志的《丙子九月秋，五十初度，述怀六律，录请诸大吟坛粲正》一诗中有

---

① 参见龙文展：《袁祖志生卒年考》，《图书馆杂志》2016年8月16日。

真实呈现：

　　已是人生半百身，有才无命例沉沦。
　　传家岂必科名重（余五次应试不售），入世惟存面目真。
　　牛马凭他为月旦，鸾凰独我困风尘（亲友同侪中乱后多膺显秩）。
　　一言慷慨逢人说，廉吏儿孙不讳贫。

　　生小园居二十秋，人夸清福几生修（余生长随园中读书二十年）。
　　狼氛瞥眼弥江国，雁序伤心殉海陬（金陵失陷，余奉母就养上海县署，是秋上海亦陷，仲兄祖惠殉焉）。
　　八口难为风雨蔽，一官竟效斗升谋（乱后举家飘泊无归，因投营筮仕）。
　　乌纱局内浮沉苦，壮志从兹付水流。

　　小人有母奉晨昏，出险偏惊雪夜魂（壬戌春正，贼逼上海，天大雨雪，先慈以避难，卒于舟中）。
　　己抱终天无限恨，遑言避地尚图存（余奉榇至江北，几无着足处）。
　　烟云作幻迷前路（旧交有历至上台者，多方□之），烽火虽消失故园（金陵克复，故山已成焦土）。
　　万种牢愁何所遣，安排花下酒千尊。

　　壎声远隔锦官城，卅载重逢万里行（伯兄祖惠远官四川，三十余年以入觐,故两度南旋得晤面焉)。

抛得郡符官兴淡,含来饴味老怀倾(伯兄卸署夔州守后,即罢官不仕,目下一子四孙)。

音书迢递心常系,骨肉飘零梦屡惊(余弟兄三人、姊妹三人,今惟伯兄在川,三姊在泰州)。

回首钓游如泡幻,买山何处掩柴荆。

瑶琴几度断危弦,垂老分飞更怆然(余失偶两次,上年一妾一子同亡)。

我觉蒙庄何太忍,人言伯道最堪怜。

萧萧两鬓浑如雪,草草三生莫问天。

有酒如淮聊自寿,故交多少赴重泉(近年来故人零落不少)。

自诩平生不等闲,横行直欲绝援攀。

误将眼界高天外,着甚勋猷补世间(半生来以慷慨多言,获戾不少)。

篱菊笑人犹似昔,径松待我未曾还(十余年来未晋一阶)。

从今学得安心法,富贵功名一例删。

袁祖志世居金陵(今江苏南京),有三兄弟和三姊妹,其中包括后来官居上海县丞的袁祖德和担任夔州吏的袁祖惠。袁祖志在20岁之前,一直住在金陵随园,与大多数传统文人一样,过着读书应试的生活,除了举业之外,并无他想。然而战争的烽火却打破了平静的家居生活。

"狼氛瞥眼弥江国,雁序伤心殉海陬",咸丰三年(1853),太平天国攻陷金陵，袁祖志陪伴母亲一同寄居在上海县署，其兄袁祖德正担任上海县丞。不幸的是，这一年秋，袁祖德因小刀会起义而遇难。王韬的《瀛壖杂志》中对此有简略记载："袁明府又村，名祖德，浙江钱塘人。祖枚，以诗文雄海内，即世所称为子才先生者也。君寄家金陵，以名祖父得遍交当世士大夫。家居好读书，顾屡试场屋，不得售，乃入资为丞。曾丞宝山，不一岁去。既去而民思之。需次上海，当道知君才，辄委君以剧任。……咸丰三年春，前邑姚君以漕事诖误，遂以君代。履任甫五月，而会匪乱作，君遂及于难。"①

同治元年（1862）春，太平军第二次进军上海，袁祖志的母亲因避难而卒于舟中。当他扶母亲灵柩回到江南的时候，故园已在战争中被焚为焦土。而他们兄弟姊妹六人最后只剩下诗人自己和远在四川的长兄袁祖惠、在江苏泰州的三姐。"烟云作幻迷前路，烽火虽消失故园""音书迢递心常系，骨肉飘零梦屡惊"，亲人离散，故园已失，是袁祖志等洋场文人深刻而惨痛的战争记忆。

对袁祖志自身而言，除了战乱带来的亲人分离，他还不得不面对自身价值难以实现的问题。他曾五次参加科举考试而不售，自嘲为"有才无命例沉沦"，最后不得不放弃了帖括之学，同时也放弃了儒家价值与理想，终其一生只能在上海洋场中谋求生路。

和蒋其章等人不同的是，袁祖志1853年金陵陷落之后因躲避太平天国战乱而来到上海，他比蒋其章等人几乎早了20年来到上海租界，且看惯了上海洋场形形色色的人与物，并发诸笔端，遂有洋洋洒洒的洋场竹枝词之作。徐润在为他的《瀛海采问》所作的序言中谈到他创作洋场竹枝词的缘由："钱塘袁翔甫先生为简斋太史文孙，挟其

---

① 王韬：《瀛壖杂志》，第78页。

家学,游寓于海上者二十余年,目击夫靡丽纷华,于斯为极。故凡于人心之儇薄、风尚之淫奢,无不托诸歌咏,而闵世伤时之感时流露于其间,俾阅者得所惩劝。"①

1872年5月18日,刚刚创刊的《申报》刊登了署名海上逐臭夫的《沪北竹枝词》和忏情生的《续沪北竹枝词》:

> 沪上风光尽足夸,门开新北更繁华。
> 出城便判华夷界,一抹平沙大道斜。
>
> 丽水松风杰阁齐,评茶有客日攀跻。
> 绕楼四面花如锦,遍倚红栏任品题。
>
> 肠肥脑满说津津,浦五房经买醉频。
> 毕竟金陵风味好,新新楼上馔尤新。
>
> 丹桂园兼金桂轩,笙歌从不问朝昏。
> 灯红酒绿花枝艳,任是无情也断魂。
>
> 富贵荣华四里名,十分春色斗雏莺。
> 何须艳说丁家巷,花径三三别有情。
>
> 廿四间楼景色酣,寻春先向此中探。
> 也知身价今非昔,尚可逢人说二三。

---

① 徐润:《瀛海采问序》,载袁祖志:《瀛海采问纪实》,岳麓书社2016年版,第8页。

簇簇三层歌舞楼,娇娃强半产苏州。
檀郎偏爱天津调,一曲终时一饼投。

梳头掠鬓样争奇,立侍兰烟火暗吹。
别有风情惹怜惜,皱纱马甲俏娘姨。

轻绡帕首玉生香,共识侬家住五羊。
联袂拖鞋何处去,肤圆两足白于霜。

一曲琵琶四座倾,佳人也是号先生。
云仙绝技谁堪比,黄爱卿同吴素卿。

时样新翻堕马妆,月华折叠作霞裳。
随身别有银奁具,方寸菱花豆蔻香。

传神端不借丹青,有术能教镜照形。
赢得玉人怜玉貌,争模小影挂云屏。

抛球看惯不须称,拍卖商量到泰兴。
听说明朝大跑马,倾城士女兴飞腾。

二分起息认招牌,质库如云处处皆。
休笑阮囊羞涩甚,玉钗典尽到金钗。

当街巡捕气何骄,赤棒宣威路一条。

最是侵晨春睡美，恼人万马响萧萧。

千门万户好楼台，曲巷长街绝点埃。
底事路人频问询，问从何处便旋来。

火轮坊转木桥西，马路迢迢草色齐。
流水是车龙是马，一鞭争逐夕阳低。

大自鸣钟轰碧霄，报时报刻自朝朝。
行人要对襟头表，驻足墙荫子细听。

竿灯千盏路西东，火自能来夺化工。
不必焚膏夸继晷，夜行常在月明中。

星昴虚房礼拜期，西人有例任游嬉。
今朝掮客兼通事，定向花间醉一卮。

不谙诵读不躬耕，镇日寻欢结队行。
夕照渐低新月上，担心此际要关城。

一任腰缠百万缗，未堪买尽上洋春。
归真返璞知何日，愁煞旁观冷眼人。

(《沪北竹枝词》)①

---

① 海上逐臭夫：《沪北竹枝词》，《申报》1872年5月18日。

就吟咏的内容来说，举凡茶楼、饭馆、烟馆、戏园、妓院、马路、照相术、抛球场、典当行、大自鸣钟、电灯以及巡捕、买办，等等，这两组竹枝词反映了上海洋场形形色色的西洋器物、新兴行业与新的风俗。作者在文后的附录中谈到这两组竹枝词是对十年前的旧作的扩展："前作竹枝词近将十载，时移物换，小有沧桑。同人怂恿续成，醉后依数作此，时在壬申春仲忏情生草稿。"②这两组诗后来都收入袁祖志的《谈瀛录》中，其内容只与《申报》刊登的组诗略有字句上的修改，因此，可以肯定"海上逐臭夫"与"忏情生"都是袁祖志早期的笔名。

袁祖志洋场竹枝词的发表掀起了海上文坛第一次唱酬的高潮，1872年5月至1874年间，《申报》刊登了大量的洋场竹枝词。作者袁祖志本人也意识到这一点。在1875年1月4日的《申报》上，袁祖志又刊登了一组《和沪北竹枝词》，其附录中谈到三年来，由他肇始的《申报》洋场竹枝词的唱和高潮："自壬申年三月十二日第十五号《申报》中创载《沪北竹枝词》四十八章，从此好事者更唱迭和，累牍连篇，迄今三年尤未已也。因查其时有山左蔡宠九公子见和八章，较诸作尤觉可存，特为补录，以志一时之盛，仍祈贵馆不惮琐屑，一刊是幸。"①

除了《申报》公共空间中兴起的洋场竹枝词外，袁祖志还在上海租界建立了"杨柳楼台"，成为众多沪上文人争相拜访、诗酒唱酬的风雅之地。而作为杨柳楼台主人，袁祖志也成了沪上文人仰慕的文坛盟主。

---

① 忏情生：《和沪北竹枝词》，《申报》1875年1月4日。

二、杨柳楼台：海上文人的唱酬之所

袁祖志是典型的洋场文人，他不但完全适应了上海租界的休闲都市生活，同时也享受着上海近代化过程中所出现的各种新鲜事物。当越来越多的传统文人汇聚沪滨，袁祖志作为袁枚之孙的头衔和他的名士身份以及他熟练地运用着《申报》等新兴报刊媒体的权利，不断地强化着他洋场才子和风流名士的身份。同时，越来越多的海内外传统文人因报刊传播空间而认识了这位风流名士——仓山旧主。

1881年，袁祖志在上海福州路西部接近胡家宅附近租赁了一所小楼，因为楼前有杨柳一株，遂将小楼命名为"杨柳楼台"，成为海上文人竞相拜访唱酬之所。孙玉声在《退醒庐笔记》中记载："仓山旧主袁翔甫先生祖志，为随园老人之孙，著作等身，才名遍大江南北。晚年赁庑沪北四马路之胡家宅，适其地有杨柳一株，临风摇曳，图画天开，先生因颜其居曰'杨柳楼台'。一时骚人逸士争相过从，诗酒留连，殆无虚夕，居数载，下至贩夫走卒无不知有杨柳楼台者。夫以区区半弓之地，一角之楼，设他人居之，虽有杨柳安足萦怀，虽有楼台谁为注目，乃以先生之故，竟而地以人传。始知人杰地灵，古人言确有见地。今虽沧桑变易，杨柳为摧，楼台已渺，而过其地者犹时忆先生当日折柳怀人、倚楼觅句时也。"[①]

一株普通的杨柳，一座不起眼的小楼，正是因为袁祖志不断发起的文人唱和而成为海内外文人竞相拜访的文化胜地，成为上海租界的文化符号，这一切不得不归功于袁祖志对《申报》等报刊传播空间的

---

① 孙家振：《退醒庐笔记》，上海书店出版社1997年版，第11页。

熟练运用。

袁祖志熟悉新兴的报刊媒体，他的杨柳楼台唱和诗正是通过《申报》的公共空间传播出去并建立起文化形象的。1881年5月17日，龙湫旧隐葛其龙首先在《申报》上发表了七律四首，掀起了海上文坛关于杨柳楼台第一次主题唱和的高潮：

> 仓山旧主最风流，垂柳荫中作小楼。
> 一片烟波剪淞水，二分明月借扬州。
> 闲情聊复调鹦鹉，近局还堪约鹭鸥。
> 此日冶春里结社，要将佳话播千秋。

> 秦淮冷落蜀岗荒，艳迹都教付夕阳。
> 别有楼台阁世界，可无裙裾启词场。
> 青衫莫叹香山老，红粉能知杜牧狂。
> 待看新诗题满壁，好凭彩笔写芬芳。

> 绿荫深处倚阑频，一室能藏大地春。
> 未向东山管别墅，且教苏小结芳邻。
> 琴樽檀板梁园客，鬓影衣香画阁人。
> 一种风情谁领略，任他匹马逐红尘。

> 闲邀胜侣擘吟笺，听到莺声画槛前。
> 一角园林供眺望，四时风月尽流连。
> 旗亭画壁留新咏，邗上题襟续旧缘。

愿祝春光常不老,红灯绿酒醉年年。①

随后曾钰发表了《读龙湫旧隐题杨柳楼台四律,即用其韵,吟赠仓山旧主并乞诸吟坛均正》七律四首,秣陵林竹君发表了《偶登杨柳楼台,赋呈仓山旧主》,南湖杨伯润发表了《辛巳暮春过杨柳楼台呈仓山旧主教之》,扫花仙史映雪发表了《赠仓山旧主杨柳楼台题壁和龙湫旧隐韵》,第一时间回应了葛其龙发起的杨柳楼台唱和。在海上文人看来,袁祖志建立的杨柳楼台不仅为海上文人提供了一个唱和的场所,更提供了一种文化认同。地处热闹的四马路的杨柳楼台是传统文人在上海租界承续名士风流的文化象征,因此,海上文人的蜂拥而来,他们的日日宴饮,唱和往来都是在上海都市中保持文化身份的必要行为:

开筵日日宴群流,绿树春浓绕画楼。
宦迹栖迟留歇浦,酒痕约略忆杭州。
结来名士原如鲫,话到闲情欲付鸥。
重整诗坛谁健将,清和时节麦初秋。

名胜随园惜已荒,空嗟春草与斜阳。
新居占得繁华境,雅集宜开翰墨场。
醉后放歌真磊落,吟成击节学癫狂。
酒龙诗虎浑无敌,记取旗亭姓字芳。

---

① 龙湫旧隐:《辛巳暮春仓山旧主得小楼于城北绿柳深处,颜其额曰杨柳楼台,集同人觞咏其中,因成四律以志其盛,录尘郢政并请诸吟坛玉和》,《申报》1881年5月17日。

昕夕良朋往复频，垂杨影里艳阳春。
怕教飞燕来窥幕，喜共流莺结比邻。
四面笙歌皆到耳，一样风月最宜人。
丝丝遮断斜阳路，清绝真堪避俗尘。

新词分写薛涛笺，三月莺花到眼前。
槛外烟笼迷眺览，樽中酒满共流连。
不徒丝竹留清赏，尽与琴书证夙缘。
羡煞袁安饶逸趣，好将琐记续当年。①

1881年6月12日，杨柳楼台主人袁祖志在《申报》刊登七律四首，将文人唱和的气氛推向高潮。在袁祖志看来，出入于四马路的烟馆花丛之中，不断地邀约海内外文人诗词唱和，在你来我往的觥筹交错之间写下一首首题壁诗歌，这是洋场文人浮生行乐的日常生活，也是使得他们忘怀所有抑郁不得志的美好时光：

要把繁华俗转移，大张旗鼓日吟诗。
春归杨柳千条尽，人在楼台四顾宜。
十里笙歌花簇簇，六街灯火漏迟迟。
贫来百事从人借，借得园林景更奇。

买邻偏近可儿家，柳色深藏幕不遮。
但有才人皆入座，断无骚客不停车。

---

① 扫花仙史映雪：《赠仓山旧主杨柳楼题壁和龙湫旧隐韵》，《申报》1881年6月2日。

拓开几案争评画，倚遍栏杆为赏花。
尽把风光共消遣，胜他俗吏唱排街。

偶然平地学神仙，胜友良朋尽有缘。
百首新诗题壁上，一樽清酒醉花钱。
才看棋局争双劫，又听琴声动七弦。
也是浮生行乐处，何须十万买山钱。

绿荫浓覆画沉沉，到此应无俗虑侵。
蜗角客盈疑广厦，马蹄声碎出疏林。
吹人衣袂风常送，旷我襟怀月更临。
笑指三山森海上，空濛蜃气未须寻。①

从1881年5月17日，葛其龙首次在《申报》上发起杨柳楼台四首七律唱和诗，到1881年6月12日，袁祖志发表四首和作将此次文人主题唱和推向高潮，随后，《申报》上刊登了大量的杨柳楼台唱和诗，杨柳楼台一时成为上至文人士大夫，下至贩夫走卒都知晓的文化标志，越来越多海上文人登临杨柳楼台，与文坛盟主袁祖志会晤；还有更多不在上海的文人通过《申报》的公共传播空间发表唱和作品，表达对于杨柳楼台这个文人胜景的仰慕之情。从1881年5月至1883年6月，《申报》上刊登的杨柳楼台唱和诗数量庞大，因此笔者以表格的形式作直观呈现如下，大致可见当时海上文坛唱和的盛况。

---

① 仓山旧主：《自题杨柳楼台请同社诸君子暨大吟坛正值》，《申报》1881年6月12日。

表 4-1 《申报》刊登杨柳楼台唱和诗（1881—1883）

发表时间	题目	作者	备注
1881年5月17日	《辛巳暮春仓山旧主得小楼于城北绿柳深处，颜其额曰杨柳楼台，集同人觞咏其中，因成四律以志其盛，录尘郢政并请诸吟坛玉和》	龙湫旧隐	七律四首
1881年5月29日	《读龙湫旧隐题杨柳楼台四律，即用其韵，吟赠仓山旧主并乞诸吟坛均正》	海上曾钰	七律四首
1881年5月30日	《偶登杨柳楼台赋呈仓山旧主》	秣陵林竹君	七律两首
1881年6月2日	《辛巳暮春过杨柳楼台呈仓山旧主教之》	南湖杨伯润	七律两首
1881年6月2日	《赠仓山旧主杨柳楼台题壁和龙湫旧隐韵》	扫花仙史映雪	七律四首
1881年6月2日	《再赠仓山旧主小楼雅集二十九叠前韵》	不详	七律两首
1881年6月7日	《杨柳楼台即事用南湖韵呈仓山旧主粲正》	苕溪醉墨生	七律两首
1881年6月7日	《杨柳楼台即事呈仓山旧主南湖外史并诸吟坛哂正》	苕溪醉墨生	七律一首
1881年6月12日	《杨柳楼台访主人不值》	茜红馆小弟杏坪	七律四首
1881年6月12日	《自题杨柳楼台请同社诸君子暨大吟坛正值》	仓山旧主	七律四首
1881年6月14日	《中天节偕曾兰坪傅欣亭登杨柳楼台晤仓山旧主偶成一律录请诸吟坛莞正》	薇云馆主葛其龙	七律一首

（续表）

发表时间	题目	作者	备注
1881年6月16日	《杨柳楼台即景呈仓山旧主正之》	易堂彭氏仲子倬云	七律一首
1881年6月17日	《过杨柳楼台依南湖韵呈仓山旧主并请雾里看花客斧正》	鸳湖松华馆主	七律两首
1881年6月20日	《访仓山旧主于杨柳楼台率成二律就正》	忠州李士菜芋仙	七律两首
1881年6月23日	《登杨柳楼台感赋录请仓山旧主暨诸吟坛钧正》	咏雩子曾珏	五律一首
1881年6月23日	《偕龙湫旧隐咏雩子登杨柳楼台赋赠仓山旧主并请诸吟坛哂正》	七闽肖岩氏傅喜佑	五律一首
1881年6月23日	《和咏雩子登杨柳楼台原韵录呈仓山旧主暨诸吟坛法政》	白鹭洲笠雨黄文达甫	五律一首
1881年6月26日	《辛巳夏五月读翔甫先生杨柳楼台四律倾倒之至，勉和元韵录请郢正》	金陵杨长年	七律四首
1881年7月2日	《和七闽傅肖岩题杨柳楼台韵》	楚北戎马书生仕云杨宗望	五律一首
1881年7月2日	《和七闽傅肖岩并仕云题杨柳楼台韵》	海上泖滨渔隐瞿灏	五律一首

(续表)

发表时间	题目	作者	备注
1881年7月9日	《杨柳楼台题赠仓山旧主并乞郢政》	梁溪瘦鹤词人邹弢	七古一首
1881年7月9日	《读龙湫旧隐题杨柳楼台上四律,即和原韵以吟赠仓山旧主并乞诸吟坛郢正》	海昌徐庆龄寿芝氏	七律四首
1881年7月9日	《奉题杨柳楼台即事两律,呈仓山旧主暨诸吟坛哂政》	辛巳消夏下浣寓浙舫鸥小隐	七律两首
1881年7月9日	《题杨柳楼台二律,录呈仓山旧主暨诸大吟坛郢政》	蜀东簧甫氏	七律两首
1881年7月10日	《临江仙题杨柳楼台》	怀湘潇史倚声	词一首
1881年7月11日	《题仓山旧主杨柳楼台壁上》	鹏湖渔隐	七律五首
1881年7月11日	《题杨柳楼台》	万钊剑盟甫	七律一首
1881年7月11日	《题杨柳楼台请仓山旧主暨诸大吟坛指正》	曲阿庸愚子林廷浩松涛甫	七律一首
1881年7月17日	《访仓山旧主于杨柳楼台敬步自题原韵即希斧正》	崇川冯棣昌	七律四首

(续表)

发表时间	题目	作者	备注
1881年7月19日	《题杨柳楼台》	桃花源里一渔人	五律四首
1881年7月24日	《题仓山旧主杨柳楼台即步原韵》	半鬟生陆增寿	七律四首
1881年7月24日	《题仓山旧主杨柳楼台即求斧正》	二梅胡琪甫	七律两首
1881年7月29日	《仓山旧主勉武杨柳楼台元韵即希敲正》	漕溪菜根史唐尊恒	七律四首
1881年8月1日	《读益闻录赋赠存恕斋主谨步题杨柳楼台原韵即希玉和》	海昌饭颗山樵	七律一首
1881年8月14日	《邮和仓山旧主杨柳楼台原韵》	皖桐龙腾宵鹤友甫	七律四首
1881年8月20日	《读黄洁芝明府题杨柳楼台诗敬步原韵奉和并柬仓山旧主》	两淮末吏南昌陈二邱	七律两首
1881年8月29日	《题杨柳楼台即请仓山旧主指正》	申江四禅天人然真氏	七律一首
1881年9月3日	《题仓山旧主杨柳楼台》	宜黄仙人石下一鹗轩主人仁轩	五律两首

（续表）

发表时间	题目	作者	备注
1881年10月5日	《逍遥乐用黄鲁直韵题杨柳楼台，寄赠仓山旧主录请诸大吟坛顾误》	烟波词客	词一首
1881年10月5日	《上元杨师朴庵以和袁翔甫大令杨柳楼台四律，邮示次韵奉答并柬翔甫录请诸大吟坛正之》	不详	七律四首
1881年11月10日	《登杨柳楼台呈仓山诗老》	梁溪瘦鹤词人	七绝四首
1881年12月7日	《题仓山旧主杨柳楼台》	梦芜香馆主	七律四首
1881年12月13日	《题仓山旧主杨柳楼台》	涛轩主人杨耀卿	七律两首
1881年12月21日	《存恕斋主以题袁翔甫大令杨柳楼台诗，索和谨步原韵二律邮呈诸大吟坛哂政》	慈溪王定祥文父氏	七律两首
1882年1月24日	《奉题仓山旧主杨柳楼台录呈诸大吟坛哂正》	可痴生	七律两首
1882年3月5日	《重叠杨柳楼台间壁韵录请仓山旧主点铁》	茸城啸园瘦士	七律四首
1882年3月31日	《题仓山旧主杨柳楼台》	南汇花月吟庐主人步云氏杨嘉焕	七律一首

（续表）

发表时间	题目	作者	备注
1882年8月3日	《题杨柳楼台即呈仓山旧主大诗伯哂正》	芙蓉城席时熙甫	七律一首
1882年8月3日	《翔甫先生系随园喆孙，乱后子役海上卅余年矣，壬午春予由川黔潇湘云梦而归得遇于沪上杨柳楼台别墅，率成三绝句录呈郢政》	天姥俞焕斗依南	七绝三首
1882年8月11日	《蝶恋花题袁翔甫先生杨柳楼台》	黼卿氏学	词一阕
1883年6月29日	《过杨柳楼台》	赋秋生	七绝三首

资料来源：《申报》影印本，上海书店出版社1986年版。

除了1881年5月至1883年6月间的主题唱和之外，杨柳楼台主人袁祖志还会在各种节日，邀约王韬、何桂笙等众多海上名士朝夕聚会，诗酒唱和，成为一时文化胜景："当时文坛耆宿如王紫诠、何桂笙诸先生，每逢春秋佳日，辄于楼中觞咏留连，乐数晨夕。裙屐风流，一时称盛。"①

而袁祖志自己也因为杨柳楼台而确立了他海上文坛盟主的地位，他和他的杨柳楼台除了吸引海上文人前来拜访，甚至还引起了海外文人的关注。陈无我在《老上海三十年见闻录》中曾提到日本人柴田义桂托友人前往杨柳楼台寻访袁祖志之轶事："仓山旧主袁君翔甫，骚坛耆宿，一时推重。风流文采，照耀淞滨。日本国贤士柴田义桂君，与旧主相契，在沪时唱和之日甚久。别后不得消息，颇深念忆。适该

---

① 陈无我：《老上海三十年见闻录》，大东书局1928年版，第3页。

国文部大臣禾原高尚君政仕后，竭来上海，从事邮船公司。柴田托其一访旧主踪迹。到埠即访之于杨柳楼台，相逢握手，欢若平生，并于座上抽毫书一绝句为赠。其词曰：'相见尤欣惬素闻，骚坛旗鼓久推君。小楼一角垂杨外，细爇炉香共论文。'推襟送抱情见乎词，亦足见旧主之名重鸡林矣。"①

袁祖志的杨柳楼台不过是一所不起眼的小楼，在短短几年之内，竟然能够成为海内外文人争相拜访、吟咏的对象，杨柳楼台既是仓山旧主与海上诸名士评花、饮酒、顾曲、征诗之所，更是海上文人在现代都市中寻找身份认同的一个文化符号。袁祖志等海上唱酬者的身份，正如叶凯蒂所说，是摩登时代的"形象制造者"（image maker）。②

三、袁祖志的域外行旅与文人交际网络的建构

光绪九年三月十二日（1883年4月18日），轮船招商局总办唐廷枢受李鸿章派遣，前往欧洲考察商务，当时在海上文坛享有盛誉的袁祖志亦以随从身份一同前往。唐廷枢为袁祖志的《瀛海采问》所作序中言："按此行也，以光绪九年三月十有二日自上海启轮，以是年十二月二十二日归抵上海，计时则十阅月，计程则九万八千余里云。"③也就是说，这一次域外行旅历时十个月，行程九万里。

袁祖志海外归来之后，著有《瀛海采问》《涉洋管见》《西俗杂志》《出洋须知》《海外吟》和《海上吟》六卷，辑为《谈瀛录》，交

---

① 陈无我：《老上海三十年见闻录》，第189页。
② 〔美〕叶凯蒂：《上海·爱》，杨可译，生活·读书·新知三联书店2012年版，第5页。
③ 唐廷枢：《瀛海采问序》，载袁祖志：《瀛海采问纪实》，第9页。

由上海同文书局出版。对于晚清中国人而言，袁祖志的这一次域外行旅并非开先河之行。早在道光二十七年（1847），福建人林鍼就曾因商远赴美国担任翻译，归而作《西海纪游草》；而就近而言，王韬也曾于1867年随同传教士理雅各前往英国、法国等欧洲各国考察，不过王韬《漫游随记》的刊行要略晚于袁祖志的《谈瀛录》。然而与前人不同的是，袁祖志除了是传统文人之外，还是一名典型的报馆文人，他的域外行旅从倚装出发到归家，途中所见的异国风情、往来应酬的人物以及形形色色的西洋事务，都通过报刊公共空间第一时间传递给了广大读者。因此，袁祖志1883年的域外之行成了一次在报刊公共空间上同步直播，并有着众多文人参与的文化事件。

袁祖志于1883年4月18日从上海出发，仅仅在两日后的4月20日，《申报》上即刊登了齐学裘的《癸未三月中浣，翔甫大令应聘出洋，壮游各国，诗以送之，即用其祝寿原韵》。随后在1883年的四、五月间，《申报》上又陆续刊登了多首海上文人的赠别之作，如孙世瀛的《仓山旧主应唐景星观察之聘，将有泰西之行，赋此赠别，即请诸大吟坛正和》、张兆熊的《暮春之初，仓山旧主有海外之行，诗以送之，即希政和》、钱塘卧霞逸士的《仓山旧主翔翁明府大人素擅诗才，久为沪邦所共仰，今应唐景星观察之聘，游历海邦，见有友人送行诗三章，因步其韵，录请诸大吟坛正之》、吴县徐邦逸的《送仓山旧主之欧洲，即请诸大吟坛指正》、吴县管斯骏的《袁翔甫大令应聘出洋，登程匆促，余得信稍迟，未获恭送诗坛领袖遽赴长征。回首当时，益增离索，衷怀惓惓，不能无诗》等。

由于视野的限制，在当时的海上文人看来，袁祖志的域外之行一方面是"果到中华以外天"的壮游，另一方面，所谓"中朝柔远和邻国，大令征奇访物华"，传统的夷夏观念仍然限制着他们看世界的眼

光。这种矛盾的世界观在管斯骏的赠别诗中有典型的体现:

利涉羲爻筮大川,寻源探宿迈张骞。
鲸涛激雨供诗料,蜃气成楼悟画禅。
一镜遥飞青海月,双轮稳送夕阳船。
袁丝妙句今成谶,果到中华以外天。

携将书剑惯离家,志壮何辞路太赊。
几万里程囊健笔,一天星斗泛灵槎。
中朝柔远和邻国,大令征奇访物华。
真个长房能缩地,与君同渡水之涯。

当年偶现宰官身,卓有循声著海滨。
难得殊邦资识见,快从异境洗风尘。
冠裳大雅来名士,肴核纷陈飨远宾。
一统河山扬帝德,碧瞳蛮语笑相亲。

不让前人汗漫游,此行直到海西头。
采风去日携吟杖,大箸归时压浪舟。
似我栖迟山陇笑,如君气度野云俦。
遥期拏棹还申浦,快述奇闻浣客愁。①

"遥期拏棹还申浦,快述奇闻浣客愁",朋友们希望袁祖志归来之

---

① 管斯骏:《袁翔甫大令应聘出洋,登程匆促,余得信稍迟,未获恭送诗坛领袖遽赴长征。回首当时,益增离索,衷怀惓惓,不能无诗》,《申报》1883年5月5日。

后能够述奇览胜,而袁祖志借助报刊媒体,不断同步更新着他域外行旅的闻见,使得沪上文人能够跟随他的脚步共同体验走向世界的过程。

1883年8月5日,袁祖志在《申报》发表诗一首,用以回赠沪上好友:

> 掉头不顾九万里,男儿壮志当若此。
> 矧我苍沽独立身,牵裾挽袂无妻子。
> 斯时不游更何期,招邀情重尤难已。
> 一诺甘轻海外行,几人默喻此中旨。
> 蠖伏春申三十年,世事过眼如云烟。
> 楼台一角栖迟便,杨柳数株情绪牵。
> 撑胸块磊何堪忍,日把酒杯浇不尽。
> 且喜此去海天宽,吐向沧溟镇蛟蜃。
> 心无渣滓气愈豪,高吟不觉青天高。
> 更把洪波洗双眼,明察所历及秋毫。
> 不愿空赋壮游什,不侈旷观万顷涛。
> 但期归来身健在,一任纵谈倾香醪。①

"撑胸块磊何堪忍,日把酒杯浇不尽。且喜此去海天宽,吐向沧溟镇蛟蜃",这个时候的袁祖志意气风发,整装待发。对于他而言,此次行程九万里的汗漫之游,可以一洗胸中多年来有志难伸的块垒,从某种程度上来说也是对自己多年来抑郁屈居海上生活的补偿,是人

---

① 仓山旧主:《癸未季春唐景星观察招游欧洲倚装漫吟即呈诸大吟坛正之》,《申报》1883年8月5日。

生价值的另外一种体现。后来，葛其龙在为他的《海外吟》所作的序言中亦证实了这一点：

> 袁君翔甫，负不羁才，尝有志出游天下，困于遇，郁郁居沪上者有年矣。去年春，唐景星观察有泰西之游，招君偕往，君欣然就道。由南洋而达西洋，绕赤道，逾红海，番舶所经、车轮所至，见夫风云之变幻、波浪之惊骇、山川之怪奇、人物之诡异，或记以诗篇，或著为论说。足迹所及者，凡十有余国，足以补《拾遗记》之未详、《山海经》之不载，可不谓奇观欤？君所至，彼都人士既群聚而观我天朝之名卿大夫。出使于其国者，亦争相延致，授餐适馆，饮酒赋诗，坛坫盛事，行于海外，此诚亘古所未有也。盖君以才人之后，而又夙负盛名，宜乎识其面者倾心推毂，尊为上宾。君虽不遇于时，而生平之抱负至此而一吐其奇，亦可以无憾矣。①

和一般的海外旅行者一样，袁祖志从离开中国海域开始便用他者眼光捕捉"异"的景象。1883年4月18日，袁祖志一行从上海出发，过英属香港，他发出"雄图当外户，失算付他人"②的慨叹；入越南，他感叹西贡口岸的热带风情"树列葱茏名不识，人饶妩媚语难通"③；他们随后绕经新加坡，被当地人民充实的农耕生活所吸引："不必移民民自至，不须移粟粟常盈。四时雨露无霜雪，草木欣欣总向荣"④；

---

① 葛其龙：《海外吟序》，载袁祖志：《瀛海采问纪实》，第102页。
② 仓山旧主：《抵香港》，《申报》1883年8月5日。
③ 仓山旧主邮稿：《入越南境有感即西贡口岸》，《申报》1883年8月5日。
④ 仓山旧主邮呈稿：《新嘉坡杂咏四绝句》，《申报》1883年8月5日。

他们登陆锡兰岛，惊叹于当地的佛教文化之盛："殊形疑佛子，异宝出蛟宫"①；他们在南洋中航行三十余日，苦于热带气候的骄阳似火："洪波如鼎终朝沸，赤日行空似火添。不惯趋尖才泛海，谁知海外更炎炎。"②他们经过亚丁岛，惊叹于当地人对于恶劣环境的改造："重叠作沟池，百倍千金堰。汲饮既有资，居民乃安宴。廛市日以兴，甲兵及时缮。"③

从南洋到红海，至大西洋，最后由苏伊士运河而至意大利，袁祖志等人经过三个多月的海上航行之后终于抵达欧洲。他们参观了意大利维苏威火山、庞贝古城、罗马大教堂，法国凯旋门，瑞士日内瓦湖，英国泰晤士河以及葡萄牙山城等域外风景名胜。异域文化和西方文明所带来的强烈冲击给袁祖志等人留下了深刻的印象。1883年8月15日，《申报》上刊载了袁祖志的《仓山旧主海外杂诗》，作者以组诗的形式完整呈现了19世纪末一个晚清士人眼中的欧中文明与异域景观：

火轮车中作

每食峨眉皆列坐，今朝有女更同车。
问卿促膝谈何事，笑我凝眸误当花。
作态全凭腰束素，忘形奚必面笼纱。
留将芗泽匆匆去，犹自回头整鬓鸦。

---

① 仓山旧主稿：《舟入锡兰岛》，《申报》1883年8月5日。
② 仓山旧主稿：《舟行南洋中三十余日苦热日甚感而有作》，《申报》1883年8月5日。
③ 仓山旧主稿：《亚丁岛》，《申报》1883年8月5日。

意大利国花地观剧作

也宗优孟竞登场，尽相穷形百样妆。
看到动人情绪处，一回鼓掌一回忙。
团团列坐圆如月，中有嫦娥杂几行。
帏自卷舒屏幻景，却从台下奏笙簧。

登教堂石塔

直欲青云置此身，千盘石级大嶙峋。
登不绝项留余步，偏喜回头顾后尘。
渺渺毫颠犹有路，茫茫眼底竟无人。
填胸多少生平恨，差幸凭栏气一伸。

瑞士国乘小轮车登湖上诸山

地以湖山胜，邦原藤薛同。
登峰车有齿，入雾客无踪。
瀑布垂垂白，岩花簇簇红。
者般幽绝境，偏遇绮罗丛。
行至云深处，刚逢雨意酣。
浓皴山泼翠，淡抹水拖蓝。
楼阁千重列，裙钗几辈探。
乡心凭触动，归梦到江南。

巴黎四咏　得胜楼

楼为法旧君拿波仑第一纪功所筑，高二百七十余级，环楼通衢十六道，登楼四顾，全城在目，计费百万，功尚未竟。石基坚固无匹,诚伟观也。

也是君人盖世豪,秦皇汉武等勤劳。

未知功德巍巍处,可与兹楼一样高。

战败图

高筑圆台周悬画,景绘当年德兵压境时,法人战败状,尸骸枕藉,村舍邱墟形肖逼真,无异临阵作壁上观,其昭示后人之意,盖欲永不忘此耻辱云尔。

绘出当年战鼓音,追奔逐北惨成擒。

至今昭示途人目,犹是夫差雪耻心。

万生院

院方广十余里,罗致各种鸟兽鳞虫、花草树木,分类蓄植,供人游玩。多有不识名者,惟犬类大繁,噪噪群吠,殊无谓也。

飞潜动植尽收藏,类别群分任徜徉。

最是恼人游兴处,噪噪犬吠太猖狂。

蜡人馆

以蜡土抟人形状逼肖,凡往昔近今智能勇功之士,皆摹像其中,分室装点,纵人平视。虽君后之尊,亦杂置而不以为亵。

但从民望把形图,君相与僮一例摹。

抟土为人何太巧,亲承馨欬直无殊。

端阳节口占

已是轻罗细葛天，风风雨雨尚衣棉。
端阳节侯重阳似，世上炎凉序忽忽。（节选）①

袁祖志笔下的异域风光，跳脱不了他作为传统文人的认知结构与知识谱系，因此，他只能以同化的方式描绘意大利的剧院，法国的凯旋门、动物园以及蜡像馆等。这使得他笔下的异域风光又带有浓厚的中国传统园林山水的趣味，并成为一种想象的异质空间。

对于袁祖志来说，域外风光虽然足以带来强烈的震撼，然而，在风景书写之外，更重要的事情则是保持和维护他的传统文人交际圈。

袁祖志在沪上栖息三十年，最引以为豪的就是他以诗词唱酬所建立的庞大的沪上文人交际圈。在域外行旅的这一年，他一方面与海外的传统士人（主要是清朝驻西方各国的参赞、使节）进行诗词唱酬活动，如德国柏林的钱德培、法国巴黎的陈季同、荷兰的顾友笙等。在域外行旅期间，袁祖志曾写下诸多诗作与海外友人唱和，其中包括：《曾劼刚袭侯召饮使馆即席赋呈》《巴黎喜遇刘康侯观察、庆蔼堂刺史曹益斋、翼堂昆玉张听帆、太守潘景周、谢智卿诸君子，朝夕过从更番导游赋此志谢》《康侯参使赐读尊公霞仙中丞蓉诗文各集赋此志谢》《陈松生远济、杨商农书霖两参使，凤夔九观察仪招饮酒楼，即席赋谢》《前韵再呈陈松生参师即录郢正》《叠前韵再呈阳商农参使即希郢正》《叠前再赠凤九观察并乞郢正》《德意志国柏林都城赠钱琴斋参赞德培》《刘康侯参使叠前韵见赠三叠前韵以报即乞郢政》《荷兰国赠顾友笙少尉祖荣》《陈敬如都督季同远自柏林见寄二律，依韵奉

---

① 仓山旧主：《仓山旧主海外杂诗》，《申报》1883年8月15日。

和》《中秋夜刘康侯参使招饮巴黎使馆,即席漫成》《西班牙喜晤朱苕原参使和钧,流连亦宿,倚装赋谢》《寄呈郑玉轩星使藻如》。

这一次行程九万里的汗漫之游,除了开阔眼界之外,袁祖志的最大收获便是将他的传统文人交际网络拓展到了海外。与此同时,袁氏不但没有遗忘他的沪上友人,而且巧妙地借助《申报》的公共传播网络,以"怀人诗"的形式进一步维护其海上文人的交际网络。

1883年11月15日和11月17日,《申报》分两日刊登了袁祖志的两组《海外怀人诗》,这两组怀人诗中所怀的对象包括闵小农、金兰生、汪云伯、葛理斋、刘少韩、朱芸谷、谢湛卿、朱敏斋、葛隐耕、钱昕伯、金免痴、何桂笙、邹翰飞、蔡紫黼、李默庵、沈饱山、万剑盟、杨诚之、蔡宠九、周润田、高篙渔、严伯牙、王竹鸥、李小瀛、陈宝渠、翁子文、莫善徵、傅焕庭、范小蘅、吕吉垣、张叔和、管秋初、张遂生、朱梦庐、刘葆吾、陈藏旧、郭莲生、梁幼兰、孙泳甫、孙儒伯、舒春圃、黄政卿、万仰五、陈炳卿、姚敬堂、郑鹤汀、吴端甫、吴兰生、闵正帆、姚少莲、藏冶夫、金少芝、徐逸生、闵鲁孙、章肖珊、黄瘦竹、皮惠之、顾芷升、洪辛之、胡友三、周召臣、张小琴、韩稚云、袁家薇,共计64人。事实上,这组庞大的海外怀人诗直观地呈现了袁祖志所建构的沪上文人交际网络,其中包括葛其龙、钱昕伯、金免痴、何桂笙、邹弢、蔡尔康、沈饱山、万剑盟、蔡宠九等申报馆文人:

> 脱口吟成字字安,允堪一帜踞词坛。
> 诗名竟把科名掩,做到骚人亦大难。(葛隐耕孝廉)
> 雾里看花花不老,花间酌酒酒弥香。
> 买丝不把平原绣,君抱高才我意降。(钱昕伯明经)

一部唐诗集不清，评红论白笔纵横。
才挥十幅幽兰影，又向旗亭斗酒兵。（金免痴先生）
眼底明于水一泓，胸中容得酒千斛。
甜吟蜜咏人人服，独让高昌寒食生。（何桂笙明经）
迟我卅年游海上，输君拔帜遽登坛。
裁红晕碧天然处，好句教人击节刊。（邹翰飞茂才）
词成绝妙有谁如，白石新声此绪余。
我有楼台傍杨柳，晓风残月合卿居。（蔡紫黼茂才）
三长才学识能兼，下笔千言信手拈。
众口莫訾持论激，由来时事赖针砭。（沈饱山广文）
独弹古调抱虞琴，压倒当前靡靡音。
吟苦不嫌髭捻断，教人一读一倾心。（万剑盟先生）

（《海外怀人诗》节选）①

1883年底，袁祖志一行由原海路返回，并于当年农历十二月二十二日抵达上海，而在第二天的《申报》上，袁祖志就刊登了《今春三月十二日橐笔出洋，历游泰西各国，嘉平二十二日归舟，春申江上解装杨柳楼台，率成二律，录报海内知己并乞玉和》和《抵家作》两组诗，向沪上文人宣告自己的归来，也宣告这次以《申报》为传播平台向海内外直播的域外行旅正式结束：

天涯有客倦游归，十万程途瞬息机。
到眼江山如梦醒，回头溟涨尚魂飞。

---

① 仓山旧主：《海外怀人诗》，《申报》1883年11月15日。

> 敢夸阅历恣挥尘，愿屏尘劳暂掩扉。
> 柳往雪来无限恨，狂呼沽酒典征衣。
>
> 腊鼓敲残适解装，重新酒垒与词场。
> 依然杨柳临官道，犹自楼台映夕阳。
> 块垒合当消净尽，琴樽从此乐徜徉。
> 笑他五岳游仍碍，不遍瀛寰未足狂。①

袁祖志是19世纪末洋场文人的典型代表。他出生于书香世家，世居金陵，因太平天国战乱而流落沪滨。他沉沦下僚，五次参加科举考试而不中。但他身处新旧嬗变之时，见证了上海由一个小渔村而发展成为天魔睹艳的繁华都市。他以竹枝词等极具通俗性的文体绘声绘色地描绘各种西洋器物和租界景观。他以名士自居，津津乐道于文人间的唱酬往来，不断地向世人展示沪上文人在杨柳楼台评花、饮酒、顾曲、征诗的盛宴。他意气风发地跟随唐廷枢旅行域外，并以报刊为媒介，使得海上文人跟随他的脚步一同体验晚清一个传统文人走向世界的过程。而不论是《申报》上连篇累牍的竹枝词，四马路杨柳楼台的朝夕宴引、文人题壁；还是洋洋洒洒的《海外怀人诗》，作为报馆文人与洋场才子，袁祖志有清醒的传播意识，积极地以报刊为媒介，建立起日益庞大的文人交际网络。就此意义而言，袁祖志始终具有现代都市的醒觉意识，并一直是上海租界的形象制造者（image maker）。

---

① 仓山旧主：《今春三月十二日橐笔出洋，历游泰西各国，嘉平二十二日归舟，春申江上解装杨柳楼台，率成二律，录报海内知己并乞玉和》，《申报》1884年1月23日。

第五章 《申报》小说的刊发与文学谱系的重建

1891年,《申报》宣布不再刊登旧体诗词,之后在长达16年的时间内,《申报》中止了自1872年创刊以来以旧体诗词为核心所建立的文学谱系。1907年,在经历了16年的空白期后,《申报》又重新恢复了文学作品的刊登。随后的1911年8月24日,《自由谈》副刊创刊,《申报》文学创作进入了一个新的繁荣时期。

值得注意的是,《申报》文学谱系重建过程中,从旧体诗词到新小说,文体的变化已经悄然进行。1907年2月,《申报》先后刊登了短篇小说《新年梦游记》和翻译小说《栖霞女侠小传》。前者由署名"僇"的近代小说家王钟麒创作,后者由日本作家岩谷兰轩原著,亚东破佛即彭俞翻译。《申报》以新小说宣告其文学谱系的重新开启并不是偶然事件,其中既有来自周边报刊竞争的外部原因,也有晚清社会发展历史所造成的文运升降的内在根由。

第一节 晚清翻译小说兴起的历史动向与文学表征

从1891年至1907年是《申报》文学谱系中断的16年,在这16

年间，《申报》虽然不再刊登文学作品，但中国近代文学的变革却在持续酝酿和进行。其中，新小说的兴起是这一时期最为重要的文学现象和文体实践。同时，唯有从根本上厘清晚清新小说尤其是翻译小说兴起的历史动因与文学表征才能明确《申报》在1907年2月为什么会以《新年梦游记》和《栖霞女侠小传》两部新小说为开端，重续其文学谱系。

一、早期《申报》登载的翻译小说

《申报》刊登翻译小说的历史颇为悠久，早在1872年创刊之初的五六月间，《申报》就刊登了三篇翻译小说，即《谈瀛小录》《一睡七十年》和《乃苏国奇闻》。这三篇小说的原著都是经典作品。《谈瀛小录》译自斯威夫特的《格列佛游记》，《一睡七十年》翻译自欧文·华盛顿的著名短篇《瑞普·凡·温克尔》，而《乃苏国奇闻》选自玛利亚特的《听很多故事的把沙》。以报刊登载翻译小说，《申报》自是首创。除这三篇开风气之先的翻译小说之外，《申报》创始人美查和第一任主笔蒋其章还在申报馆的文学期刊《瀛寰琐纪》上对英国长篇小说《昕夕闲谈》进行了长达两年多时间的翻译与连载。

经韩南考证，《昕夕闲谈》原著为英国作家利顿的《夜与晨》。与首批刊登的三篇翻译小说不同的是，这一次，《昕夕闲谈》的译者对小说进行了全面的宣传，从1873年1月1日小说刊载之前至1875年3月15日小说连载结束之前，《申报》持续地对此小说进行广告宣传，从1875年9月3日开始，还不间断地刊登《昕夕闲谈》单行本的销售广告，该广告在小说停止刊登之后一直持续到1890年。

和首批三篇翻译小说极端同化的翻译方式不同，《瀛寰琐纪》上刊登的长篇小说《昕夕闲谈》自一开始就表明原著为英国小说,"此小说系西国慧业文人手笔,命意运笔各有深心",并强调申报馆对《昕夕闲谈》的连载是典型的译介活动:"本馆不惜翻译之劳力,任剞劂之役,拾遗补缺。"①

然而,不论是首批三篇翻译小说所采用的极端同化的翻译方式还是《昕夕闲谈》所采用的积极推介"英国小说"的译介方法,不论哪一种翻译策略都没有引起读者太多的兴趣。韩南认为,《申报》创刊初期翻译小说的引入是失败的,这些小说既没有引起读者的注意,也没有在社会上引起任何效仿。当然,对于经营申报馆的英国人美查而言,翻译小说也并没有给报馆带来新的利润和影响。

将申报馆的这四篇翻译小说放在19世纪70年代中国社会的历史语境中,我们发现,申报馆刊登翻译小说的失败是必然的,因为这一时期,翻译文学在中国缺乏生长的土壤,不仅没有专业的译者,而且没有翻译的理论和社会意识,更缺乏广泛的读者基础。就翻译事业而言,这一时期不论是京师同文馆、江南制造局等官方翻译机构,还是墨海书馆、上海益智会、广学会等非官方译书机构,译书的重点都是格致之学或宗教书籍,文学翻译都还未进入译书者的视野。

晚清中国的翻译人才主要来源于京师同文馆和江南制造局翻译馆,二者亦是当时规模最大的官方翻译机构。1860年英法联军攻入北京,烧毁圆明园后,清政府被迫允许外国军队驻扎在首都。丁韪良在《同文馆记》中记载道:"同文馆的诞生,实源于1860年中国的首都被迫开放,容许外国使臣居住,因而不能不培植翻译人才,以为外交

---

① 《新译英国小说》,《申报》1873年1月1日。

之助。"① 按照中英条约的规定，今后英国文书都需要用英文书写，因此，1862年6月11日，为外事活动培养翻译人才的京师同文馆应运而生。

京师同文馆师生所译的书籍可分为三类：一是关于国际知识，如《万国公法》《各国史略》《富国策》；二是科学知识，如《格物入门》《全体通考》《化学阐原》；三是学习外文的工具书，如《汉法字汇》《英文举隅》。在同文馆的33种翻译著作中②，并不包含小说。

1868年6月，江南制造局附属机构翻译馆开馆，1869年，上海广方言馆并入江南制造局。江南制造局翻译馆是为洋务运动服务的翻译机构，其翻译重心主要是自然科学书籍。其中工艺制造占总数的15.77%，位居第一；兵学占13.28%，居第二；机械工程占7.47%，居第三。其他书籍门类还包括政史、商学、数学、化学、天文学、船政、农学、医学等等，唯独没有文学译著。③

除了京师同文馆和江南制造局翻译馆等官方翻译机构之外，西方国家还在中国主要是上海设立了墨海书馆、上海益智会、广学会等译书机构。而根据严复在《论译书四时期》中的概括，这些机构在华期间所翻译的书籍同样以格物致知等自然知识书籍为主，以前三时期为例：

[第一期] 时代：明崇祯□□年。所译之书：宗教、算学。译书之地：上海徐家汇。译书之宗旨：传罗马教。译书之经费：

---

① 丁韪良：《同文馆记》，载张静庐辑注：《中国出版史料补编》，中华书局1957年版，第4页。
② 见李伟：《中国近代翻译史》，齐鲁书社2005年版，第78—80页。
③ 见李伟：《中国近代翻译史》，第98页。

教会。

[第二期] 时代：咸丰□□至咸丰己未（1859年）。所译之书：天文、算学。译书之人：伟烈亚力、李善兰等。译书之地：上海墨海书院（馆）。译书之宗旨：显其独得之学。译书之经费：教会。

[第三期] 时代：同治十年起到今。所译之书：格致、工艺。译书之人：傅兰雅、金楷理、华蘅芳、赵元益等。译书之地：上海制造局。译书之宗旨：国家欲朋制造。译书之经费：国家。①

一言以概之，19世纪末晚清中国的翻译事业刚刚起步，对于京师同文馆和江南制造局等官方翻译机构来说，兴办洋务，辅助外交的目的使得译者将主要目光聚焦于格致之学。对于墨海书馆、上海益智会和广学会等西方人设立的译书机构来说，传教是他们译书的首要目的，在此过程中也兼及一些格致之学。但无论是官方还是非官方译书机构，文学著作都不在他们的译书名单之列。此种现象，还与这一时期国人对于西方的认识有密切关系。

1840年和1856年的两次鸦片战争后，西方帝国主义虽然以坚船利炮打破了中华帝国的迷梦，然而，在普通中国人眼中以及薛福成、郑观应等先进的知识分子眼中，西方值得学习的也仅仅是军事和制造两大类。其中数学和声、光、化、电等格致之学作为西学的精华尤其值得重视。而西方文学并不在学习的清单之内，因为他们认为中国的礼乐、文章远远优越于西方国家。例如，曾任驻英公使的郭嵩焘在出使期间认为英国值得学习的是政教与实业，但其文章、礼乐却远远逊

---

① 张静庐辑注：《中国出版史料补编》，第61页。

色于中国:"此间富强之基,与其政教精实严密,斐然可观;而文章礼乐,不逮中华远甚。"① 王韬在跟随传教士理雅各漫游欧洲的过程中,曾来到强大的英国。在见识了英国先进的现代化设施、宏大的大英博物馆之后,王韬仍然认为英国在词章之学上是远远不及中国的:"英国以天文、地理、电学、火学、气学、化学、重学为实学,弗尚诗赋词章。"② 西方文学在当时先进的中国士人眼中,一方面不及中国文章辞赋的博大精深,另一方面则是于富国强兵毫无益处,自然不会受到翻译者的注意。

此外,就文学翻译而言,19世纪以前,近代文学史上有限的几本西方文学作品的译作大都出自传教士之手,并带有浓重的宗教色彩。例如,1840年,广州出版的《意拾喻言》(Aesop's Fables) 即希腊名著《伊索寓言》的中文译本,由英国人罗伯特·汤姆和中国"蒙昧先生"合译。此外,1853年,宾威廉翻译了英国班扬的宗教小说《天路历程》(The Pilgrim's Progress),而此小说本质上是以梦境的形式来表达宗教内容的寓言故事,作者深受《圣经》影响,小说的叙事形式完全从属于作者的宗教意图。然而,1894年的甲午战争却打破了国人沉醉的迷梦,也促进了翻译文学尤其是翻译小说的迅速发展。

二、小说界革命及新小说的兴起

1894年,甲午战争的失败给中国带来了丧权辱国的《马关条约》,促使国人痛彻觉醒。谭嗣同在《上欧阳中鹄书》中说:"经此创巨痛深,乃始屏弃一切,专精致思。当馈而忘食,既寝而累兴,绕屋

---

① 郭嵩焘:《伦敦与巴黎日记》,岳麓书社1984年版,第119页。
② 王韬:《漫游随录》,第98页。

彷徨，未知所出。"① 梁启超在《戊戌政变》中说："唤起支那四千年之大梦，实自甲午一役始也。"②

现代史学家王尔敏认为甲午战争不仅带来广泛的社会觉醒，更促成了近代文学的巨变："中国近代思想演变，光绪二十年（1894）甲午战争之惨败，构成广泛醒觉之重大关键，形成种种思想变化。此一历史事实，实为冲激思想演变之原始动力。近代文学之巨变，其创意启念，亦当自此为起始。思想动力总纲，原为力求救亡图存，在此动力推挽之下，于是展开种种思潮之激荡，演为种种之改革论说，文学之工具功用，遂亦成为思考目标之一。"③ 王尔敏认为，在救亡图存的民族发展动力之下，文学成为启蒙的工具。因此，在梁启超等人的宣传和鼓吹之下，新小说和小说界革命才在这样的情势之下兴起。

从1897年开始，梁启超等人不断地在报刊上宣传小说所具有的开启民智、宣传救国的重要启蒙意义。

1897年，梁启超、夏曾佑在《国闻报》发表《本馆附印说部缘起》，宣传小说比经史更易于感化人心风俗："夫说部之兴，其入人之深，行世之远，几几出于经史上，而天下之人心风俗，遂不免为说部之所持"，并强调小说在西方国家具有的启蒙作用："本馆同志，知其若此，且闻欧、美、东瀛，其开化之时，往往得小说之助。是以不惮辛勤，广为采辑，附纸分送。……而本原之地，宗旨所存，则在乎使

---

① 谭嗣同：《上欧阳中鹄书》，载氏著：《谭嗣同全集（增订本）》，蔡尚思、方行编，中华书局1998年版，第168页。
② 梁启超：《改革起原》，载氏著：《戊戌政变记》，文海出版社1964年版，第259页。
③ 王尔敏：《中国近代知识普及运动与通俗文学之兴起》，载氏著：《中国近代文运之升降》，第3—4页。

民开化。"① 梁启超、夏曾佑的这篇文章被阿英赞誉为"是阐明小说价值的第一篇文字"②。

1898年，梁启超在《清议报》发表《译印政治小说序》一文，正式提出了"政治小说"的概念，并引用康有为的观点，认为小说具有其他文体所不具备的通俗性的特点使得它能够更为深入地感化人心："仅识字之人，有不读经，无有不读小说者。故六经不能教，当以小说教之；正史不能入，当以小说入之；语录不能谕，当以小说谕之；律例不能治，当以小说治之。天下通人少而愚人多，深于文学之人少，而粗识之无之人多……"同时，梁启超再次强调，政治小说在欧美各国变革之初，为功最高："在昔欧洲各国变革之始，其魁儒硕学，仁人志士，往往以其身之所经历，及胸中所怀，政治之议论，一寄之于小说。……往往每一书出，而全国之议论为之一变。彼美、英、德、法、奥、意、日本各国政界之日进，则政治小说，为功最高焉。"③

1902年，梁启超在《论小说与群治之关系》一文中将小说的作用归纳为"熏""浸""刺""提"四种，并进一步将小说的作用推至极致，称"小说为文学之最上乘也"，并正式提出了"小说界革命"的口号："今日欲改良群治，必自小说界革命始；欲新民，必自新小说始。"④

梁启超的小说观念对同时代的人产生了深刻的影响，狄葆贤、吴

---

① 几道、别士：《本馆附印说部缘起》，载陈平原、夏晓虹：《二十世纪中国小说理论资料》（第1卷），北京大学出版社1997年版，第27页。
② 阿英：《晚清小说史》，江苏凤凰文艺出版社2017年版，第2页。
③ 梁启超：《译印政治小说序》，载陈平原、夏晓虹：《二十世纪中国小说理论资料》（第1卷），第37—38页。
④ 梁启超：《饮冰室合集》第4册，第864—868页。

趼人、徐念慈等人不仅接受梁启超的观点，还对其进行了进一步的演绎。例如吴趼人认为，在梁启超的宣传之下，几年之内，国内新小说的创作和翻译，将汗牛充栋，未有穷期："吾感夫饮冰子《小说与群治之关系》之说出，提倡改良小说，不数年而吾国之新著新译之小说，几于汗万牛、充万栋，犹复日出不已，而未有穷期也。"①

徐念慈于1907年在《小说林》创刊号上特别强调小说所具有的"熏""浸""刺""提"四项功能，便是对梁启超所提倡的"小说界革命"观点的继承与发挥："《小说林》之于新小说，既已译著并刊，二十余月，成书者四五十册，购者纷至，重印至四五版，而又必择尤甄录，定期刊行此月报者，殆欲神其熏、浸、刺、提之用，而毋徒费时间，使嗜小说癖者之终不满意云尔。"②

另外，在《中华小说界》1914年的创刊号上，"瓶庵"亦提及小说的四项功能："则小说者，可称之曰未来世界之试验品。……熏、刺、浸、提（见饮冰所辑《新小说》一号），极其能事。以言效用，伟矣多矣。"③

1907年，陶佑曾著文申论通俗小说开化民智的功力，亦是对梁启超《论小说与群治之关系》的进一步发挥："自小说之名词出现，而膨胀东西剧烈之风潮，握揽古今利害之界线者，唯此小说；影响世界普通之好尚，变迁民族运动之方针者，亦唯此小说。小说！小说！诚文学界中之占最上乘者也。其感人也易，其入人也深，其化人也神，其及人也广。"④

---

① 张静庐辑注：《中国出版史料补编》，第119页。
② 张静庐辑注：《中国出版史料补编》，第128页。
③ 阿英：《晚清文学丛钞》（小说戏曲研究卷），第173—174页。
④ 阿英：《晚清文学丛钞》（小说戏曲研究卷），第39页。

晚清新小说、翻译小说的迅速兴起，除了梁启超、夏曾佑、吴趼人、徐念慈、陶佑曾等人旗帜鲜明的理论倡导之外，还离不开小说家们所进行的积极的文学实践活动，而晚清报刊则是新小说家们进行文学实践的主要阵地和传播媒介。

1894年以后，无论是《时务报》《清议报》《新民丛报》等启蒙报刊；还是《时报》《新闻报》等商业大报，以及《新小说》《绣像小说》《月月小说》《小说林》等四大小说杂志等都在积极地提倡和进行新小说的文学实践活动。这一时期，虽然《申报》因内部经营政策的问题没有主动参与到新小说的刊载中来，但小说文运的快速上升和整个报刊界潮流的变化却也使得申报馆无法完全对此置若罔闻。

1891年12月至1892年4月间，《万国公报》上连载了英国传教士李提摩太翻译的《回头看纪略》（Looking Backward）。该书原作者为爱德华·贝拉米，1894年，李提摩太将该书改名为《百年一觉》后，由上海广学会刊印出版。《百年一觉》对未来理想社会的设计对晚清思想界产生了一定的影响。康有为自称："美国人所著《百年一觉》书，是大同影子。"① 从这个意义上来看，《百年一觉》可以说是晚清新小说的先声。

1896年，《时务报》在上海创刊，即刊登了侦探小说《英国包探案访喀迭医生奇案》，随后又刊登了张坤德翻译的四篇福尔摩斯侦探小说，即《英包探勘盗密约案》《记伛者复仇事》《继父诳女破案》《呵尔唔斯缉案被戕》。这是英国作家柯南·道尔的福尔摩斯系列小说第一次被译介到中国来。1899年，上海素隐书屋将《时务报》上刊登的这四篇福尔摩斯探案小说辑录为《新译包探案》，与林纾翻译的

---

① 《康南海先生口说》，吴熙钊点校，中山大学出版社1985年版，第31页。

《巴黎茶花女遗事》合刊出版，受到读者的欢迎。

我国著名的侦探小说家，《福尔摩斯探案全集》的译者之一程小青认为，侦探小说"在情感方面，固然加不上'深镌心版'和'回肠荡气'的考语，比较其他偏重感情的小说，当然未免差些；但写惊骇的境界、怀疑的情势和恐怖愤怒等的心理，却又足以左右读者的情绪，使读的人忽而喘息，忽而骇呼，忽而怒眦欲裂，忽而鼓掌称快，甚且能使读者的精神，会整个儿跳进书本里去，至于废寝忘食"①。新奇的叙述视角、紧张刺激的故事情节给中国读者带来全新的阅读体验。据统计，从1902年至1918年，柯南·道尔的作品译作竟然多达311部。第一部按全集出版的探案全集"长短篇共计六十余案，有文言译本汇成十二册，名《福尔摩斯探案全集》，实只收四十四案，分别由严独鹤、程小青、陈小蝶、天虚我生、刘半农、周瘦鹃、陈霆锐、天侔、常觉、渔火等十人翻译，民国五年四月中华书局出版社（至抗战前已出二十版）"。②

侦探小说之外，晚清报刊上率先出现的翻译小说类型还有政治小说。"政治小说"这一类型，最早源于英国，其代表性作家为英国首相迪斯累里和国会议员布韦尔·李顿。19世纪后半期，"政治小说"在日本走红，并经由梁启超译介而传入中国。1911年4月9日，《申报》刊登一篇文章论政治文学，其中谈到日本政治文学的缘起，也可以看作政治文学的一般规律："日本于明治改政之前，政府抑制政党之活动，束缚言论集会之自由，日益严厉。而政治文学，亦于此时勃

---

① 程小青：《谈侦探小说》，载《红玫瑰》（第5卷第11期），上海书店出版社、江苏广陵古籍刻印社1989年版，第3页。
② 范烟桥：《民国旧派小说史略》，载魏绍昌编：《鸳鸯蝴蝶派研究资料》（上卷），上海文艺出版社1984年版，第235页。

兴。一般政学家，往往于笔端隐吐其郁勃之思想，而所谓政党论乃大盛，并以其余力发之于政治小说。名著辈出，至今传诵者甚伙。"①

1898年9月，梁启超流亡日本途中读到日本柴四郎的政治小说《佳人奇遇》，后遂将此书翻译成中文，并刊载于《清议报》第1册至第3册，第5册至第22册，第24册至第35册。此外，梁启超还在《清议报》上刊登了日本矢野文雄著，周宏业翻译的政治小说《经国美谈》。同时，梁启超在为《佳人奇遇》所作的序言即著名的《译印政治小说序》一文开篇论述"政治小说之体，自泰西人始也"②，正式提出"政治小说"这一概念。

随后在《饮冰室自由书》中他进一步阐释，小说在日本明治维新运动中居功至伟。明治十五、十六年的日本，和今日的中国一样，民权自由的呼声遍布全国。于是西洋小说中那些描述法国、罗马革命的小说被率先翻译过来，当翻译小说数量达到一定程度之后，政治小说遂逐渐兴盛。在梁启超看来，政治小说并不仅仅是虚构的故事，而更多是作者政治思想的寄托与承载："著书之人皆一时之大政论家，寄托书中之人物，以写自己之政见，固不得专以小说目之。而其浸润于国民脑质，最有效力者，则《经国美谈》《佳人奇遇》两书为最云。"③

按照梁启超的说法，政治小说不仅仅是虚构的文学作品，更是著者抒发个人政见的重要载体，因此，政治小说中往往有大段的议论成分，类似于鼓吹民众觉醒的政治演讲。例如《佳人之奇遇》一书，开

---

① 《中国今日之政治文学》，《申报》1911年4月9日。
② 梁启超：《译印政治小说序》，载陈平原、夏晓虹：《二十世纪中国小说理论资料》（第1卷），第37页。
③ 梁启超：《饮冰室自由书》（《清议报》第26册），载陈平原、夏晓虹：《二十世纪中国小说理论资料》（第1卷），第39页。

头即是作者东海散士登临独立阁,带有浓重的说理色彩和政治抒情的意味:

> 东海散士,一日登费府之独立阁,仰观自由之破钟(欧美之民,遇有大事,每撞钟以报,当美国独立之始,遇有吉凶必撞阁上之钟,钟遂破裂,后人呼为自由破钟云)俯读独立之遗文,追怀当时美人之举义旗,卒能除英王虐政。其独立自主国民之高风,俯仰不堪感慨,悠悠然依窗眺望,会有二姬绕阶登来……指一小亭相语曰,彼处即为一九七四年,十三州名士始相聚会为国家前途计划国是之处也。当时英王猖披,蔑视国宪,擅重赋敛,美人之自由全被委弃,哀吁途绝,诉愁术尽,人心激昂,干戈祸起,殆将至濒溃灭十三州之名士大为忧虑,乃相会于此小亭,拟救其穷厄,以扑灭祸机。时巴士烈义显理乃发激烈悲壮之言曰:必戮英王以兴民政。今此亭犹存,不改当时旧观,与独立阁共为费府名区之一。①

小说开头所描写的主人公在自由阁小亭中所回顾的美国十三州人民为反抗英国统治而进行的壮烈激昂的民族奋斗,几乎可以看作是晚清中国人民为反抗帝国主义殖民统治的写照。

政治小说的学理性还可以从一些宣传广告中得窥一二。1909年1月28日,《申报》刊登一系列小说广告,其中包括日本政治小说《模范町村》:"日本农学博士横井时敏原著。此书以改良地方自治之理想,假托一人,久客归乡,所见所闻,与从前大异。所设事实均依据

---

① 东海散士:《佳人之奇遇》,中国书局1935年版,第1—2页。

学理,可见实行今吾国方注意地方自治。此书颇具资模范,不当仅作小说观也。"①

这则推销广告特别突出了政治小说的学理性而非文学性,和梁启超在《译印政治小说序》中一样,强调不能仅仅将其当作小说来看。但小说最根本的审美特征是其叙事性,核心任务是塑造典型形象。政治小说浓厚的政治色彩和议论必然削弱其文学性,并使读者产生厌倦之感。其弊端正如《佳人之奇遇》的作者东海散士在自序中所说:"皆慷慨悲歌之谈耳,故一见易生厌倦之念云","更有一士未读竟数行,掩卷而笑曰:'是亦洋行书生自由之论,不足观之'"。②

从这一点来界定,政治小说的内在不足是先天性的,虽然此时政治小说因适应了中国社会启蒙的需要而风行一时,但在辛亥革命果实被袁氏窃取后,当国内的政治气氛跌落到谷底的时候,政治小说的衰败也就不可避免了。事实上,政治小说在日本的发展也曾经经历类似的境遇。1898年在梁启超大量译印日本政治小说之时,这类作品在日本已过时,不再为人注目,代之而起的是以二叶亭四迷、坪内逍遥为代表的写实主义文学和以森鸥外为代表的浪漫主义文学。

不过在19世纪末,梁启超出于启发民智的需要,大力宣传和译介日本的政治小说,并在知识分子阶层中产生了广泛的影响。丘炜蒮在《论小说与民智关系》一文中不但对梁启超译介和刊登这两部小说加以赞赏,还希望有更多的政治小说被译介进来,以便加速国人求新的速度:"故谋开凡民智慧,比转移士夫观听,须加十百力量。其要领一在多译浅白读本,以资各州县城乡小馆塾,一在多译政治小说,以引彼农工商贩新思想,如东瀛柴四郎氏、矢野文雄氏近著《佳人奇

---

① 《模范町村》,《申报》1909年1月28日。
② 东海散士:《佳人之奇遇自叙》,载氏著:《佳人之奇遇》,第7—9页。

遇》、《经国美谈》两小说之类,皆于政治界上新思想有关涉,而词意尤浅白易晓。吾华族东文士,已有译出,余尚恨其已译者之只此而足,未能大集同志,广译多类,以速吾国人求新之程度耳。"①

三、域外小说译本的繁荣

1899年,林纾以"冷红生"为笔名,与王寿昌合译了法国作家小仲马的代表作《巴黎茶花女遗事》,并在福州刊印。同年,上海素隐书屋将《巴黎茶花女遗事》和《新译包探案》以及《长生术》合集,委托昌言报馆代印,受到读者的热烈追捧。此时,还未进行小说登载的申报馆也收到了昌言报馆的赠书,并特意在《申报》中刊登了一则《赠书鸣谢》:"昌言报馆惠赠《茶花女遗事》及《包探案》《长生术》三种。翻阅一过,事迹新奇,笔墨精妙,如一粒粟中现大千世界,不能以海外之寻常小说目之也。"②缠绵委婉的哀情小说《巴黎茶花女遗事》、惊险刺激的侦探小说《新译包探案》给中国读者带来了全新的阅读体验,正如申报馆所说的"事迹新奇,笔墨精妙"。

小仲马笔下"哀感顽艳"、缠绵悱恻的茶花女故事经由林纾的译笔感动了无数中国读者。邱炜萲认为,此书"以华文之典料,写欧人之性情,曲曲以赴,煞费匠心。好语穿珠,哀感顽艳。读者但见马克之花魂,亚猛之泪渍,小仲马之文心,冷红生之笔意,一时都活,为之欲叹观止"③。英敛之在日记中这样写道:"灯下阅《茶花女》事,

---

① 《客云庐小说话·五百洞天挥尘》,载阿英编:《晚清文学丛钞》(小说戏曲研究卷),第411页。
② 《赠书鸣谢》,《申报》1899年6月10日。
③ 邱炜萲:《挥尘拾遗》卷三,《星洲观天演斋丛书》本。见邹振环:《影响中国近代社会的一百种译作》,江苏教育出版社2008年版,第123页。

有摧魂撼魄之情,万念灰靡,不意西籍有如此之细腻。"① 包天笑在回忆录中亦谈到当年《茶花女》曾深深地打动了中国读者的内心:"自从林琴南的《茶花女遗事》问世以后,轰动一时。有人谓外国人亦有用情之专如此的吗?以为外国人都是薄情的,于是乃有人称之为'外国红楼梦'。"②

读者对于茶花女玛格丽特的深切同情甚至使得他们忽视了小说的虚构性,而认为这是一个真实发生过的故事。1914年,《申报》刊登了一首未署名的赠别诗《送友游法兰西》:"漠漠寒连海外云,重瀛万里□□分。明朝如过巴黎地,须拜茶花女史坟。"③ 作者送别即将赴法的朋友,甚至还特意叮嘱他前去祭拜茶花女。同时,《茶花女》的受欢迎程度还可以从该书众多的版本中得到印证。《巴黎茶花女遗事》先后有素隐书屋本、玉情瑶怨馆红印本和黑印本、文明书局本、广智书局"小说集新"第一种本、新民社袖珍本、商务印书馆本、知新书社本、春明书店本、复兴书局本、文力书局本、文新出版社本等13种版本,再版高达20多次。④

与《巴黎茶花女遗事》内容和题材相近,且同样在读者中产生巨大影响的写情小说还有英国通俗作家哈葛德的《迦茵小传》。该小说首次刊载于1901年《励学译编》第一册至第十二册(1901年4月3日至1902年2月22日),由杨紫驎和包天笑合译,原名《迦因小传》。1905年,林纾在翻译《巴黎茶花女遗事》大获成功之后,遂翻译了全本的《迦茵小传》,在读者中引起巨大反响。

---

① 方豪编著:《英敛之先生日记遗稿》,文海出版社1974年版,第319页。
② 包天笑:《钏影楼回忆录》,大华出版社1971年版,第171页。
③ 《送友游法兰西》,《申报》1914年1月3日。
④ 邹振环:《影响中国近代社会的一百种译作》,第122页。

除了侦探小说和写情小说之外，域外科幻小说在20世纪初也逐渐被译介进来，并对近代小说创作产生了深远影响。1900年，福建侯官陈寿彭及其妻薛绍徽合作翻译了法国作家儒勒·凡尔纳的《八十日环游记》，并由经世文社印刷。这是近代中国翻译史上引进的第一部科幻小说。1902年，儒勒·凡尔纳的另一部小说《两年假期》也被梁启超由日本转译而来并刊登在《新民丛报》上。该书由日本森田思轩翻译为《十五少年》，之后，梁启超、罗普根据日译本翻译而成《十五小豪杰》。其中，前九回由梁启超翻译，后九回由罗普（披发生）翻译，刊载于《新民丛报》第2号（1902年2月22日）至第4号、第6号、第8号、第10号至第19号、第21号、第23号、第24号（1903年1月13日）。1903年，全本由上海广智书局初版。梁启超在附记中谈到这本书三次转译的过程："此书为法国人焦士威尔努所著，原名《两年间学校暑假》。英人某译为英文。日本大文家森田思轩，又由英文译为日本文，名曰《十五少年》。此编由日本文重译者也。"虽然多次辗转翻译，但梁启超仍然自信地认为自己的译本并没有使原著失色："英译自序云：用英人体裁，译意不译词，惟自信于原文无毫厘之误。日本森田氏自序亦云：易以日本格调，然丝毫不失原意。今吾此译，又纯以中国说部体段代之，然自信不负森田。果尔，则此编虽令焦士威尔奴复读之，当不谓其唐突西子耶！"①

《十五小豪杰》虽然是与政治关系并不紧密的科幻小说，然而，在20世纪初仍然同样起到了鼓舞民心的作用，周瘦鹃后来回忆："记得十多年前读《鲁滨逊漂流记》、《十五小豪杰》诸书，一时豪气撑胸，自命不凡，以为大丈夫原该具一副铜筋铁骨钢肝胆，只身走万里

---

① 梁启超：《〈十五小豪杰〉（附记）》，载罗文军编注：《汉译文学序跋集》（第1卷），上海人民出版社2017年版，第53页。

外,尝尝困苦的风味。"① 1907年邱菽园在《新小说丛》的《新小说品》中评价此书"如火树吐花,星桥灿彩"②。开明书店的主持人夏颂莱在《金陵卖书记》中甚至宣称《十五小豪杰》这一类的书就是销量的保证:"今新小说界中,若《黑奴吁天录》,若《新民报》之《十五小豪杰》,吾可以百口保其必销。"③

继《八十日环游记》之后,凡尔纳的小说陆续被译介到中国,如《海底旅行》(卢藉东、红溪生译,1902年《新小说》本)、《十五小豪杰》(梁启超译,1902年《新民丛报》本)、《铁世界》(包天笑译,1903年文明书局刊)、《月界旅行》(鲁迅译,1903年进化社刊)、《空中旅行记》(译者不详,1903年《江苏》本)、《地底旅行》(鲁迅译,1903—1904年《浙江潮》本)、《环游月球》(商务印书馆编译所译,1904年商务印书馆印)、《秘密海岛》(奚若译,1905年小说林社刊,今译《神秘岛》)、《地心旅行》(周桂笙译,1906年广智书局刊)、《飞行记》(谢忻译,1907年小说林社刊)、《海中人》(悾悾译,1915年《礼拜六》)等等。④而这些科幻小说的翻译,对于中国近代本土科幻小说的创作亦产生了深远的影响。

第二节 《申报》复刊新小说的媒介环境

《申报》小说复刊始于1907年2月,由短篇小说《新年梦游记》

---

① 周瘦鹃:《美万里求学之勇少年》,《申报》1922年10月3日。
② 邹振环:《影响中国近代社会的一百种译作》,第167页。
③ 张静庐辑注:《中国现代出版史料(甲编)》,中华书局1954年版,第389页。
④ 参见郭延礼:《中国近代翻译文学概论》,湖北教育出版社1998年版,第173—174页。

和翻译小说《栖霞女侠小传》两部小说肇始，意味着中断了16年之久的《申报》文学谱系重新开始接续。在这16年的空窗期中，《申报》虽然没有参与小说刊载活动，但报纸所处的媒介环境却在不断地发生着变化，正是在多重合力的推动下，《申报》才在1907年打破沉寂期，开始新小说的刊载。

一、晚清文艺报刊小说的繁荣

1900年的庚子事变加深了外力的冲击，激起了广大民众更深切的民族危亡的痛觉。鲁迅在《中国小说史略》中谈到清末谴责小说的兴起时曾强调时局对于晚清小说的影响："光绪庚子后，谴责小说之出特盛。……群乃知政府不足与图治，顿有掊击之意矣。其在小说，则揭发伏藏，显其弊恶，而于时政，严加纠弹，或更扩充，并及风俗。"① 1902年，梁启超发表《论小说与群治之关系》，宣扬"小说为文学之最上乘"，并正式提倡"小说界革命"，之后，晚清文艺报刊迎来了《新小说》《绣像小说》《月月小说》和《小说林》四大小说杂志的全面繁荣。

1902年12月《新小说》在日本横滨创刊，次年改在上海出版。1906年停刊，共出24期。虽然《新小说》发行时间不长，但影响颇巨。《新小说》以发表创作小说为主，翻译小说为辅，在短短的三年多时间里，刊登了一系列代表性的小说作品。《新小说》刊发的创作小说主要有《洪水祸》（雨尘子）、《东欧女豪杰》（羽衣女士）、《新中国未来记》（梁启超）、《回天绮谈》（玉瑟斋主人）、《痛史》（吴

---

① 鲁迅：《中国小说史略》，中国和平出版社2014年版，第237页。

趼人)、《二十年目睹之怪现状》(吴趼人)、《九命奇冤》(吴趼人)、《黄绣球》(颐琐)等等。而翻译小说则包括《世界末日记》(法佛林玛林安著,梁启超译)、《二勇少年》(南野浣白子译)、《电术奇谈》(方庆周译)、《海底旅行》(英萧鲁士著,庐藉东、红溪生译)、《离魂病》(披发生译)、《俄皇宫中之人鬼》(法某原著,曼殊室主人译)、《毒药案》(无歆羡斋主译)、《宜春苑》(法某著,无歆羡斋主译)、《毒蛇圈》(知新主人译)、《神女再世奇缘》(周树奎译)等等。①

1903年,由李伯元担任主编的《绣像小说》在上海创刊,商务印书馆印行,1906年4月停刊,共出版72期。在该刊的发刊词中,他特别强调了《绣像小说》的宗旨正是向欧美国家学习,以小说启发民智:"欧美化民,多由小说;扶桑崛起,推波助澜。其从事于此者,率皆名公巨卿,魁儒硕彦……著而为书,以醒齐民之耳目,或对人群之积弊而下砭,或为国家之危险而立鉴,揆其立意,无一非裨国利民。"②从小说的发刊词来看,《绣像小说》继承了《新小说》的办刊宗旨,二者的区别则在于《绣像小说》"是从各方面较之《新小说》更为通俗化的读物,目的在唤醒人民,改革弊俗,刷新政治,富强国家"③。

《绣像小说》强调小说的社会作用,在将近三年的时间内,刊登了一系列针砭时弊的创作和翻译小说,开一代风气。其中包括创作小说《文明小史》(李伯元)、《活地狱》(李伯元)、《老残游记》(洪都百炼生)、《邻女语》(忧患余生)、《负曝闲谈》(蘧园)、《瞎骗奇

---

① 参见阿英:《晚清文艺报刊述略》,古典文学出版社1958年版,第14—15页。
② 阿英:《晚清文艺报刊述略》,第17页。
③ 阿英:《晚清文艺报刊述略》,第17页。

闻》（吴趼人）、《扫迷帚》（壮者）、《痴人说梦记》（旅生）、《玉佛缘》（嘿生）、《苦学生》（佚名）、《市声》（姬文）、《花神梦》（血泪余生）、《学究新谈》（吴蒙）、《世界进化史》（惺庵）、《未来教育史》（恨学子）、《月球殖民地小说》（荒江钓叟）、《泰西历史演义》（洗红厂主）。

《绣像小说》刊登的翻译小说主要有《卖国奴》（德国苏德曼著）、《灯台卒》（波兰显克微支著）、《山家奇遇》（美国马克·吐温著）、《天方夜谭》、《回头看》、《珊瑚美人》（日本青轩著）、《小仙源》、《梦游二十一世纪》（荷兰达爱斯克·洛提斯著）、《僬侥国》（一名《汗漫游》，英国斯威夫脱著）、《瀛寰志险》（奥国爱孙梦著）、《生生袋》、《幻想冀》、《理想美人》、《斥候美谈》（科楠岱尔著）、《三疑案》、《华生包探案》、《俄国包探案》。①

《月月小说》是继《新小说》《绣像小说》而起的重要小说期刊，该刊于1906年9月创刊于上海，主要编辑者有吴趼人和周桂笙。

《月月小说》出版至第1卷第8号曾停刊4个月，至1908年终刊，共出版24号。与《新小说》《绣像小说》一样，《月月小说》也强调小说所具有的改良社会之功能。第3期陆绍明的《〈月月小说〉发刊词》："本社集语怪之家，文写花管；怀奇之客，语穿明珠；亦注意于改良社会，开通民智而已矣。此则本志发刊之旨也。"②

《月月小说》的小说文体同样是"译""撰"并重。在两年的时间内刊载了一些长篇创作小说，如吴趼人的《两晋演义》、《云南野乘》、《发财秘诀》、《上海游骖录》、《劫余灰》以及《学界镜》（雁

---

① 阿英：《晚清文艺报刊述略》，第18页。
② 陆绍明：《〈月月小说〉发刊词》，载陈平原、夏晓虹：《二十世纪中国小说理论资料》（第1卷），第195页。

叟)、《玉环外史》(天僇生)、《新镜花缘》(萧然郁生)、《乌托邦游记》(萧然郁生)、《新封神传》(大陆)、《后官场现形记》(白眼)、《未来世界》(春帆)、《新鼠史》、《新泪珠缘》(天虚我生)。翻译小说主要有雨果的《铁窗红泪记》(天笑生译)、《美国独立史别裁》(清河译)、海立福医士的《新再生缘》(张勉旃、陈旡我译)等54篇。①

但是,与《新小说》和《绣像小说》相比,《月月小说》在新小说的实践中有新的贡献,其功绩主要体现在两个方面:一方面在于对短篇小说的大力提倡以及积极实践。据阿英统计,《月月小说》共刊登了20多种短篇小说,包括吴趼人的《人镜学社鬼哭传》等13种,天僇生的《学究教育谈》和《孤臣碧血记》,陈冷血的《乞食女儿》《破产》,萧然抑郁生的《彼何人斯》,等等。因此,"《月月小说》刊载短篇之多,开前此未有之局。……可以说是当时中国新的短篇小说的发轫,一种新的尝试"②。《月月小说》对短篇小说的大力提倡,使得日益丰富的晚清报刊小说除了以风格分类之外,另外还开辟了一条以小说篇幅长短为标准的分类方法。另一方面的功绩则是在继承《新小说》之小说分类方法的基础上,进一步细化了各种类型的小说。不仅有侦探小说、家庭小说、历史小说,还有虚无党小说、札记小说、滑稽小说等。除了写情小说之外又细分出侠情小说、奇情小说、痴情小说、言情小说等等。因此,这一时期,《月月小说》出现了名目繁多的小说分类,这也从侧面印证了晚清报刊小说繁荣的局面。1907年《申报》开始刊登小说之后,也借鉴和采用了《月月小说》这一套细致繁复的小说分类法。

---

① 参见阚文文:《晚清报刊上的翻译小说》,齐鲁社2013年版,第64—66页。
② 阿英:《晚清文艺报刊述略》,第25页。

晚清四大小说杂志中,《小说林》创刊时间最晚,刊载时间最短,但其影响却不容忽视。《小说林》1907年2月创刊于上海,1908年10月停刊,共出版12期。主编为黄摩西,主要作家有曾朴、徐念慈、包天笑等。

1907年已经是晚清小说发展的繁荣期,《小说林》主编黄摩西在创刊号上发表《〈小说林〉发刊词》一文,冷静客观地看待小说今昔地位的差异,并强调小说的审美价值而弱化其社会功能:"昔之视小说也太轻,而今之视小说又太重也。昔之于小说也,博弈视之,俳优视之,甚且酖毒视之,妖孽视之;言不齿于缙绅,名不列于四部(古之所谓小说家者,与今大异)。……今也反是:出一小说,必自尸国民进化之功;评一小说,必大倡谣俗改良之旨。……一若国家之法典,宗教之圣经,学校之科本,家庭社会之标准方式,无一不赐于小说者。"① 和梁启超、夏曾佑等人在风气未开之时所提倡的"小说为文学之最上乘"不同的是,《小说林》创刊的1907年已经是晚清小说创作和译介的繁荣期,小说创作与翻译风靡一时,但小说质量却良莠不齐,一些问题开始暴露出来。因此,黄摩西强调应该客观看待小说的地位,而不是对其进行盲目崇拜,强调淡化小说的社会功能,突出小说的审美本质:"小说者,文学之倾于美的方面之一种也。"②

同时,徐念慈在《〈小说林〉缘起》中亦引用黑格尔的美学思想,强调小说的最高要求应该是艺术的圆满以及符合理性的自然,指出小说的重点是塑造典型形象而不是承担社会功能,并得出了"所谓小说

---

① 摩西:《〈小说林〉发刊词》,载陈平原、夏晓虹:《二十世纪中国小说理论资料》(第1卷),第253—254页。
② 摩西:《〈小说林〉发刊词》,载陈平原、夏晓虹:《二十世纪中国小说理论资料》(第1卷),第254页。

者，殆合理想美学、感情美学而居其最上乘者"① 的结论。

《小说林》所刊小说，著译并重。如有曾朴的《孽海花》（第 21 回至 25 回）、天笑生的《碧血幕》、老骥的《亲鉴》、铁汉的《临镜妆》，以及李涵秋的《穷丐》等 17 种短篇小说。翻译小说有《马哥王后轶史》（雨果著，曾朴译）、《苏格兰独立记》（陈鸿璧译）、《地狱村》（黄翠凝、陈信芳译）、《新舞台》（徐念慈译）、《电冠》（陈鸿璧译）、《黑蛇奇谈》（张瑛译）、《第一百十三案》（陈鸿璧译）、《魔海》（墨缘译）、《外交秘钥》（罗人骥译）。

除了积极进行小说创作和翻译实践外，《新小说》《绣像小说》《月月小说》《小说林》被称为"晚清四大小说杂志"，其活动的时间集中于 1902 年至 1908 年。这一时期是晚清小说空前繁荣的时期，不论是报刊小说还是刊印小说，不论是创作小说还是翻译小说，不论是中长篇小说还是短篇小说都获得了高度发展。而这四大小说杂志虽然发行的时间都不长，但一方面集中刊登了一批名家的创作小说和高质量的翻译小说而在报刊史和文学史上占有重要的地位，另一方面，这四大小说杂志还发表了一系列具有重要影响的小说理论文章，为新小说的兴起和发展提供了理论支持。

这些重要的理论文章包括《新小说》上刊登的梁启超的《论小说与群治之关系》，狄楚卿的《论文学上小说的位置》，金松岑的《论写情小说与新社会之关系》，以及梁启超的《小说丛话》等；《绣像小说》上刊登的夏曾佑的《小说原理》；《月月小说》上刊登的天僇生（王钟麒）的《小说与改良社会之关系》《中国历代小说史论》以及

---

① 觉我：《〈小说林〉缘起》，载陈平原、夏晓虹：《二十世纪中国小说理论资料》（第 1 卷），第 255 页。

吴趼人的《历史小说总序》等以及《小说林》上刊登的陶曾佑的《论文学之势力及其关系》、徐念慈的《〈小说林〉缘起》《余之小说观》《丁未年出版小说总目》和黄摩西的《〈小说林〉发刊词》《小说小话》等，此外还有《觚庵漫笔》《铁瓮烬余》等。正是这一批启蒙知识分子在报刊上集中发表的晚清小说理论文章使得晚清小说的地位得以在短时间内迅速提高，同时小说的翻译和创作也迎来了新的局面。

1907年既是《申报》复刊小说的第一年，也是晚清小说高度繁荣的年份。据樽本照雄统计，光绪三十三年（1907）翻译小说无论是单行本（172种）还是报刊登载的单篇（244种）都达到了最高点。四大小说杂志和四大报纸等报刊上刊载的翻译小说数量也在光绪三十三年（1907）前后达到了高峰。①

在此之前，除了《时务报》《清议报》《新民丛报》等启蒙报刊率先刊登小说之外，《新小说》《绣像小说》《月月小说》和《小说林》四大小说杂志也集中刊登了一批高质量的创作小说和翻译小说，并构建了丰富的近代小说理论。到1907年之前，其他以小说命名的期刊还有《新新小说》（1904）、《新世界小说社报》（1906）、《小说七日报》（1906）、《中外小说林》（1907）、《粤东新小说林》（1906）、《广东戒烟新小说》（1907）、《竞立社小说月报》（1907）等等。

二、《时报》《新闻报》等日报小说的繁荣

如果说上海的文艺报刊、各类小报由于形式灵活，经营时间短，

---

① 阚文文：《晚清报刊上的翻译小说》，第101页。

而能够紧跟潮流，积极刊登各类小说以适应不同读者的需求，那么，对于《申报》《新闻报》等有着几十年历史的大报而言，它们的经营政策更为持久稳定，更具有保守性。

20世纪初，在上海的三大日报体系中，年轻的《时报》是率先刊登新小说并取得令人瞩目的成绩的日报。《时报》的主笔包天笑曾在《钏影楼回忆录》中讽刺《申报》和《新闻报》为暮气沉沉的老爷报："狄氏的创设《时报》，在上海的新闻界不为无功，那正是《申》《新》两报暮气已深的当儿，无论如何，不肯有一些改革。他们以为改革以后，读者将不欢迎，而且对于广告有窒碍。这两个老爷报，都执持一见，他们原以广告为养生之源也。但人心总是喜新而厌故，《时报》出版，突然似放一异彩，虽然销数还远不及《申》《新》两报，却大有'新生之犊不畏虎'的意气。他注意于文艺界、教育界，当时的知识阶级，便非看《时报》不可了。"[①] 正如包天笑所言，尽管《申报》和《新闻报》毫无改革的动力，但《时报》刊登新小说所带来的革新局面却使得这两个老牌日报不得不被动地卷入小说改革中来。

《时报》于1904年6月12日（光绪三十年四月廿九日）在上海创刊。最初挂的是日商牌子，由日本人宗方小太郎为名义上的发行人，实际负责人是狄楚青。《时报》最初受康有为、梁启超直接影响，该报创办人之一罗普（孝高）曾回忆《时报》的发刊词正是出于梁启超之手："甲辰春，任公自澳洲返，至沪时尚在名捕中，未便露头角。……时罗孝高、狄楚青方奉南海先生命在上海筹办《时报》馆，任公实亦暗中主持，乃日夕集商。其命名曰《时报》，及发刊词与体

---

① 包天笑：《钏影楼回忆录》，第424页。

例皆任公所撰写,旋即赴东。"① 但在实际运营中,康有为、梁启超所倡导的"以公为主,不徇一党之私见"并没有使其在上海报界独树一帜,事实上,狄楚青的时评、小说、诗话等各类新颖的体裁才是使得《时报》迅速在日报中脱颖而出,并吸引大批读者的关键因素。

《时报》创刊之时,狄葆贤(楚青)延请陈冷(景韩)为主笔,悉心研究新闻纸的革新,发掘出许多新的体裁。例如在其发刊例中,《时报》宣布自第一期起就刊登自撰小说和翻译小说各一篇:"第十一 本报每张附印小说两种,或自撰,或翻译,或章回,或短篇,以助兴味而资多闻。惟小说非有益于社会者不录。"② 从这则发刊例上来看,《时报》虽然强调小说"非有益于社会者不录",但也提出了"以助兴味而资多闻"的标准,而在实际运营中,《时报》小说也更倾向于趣味性而与启蒙派日渐疏远。从小说类别来看,则不论自撰小说、翻译小说还是章回小说、短篇小说,只要符合该刊的标准,即可刊登。

学者刘永文对1904年6月12号至1911年12月31号的《时报》进行考察后,统计出《时报》在晚清所载小说共为223篇。③ 从小说的篇幅来看,《时报》刊登的小说有短篇小说和长篇小说,且短篇小说占绝大多数。同时,根据刘永文的《晚清小说目录》统计,《时报》1911年之前刊登的长篇小说只有23篇,其余皆为短篇小说;从小说形式来看,有白话小说和文言小说;从小说的题材来看,有侦探小说、科学小说、言情小说、政治小说、爱国小说、滑稽小说、时事小

---

① 转引自马光仁主编:《上海新闻史:1850—1949》,第252页。
② 胡道静:《上海历史研究》,上海人民出版社2011年版,第198页。
③ 刘永文:《晚清报刊小说研究》,上海师范大学2004年博士学位论文,第79页。

说等;从创作类别来看,有著作小说和翻译小说。① 而这些都是当时报刊和文坛流行的小说类型。就翻译小说而言,1911 年之前,《时报》共刊登了 52 篇翻译小说,其中不乏一些世界名著的较早译本,如法国雨果的《悲惨世界》(《逸犯》,1907 年 8 月 16 日)、凡尔纳的科学小说《环游地球八十天》(《环球旅行记》,1905 年 12 月 20 日)、大仲马的《基督山伯爵》(《窟中人》,1908 年 2 月 25 日)、日本黑岩泪香的英译小说《野之花》(《空谷兰》,1901 年 4 月 11 日)等等。②

与《申报》《新闻报》相比,《时报》虽然创刊最晚,但在创刊之初即显示出了蓬勃的生命力,受到读者的欢迎。与《时报》锐意革新的措施相比,《申报》和《新闻报》愈发显得暮气沉沉。1921 年 10 月 10 日,胡适在《时报》发表《十七年的回顾》一文,分析《时报》创刊之初,之所以能够迅速吸引年轻读者的兴趣,最重要的原因之一是因为其中的小说译介:

> 《时报》在当日确能引起一般少年的文学兴趣。中国报纸登载小说,大概最早要算徐家汇的《汇报》,那时我还没有出世呢。但《汇报》登的小说,一大部分后来汇刻为《兰苕馆外史》,都是"聊斋"式的怪异小说,没有什么影响。戊戌以后,杂志里时时有译著的小说出现。专提倡小说的杂志,也有了几种,例如《新小说》及《绣像小说》(商务)。日报之中,只有《繁华报》(一种《花报》)逐日登载李伯元的小说。那些大报,好像还不屑做这种事情。(这一点我不敢肯定,我那时年纪太小了,看的

---

① 参见刘永文编:《晚清小说目录》,上海古籍出版社 2008 年版,第 141—155 页。
② 阚文文:《晚清报刊上的翻译小说》,第 77 页。

报又不多,不知《时报》以前的"大报"有没有登新小说的。)那时的几个大报,大概都是很干燥枯寂的,它们至多不过能做一两篇合于古文义法的长篇论说罢了。《时报》出世以后,每日登载"冷"或"笑"译著的小说,有时每日有两种。冷血先生的白话小说,在当时译界中确要算很好的译笔;他有时自己也做一两篇短篇小说,如《福尔摩斯来华侦探案》等,也是中国人做新体短篇小说最早的一段历史。《时报》登的许多小说之中,《双泪碑》最风行。但依我看来,还应该推那些白话译本为最好。这些译本,如《销金窟》之类,用很畅达的文笔,作很自由的翻译,在当时最为适用。①

虽然在胡适的回忆中,一些细节与事实有所出入,包括最早刊登小说的报纸,并不是《汇报》。除了1872年《申报》刊登的三篇没有受到任何关注的翻译小说之外,最早刊登小说并受到读者认同的日报应该是《字林沪报》。1888年,《字林沪报》曾刊载夏敬渠的长篇小说《野叟曝言》。而1906年之前刊登小说的日报也不仅仅是《繁华报》,还有《沪报》《中外日报》《笑林报》《津报》《盛京时报》《南方报》《新闻报》等等。但毫无疑问,在1907年之前,《时报》确实是在上海日报中刊登小说最集中,质量最好,最有影响力的日报。正如胡适所说,《时报》刊登的小说之所以畅销,很大的原因在于陈冷与包天笑"畅达的文笔""自由的翻译""在当时最为适用"。

《申报》恢复刊载小说是在1907年正月,那么我们仅仅以1904年至1906年间的《时报》为例,在《时报》刚刚创办的两年半时间

---

① 胡适:《十七年的回顾》,转引自戈公振:《中国报学史》,第154—155页。

内，其所刊登的小说不论是题材上还是内容上都具有鲜明的创新性。

《时报》首次刊登小说是在1904年6月12日的创刊号上。是日，《时报》分别刊登了《中国现在记》和侦探小说《伯爵与美人》，两篇小说都未署名。根据刘永文的《晚清小说目录》统计，从1904年6月12日至1906年12月30日，《时报》共刊登了47篇小说。① 其中大部分小说出自陈冷（署名"冷""冷血"）和包天笑（署名"笑""天笑"）两人之手。包括陈冷创作和翻译的小说14篇：《马贼》、《歇洛克来游上海第一案》（1904年12月18日）、《火里罪人》、《拆字先生》、《血痕记》、《白云塔》、《三家村》、《新蝶梦》、《千里马》、《飞花城主》（1906年正月28日）、《秋云娘》、《新西游记》、《飞花城主》（1906年10月21日）、《吗啡案》；包天笑翻译和创作的小说20篇：《张天师》、《歇洛克初到上海第一案》（1905年2月13日）、《火车客》、《妾薄命》、《毒蛇牙》、《苏州之警察》、《张先生》、《造人术》、《盗贼俱乐部》、《王公子》、《新黄粱》、《五烟先生》、《人力车夫》、《销金窟》、《爱国幼年会》、《纸扎常备军》、《新水浒之一斑》（黑旋风大闹火车站）、《新儒林之一斑》、《虚业学堂》、《梦想世界》。

除了陈冷和包天笑署名的小说之外，《时报》刊登的未署名的小说有6篇：《中国现在记》《伯爵与美人》《新水浒之一节》《黄面》《范高头之历史》《盗贼官吏》；其他作者创作或翻译的7篇：《红楼轶事》（唤醒春梦客）、《大彼得遗嘱》（原著法国握兴氏，吴士毅译）、《黑夜旅行》（黑夜旅行者）、《军机大臣》（兼）、《环球旅行记》（雨）、《爱国制造所》（希译）、《假齿藏毒案》（著者米勒，译者杨心一）。

---

① 参见刘永文编：《晚清小说目录》，第141—144页。

《时报》着力刊登短篇小说，从1904年8月4日短篇小说《黄面》的附言中可以看出《时报》主笔的小说译著主张："本报以前所登小说均系长篇说部，每竣一部动需年月，恐阅者或生厌倦。因特搜得有趣味之一短篇，尽日译成，自今日始连日登载，约一礼拜内登毕。欲稍丰富，故特改用五号字，想阅者亦不至厌也。"①

1904年10月29日，《时报》刊登陈冷的小说《马贼》，同时附有征集短篇小说广告，这也是《时报》刊登的第一则征稿启事：

> 本报昨承冷血君寄来小说《马贼》一篇，立意深远，用笔宛曲，读之甚有趣味。短篇小说本为近时东西各报流行之作，日本各日报、各杂志多有悬赏募集者。本馆现亦用此法，如有人能以此种小说（题目体裁文笔不拘）投稿本馆本报登用者，每篇赠洋三元至六元。投稿例如左：
> 一、不登用者，盖不退还。
> 一、投稿者须声明地方、姓名以便登用后奉赠赏金。
> 一、报上用名用号或不用，听人自便，于稿上亦须写明。

为了更适应报刊新媒体的形式和读者的阅读习惯，《时报》积极刊载和征集形式和内容更为灵活的短篇小说，这些都为后来的《新闻报》《申报》等日报的短篇小说刊登做出了有益的启示和积极的尝试。

除了创作和翻译小说的征集和刊登外，《时报》还注重小说理论的阐发。1905年6月29日，《时报》刊登了陈冷的《论小说与社会之关系》（上）一文，特别强调小说之所以能够起到"开通风气"的作

---

① 刘永文编：《晚清小说目录》，第402页。

用，首先要做到"有味与益二者兼得"：

> 自小说有开通风气之说，而人遂无复敢有非小说者。
> 虽然，我今欲问小说果何为而能开通风气乎？解之者曰：小说之入人也易，故人咸乐观之；乐观之，故易传之。……然则我请为之申其意曰：小说之能开通风气者，有决不可少之原质二：其一曰有味，其一曰有益。有味而无益，则小说自小说耳，于开通风气之说无与也；有益而无味，开通风气之心，固可敬矣，而与小说本义未全也。故必有味与益二者兼具之小说，而后使得谓之开通风气之小说，而后始得谓之与社会有关系之小说。①

陈冷的小说创作观念，已经偏离了梁启超等启蒙知识分子简单地强调小说的政治功能，突出小说社会意义的观念，而是强调小说艺术性和功能性的结合，是一种去"政治化"的小说观念。难能可贵的是在晚清小说问题暴露出来以前，陈冷的小说观念已经脱离了小说界革命的实用取向，而开始追求小说本体的美学取向。正是这种观念的不断革新，使得《时报》在创刊之后，很快在上海报界站稳脚跟，成为日报界"能打破上海报界的许多老习惯，能够开辟许多新法门，能够引起许多新兴趣"②的后起之秀。

《时报》小说的畅销带给《申报》和《新闻报》最直接的刺激是《时报》发行量的直线上升。1906年，包天笑在陈景韩（陈冷）的引荐下进入时报馆工作，其时，《时报》虽然在上海还不能够和《申报》

---

① 《论小说与社会之关系》，载陈平原、夏晓虹：《二十世纪中国小说理论资料》（第1卷），第167页。
② 胡道静：《上海历史研究》，第199页。

《新闻报》竞争，但在苏州的销量已颇为可观："那个时候，《时报》在苏州销数不少，城市和乡镇共约有三千份，为上海各报之冠，即《申》《新》两报，亦望尘弗及。（《申》《新》两报，本埠销数最多。）"①

1904年以来，《时报》的锐意进取已经给上海报界带来了莫大的影响，一切的报纸都力求改进，不再墨守成法。1905年2月8日（光绪三十一年一月五日）《时报》刊出一篇《日报界之大活动》的论说，强调《时报》促成上海各大报刊的改革："我国之有日报，不自今日始矣，然而自今日以前，我中国之所谓日报，不能如今日之整顿者，何也？去年之日报，无异前年；前年之日报，无异前前年。然而今日则不然，试观今日沪上所出各报，其有一与去年相同者乎？……新闻报则改样式矣，所谓整顿矣。即如三十年来一成不变之《申报》，亦复改样式矣，所谓整顿矣。"② 虽然时报馆所言不免有些自誉之嫌，但《时报》的创刊给当时沉闷的报坛带来一股革新的风气却是事实。也正是在《时报》的影响下，《新闻报》和《申报》先后于1906年和1907年开始刊登小说。

《新闻报》创刊于1893年2月17日（光绪十九年元旦），由中外商人合组公司，推英人丹福士为总董，延蔡尔康为主笔。"《新闻报》的创办虽然较《申报》迟二十年，但因经营得法，声誉和《申报》不相上下，物质的设备也并驾齐驱。"③ 在斐礼思、汪汉溪等人的经营之下，《新闻报》迅速成长为在上海滩能够与《申报》分庭抗礼的大报。

1906年，在报刊小说蔚然成风的形势下，《新闻报》也开始了小说刊登的尝试。1906年4月24日，《新闻报》刊登侦探小说《眼中留

---

① 包天笑：《钏影楼回忆录》，第370页。
② 胡道静：《上海历史研究》，第200页。
③ 胡道静：《上海历史研究》，第190页。

影》,该小说作者不详,刊头有广告曰"系英国新出侦探小说",以连载形式出现,至10月4日登完。这是《新闻报》刊登的第一篇小说。本年,《新闻报》共刊登了六部小说,除了《眼中留影》之外,另外还有一部连载小说即11月25日刊登的社会小说《钻石串》,1908年正月九日登完。另外四部短篇小说分别是10月6日刊登的《双义传》(作者不详)、11月19日刊登的"杂记小说"《女间谍》(作者不详)、12月9日的短篇小说《鸿印记》(作者不详)和12月22日的"札记小说"《炸裂弹》(英人贺兰杏都自述)。其中《女间谍》和《炸裂弹》都是《新闻报》的《虚无党轶事》系列。①

前有以小说宣传兴味的《时报》强劲的崛起之势,后有老牌竞争对手《新闻报》的改弦易辙,积极开发小说栏目,此外还有各种此起彼伏的文艺报刊、上海小报上刊登的五花八门的小说,这一时期,《申报》再也不能对新小说的力量和报界的新形势置若罔闻了。因此,1907年正月,一贯保守的《申报》恢复刊登小说,重新经营文学版面,与竞争对手共同争取广大的读者群体。

三、《申报》新小说刊登的酝酿期

从1875年申报馆在《瀛寰琐纪》上连载《昕夕闲谈》结束到1907年正月《申报》恢复刊登新小说。申报馆的小说活动可以分为两个阶段:第一个阶段是1875年至1890年,美查经营的《申报》广泛搜书访书,并出版包括小说在内的各类书籍;第二个阶段则是1894年至1906年,这一时期,虽然《申报》没有刊登小说,但是却刊登

---

① 参见刘永文编:《晚清小说目录》,第127页。

了傅兰雅征求新小说活动的启事以及一系列新小说的销售广告。而这两个阶段最大的区别在于，第一个阶段申报馆访求和刊印的是传统小说，第二个阶段，《申报》上刊登的广告和启事都是围绕新小说进行的。研究《申报》的文学谱系，这些与小说相关的出版活动都可以看作是《申报》恢复刊登新小说之前漫长的酝酿期。

1872年5月至6月间，《申报》率先刊登三篇翻译小说，从1873年1月至1875年3月，申报馆的文艺期刊《瀛寰琐纪》上连载蠡勺居士翻译的英国小说《昕夕闲谈》。但无论是首批三篇翻译小说还是长篇连载的英国小说《昕夕闲谈》，在19世纪70年代都没有引起人们的关注。之后，《申报》便不再刊登小说，而只着意经营旧体诗词的登载。

虽然《申报》不再进行小说刊登的尝试，但申报馆主人美查却并没有放弃小说事业。只不过1875年之后，美查刊印小说的策略从翻译域外小说转向搜集传统小说，从在《申报》《瀛寰琐纪》上刊登报刊小说转变为利用石印技术出版单行本小说。

申报馆征集刊印小说具有先天的优势。美查从创办《申报》起即仿香港西文报纸采用铅字排印。所建印刷之厂，印书亦全以活字排印。直至光绪四年（1878）美查自国外引进石印技术，即创办点石斋石印书局，纯以石印技术印书，大大降低了成本。美查旗下申昌书局以活字排印书，点石斋印局以石板印书。有了这两大书局的助力，美查的出版事业规模日益庞大，凡俗浅文艺、小说、笔记、谐谈、笑话、故事、谚语、歌谣，亦多予刊印出售。①

光绪元年（1875），美查开始集中征集书籍刊印。1875年8月27

---

① 参见王尔敏：《英人美查兄弟与中国口岸通俗文学之生机》，载氏著：《中国近代文运之升降》，第221—222页。

日,《申报》头版头条刊登《搜书》启事,至1876年3月10日,这则启事修改得更为详尽:

> 启者,本馆以刷印各书籍发售为常。如远近诸君子,有已成未刊之著作,拟将问世,本馆愿出价购稿,代为排印,抑或俟装订好后,送书数十部或百部,以申酬谢之意,亦无不可,总视书之易售与否而斟酌焉。再如藏有世上罕见之本,宜于重刊者,本馆亦可以价买,或送数十部新印之书,借以报谢。至于原本,于刊成后,仍可璧缴也。①

这一则修改后的启事自1876年3月10日开始在《申报》上刊登,多的时候每月刊登五次,少的时候半个月一次,一直持续到1881年3月15日,整整刊登了五年。也就是说申报馆的搜书访书活动至少持续了五年之久。按照启事的内容,申报不仅向读者征求未刊印的著作,还向世人寻访一些珍稀版本,报酬是以数十部甚至上百部新印刷的书籍作为回报,而原书在刊印完成后仍然可以完璧归赵。

光绪初年,王韬虽然身在香港,但他的数本小说是在申报馆这一时期的征书活动中获得出版机会的。王韬在笔记小说《遁窟谰言》一书的序言中曾提到这一征书过程:

> 岁乙亥(光绪元年),尊闻阁主人(美查)有搜辑说部之志。征及于余。溙洄歇浦,结海外之相知,迢递珠江,检簏中而直达。呜呼!滦阳销夏,敢上前贤。淄谁留仙,编成异史。虫虽雕

---

① 《搜书》,《申报》1876年3月10日。

兮技拙,蠢能测以见征。犹幸枣木无灾,版聚珍而易毁,庶几梨羹可嚼,座有钉而无虞。爰志数言,弁诸简首。

王韬所提到的"光绪元年"正与《申报》1875年8月27日第一次刊出《搜书》启事的时间相吻合。

石印技术引进之后,申报馆不仅能够印刷文字且能够印刷精美的图像。1879年12月17日,《申报》刊登启事,向读者征集《人境阳秋》,希望以图文并茂的方式印刷该书:"《人境阳秋》二十四卷,取古来之忠臣孝子与夫结义之士,各绘一图,后附小传。向曾在友人处批阅,觉是书勾勒精细,字迹亦娟秀可爱,本馆现拟用西国石印法照成,以公同好。海内藏书家如有此善本,乞即见示。或俟印成后酬以新书,或欲价售,均可酌议也。"①

1897年12月21日,申报馆主人美查在头版头条的位置刊登特别启事,搜集夏敬渠的小说《野叟曝言》:"《野叟曝言》一书,本馆搜访已有年所。去年承友人寄示一部,惜中多残缺,未便排印,今特再出告白,遍行搜采。如有家藏此书,祈将全帙一并寄下本馆,即出收条或作价洋□或送新本,本馆皆不吝重酬也,此布。"②

1881年12月15日,《申报》广告栏的末尾即刊登了《野叟曝言》单行本小说的广告:"《野叟曝言》一书虽小说,文极瑰奇,向只传抄,现经排印。前此固有列诸报章,购求数年而迄未得窥全帙者,实可知已至。字画明秀,纸印工雅,特余事耳。计每部廿本白纸者价洋七元五角,竹纸者六元正,此启。苏州千顷堂上海读未楼具。"③

---

① 《觅书》,《申报》1879年12月17日。
② 申报馆主人:《搜访野叟曝言》,《申报》1879年12月21日。
③ 《新印〈野叟曝言〉出售》,《申报》1881年12月15日。

据目前资料来看，1873年《瀛寰琐纪》刊登翻译小说失败之后，美查自1875年开始征集包括小说在内的各类书籍，并先后以申昌书局的活字排印技术和点石斋的石印技术刊刻各类书籍。就小说的内容而言，这一时期申报馆刊印的仍是传统小说。1890年美查离开申报馆后，搜书访书活动暂告一段落。

1894年甲午战争之后至1907年之前，申报馆虽然没有刊登新小说，但也常常替一些书局或个人刊登征集新小说的广告，例如傅兰雅著名的《求著时新小说启》就曾刊登在1895年5月25日的《申报》上：

> 窃以感动人心，变易风俗，莫如小说。推行广速，传之不久，辄能家喻户晓，气习不难为之一变。今中华积弊，最重大者计有三端：一鸦片，一时文，一缠足。若不设法更改，终非富强之兆。兹欲请中华人士愿本国兴盛者，撰著新趣小说，合显此三事之大害，并祛各弊之妙法，立案演说，结构成编，贯穿为部，使人阅之，心为感动，力为革除。辞句以浅明为要，语意以趣雅为宗，虽妇人幼子，皆能得而明之。……限七月底满期收齐，细心评取，首名酬洋五十元，次名三十元，三名二十元，四名十六元，五名十四元，六名十二元，七名八元。果有嘉作，足劝人心，亦当印行问世，并拟请其常撰同类之书，以为恒业。凡撰成者，包好弥封，外填姓名，送至上海三马路格致书室，收入发给收条，出案发洋亦在斯处。英国儒士傅兰雅谨启①

---

① 傅兰雅：《求著时新小说启》，《申报》1895年5月25日。

这则启事除了在《万国公报》第七十七卷刊登之外，还于同一时间段在《申报》上刊登。虽然广告的位置不是在头版，而是在第四页，但从5月25日至6月8日，该启事共刊登了五次。傅兰雅强调小说所具有的"感动人心，变易风俗"的社会作用，且提出小说需针对鸦片、时文和缠足这三大弊端，在当时具有重要的启蒙价值和意义。对于晚清新小说的兴起而言，傅兰雅的这则启事有开创先河之功，堪称"通俗文学振兴之滥觞"①。

傅兰雅的小说征集活动得到了读者的热烈响应，由于投稿的人太多，傅兰雅不得不把获奖人数由原定的七名增加到二十名。

到第二年年初，傅兰雅仍在《申报》上刊登启事，宣布征稿的结果以及获奖的部分名单：

> 前求著小说共收一百六十二卷，现已评定甲乙。本议只取七名，旋因作者过多，特增取至二十名，皆酹润资。计茶阳居士五十元，詹万云卅元，李钟生廿元，青莲后人十六元，鸣皋氏十四元，望国新十二元，格致散人八元，胡晋修七元，刘忠毅、杨味西各六元，张润源、□廿老人各五元，殷履亨、倜傥非常生各四元，朱正初、醒世人各三元，廖卓生、罗懋兴各二元，瘦梅词人、陈义珍各一元半。余另列一纸，可至格致书室取阅，酹洋亦至该处领取。傅兰雅启。②

申报馆上还常常为商务印书馆出版的新小说刊登广告，例如，

---

① 王尔敏：《中国近代知识普及运动与通俗文学之兴起》，载氏著：《中国近代文运之升降》，第5页。
② 傅兰雅：《时新小说出案》，《申报》1896年1月12日。

1905年10月5日,《申报》为商务印书馆新译伦理小说《英孝子火山报仇录》(哈葛德著,林纾译)刊登广告。1906年3月6日,《申报》在广告版面刊登《商务印书馆最新小说四种》,其中包括英国哈葛德原著,林纾、魏易翻译的言情小说《玉雪留痕》,英国笛福原著,林纾、曾宗巩翻译的冒险小说《鲁滨孙漂流记》,以及侦探小说《桑伯拉包探案》和英国勃拉锡克著,吴梼翻译的侦探小说《车中毒针》。在每一个书名旁边,广告还对小说的故事内容有较为详细的介绍,例如有关《玉雪留痕》的一则广告:

> 此书亦哈氏丛书之一,闽县林君琴南所译。书叙一女子为书贾所困,贾之犹子雅怜女,弗善其世父之所为,贾怒逐之,易传产之遗嘱,悉以畀其同人。已而,女航海之纽西兰,贾适与同舟,舟沉,共栖荒岛。贾濒死与女语而悔,将复易遗嘱,苦无从得文具,至用墨镌诸女背。寻女归,助贾犹子讼得直,遂有贾产,成夫妇,为巨富。事至离奇,文必尤曲折生动,栩栩欲活,每部洋装一册,定价大洋四角五分。①

特别值得一提的是,在多次刊登商务印书馆的小说广告之后,1906年8月28日,《申报》第一次刊登了下属图书集成公司的小说广告,其中就包括1907年正月随后刊登在《申报》上的翻译小说《栖霞女侠小传》②:

---

① 《商务印书馆最新小说四种》,《申报》1906年3月6日。
② 该小说的名称在不同时期略有不同。1906年8月28日在《申报》上宣传新书的时候称为《栖霞女侠传》;1907年2月至3月间在《申报》连载期间改名为《栖霞女侠小传》,并标"黄种必读";1907年3月12日,正式出版的书籍名为《栖霞女侠》。

本公司现有新译及新著小说多种（一）《栖霞女侠传》、（二）《黑狱》，（三）《新果报录》，（四）醒世小说《九尾龟》，（五）历史小说《无耻奴》。此五种理想俱新，笔墨雅洁，摹写人情世态，惟妙惟肖，口吻逼真，于近时小说中真可发一异样光彩。现在赶速排印，不日出版，特此预告。集成图书公司启。①

和商务印书馆的小说广告待遇不同的是，申报馆内部的集成图书公司的小说广告刊登在《申报》的头版头条。从1906年八月到九月间，《最新小说将次出版》这一则广告共刊登过七次，而且全部刊登在头版头条。这七条新小说的广告，说明《申报》刊登小说的计划，最迟在1906年已经在酝酿和筹备了。和一般报刊小说先在报刊上刊登而后再结集出版不同，《栖霞女侠传》在报刊上刊登的时候小说单行本已经印好，因此，申报馆的主笔们很可能一开始就没有打算将该书全部连载完毕。

第三节　《申报》新小说的刊登

20世纪初，在晚清小说占领大大小小各类报刊版面的局面下，1907年2月17日，《申报》开始恢复文学作品的刊登，第一个月，该报刊登的头两篇小说分别是署名"僇"的《新年梦游记》和日本岩谷兰轩原著，"亚东破佛"翻译的《栖霞女侠小传》。

---

① 《最新小说将次出版》，《申报》1906年8月28日。

一、《申报》新小说的复刊

复刊后的第一篇小说是"僇"的《新年梦游记》,标注"短篇小说"。经颜廷亮等学者考证,"僇"又名"天僇生",为王钟麒笔名。王钟麒曾在《月月小说》上发表重要的理论文章《论小说与改良社会之关系》和《中国历代小说史论》,是改良社会的新小说的积极提倡者。

《新年梦游记》为《申报》刊登的第一篇新小说,刊载于光绪三十三年正月初五(1907年2月17日)。同时,这篇小说也是王钟麒的第一篇小说。① 从内容上看,这篇小说是作者为《申报》专门写的稿件,开头提到"丁未元旦予自友人处贺节归"。《新年梦游记》是一篇充满了象征和讽刺意味的小说。小说的主人公在元旦之日从友人处贺岁归来,独自饮酒而薄醉。半梦半醒之间,被"客"带往"雌国"。这是一个没有男人的国家,同时也是一个充满强烈奴隶色彩的国家:桥的旁边刻着"奴隶海"三个字,学生在学堂所学的"大抵皆诒上官,诋同类,媚外人之种种秘诀",而当女王听说主人公来自外国之后,立刻将其奉为上宾,"五日一小宴,十日一大宴。予凡有求,靡弗诺,唯恐或失予意"。然而,小说结尾主人公却发现一切不过是一场梦境。这篇小说带有强烈的晚清政治小说的启蒙色彩,并对晚清政府曲意媚外的外交政策极尽讽刺之能事。

《申报》刊登的另一部新小说是翻译小说《栖霞女侠小传》,这

---

① 参见颜廷亮、赵淑妍:《南社作家王钟麒的小说戏剧理论和创作》,《甘肃社会科学》2001年第2期;邓百意:《王钟麒小说创作考论》,《复旦学报(社会科学版)》2015年第5期。

部小说从 1907 年 2 月 19 日（正月初七）至 3 月 5 日（正月二十一日）在《申报》连载。小说标注"黄种必读"，作者是日本人岩谷兰轩，译者署名"亚东破佛"。

在这部小说中，译者"亚东破佛"和点评人"儒冠和尚"都是彭俞的笔名。彭俞（1876—1946），字逊之，号无心居士，原籍浙江绍兴，幼年落籍江苏溧阳。1906 年至上海从事文学活动，1907 年创办《竞立社小说月报》，后出家为僧。著有《双灵魂》《泡影录》《闺中剑》等小说。① 其中寓言小说《双灵魂》就是紧接着《栖霞女侠小传》后在《申报》连载的长篇小说。

在 2 月 19 日《栖霞女侠小传》的第一回中，有一段话交代了译者的翻译缘由："译者曰：余亚东一穷士也。丙午春，友人有自东京返者，出《栖霞传》赠余。乃东京大文学士岩谷兰轩之所自述也。"② 译者提到，在光绪丙午年（1906）春，友人从东京带回岩谷兰轩所著的《栖霞传》。

但是，第一篇连载小说《栖霞女侠小传》在《申报》上却没有刊载完，仅仅刊登到 1907 年 3 月 5 日，序号标注"十四"，为第 14 日连载。而第二天，《申报》突然刊登一则启事，申明为了照顾读者的阅读习惯，申报馆决定中断小说连载而加紧出版小说单行本：

> 本报附印之《栖霞女侠传》小说自第一章至第二章均未见有栖霞之名，至昨报而始揭出。然栖霞之行止固已跃跃于前数日报纸矣。不善读小说者或以为狡狯伎俩，而善读小说者又以为译本惯技。本馆乃以全书赶付铅印，装订成书，即日出售，俾阅者于

---

① 参见罗文军编注：《汉译文学序跋集》（第 1 卷），第 304 页。
② 《栖霞女侠小传》，《申报》1907 年 2 月 19 日。

> 片刻之间即知栖霞之究竟，岂不大快？故此后不再附印《栖霞女侠传》，当另以他小说易之。①

由于这个借口太过牵强，并不能够让读者感到信服，申报馆为此承受了读者的不少非议。五天之后，也就是3月11日，《申报》再次刊登启事，宣布《栖霞女侠传》已经出版，不再刊登，特向读者表示歉意。同时，《申报》拟定于3月12日刊登另外一部连载小说《双灵魂》，且特别保证，该小说绝对不会再出现半途而废的情况：

> 本报附印之《栖霞女侠传》小说因已出版，故不复登。日来颇受阅报诸君之责言，深为愧歉，然又不便将是书重载。爰另撰一种名《双灵魂》，离奇惝恍，虽属庄生之寓言而警梦觉迷，殊有唤醒国魂之意。定于明日附刊本报。是书定当印全，决不蹈半途中止之覆辙。幸阅者垂谅焉。②

假设重新梳理一下时间线，我们会发现，申报馆也许从一开始就没有打算将《栖霞女侠传》连载完毕。《栖霞女侠传》单行本最早出现在《申报》广告上是1906年8月28日。1907年2月19日，该书改名为《栖霞女侠小传》，开始在《申报》上连载。但连载仅仅维持了14期便戛然而止。3月5日，《申报》刊出申明，表示不再连载《栖霞女侠传》，同时加紧单行本印刷，以飨读者。

3月12日，《申报》在开始连载《双灵魂》的同时，还刊登出了《栖霞女侠传》的单行本广告：

---

① 《启事》，《申报》1907年3月6日。
② 《启事》，《申报》1907年3月11日。

书为日本岩谷兰轩自述,而亚东破佛译,儒冠和尚评。思想高澈,词语精洁,现身说法皆大欢喜。孔脑□肠一炉陶铸,是以小说之体参上乘之禅而足以点顽石之头,为小说界之一大特色。诚如本书所云,黄种必读者也。每册定价,大洋二角半,发行所:上海棋盘街点石斋四马路华商图书公司启。①

核对《栖霞女侠传》的单行本,版权页上标注着"总发行所:集成图书公司;发行所:开明书店、点石斋",出版时间为"光绪三十三年正月初版"②,也就是说该小说在1907年2月19日(正月初七)刊登前后,单行本已经出版。

《栖霞女侠传》的单行本共三章18节,按照《申报》的连载速度,差不多每两天刊登完一节,1907年3月4日和5日,已经刊登完第三章的第一节,全书内容已经登载大半,剩下6节只需12天即可刊登完毕。但《申报》却中途放弃,唯一的可能就是单行本早已印刷完成,发行人希望能够借助《申报》的传播效应使得小说的广告效果最大化,但事实上,申报馆却因为半途中止小说连载而受到读者的非议。

除了刊载各类著译小说之外,《申报》还在1907年2月26日刊登了一则《答客问本报附刊小说》的文章。经考证,这篇理论文章同样出自王钟麒。③ 该文以主客问答的形式,阐述《申报》刊登小说的原因,可视为这一时期《申报》小说刊载的理论指导,因其重要,现

---

① 《最新小说栖霞女侠出版广告》,《申报》1907年3月12日。
② 罗文军编注:《汉译文学序跋集》(第1卷),第303页。
③ 参见颜廷亮、赵淑妍:《南社作家王钟麒的小说戏剧理论和创作》,《甘肃社会科学》2001年第2期。

全文附录于下：

客或问于余曰，中国初无所谓报纸也，遵源欧西，沿流东亚，而中国于是乎有报。近数年来，操新闻事业者益多，报纸流传，亦愈推而愈广，不可谓非此业之进步也。顾吾闻泰西各国，甚重报纸。谓上之则可以监督政府，下之则可以警醒国民。报纸与国家，有治乱兴亡之关系，故凡文明之国，莫不视报纸之进步为转移。报纸愈进步者，其国之文明，亦必与之而俱进。报纸所负之责任，既重且大如此。故其所揭载，有若宗教，有若政治，有若学术，有若军事，有若工商之事业，有若风俗之善恶，皆卓卓大者。报纸无不引导之，鞭策之，使之有无穷之观感，而潜移默化于不自知。其余里巷□层之事情，犹且不足以费我笔墨，而况于稗官野史之类仅足以供人驱遣睡魔乎！今子乃以之刊诸报纸，仆甚惑焉。应之曰：客既知中国报纸滥觞于西人，然抑知西人之报，固未尝不载小说乎！往者英国有两大小说家焉，一曰迭根斯，一曰萨克礼。迭根斯之介为日刊新闻也，特设一栏，题曰意大利土产，继易一栏，题曰丛诘。其中所载，皆小说也。迭根斯又尝操觚于周刊新闻，载同盟罢工事。题为一《艰难时》。其时有一少女，父因负债入狱，女极尽孝养。迭根斯亦综其事实，而为之扬于报栏。继又描写法国革命之惨状。最后又著《大希望》《互相友》诸篇，俱陆续刊之于报，此报纸登载小说之一证也。同时又有萨克礼者，年少于迭根斯，而善为小说之名则与之相埒。当其人索列查杂志社，从事丹铅，历著《巴黎要略》《在鼓录》《爱国要略》及由婚姻而致富之爱兰人轶事，均揭诸报章，流播于世。嗣后又著《四人乔基》（一载之于孔哈鲁杂志）。比其晚年，又著短篇小说，题曰《辣维衣赛维脱哇》，亦载之于孔哈鲁杂志。而辣温特阿巴脱派巴斯等报，皆转载之。是又报纸登载小说之一证也。沿及于今，流风未沫。而日本各报纸，则所载小说尤多，虽曰东施效颦，亦复何伤大雅。且客亦知小说之感人者深乎！取世界千种万态之人物，或为隐谋，或为策略，或为滑稽，或为悲恨，或为爱情，或为教训，而一一融贯其精神。摹写其状态，务使读者感其趣味，而不啻身处其中。故常人之嗜读小说也，每胜于读经史，而小说之足以感动社会也，亦反较经史为易。惜乎我国旧有之小说，非诲淫即诲盗，非谈狐鬼，即述神仙。种种荒渺不经之谈，流毒世间，损人道德。而后生小子乃背其父兄师长，忘寝食，废职务，挟册自随，恣意浏览。于是小说遂为儒林大师所诟病。相戒以为不可观。此非小说之为害，乃不善著小说者之过也。若夫以可歌可泣可惊可怒可悲可喜可忧可怜可感激零涕之事，而缀之以斐美之文词，范之于性情道义，则人群之进化，且有较之涵育诗书为更速者，安见小说之无裨于社会耶！客退，乃诠次问答语，以告阅者。①

客向主人质疑，报刊由西方传入，所载者皆为卓卓大者，何以刊登稗官野史类之小说？主人答曰"然抑知西人之报，固未尝不载小说乎"，并举出英国维多利亚时代两位著名的小说家狄更斯（迭根斯）和萨克雷（萨克礼），说明他们都曾先后在《泰晤士报》等杂志担任记者工作，其代表作也都发表在当时的报纸杂志上。而且，"日本各报纸，则所载小说尤多"。主人强调小说的社会作用"小说之足以感

---

① 《答客问本报附刊小说》，《申报》1907年2月26日。

动社会也，亦反较经史为易"。同时，作者还强调旧小说之弊端，"我国旧有之小说，非诲淫即诲盗，非谈狐鬼，即述神仙。种种荒渺不经之谈，流毒世间"，从而划清《申报》即将刊登的承担社会功能的新小说与传统小说间的界限。

二、1911年之前的《申报》小说刊载

1907年至1911年是《申报》刚刚开始刊登新小说的时期，虽然在《答客问本报附刊小说》一文中，申报馆亦明确提出小说需有益于社会的主张，但是相比于同一时期《时报》所提出的"有味与益二者兼具之小说，而后始得谓之开通风气之小说"[①] 等小说理论，显然《申报》对于新小说的刊载并没有明确的理论指导，反映在刊载新小说的内容上，则表现为小说选择标准的模糊。

1911年前后，《申报》曾刊登过一些具有鲜明启蒙意识的小说。例如，1910年四月至五月间连载的社会小说《清夜钟》，第一回的回目为"破迷信借资社会镜，儆愚顽唤醒国民魂"，小说的开头以痛心疾首的语言试图唤醒国民之魂：

> 无奈我们中国人的脑筋里头，都是空空洞洞的，没有一些儿富国强种的思想。迷信的依然迷信，愚顽的仍旧愚顽。若再是这般的一味因循苟且下去，没有人出来改良风俗，唤醒痴迷，我们中国的大局恐怕就要不堪闻问了。所以在下做书的拈着一枝笔，铺着一张纸，做出这几回小说来，既不是卖弄烧薪覆瓿的文章，

---

① 《论小说与社会之关系》，载陈平原、夏晓虹：《二十世纪中国小说理论资料》（第1卷），第167页。

也不是夸讶滑稽诙谐的雄辩，只把在下做书的人列年以来，耳朵里头听见的事情，眼睛里头看见的现象，略略的敷衍一番，或者有些革除陋习，改良风俗的期望也未可知。①

《清夜钟》自 1910 年 4 月 7 日开始刊登，至 1910 年 5 月 27 日停刊，共计连载 51 回，但小说全篇并未完，《申报》也没有交代。

1911 年刊登的军情小说《湘累怨》，在开篇有一大段议论，控诉当今中国所处的弱肉强食、任人宰割的局势以及那些浑然不觉国之将覆的政府中人："如今的世界，什么叫做公理，强权就是公理的代表。什么叫做道德，势力便是道德的模型。……几个有名的欧美强国，一个个都高高兴兴的练兵经武，积饷屯财。拷着拳头，瞪着眼睛，摩拳擦掌的，专等着蚕食支那，瓜分中国。到了如今的这般时候，世界的大势这样的变迁，欧美的风潮这般的激荡。我们中国的那班政府中人，却还像睡在梦里的一般，既没有一些儿振作的心肠，又没有一些儿改革的思想。真个是燕巢幕上，不知大厦之将倾；鱼游釜中，不知生命之已殆。"②《湘累怨》自 1911 年 1 月 3 日至 2 月 28 日连载完毕，共计 50 日。

这一时期，《申报》刊登的小说开启民智、讽刺官场，与此内容相类似的还有社会小说《自由女》、学界小说《风流太史》、社会小说《新官场现形记》、寓言短篇《自由梦》、理想小说《痴人梦》、官场小说《衣冠影》、官场小说《玉树花》、政治小说《铁血男儿》等等。但除了这些承担社会功能的小说之外，《申报》还大量刊登时下流行的侦探小说、言情小说、翻译小说等。

---

① 《清夜钟》，《申报》1910 年 4 月 8 日。
② 《湘累怨》，《申报》1911 年 1 月 3 日。

1907年4月10日，《申报》刊登《杀妇奇冤》（华生笔记），未注明著者和译者，至1907年6月28日登完。1908年5月1日，《申报》开始刊登《三捕爱姆生巨案》，至6月21日连载完毕，共连载48期。小说注明为"福尔摩斯再生后之探案续"，译者为"西泠悟痴生译"。1911年1月14日，《申报》开始刊登《三捕爱姆生巨案》单行本广告。此外，1910年5月28日，《申报》刊登章回小说《绣衣盗》，著者不详，同时标注"中国侦探小说"，至7月10日登完，共42期。作者还在第一回中详细论述了中外侦探小说的异同。

　　在《申报》刊登的各类小说中，最引人注目的还是各类写情小说，其中既包括翻译的写情小说，也包括自著的哀情小说。这些小说大旨在写"情"，但具体来看，"情"的侧重点不同，因此又细分为"写情小说""奇情小说""言情小说""爱情小说""哀情小说""痴情小说""侠情小说"，甚至"丑情小说"等。

　　这些小说不仅门类齐全，而且篇幅也相当可观。例如写情小说《幻邦奇遇录》，标注美国企格林原著，从1907年8月5日开始连载，至10月4日完结，历时61天。哀情小说《情海波澜记》于1908年2月6日开始连载，至3月27日完结，历时51天。奇情小说《美人虹》标注英国劳伦斯著，瘦猗译，从1909年5月22日开始连载，至7月14日完结，历时54天。奇情小说《鹦鹉禅》，从1910年8月24日开始连载，至11月18日完结，历时87天。言情小说《投海孤儿》原著英国喀而司笛克，译者为张春帆，从1911年3月1日连载，至8月16日完结，历时169天。

　　此外，还有言情小说《玫瑰泪》（英国勃司根原著，潇湘花侍译）、丑情小说《动物之爱》（钝根翼仍同译）、爱情小说《周利亚》（闽县超西子著述，青浦钝根润辞）、情海惨史《贵胄血》、痴情小说

《美女花》、奇情小说《秘密汽车》、侠情小说《剑光寒》《鸳鸯血》《北美妇》以及哀情小说《缦卿小传》《筠娘小史》《满园花》《劫后花》《琴云劫》等等。

　　《申报》的小说刊载有一个复杂的流变过程。1872年5月至6月间，刚刚创刊的《申报》即刊登了三篇翻译小说，即《谈瀛小录》《一睡七十年》和《乃苏国奇闻》，这也是晚清中文报刊刊登的第一批翻译小说。虽然这三部小说在《申报》的刊登具有开先河的重要意义，然而，在小说阅读习惯和读者群体尚未培养起来的19世纪70年代，申报馆的翻译小说并没有引起人们的注意。随后，申报馆主人美查自1875年起在《申报》刊登启事，征求说部，以先进的活字印刷和石印技术刊印单行本小说。1894年以后，随着鸦片战争的战败，新小说因被赋予开启民智、强国救国的历史使命而在晚清报刊界兴起。这一时期偏向保守的申报馆并没有立刻刊载新小说，但是新小说的广告、启事等却常常见诸《申报》。至1906年，《申报》也开始刊登自营的图书集成公司的小说广告。终于，在1907年这一晚清小说最繁荣的一年的正月，《申报》刊载了短篇小说《新年梦游记》和翻译小说《栖霞女侠小传》，宣告经过漫长的酝酿期，曾经中断的《申报》文学谱系又重新建立起来。

结　语

　　所谓《申报》文人群体，其主体指的是两批人：第一批是1872年至1890年间在《申报》上发表文学作品（主要是旧体诗词）的洋场文人，包括蒋其章、葛其龙、袁祖志、蔡尔康、钱昕伯、何桂笙、黄协埙、邹弢以及后来加入的王韬等人；第二批是1911年至1932年间在《申报》发表文学作品的鸳鸯蝴蝶派文人，其主要成员包括王钝根、陈蝶仙、姚鹓雏、周瘦鹃等。创作文体既包括旧体诗词也包括各类自著及翻译小说。

　　对于洋场文人而言，他们是第一批主动或被动脱离科举取士道路而进入报馆工作的传统文人。当时社会舆论普遍对他们抱有深刻的偏见，认为他们是不走正途的离经叛道者，左宗棠甚至鄙视他们为"江浙无赖之徒"。他们在报刊上发表的大量的诗词作品与举业无益，自然算不上什么"经国之大业，不朽之盛事"。连吴趼人在《二十年目睹之怪现状》里面，也专门写了一段文字讽刺所谓"洋场文人"：

　　　　今天请的全是诗人，这个会叫做"竹汤饼会"。……我听了，几乎忍不住笑。……出门坐了车，到四马路，入荟芳里，到得花多福房里时，却已经黑压压的挤满了一屋子人。……我请问那些人姓名时，因为人太多，一时混的记不得许多了。却是个个都有别号的,而且不问自报。离奇古怪的别号,听了也觉得好笑。一个姓梅的,别号叫做"几生修得到客"。一个游过南岳的,叫做"七十二朵青芙蓉最高处游客"。一个姓贾的,起了个楼名,叫做"前身端合住红楼",别号就叫了"前身端合住红楼旧主人",又叫做"我也是多情公子"。只这几个最奇怪的,叫我听了一辈子都忘不掉的。其余那些甚么诗人、词客、侍者之类,也不知多少。(第三十五回)①

而费行简在《近代名人小传》中,对王韬的评价亦不过将其看作是轻薄浮浪的报馆名士的代表:"韬不过李渔之流。所谓'浮薄轻士',而其诗与俪体文,固多佳制,未可全没也。……狎游征透,足为申报馆名士之先进矣。"②

吴趼人对洋场文人的讽刺以及费行简对报馆文人的轻视,某种程度上看有其合理性。洋场文人和报馆名士在《申报》等报刊上也确实留下了许许多多诗酒争逐的应酬之作。但即便如此,以蒋其章、葛其龙、袁祖志、王韬等洋场文人为代表的早期《申报》文人群体仍然在中国近代文学史上占有重要的位置。因为,他们是近代中国第一批接触报刊传媒的文人,正是通过这群边缘文人,中国近代知识普及运动悄然完成,而通俗文学亦逐渐兴起。

《申报》的第二批文人是以王钝根、陈蝶仙、姚鹓雏、周瘦鹃等《自由谈》主编为首的鸳鸯蝴蝶派文人。当他们在报馆工作的时候,科举制度已经废除,报馆文人已经是一个被社会普遍接受的职业。他们活跃的时期正当辛亥革命过后,此时启蒙思潮消退,口岸文学迅速

---

① 吴趼人:《二十年目睹之怪现状》,岳麓书社2014年版,第190—191页。
② 费行简:《近代名人小传》,第404页。

堕落。因此，第二批《申报》文人上承洋场才子和报馆文人的传统，将《申报》文学的通俗性传统发挥到极致。这一时期消闲性和趣味性是《申报》文人群体永恒的话题。不论是旧体诗词还是小说都可以成为鸳鸯蝴蝶派文人进行应酬和交往的手段。这一时期，文人之间不仅有连篇累牍的题诗联句，甚至还有一个人写一段小说的游戏之作。

对于鸳鸯蝴蝶派等消闲文人来说，他们的作品固然优劣掺杂，但其本身亦不过是近代上海经济发展和报刊业兴盛的必然产物。从洋场才子到鸳鸯蝴蝶派文人，《申报》文人所承续的文学谱系便是消闲性和趣味性并重的通俗文学谱系。

一、《申报》文学谱系的历史分期

《申报》创刊于1872年4月30日，1872年5月2日《申报》第二号即刊登了南湖蘅梦庵主蒋其章的诗歌《观西人斗驰马歌》。这是《申报》刊登的第一首诗歌，同时也是《申报》文学谱系的开端。如果将《申报》77年的历史做一个大致的划分，其文学谱系可分为五个时期：第一次繁荣期（1872—1890）、酝酿期（1890—1906）、重建期（1907—1911），第二次繁荣期（1911—1932）、衰退期（1932—1949）。

1872年至1890年的第一次繁荣期亦可以称为美查时期。因为这一时期正是申报馆主人安纳斯托·美查创立《申报》，并雇佣一批富有才华的传统士人进行报刊经营的时期。这一时期也是《申报》文人集中、持续地以旧体诗词进行海上唱和的时期。这一时期，《申报》大量刊登旧体诗，形成了海上文人唱酬的第一次高潮。此外，《申报》还进行了刊登小说的尝试。1872年5月至6月间，《申报》刊登了三篇翻译小说，即《谈瀛小录》《一睡七十年》和《乃苏国奇闻》。1873年1月至1875年3月，申报馆在其第一份文学期刊《瀛寰琐纪》中连载英国作家利顿的小说《昕夕闲谈》。在小说连载期间，《申报》亦进行了为期三年之久的广告宣传。但是，无论是第一批三篇翻译小说还是《瀛寰琐纪》上连载的英国小说，都没有引起读者的注意。其原因在于彼时中国的读者还无法接受报刊连载的翻译小说。

在这一时期，《申报》上的旧体诗词创作空前繁荣，蒋其章、葛其龙、袁祖志、蔡尔康、黄式权、何桂笙、邹弢、李芋仙、杨稚虹、江湄、黄铎、管斯骏等一大批落魄文人以《申报》为传播平台，进行诗词唱酬。报刊登载文人的旧体诗词，对于经营者而言，既是吸引众多文人读者的策略，同时也是"以诗词为补白"，解决报刊岁末年初稿件匮乏问题的重要方式。

而对于传统士人来说，能够免费刊登自己的诗词作品，并参与《申报》建构的海上文人唱酬中来，是一件越来越受到欢迎的事情。例如，1877年11月12日，《申报》刊登一首题为《遥赠缕馨仙史（并引）》的七律：

> 骚坛牛耳属中郎，遍采焦桐入听长。
> 白雪新歌赓楚客，青衫旧泪惜吴娘。
> 穷愁屡见陈无己，韵语争传葛立方（报中所刊陈曼寿、葛隐耕二家最多）。
> 我亦耽吟成结癖，执鞭可许入词场。

作者显然是《申报》的忠实读者，留意向来刊登的旧体诗，并注意到报中所刊登的陈曼寿和葛隐耕两位的诗作最多。同时，他也向

《申报》主编之一的蔡尔康表示,希望能够参与到诗词唱酬活动中来。在这首诗歌的序言中,作者特别谈到,昔日阅读《申报》刊登的旧体诗词,以为这些诗歌的作者都是申报馆的工作人员,后来与蔡尔康结识才知道申报馆面向社会征稿。随后他才鼓起勇气向《申报》投稿:"曩读《申报》中诗,清奇古秀,佩服良多,每以为贵馆诸君余事之笔,外人不与焉。今来沪上,晤花南馆主知系缕馨仙史采录近人杰作,择其优者而刊之,发潜扬幽,令人钦慕。屡邀余投诗,就正勉呈一律以申景仰,瞻韩愿切,访戴缘疏,伏乞点石为幸。"①

《申报》文学谱系的第二个时期为酝酿期(1890—1906)。其开始的标志为1890年3月21日《申报》在头版头条刊登一则《词坛雅鉴》的启事:

> 本馆创始迄今,持承诸词坛惠示佳章美玉,明珠动盈简牍。兹以报纸限于篇幅暂置不登。所有诗词及一切零星杂著请勿邮寄,俾省笔札之劳。区区割爱之苦衷,当亦同人所共谅也,特缀芜词借邀雅鉴。申报馆主人启

该启事说明,因报纸篇幅有限,此后不再刊登诗词作品。这也宣告《申报》中断了自1872年以来持续了18年之久的文学谱系的建构。

1894年甲午战争之后,新小说开始兴起。上海的报刊也纷纷刊登改良社会的新小说。不论是《新小说》《绣像小说》《月月小说》《小说林》等晚清四大小说杂志,还是《时报》《新闻报》等大报日刊,

---

① 万沛淇:《遥赠缕馨仙史(并引)》,《申报》1877年11月12日。

甚至一些小报都开始刊登新小说。《申报》这一时期虽然还未刊登小说，却在1895年刊登过傅兰雅的《求著时新小说启》，同时还刊登过商务印书馆等书局的新印小说，1906年，还为申报馆下属的图书集成公司刊登《栖霞女侠传》等小说的销售广告。

从1890年至1906年是《申报》文学谱系被迫中断的17年，同时，这17年也可以看作是《申报》文学谱系重建的准备和酝酿时期。

1907年至1911年是《申报》文学谱系的重建时期。1907年2月17日，《申报》刊登"傻"（王钟麒）的短篇小说《新年梦游记》，2月19日至3月5日，连载日本岩谷兰轩原著、亚东破佛（彭俞）翻译的小说《栖霞女侠小传》。这两篇小说的先后刊登，宣布了《申报》文学谱系的重建。值得一提的是，重建后的《申报》文学谱系其文体发生了根本性的改变。在第一个繁荣时期，旧体诗词是占据绝对优势的文体，《申报》持续刊发的大量的竹枝词等文人唱酬之作，吸引了海内外读者的目光。这一时期，《申报》仅仅刊登了三篇翻译小说，但由于中国读者既不习惯报载小说又不习惯翻译小说，因此，小说在第一时期是被读者排斥、被极端边缘化的文体。

然而，到了第三个时期，《申报》选择以两篇新小说恢复文学作品的刊登，这本身便已经意味着重建中的《申报》文学谱系中诗词和小说两种文体的地位已经发生了根本性的改变。正如陶佑曾所说的"今日世界已为小说之世界"，《申报》也不例外。

1907年，《申报》共刊登了9部小说，其中包括短篇小说《新年梦游记》、翻译小说《栖霞女侠小传》（1—14，未完结）、寓言小说《双灵魂》（1—24）、短篇小说《志士之小影》、侦探小说《杀妇奇冤》（1—57）、军事小说《消露》（1—19）、写情小说《幻邦奇遇记》（1—29）、滑稽小说《支那旅行》（1—53）、时事小说《人面兽》（1—

22)。此外，还有《血泪痕传奇》一部。此时《申报》恢复刊登的文学作品全部属于叙事文学，旧体诗词未见刊。

　　1908年，《申报》设立"文苑"栏目，恢复刊登旧体诗词。但《申报》本年度仅仅刊登了49首旧体诗词，且版面和数量均不固定，有时候隔日刊载，最长的时候相隔33天才刊登旧体诗。

　　而本年度小说的刊载情况却非常稳定，小说版面都固定在第四张第二版，从未间断。有时一篇，有时两篇。有的小说连载的时间也非常长，例如哀情小说《情海波澜记》（标明"英国培根原著，中国张春帆译"），从1908年2月6日开始刊登，至3月27日完结，共连载了51天。此外，侦探小说《奈何天》从1908年3月28日开始刊登，至4月30日完结，共计连载34天。而由西泠悟痴生翻译的福尔摩斯系列小说《三捕爱姆生巨案》也从5月1日开始刊登，至6月28日结束，共计连载59天。

　　1908年，《申报》共刊登49首旧体诗词、54篇长短篇小说。考虑到诗词和小说篇幅之悬殊，那么本年度，旧体诗词边缘化的情况就更为明显了。事实上，从1907年《申报》文学谱系重建开始，小说成为《申报》文学的主流，而旧体诗词被边缘化的趋势一直没有改变过。

　　1911年至1932年是《申报》文学的第二次繁荣期，也是《申报》文学谱系重建后的重要发展时期。这一时期的核心事件是1911年8月24日《申报》副刊《自由谈》的创立。自副刊创立以来，在王钝根、陈蝶仙、姚鹓雏、周瘦鹃等《自由谈》历任主编的经营下，《申报》文学谱系日益凸显出其消闲性和趣味性的特征。

　　这一时期，小说和诗词以及传奇戏曲的创作都呈现出极度繁荣的局面。1911年8月24日，《申报》设立副刊《自由谈》，此后，旧体诗词数量激增。《自由谈》主要的栏目有"游戏文章""海外奇谈""瞎费心思""尊闻阁词选""缠绵悱恻""文字因缘""戏评""小说"等。在版面设置上,"游戏文章"置于头版位置,每期刊登一篇诙谐文章。而小说则固定在最后一栏中,大部分时间每日一篇,偶尔有同一天刊登两篇小说的。例如1911年11月14日,同时刊登了短篇小说《童子军》和侠情小说《奇女子》;再如11月24日的《申报》,同时刊登了滑稽短篇《黑籍团》和短篇小说《客窗闲谈》。

相比于前一时期,诗词刊载的内容大幅度增加,"尊闻阁词选"是专门的旧体诗词栏目。1913年1月"文字因缘"栏目开始出现,此后两个栏目有时交替出现,如2月12日,无"尊闻阁词选"而仅有"文字因缘"栏目;有时候,"尊闻阁词选"和"文字因缘"两个栏目同时出现,如1912年8月8日;在天虚我生陈栩主持《自由谈》的时期,还出现过"尊闻阁词选""文字因缘"和"栩园词选"三个栏目同时刊登旧体诗词的情况,例如1913年8月21日和8月22日。

总之,从1911年8月24日《自由谈》创刊至1932年12月29日《自由谈》改版,这一时期是王钝根、陈蝶仙、周瘦鹃等鸳鸯蝴蝶派文人主持《申报》副刊的时期,也是旧体诗词和新小说创作极度繁荣的时期。

1932年,《自由谈》的主编由鸳鸯蝴蝶派的周瘦鹃更换为主张新文学的黎烈文,12月1日,《自由谈》刊登《幕前致辞》,宣布旧文学的结束和新文学的开始:"到昨天为止,这台上所'表演'的,已告一段落了,闭幕了。从今天起,新的活动开始,幕又要重新开了……"但是《申报》上的旧体文学并没有立即消失,虽然《自由谈》不再刊登旧体文学,但是12月1日,《申报》在第21页的"本埠增刊"上开辟了"文艺"栏目,一些旧体诗词便转移到这个栏目进行刊载。

一个多月后，即1933年1月8日，《申报》宣布将于1月10日成立《春秋》副刊，刊登新旧并存的趣味文学："本报为增加读者兴趣起见，自本月十日起，添辟增刊一种，定名'春秋'。所采材料，文体不论新旧，但以思想新颖，趣味浓厚为主。"①

1933年1月以后，"本埠增刊"的"文艺"栏目和《春秋》便成了旧体诗词刊登的主要阵地。尤其是从1933年至1949年间，"文艺"栏目上刊登了包括钱仲联、陈柱尊、林庚白、孙筹成、王复鼎等大批诗人的抗战爱国诗歌。

1947年12月27日至1949年4月24日《申报》停刊前，《自由谈》甚至又恢复了刊登旧体诗词。但从总体上看，旧体文学呈现的是明显的衰退趋势。例如，1940年5月至6月、1940年9月至12月、1941年1月至4月、1941年8月至12月等多个月份《申报》没有刊登旧体诗词。

这一时期，由于鸳鸯蝴蝶派失去《自由谈》阵地，加上抗日战争在全国爆发，因此以旧体文学为主，强调消闲性、趣味性的《申报》文学谱系呈现逐渐衰弱的趋势。至1949年5月27日《自由谈》终刊，宣布了《申报》文学谱系的正式结束。

二、《申报》文学谱系的性质与成因

总体而言，《申报》文学谱系是一个典型的以消闲性、趣味性为本质特征的文学谱系。在《申报》的不同时期，这一文学谱系便以各

------

① 《本报启事》，《申报》1933年1月8日。

种方式呈现其独特性。

在1872年至1890年的第一个时期,旧体诗词独占海上文坛。《申报》文学谱系的消闲性、趣味性便体现为洋场竹枝词的大量涌现与文人间频繁的诗词唱酬。

在《申报》创刊之初,那些因战争而流落沪滨的落魄文人也会抒发一些感怀时事以及落魄沉沦的身世之叹。例如鹤槎山农的《杂感十首》(节选):

> 俗虑消时梦亦清,此心无复不平鸣。
> 谋生计拙天应悯,与世缘疏命莫争。
> 客里头颅愁更白,年来髀肉喜重生。
> 苍黎久望承平乐,四海而今已息兵。
>
> 僻巷深藏一小齐,药炉茶鼎任安排。
> 菖蒲得雨青披石,苔藓逢春绿上阶。
> 花径笙簧来好鸟,草堂鼓吹有鸣蛙。
> 索居莫漫嫌枯寂,活泼生机已满怀。
>
> 终朝扫地与焚香,聊代陶家运甓忙。
> 融扁作书存古意,推敲得句倩谁商。
> 异闻约略常能忆,俗事糊涂过辄忘。
> 老去自惭筋力倦,负心不独在文章。
>
> 琐尾流离十五迁,崎岖历遍叹当年。
> 命悬虎口身多病,路入羊肠足不前。

沟壑未填疑自寿,箪瓢犹在莫求仙。
把苑欲盖谈何易,近市何防赁一厘。①

但更多时候,《申报》上连篇累牍刊登的是具有消闲性和趣味性的洋场竹枝词。例如1874年4月27日,《申报》刊登的云间逸士的《洋场竹枝词》30首(节选):

总起
和议初成五口通,吴淞从此进艨艟。
而今三十余年后,风景繁华互不同。

外国洋房
铁栏石槛色□浓,直上凌霄四五重。
忽听当头声啸处,错疑箫管破云封。

火轮船
不倚风帆过海江,任凭巨浪也能降。
烟腾百丈行千里,只要轮盘捷转双。

马车
卷起红尘马足驰,寻春十里不多时。
扬鞭一霎无从觅,天上腾云尚觉迟。

---

① 鹤槎山农:《杂感十首》,《申报》1873年7月3日。

外国新文志

外域奇文世上稀,排成铅字快如飞。
不分遐迩都分晓,洋货行情也要依。

酒楼

商量饮酒且停车,怀乐何如最乐居。
可惜也宜今寂寞,当年还有百花庐。

洒水车

错怪平空碎玉壶,潇潇洒遍费工夫。
夕阳返照香车过,路上红尘半点无。

外国花园

行来将到大桥西,回首窥园碧草齐。
树矮叶繁花异色,雨余石上锦鸡啼。

跑马

橘绿桃红景最佳,玉衔花马逐香街。
悬空四足高掀尾,无数游人乐满怀。

戏馆

出色京班次第来,金丹二桂两排开。
春魁大噪音清爽,喊好旁人几十回。

拍照

无须妙笔也传神,认得青楼笑脸真。
拍处管教形毕肖,相知即是镜中人。

烟室

清香扑鼻气氤氲,料是眠云万里云。
还有榻旁横玉女,蓬莱馆里闹纷纷。

自来火灯

荧荧星火尽生根,三处煤烧数十墩。
铁树开花光四映,竟忘天地有黄昏。

外国酒馆

酪浆膻肉也加餐,器皿精工尽用盘。
对客无须夸下箸,刀叉拑手主宾欢。

北新关

桥过洋泾路略湾,此间江海比新关。
洋交银号收单领,纳税收清缓步还。

花鼓戏馆

畅月楼中集女仙,娇音唱出小珠天。
听来最是销魂处,笑唤冤家合枕眠。

洋场东北大桥

指点飞虹三顶桥,行来休要解缠腰。
香车过去闲人说,可似江南大小乔。

酒馆

泰和明庆备佳殽,浦五新新也代庖。
要叫倌人先出局,忙开条纸唤奔跑。

华洋关周知署

职衔五品列官曹,判断华洋柄自操。
西国使臣分列坐,公堂剖折仗霜毫。

东西洋女

不拖裾幅发婆娑,面目何须香粉摩。
双眼空灵情活泼,日光照处转秋波。

小车

招客声喧坐小车,地名熟识却无差。
足登绳上安然坐,现给钱文不便赊。

天主堂

高悬十字插中央,知是耶稣天主堂。
七日轮流逢礼拜,教中男女诵经忙。

大自鸣钟

十二时辰远近听，钟藏一座似楼亭。
数声响处迷人醒，不是奇观是正经。

茶室

台名丽水上三层，龙井珠兰香味腾。
楚馆秦楼环四面，王孙不厌曲栏凭。

抛球场

忽闻街上闹声稠，擎伞闲人结队游。
疑是外洋狮子到，那知墙里睹抛球。

电线

漫说天机不易参，远乡消息霎时谙。
人工巧夺天工巧，今后休寻鲤寄函。

棋盘街巡捕房

街像棋盘十字尖，外洋污秽最憎嫌。
道旁洁净休遗泄，巡捕房中禁律严。

总结

万商云集闹非凡，古墓荒坟早掘劖。
廿六唛头谁辨认，飞金大字匾中嵌。
信手拈成卅首词，竹枝腔调不成诗。

天涯自有真才子，愧我无才像酒痴。①

云间逸士的这一题30首洋场竹枝词仅仅只是这一时期上千首竹枝词中的一例。袁祖志在1875年1月4日刊登的《和沪北竹枝词》的序言中说："自壬申年三月十二日第十五号《申报》中创载沪北竹枝词十八章，从此好事者更唱迭和，累牍连篇，迄今三年尤未已也。"②

据笔者初步统计，自1872年至1890年，《申报》共刊登了洋场竹枝词1089首。这些洋场竹枝词的内容驳杂，举凡茶室、酒楼、戏园、烟馆、书寓、电线、电报、自来水以及西餐、外国花园、跑马场、天主堂等租界内的一切新景观与新事物都是文人们争相吟咏的对象，而其轻松诙谐的风格正适应了近代报刊媒体对于通俗性的追求。

除了洋场竹枝词之外，《申报》第一时期大量刊登的便是文人之间的应酬唱和之作。例如各种消寒雅集、消夏雅集、九秋吟咏等等。这些唱酬之作充分显示了旧体诗词所具有的消闲性、游戏性的一面。

1911年至1932年是《申报》文学谱系的第二次繁荣期，这一时期《申报》中的各体文学尤其是新小说和旧体诗词全面繁荣。同时，鸳鸯蝴蝶派文人王钝根、陈蝶仙、姚鹓雏、周瘦鹃等人先后担任主编的《自由谈》充分体现了洋场文学消闲性、趣味性的品格。

《自由谈》创刊后，设立的头版栏目就是"游戏文章"，用以刊发一些谐趣文字。例如1911年8月24日，《自由谈》创刊的头条文章就是主编王钝根的滑稽小说《助娠会》。此外，从1911年10月12日开始，《自由谈》还在头版上刊登《征文告白》，向海内外征

---

① 云间逸士：《洋场竹枝词》，《申报》1874年4月27日。
② 忏情生：《和沪北竹枝词》，《申报》1875年1月4日。

集游戏文字:"海内文家如有以诗词、歌曲、遗闻轶事以及游戏诙谐之作惠寄本馆最为欢迎,即请开明住址以便随时通信,惟原稿恕不奉还。"①

《申报·自由谈》所奠定的消闲性、趣味性的文章风格自然与第一任主编的个人审美趣味和文学主张有关。1932年4月30日,周瘦鹃、黄寄萍为纪念《申报》创刊60周年,在《自由谈》专刊中发表文章《本报六十年来之鳞爪》,其中提到王钝根偏好游戏文章正与其人性格密切相关:"第一篇游戏文章是钝根自作的《助娠会》……钝根生性和蔼,喜滑稽,所以他以游戏文章列为第一。"

此外,1897年《游戏报》《繁华报》等一批上海小报的文学文化实践亦对《自由谈》的消闲性、趣味性提供了范本。换言之,1911年至1932年间的《申报》文学所呈现的消闲性、趣味性的文化品格,亦包含着《自由谈》向上海小报学习的背景。

例如,创刊于光绪二十三年(1897)五月下旬的《游戏报》就是一份典型的追求消闲趣味的小报,其发刊词宣称"以诙谐之笔,写游戏之文。遣词必新,命题皆偶。上自列邦政治,下逮风土人情。文则论辩、传记、碑志、歌颂、诗赋、词曲、演义、小唱之属,以及楹对、诗钟、灯虎、酒令之制,人则士农工贾,强弱老幼,远人逋客,匪徒奸宄,倡优下贱之俦,旁及神仙鬼怪之事,莫不描摹尽致,寓意劝惩。无义不搜,有体皆备"②。

1901年李伯元在上海创办的《世界繁华报》也是一种典型的"消闲"小报,其内容约分为讽林、艺文志、野史、官箴、北里志、鼓吹录、时事嬉谈、小说、论著诸类。此外,《笑林报》《寓言报》

---

① 《征文告白》,《申报》1911年10月12日。
② 阿英:《晚清文艺报刊述略》,第58页。

《趣报》等都具有类似的消闲文化品格。

但身处辛亥革命之后的传统士人提倡消闲文学，除了商业性的考虑之外，更有一份以滑稽文觉世，欲把诙谐当药石的苦心。1912年2月13日，《申报》刊登童爱楼七绝四首《题自由谈》，便表达了王钝根等人的这份苦心：

> 贾谊上书真痛哭，东坡说鬼妄言之。
> 梦泡世事瞬千变，都付文通笔一枝。
>
> 觉世大文难滑稽，翻新花样脱恒蹊。
> 要凭一管生花笔，唤醒黄华百万迷。
>
> 现身说法学生公，三峡词源未易穷。
> 别得巍巍铜像铸，大功刚在立言中。
>
> 文章笑骂亦文章，滋味酸咸试细尝。
> 欲把诙谐当药石，故翻格调学东方。①

1913年8月4日，《申报》刊登秦寄尘的《赠钝根先生》七律两首，亦有同样的想法："放瞻陈时事，茫茫百感伤。悲歌增阅历，游戏入文章。今古几棋局，乾坤一剧场。俯仰忽惆怅，身世已沧桑。"

1932年至1949年，《申报》文学创作虽然仍在进行，但其消闲性的文学谱系却基本中止。一方面旧体文学受到新文学的打压和排挤，

---

① 爱楼：《题自由谈》，《申报》1912年2月13日。

旧派文人失去《自由谈》的阵地。另一方面则是由于抗日战争爆发，在国家民族命运之前，旧体诗词消闲性、趣味性的文化品格消失，代之而起的是对于时局的感伤，对民族命运的忧虑。

纵观《申报》文学发展的总体过程，其文学谱系所凸显的消闲性、趣味性的本质特征，首先与其所处的地理环境和历史背景有关。在近代之前，上海是一个在政治、经济和文化上都处于边缘地位的区域。1843年开埠以后，那个昔日曾经泥泞不堪的沪北荒地逐渐成长为现代化的大都市。正是在这个高度商业化的城市里，《申报》的创刊、洋场文人的聚集以及《申报》文学谱系的消闲性、趣味性才成为必然。

其次，《申报》文学谱系所呈现的消闲性、趣味性的特征亦与报刊这种商业媒体的兴起密切相关。对于申报馆主人美查而言，他所要做的既不是传教，也不是启蒙，而是"盈利"。因此，如何在最大程度上获取市民阶层的关注，增加报刊的销售量，是《申报》首先需要考虑的问题。正是在现实的商业原则规范之下，《申报》文学不以传道或启蒙为目的，而是追求文章的通俗易懂，希望受到租界内外普通市民阶层的广泛欢迎。商业化的报刊媒体平台亦决定了《申报》文学谱系消闲性和趣味性的必然。

再次，《申报》文学谱系的消闲性、趣味性还与某一特定时期的社会环境密切相关。例如，1912年以后，《申报》文人对于游戏文章的热衷、对于诙谐趣味的追求反映的正是辛亥革命成功之后，整个社会心理与时代精神的松懈。

历史学家王尔敏认为，1912年以后，口岸文学消闲品味和意趣的形成与辛亥革命后的社会心理息息相关："辛亥革命成功以后，口岸文学迅速转于消闲遣兴之功用，实已远离如晚清十年间忧国伤时之严肃气氛。而'鸳鸯蝴蝶派'文风之兴起,亦略可见时代精神与心理之流于松懈,而迅速带来浪漫放纵之文学风气,并加速社会之颓废堕落。"①

1915年,梁启超在《告小说家》一文中曾痛心疾首地批评这一社会现象:"近十年来,社会风习,一落千丈……试一浏览书肆,其出版物,除教科书外,什九皆小说也。手报纸而读之,除芜杂猥屑之记事外,皆小说及游戏文也。……其什九则诲盗与诲淫而已,或则尖酸轻薄毫无取义之游戏文也,于以煽诱举国青年子弟,使其桀黠者濡染与险诐钩距,作奸犯科,而摹拟某种侦探小说之一节目。"② 尽管鸳鸯蝴蝶派文人欲以"诙谐为药石",大量刊登游戏文章,但在客观上却加速了社会风气的迅速堕落。

综合以上,不论从上海租界这一特殊的地理历史环境,还是从近代报刊传播平台的商业性需求以及辛亥革命后社会心理的转变来看,《申报》文学谱系的消闲性、趣味性之本质特征的出现具有历史必然性。

---

① 王尔敏:《中国近代知识普及运动与通俗文学之兴起》,载氏著:《中国近代文运之升降》,第52页。
② 梁启超:《告小说家》,载阿英:《晚清文学丛钞》(小说戏曲研究卷),第20—21页。

附录 《申报》影印本（第1册）发表旧体诗汇编[①]

1872年5月—12月

1. 1872年5月2日（壬申三月廿五日）

    南湖蘅梦庵主（蒋芷湘）《观西人斗驰马歌》
      见本书第117页。

2. 1872年5月18日（壬申四月十二日）

    海上逐臭夫《沪北竹枝词》
      见本书第266—268页。

    续沪北竹枝词
      忏情生
   申江自是繁华地，岁岁更张岁岁新。

  [①] 在梳理《申报》文人文学谱系的过程中，笔者全面梳理了《申报》发表的文学作品。其中，仅以1872年《申报》影印本（第1册）作为附录，展示《申报》文学作品的基本面貌。

解取及时行乐意，千金一刻莫因循。

自有京班百不如，昆徽杂剧概删除。
街头招贴人争看，十本新排五彩舆。

金桂何如丹桂优？佳人个个懒勾留。
一般京调非偏爱，只为贪看杨月楼。

同新楼共庆兴夸，烧鸭烧猪味最嘉。
堂下闻呼都不解，是谁喧嚷要爸爸。
（自注：南人不能操北音，呼饽饽作爸爸声，走堂骇然不敢应也。）

南人北菜讵相宜，无奈趋时要炫奇。
入座争尝汤泡肚，笑他掩鼻嚼芫荽。

阁号眠云众口誉，效颦比户辟精庐。
长街短巷灯如海，万里云烟信不虚。

闲来何处足流连，醉乐居中别有天。
却是良辰消遣法，餐霞吸露小游仙。

丹桂园兼一美园，笙歌从不问朝昏。
灯红酒绿花枝艳，任是无情也断魂。

酒馆方阑戏馆招，才听弦索又笙箫。
无端忙煞闲身汉，礼拜刚逢第六宵。

朋侪三五乐忘归，问柳寻花口绮扉。
行近门前忽惆怅，已经一局两茶围。

四点钟敲日影斜，千家妆就貌如花。
相邀彩伴无他乐，不坐龙船坐马车。

案目朝朝送戏单，邀朋且尽一宵欢。
倌人请客微分别，两桌琉璃高脚盘。

擘就瑶笺速客临，歌楼舞馆遍找寻。
芳名谁谓题京片，大字居然新翰林。

鸦娘雏婢侍筵前，密意全凭暗底牵。
双眼胜他鹰眼疾，万人群里认装烟。

入时举止任人看，摇动双肩学步难。
若大莲船君莫笑，行来也觉态珊珊。

房糊洋笺绝尘埃，屏幔时新画墨梅。
可以人而不如鸟，当中定置百灵台。

金镶大镜挂房间，照见檀郎日往远。
更设西洋藤睡椅，尽堪乘兴到巫山。

传说来朝烧路头，各房姊妹暗生愁。
是谁酒水多如许，吃到鸡鸣尚未休。

五拳行酒令方收，更把鸡缸互劝酬。
主已颓唐宾亦醉，逞豪犹要抢三筹。

家家自有蓝呢轿，个个争穿红绉裙。
妆出新年新气象，烧香邑庙去纷纷。

敬亭余绪足轩渠，难得明朝说会书。
袁调自高严调稳，若论风貌让三朱。

烟花触目太迷离，烟里藏花事更奇。
不重生男重生女，女儿生计胜男儿。

近时也复重莲钩，茶品松风足逗留。
更向西洋楼上去，同寻搭脚或碰头。

戏园请客易调停，酒席包来满正厅。
座上何多征战士，纷纷五品戴蓝翎。

生怕繁华迹易磨，闲将时事广搜罗。
吟成合写三千纸，付与游人缓缓歌。

前作竹枝词近将十载，时移物换，小有沧桑。同人怂恿续成醉后依数作此，时在壬申春仲忏情生草稿。

3. 1872 年 5 月 28 日（壬申四月廿二日）

一睡七十年

昔陈抟善睡，每睡必数百年或千年不等。又王质入山樵采，遇二人对弈，观之忘返。洎终局而所执之斧柯已烂。此皆言神仙之事，语殊荒诞不可考。兹有友人谈及一事，似与此二事相类，不知其真伪，亦不知何时何事也。（后略）

4. 1872 年 5 月 29 日（壬申四月廿三日）

沪北西人竹枝词

租界鱼鳞历国分，洋房楼阁入氤氲。

地皮万丈原无尽,填取申江一片云。

淡红漂白垩泥工,百叶窗开面面风。
更有三层楼槛好,迎凉快坐月明中。

危梯折叠万层中,暗窍机关一线通。
弹指叩门人已应,恍疑中有接声筒。
(自注:洋房每用暗机在三层楼上,一拨其机则下层之人已闻声至矣。)

屋山尖矗似云峰,忽见红旗飏碧空。
知是今朝逢礼拜,敞堂敲撒度人钟。

相携同坐七香车,彼美西方艳若花。
似怕街头人看煞,方巾遮面拥青纱。

元绸小盖掩娥眉,裙桶撑开十幅披。
最爱沙堤群试步,随身玉雪耍孩儿。

甫下香车缓缓来,又驰骏马逐飞埃。
雕鞍横坐如牛背,错认村童叱犊回。
(自注:西人妇女乘马者皆侧身横坐,无跨足于马背者。)

行过长街蹀躞忙,相扶相并倩檀郎。
低头甘作闲厮养,国俗原来服女王。

牛酥羊酪作常餐,卷饼包面日曝干。
留待中华佳客到,快教捧上水晶盘。

银刀锋利击鲜来,脯脍纷罗盛宴排。

传语新厨添大菜，当筵一割已推开。
（自注：宴客设大菜，一割即命撤去再易他馔。）

筵排五味架边齐，请客今朝用火鸡。
卑酒百壶斟不厌，鳞鳞五色泛玻璃。
（自注：用火鸡最为珍重，非上客不设也。）

贵宾宴集礼文严，未许朋侪入画帘。
独有两行红粉女，长台端坐玉叉拈。
（自注：若宴贵客，诸客无得入坐，惟眷属则侍坐两旁不避面也。）

烧鸭烧猪味已兼，两旁侍者解酸盐。
只缘几盏葡萄酒，一饮千金也不嫌。

小饮旗亭醉不支，玉瓶倾倒酒波迟。
无端跳舞双携手，履舄居然一处飞。
（自注：醉饮肆中则男女抱持叫跳，以为相悦云。）

璃杯互劝酒休辞，击鼓渊渊节奏迟。
入抱回身欢已极，八音筒里写相思。
（自注：击鼓劝酒以为极乐，并有八音筒，奏中外各乐。）

短衣精制荷兰绒，铜练金环扣着胸。
独有皮绚靴样好，声来橐橐快趋风。

春秋佳日趁晴明，跑马场开纵辔行。
胜负事何关局外，也将金币赌输赢。

角技新开蹴鞠场，怒冠对立逞戎装。

星流快说抛球乐,上下盘旋狮子王。

弹子房开书复宵,乘闲习技兴都豪。
空中飞舞浑难住,笑问谁输百廿骁。

杵急钟楼报祝融,赤衣光夺满场红。
腾空百道飞泉泄,机器新成灭火龙。

雷轰电掣疾流星,驾马车来大道经。
惊起西洋群犬吠,追奔狂掣小金铃。

面似乌龙足炫奇,黑衣翻映漆光雌。
无由偏爱修容饰,香水如油擦两颐。
(自注:黑人其黑如漆,光可以鉴,尤喜修容,香水、洋肥皂常不去手。)

洋画纷纭笔墨扒,琉璃小镜启晴窗。
爱看裸逐知何事,为说波斯大体双。

客来海上见闻多,风景欧洲问若何。
聊撰小诗编异俗,墨池幽怪伏蛟鼋。

5. 1872年5月30日(壬申四月廿四日)

续沪北西人竹枝词
西洋贾舶日纷驰,风俗欧洲认往时。
广得新诗尝小记,瀛壖闻见愈矜奇。

转轮聒耳隐如雷,电掣云飞日几回。
车上有人高举手,玉鞭群听指挥来。

（自注：西人驾坐马车遇道旁行人彳亍，辄扬鞭远挥，令知走避。）

　　鼓橐全凭一线功，当空大扇制何工。
　　七轮应笑丁家样，张翕蒲帆四面风。
（自注：夏间堂设风扇一人司之满座凉飔，洒然，龙皮佳制不得专美也。）

　　显微小镜制偏精，方寸洋笺折叠平。
　　暗拓小窗闲把玩，牛毛人物太分明。

　　焚膏继晷笑徒劳，短卷长街万炬烧。
　　最好疏星明月里，游人夜夜说元宵。

　　翠鸾紫凤聚仙胎，树荫苔枝日往回。
　　尽自飞鸣忘网罟，铁丝笼内放生来。
（自注：聚畜异鸟之处铁网遮天，使不得逸而中具林木之胜，群鸟忘机更形其乐云。）

　　剧透铁索路行恐，电气能收夺化工。
　　从此不愁鱼雁少，音书万里一时通。
（自注：洋房上有铁线，横空如纸鸢之线者。然皆电表之路也。）

　　玻璃四面斗玲珑，铁柱中空气可通。
　　玉镜银瓶相对设，恍疑身在水晶宫。
（自注：二摆渡有玻璃房一座，制作精巧，内外通明，真奇观也。）

　　娉婷小影挂中堂，认取娥眉缨络妆。
　　皮酒对斟无一语，横陈先上象牙床。
（自注：洋妇有设女闾者，华人往游辄终席不交一言，榻上横陈必以帕覆面上。）

洋枪小队试春操，绣袄金环气象骄。
引得儿童齐躲避，吹笳鸣鼓马萧萧。

一枝铜管豁双眸，方寸能教大地收。
千里山川供眼底，何须更上一层楼。

激水筒新机窃连，当檐飞瀑恍天然。
客来坐对烦襟涤，疑是珍珠趵突泉。
（自注：激水筒能喷水高至数丈飞洒而下，若雨后瀑泉云。）

曾楼重叠接云霄，上下何堪陟降劳。
妙有仙梯能接引，螺纹□子快升猱。
（自注：螺旋梯盘旋而上，最为轻便。）

卷就名烟吕宋夸，自称香味胜兰花。
咀含不用携筒往，为有余芬到齿牙。

当街高矗自鸣钟，十二声敲度远风。
忽听炮声齐举首，一轮红日正当中。

携手同登油壁车，鞭丝掩映鬓边鸦。
是谁眷属同游骋，拥得名花去看花。
（自注：西商时撷妇女出游泥城外各花园。）

圆顶鸡笼作戏篷，骏蹄飞舞四蹄风。
缘橦掷登如神技，齐入鱼龙曼衍中。
（自注：西人精马戏之技，盖圆厂演试，士女观者如堵墙。）

藤椅编成偃卧俱，对床风雨话何如。

旁人莫讶横陈状,不是隋宫如意车。
(自注:藤椅对卧以便深谈,宾客往来每移以相就示亲匿云。)

门首缘知彩帜飐,手持珍物叫当场。
何人倐应如千价,但听高台一拍忙。

缭垣围住树黄昏,马鬣对来土作们。
知识天堂还地狱,一抔谁拜旅人魂。
(自注:三马路有外国坟,甚为精洁。)

制出团圆大地球,量天有尺一针浮。
海滨真得畴人术,经度分明四部洲。

气摄空中铁匣沉,表随天意换晴阴。
是谁尽泄苍穹密,寒暑针兼风雨针。

连闻几杵似鲸铿,为代传呼语不明。
知是午餐端正好,钟声摇动讶铃声。

通商万国恍云屯,嗜欲悬殊且莫论。
聊纪见闻供一噱,留他海上雪泥痕。

6. 1872 年 5 月 31 日(壬申四月廿五日)

十梅吟嵩主人《青村新乐府》(略)

7. 1872年6月12日（壬申五月七日）

后竹枝词
海上忘机客

不唱杨枝唱竹枝，竹枝声最惹相思。
都将蜀国名笺纸，写出吴淞绝妙辞。

二三幺二又长三，别有弹词号女先。
除却花烟间不□，半幺□亦有三千。

十五雏姬信可人，盈盈一搦掌中身。
却将花貌翻新样，戴个茶晶看打春。

待欢不到暗猜疑，且整新妆石路来。
故把湘裙裁窄窄，逆风吹处便吹开。

苏州大姐眼如波，山上姨娘情更多。
觅得并头无处所，暂时相会夜猫窠。

好是吴中窈窕娘，春风一曲断人肠。
只因听惯京班戏，近日兼能唱二黄。

洋泾浜里浦滩便，轧轧声来劝复连。
郎若预知春意味，双钩看取小车前。

花帕蒙头双履拖，别饶风味蜒家婆。
雪青纱袄敲绸裤，香水朝朝揭几多。

吉祥街却不寻常，惟见行人站两旁。

忽听一声锣鼓响,毛儿戏正闹头场。

红庙门外买香烛,红庙殿前烧锭毯。
输舆吴侬作话柄,观音菩萨吃猪头。

8. 1872年6月13日(壬申五月八日)

前洋泾竹枝词
龙湫旧隐稿

香车宝马日纷纷,似此繁华古未闻。
一入夷场官不禁,楼头有女尽如云。

北里胭脂一路香,环肥燕瘦费评量。
珠娘娟素苏娘艳,蛮调吴愉各擅长。

玉笛曼箫处处皆,洋泾桥畔胜秦淮。
此间便是朝歌邑,不信人称宝善街。

三层楼阁似仙居,绮丽风情画不如。
最是动人流盼处,夕阳时节卷帘初。

酒味茶香兴并浓,者番欲别意惺忪。
要郎莫负明朝约,先问来时几点钟。

五陵裘马少年多,携得红儿共听歌。
不待曲终人已去,春宵一刻莫蹉跎。

共说京徽色技优,昆山旧部倩谁收。
一枝冷落宫墙笛,白尽梨园子弟头。

呖呖莺喉啭乍圆，枇杷花下发鸥弦。
自从世俗翻新调，不似旗亭赌唱年。

岂无夷女貌如花，偏解含羞面障纱。
一幅茜裙中里竹，细腰要向小蛮夸。

不分贫贱溷风尘，颠倒衣冠失本真。
记得茅山迎盛会，头衔煊赫属何人。

水面云龙卧以条，不须唤渡泛轻桡。
独怜有客囊羞涩，愁过斜阳长板桥。

四围马路各争开，英法花旗杂处来。
怅触当年丛冢地，一时都变作楼台。

后洋泾竹枝词

离悟繁华境本虚，红尘滚滚逐香车。
陆家桥北须斟酌，虎阜当年总不如。

香味初尝碧玉杯，却教庐陆作良媒。
漫言茶会寻常事，一入迷楼唤不回。

酒绿灯红按玉箫，有人骑鹤斗缠腰。
饥寒满路凭谁问，不惜千金付阿娇。

三更风露往来频，只爱花香不爱身。
莫恃夜行有照会，北邙一路鬼惊人。

落魄青楼意似痴，鸳鸯生死誓相随。

可怜情与黄金尽，一任飘零作乞儿。

盈盈十五入倡家，歌舞终朝督责加。
鸨母由来心似铁，狂风吹落未开花。

兰蕙如何溷荆棘，半缘贫贱半刀兵。
急须苦海回头早，凄绝秋娘老去情。

笙歌岂独满庭芳，别调还闻陌上桑。
最是有伤风化处，狂童淫女共登场。

氤氲毒气日熏蒸，高声双肩瘦不胜。
何况烟花成世界，美人长夜伴银灯。

海味山珍任品题，新新楼上夕阳西。
一筵破费中人产，忘却糟糠尚有妻。

丽水台边渭水楼，花枝多处易勾留。
何如茗话茅斋里，明月清风兴转幽。

沧海茫茫劫几经，俚词一曲播洋泾。
愿他自诩风流客，当作晨钟暮鼓听。

9. 1872年6月30日（壬申五月廿四日）

蝶恋花·申江感事词（略）

10. 1872年7月4日（壬申五月廿九日）

烟馆竹枝词
苕东客

小东门外最繁华，妇女跑堂处处夸。
选入清膏房里住，居然美丽胜名花。

一班大脚尽浓妆，惹得游人个个妆。
小帐掷来夺大帐，何妨携手摸倾囊。

半因过瘾半陶情，哪怕姨娘叫小名。
提将枪来烟已到，一壶开水叫连声。

问道姨娘有用不？共传闺阁替梳头。
而今竟作烟灯伙，半逞风情半卖羞。

呼朋唤友一齐行，乍靠烟盘已动情。
最是关心须暗约，今朝欢叙待三更。

牙签时□挂胸前，戒指金黄更值钱。
却被女堂收拾去，后来诚恐不完全。

相倚相偎最有情，一番嘲笑剪灯檠。
炕沿坐近娇无力，那管旁观眼独清。

握手谈心似爱怜，问年问姓共缠绵。
如何肯即抽身起，无瘾居然吃几钱。

艳妆总是借衣装，半节观音列满堂。

可叹狂徒勾引去,有夫妇竟作偏房。

此间恶习本难移,逐日增华事更奇。
窃愿狂澜回既倒,偶然吟就几联诗。

11. 1872 年 7 月 5 日(壬申五月三十日)

女弹词新咏
吴郡醉月馆主

天公迭降掌书仙,领袖应推王丽娟。
一种风流高格调,移情奚必让成连。(王丽娟)

书场哄闹夕阳天,馆主堂官共协肩。
报到先生油壁至,人人青眼看云仙。(袁云仙)

烂漫天真朱幼香,琵琶小拨韵琅琅。
娇憨亦有依人意,好是矜持阿母旁。(朱幼香)

幼娟绝世聪明甚,浅笑轻颦更可怜。
弱质何堪太消瘦,亭亭莫使立风前。(王幼娟)

老辈风流严丽贞,登场一盼似多情。
倭袍荤素人争听,弦索声中字字清。(严丽贞)

可是蟾宫谪素娥,尘寰游戏托娇歌。
冰弦弹向溶溶月,凄切声中别恨多。(陈月娥)

素兰京调也堪夸,清韵悠扬蝶恋花。
更有洋琴推独步,声声歌出浪淘沙。(朱素兰)

凤目蛾眉徐雅云,亭亭如鹤立鸡群。
吴娘暮雨萧萧曲,重到江南再一闻。(徐雅云)

当筵按拍助倾觞,呖呖莺声绕画梁。
偏是雅乡歌雅调,琵琶误拨引周郎。(钱雅卿)

宛转歌喉一曲新,徐娘半老尚风尘。
书楼浪说逢青睐,谁识当年碧玉身。(徐宝玉)

娴雅端严让月兰,大家风范坐书坛。
阳春一曲争倾耳,莫作寻常一例看。(施月兰)

漫拨檀槽便有情,奇音别出断肠声。
何人偏喜巴人唱,知否书场有爱乡。(陈爱乡)

12. 1872 年 7 月 8 日(壬申六月三日)

沪南竹枝词
龙湫旧隐

江流终古自朝宗,黄歇功高想旧踪。
去舶来樯浑不断,南连三郊北吴淞。

参差雉堞互回环,城上高楼俯市阛。
我欲凭栏吹玉笛,不知丹凤可飞还。

沧桑几度吊孤忠,江上灵旗卷朔风。
一样流芳两祠宇,陈公而后又袁公。

门前车马寂无喧,小有亭台也是园。

却喜文星相聚处，蕊珠宫近紫薇垣。

露香园址未荒芜，九曲桥边似画图。
一蠡湖心亭屼立，居然风景赛西湖。

城南境僻绝尘埃，杰阁层楼入望来。
何必求仙瀛海去，此间亦有小蓬莱。

瑶池仙味胜醇醪，异品争推水蜜桃。
问说黄泥墙更好，小红圈子认鹅毛。

西城月老最称灵，牵合红丝到小萍。
注定因缘休错过，纷纷儿女问签经。

妓家装束倍妖娆，自把心香一瓣烧。
惹得旁观忙不了，才来邑庙又红桥。

遥指崚嶒塔影斜，踏青一路到龙华。
碧桃满树刚三月，不为烧香为看花。

阿侬生效狎风波，浦隔东西一棹过。
最是木棉花市闹，胜他园客种香多。

曾向洋泾唱竹枝，须知南北自分歧。
笔端消尽繁华气，重谱申江一曲词。

13. 1872 年 7 月 9 日（壬申六月四日）

戏园竹枝词
晟溪养浩主人

洋场随处足逍遥，漫把情形笔墨描。
大小戏园开满路，笙歌夜夜似元宵。

穿来柳巷与花街，一片歌声处处皆。
新彩新灯新脚色，教人沿路帖招牌。

大汉关西唱大江，应推张八擅无双。
歌喉啭处声高下，滚出铜琶铁板腔。

丹桂京班素擅名，春奎北调甚分明。
五雷阵与双园会，定有旁观喝彩声。

争新斗巧费思量，创出奇情亦擅长。
山凤一班童子串，翩翩歌舞共登场。

帽儿新戏更风流，也用刀枪与戟矛。
女扮男装浑莫辨，人人尽说杏花楼。

戏名花鼓本轻佻，燕语莺声各弄娇。
莫笑上台多丑态，秋波转处也魂消。

竟把黄金视作灰，纷纷舆马戏场开。
兴豪正桌居然坐，还写红笺叫局来。

传书去后不多时，报道佳人到未迟。

飞轿一肩灯两盏，后边跟着桥娘姨。

晚饭娘姨手共携，看楼细认客来齐。
秋波一瞥逢恩客，不负今宵打野鸡。

轻薄言词指点工，滚灯背凳太玲珑。
无端笑煞家婆态，眷□谁家入座中。

二桂名园赌赛来，一边收拾一边开。
月楼风貌倌人爱，不羡红妆浪半台。

鸿福名优迥出群，眉梢眼角长红裙。
飞与竞说来山凤，要看今朝唱上坟。

包定房间两侧厢，倚花傍柳太猖狂。
有时点出风流戏，不惜囊中几个洋。

群英共集画楼中，异样装潢夺化工。
银烛满庭灯满座，浑疑身在广寒宫。

偶将俚句补新闻，拟为春申扫俗氛。
付与诸公同一笑，休嫌村语不成文。

14. 1872年7月12日（壬申六月七日）

洋场竹枝词
鸳湖隐名氏
瓦屋凌空高过岭，风轮旋水驶行车。
生涯半亩蚕桑地，种得人家插戴花。

西域移来不夜城，自来火较月光明。
居人不信金吾禁，路上徘徊听五更。

潮声沸市夕阳阑，夜夜元宵吹复弹。
设得迷人新局阵，烟楼添有女堂倌。

肴分满汉尽珍馐，室静情堪畅叙幽。
请客谁家最冠冕，同兴楼与庆兴楼。

品茶此处少龙团，饮酒还须落日寒。
三百青铜作何使，凤仙台上望新官。

花样翻来局局新，京腔同唱玉堂春。
阿谁值得千金价，好向灯前认美人。

女郎年少貌如花，绝样聪明未破瓜。
口口干爹声不绝，娘今有病为思爷。

不妨有女咏同车，双马奔驰偏水涯。
怪底红颜日憔悴，风狂扑面尽黄沙。

三月清明好天气，茅山殿里去烧香。
今年解饷难如愿，求待明年加倍偿。

花枝倒插为迎新，锁却愁眉笑效颦。
频回门前候恩客，阿妈明日做生辰。

一声娘复一声郎，听得邻家乐未央。
连日客人少光顾，红桥庙里再烧香。

神前许得愿心多，愿得情郎久着魔。
惆怅玉颜不如旧，夜来羞唱踏春歌。

第一开心逢礼拜，家家车马候临门。
姨娘寻客司空惯，不向书场向戏园。

日日频将戏目分，偏于妓馆最殷勤。
声声小姐来相请，今夜新灯好戏文。

一声提轿出茁房，茉莉花簪满□香。
今日倌人来请客，琉璃件件作高装。

戏楼上□屡眸回，熟客相逢笑口开。
致意大爷须转局，装烟先遣小鬟来。

先生也复作浓妆，咫尺巫山欲断肠。
闻说郎君爱小曲，正书少唱唱滩黄。

一自场东请会书，各人早起把头梳。
朱唇轻启红生颊，初次登场莫笑予。

高调云仙亦生硬，丽贞未免太声轻。
三朱风貌今推许，见否当年陆秀卿。

虽然年少口悬河，一曲琵琶听客多。
不道后来竟居上，云卿可奈丽琴何。

湖北京徽与粤东，两洋戏□复无穷。
女伶莫道于今老，演得衣冠一样同。

周文杨武共相催，□喜胭脂点两腮。
一自满堂齐喝好，看他得意下台来。

今宵新彩兼新切，招纸粘来到处传。
莫笑空中架楼阁，□中赚得几多钱。

昆腔勉力旧园开，新戏香球演几回。
毕竟富绅有京派，斗牌叫得阿真来。

三天跑马亦雄观，妇女倾城挈伴看。
赖有邻家老妈妈，跳浜等到夕阳残。

蛾眉淡扫最销魂，疑似之间不露痕。
为问娇娘住何处，正丰街后半开门。

商量何处去陶精，姊妹相携趁午晴。
闻说景芳花鼓好，山歌唱得最分明。

沧桑转眼酒重浇，空自繁华说六朝。
试问秦淮好明月，玉人何处夜吹箫。

15. 1872 年 7 月 17 日（壬申六月十二日）

龙湫旧隐稿《咏弹词女诗》（12 首）（略）

16. 1872 年 7 月 19 日（壬申六月十四日）

洋泾竹枝词
沪上闲鸥

共说洋泾绮丽乡，外夷五口许通商。
鱼鳞租界浑相接，楼阁参差倚夕阳。

十里花香并酒香，吴姬赵女斗新妆。
经过富贵荣华里，知否中藏窈窕娘。

丽水台同万仙台，两家茶社最称魁。
分明咫尺巫山里，莫约朋侪此处来。

花里藏烟事已奇，烟中更有好花枝。
烟花三月扬州梦，未必花烟似此时。

烟为世界色为由，美貌娘姨此处留。
蜂蝶恋花花未许，瘾成鸦片最堪愁。

万里眠云次第开，横陈衾枕好徘徊。
一灯深夜犹相守，几许黄金化作灰。

书馆先生压众芳，半为场唱半勾郎。
阿谁笑语凭高坐，小调还弹陌上桑。

山珍海错任安排，饕餮终嫌味欠佳。
尽有贫儿未举火，三更风雨乞当街。

京苏肴馔竞新鲜，一席浑忘价十千。

何若草堂相对饮,家园风味也垂涎。

休论絮果并阑因,难向桃源强问津。
叹息打心真草草,蹇修权不敌钱神。

墙花路柳细评量,孰是怜才抱热肠。
天下有情成眷属,会真记说总荒唐。

痴绝儿郎下玉骢,笑分黛绿与脂红。
是谁喧嚷装干湿,茶碗难教久宕空。

戏园观剧足流连,何必勾栏唤素娟。
为逞风情万人里,轻将班簪写红笺。

酒肆徵歌属等闲,连环小曲爱雏鬟。
忽教转局抽身起,云散风流顷刻间。

十二蚨飞酒一台,贾家红烛绮筵开。
床头金尽谁相问,几件青楼青眼来。

枉结如山似海情,一朝失意总心轻。
琵琶别调弹来惯,肯撇新知恋旧盟。

二八亭亭美素娥,豪华公子快相过。
春风秋月如驹隙,老大悲伤奈若何。

歌声宛转让昆腔,离合悲欢总擅长。
不信淫哇堪动听,倭袍荤素互开场。

今朝相约戏园中，正桌包来气自雄。
案目湾腰忙动问，逢迎若辈素来工。

庸奴亦效假斯文，衣履难将贵贱分。
更有异言并异服，淡黄马褂着纷纷。

一入新年兴倍高，千金一掷逞英豪。
有时囊内倾孤注，枉向苍天首屡搔。

宝善街中景物华，终朝商贾闹喧哗。
行人走路须加意，仔细中央跑马车。

旅客他乡怅夕晖，难将菽水侍庭闱。
红楼翠馆休轻眠，□个他年满载归。

繁华过眼即成空，船未江心好转篷。
数阙俚词聊警省，笔花未灿句难工。

仆不善诗词，自惭俚鄙，因见敝友龙湫旧隐稿，意在动人，语颇警切，效其意为二十四绝。仍俟高明斯正。

17. 1872 年 7 月 22 日（壬申六月十七日）

溧阳女子题壁诗
耐冬居士

溧阳女子雪侬，与西溪生有白头之约。西溪生故文士，因饥驱橐笔出游幕府，日久未归，其母悔盟，鬻于豫客，客挟以偕。时寓中和店，临行题诗于壁云：

征鞍欲上泣无声，意里连环绾不成。
此去死生悲异路，他年魂梦逐归程。

琵琶有怨嗟鸳侣，翡翠无温听雁更。

试问天涯久游客，黄金何日赎残生。

词旨哀怨恻恻可怜，惜乎胡笳蔡女未知其果，返汉关而赵郡美人亲见，其拥归叱利，西溪生闻之，正不知何以为情也。

18. 1872年7月23日（壬申六月十八日）

沪城感事诗
鸳湖居士

诸名士沪上竹枝词迭经本馆刊行，不少名篇俊句。今有鸳湖居士《沪城感事诗》五首尤为清真雅正，有关世道人心，复录之以备异日猷轩之采。其诗云：

汹汹百里怒潮声，沪渎风高撼未平。
芳草春深黄歇浦，画船朝发阖闾城。
木棉着雨花初放，水蜜含春桃始生。
觉物怡情殊不恶，海乡今已罢谈兵。

利竞锥刀举国狂，红鬈碧眼去来忙。
飙轮远集番人舶，钲角纷围估客樯。
广散汉钱围海市，别烧秦瓦盖阿房。
钩辀大半通华语，安用歌诗夐鬼方。

无端幻衔启波臣，世界网网草木新。
室耿羊灯疑不夜，花开莺粟有长春。
销金岁月悲羁旅，率土生涯问海滨。
安得斯民祛嗜好，一时风俗顿还醇。

倾城颜色斗吴娃，北里豪游记狭斜。
此日雕梁仍燕垒，昔年隘巷尽虫沙。

高楼落日闻瑶瑟，大道垂杨走钿车。
开遍园亭红似锦，无人知是战场花。

日练犀军据上游，楼船直下海东□。
民间筹策剐江蜃，天上征输连木牛。
世事浑如沐猴戏，功名敢笑烂羊头。
倚篷有客闲无绪，遥听劳人起暮讴。

19. 1872 年 7 月 25 日（壬申六月廿日）

魏塘儽道人《还家杂诗》（略）

20. 1872 年 7 月 29 日（壬申六月廿四日）

龙湫旧隐《记卫某惑骷髅精事》（略）

沪滨花事纪事诗
梦芜杏馆主人

才转歌筵又戏场，身心毕竟为谁忙。
无交不订双台酒，有愿须烧十庙香。

生怕老奴来入座，慢呼小婢去铺床。
寻常亦自夸消受，出色衣裳惬意妆。

凤钗斜插傍云欹，鹤氅新裁趁雨披。
每为客多骄姊妹，转因人熟避娘姨。

红笺招印风流字，白纸烧除月晦期。
常见自家颜色好，小菱花合四时宜。

承尘高幕地衣铺，洋纸新鲜满壁糊。
翡翠联书浓墨润，玻璃灯挂彩绳粗。

榻便曲卧身宜瘦，镜总空悬影不孤。
点缀洞房原绮丽，也知能称贮金无。

嘉宾络绎应笺来，杯勺安排绮席开。
拇战定须争胜负，目嗔便要费疑猜。

乌师按笛能提曲，鸨母窥帘只爱财。
修到房栊张夜宴，几抛心力事妆台。

絮语宵深竟不知，一番娇泥醉时归。
怀疑默问牙牌卜，遣闷闲听手鼓词。

掏股借舒无意恨，倚肩甘认有情痴。
留人逐客探消息，粥后看钟报疾迟。

灯前围坐集钗裙，知弄樗蒲唤入群。
猜谜笑防明日雨，含羞偷说昨宵云。

预留厨菜惟邀我，分送盆花不到君。
佯怒易生还易解，曳蝉䗪语是传闻。

鸦髻螺鬟俟几秋，嗍时欢笑默时愁。
味酸劝试玫瑰酱，香腻教笼茉莉球。

同此枕衾多勉强，果如胶漆任勾留。
别携赠物天然妒，绣帕罗囊仔细搜。

习惯寒暄记口边，亲擎瓜子送移莲。
睡过昼午知神困，斋及生辰检卷宣。

花烛点余还守岁，菓盘开出正逢年。
而今谁买千金笑，难乞萧郎小货钱。

饱看秋菊与春花，娇小如何解忆家。
忙煞相帮因近节，偶来同伴要加茶。

破瓜不择终成怨，题叶难凭或是差。
为问及时行乐事，马车驰骋向龙华。

莺结比邻蜂结房，旧新更续太荒唐。
情郎寂寂无从觅，妒妇纷纷信可伤。

难得归良先脱籍，最怜悔嫁复登场。
何当偏慰痴儿女，十万明珠尽数量。
竹枝宜绝，今易以律，似较工整用，公同好以博阅历欢场者，一粲云。

21. 1872年8月1日（壬申六月廿七日）

上海小乐府

海上忘机客

欢爱碧桃花，侬歌白团扇。
电线蜃海底，往来谁得见。

琉璃莫作镜，火油休热灯。
但照见郎面，不照见郎心。

明月不长明，好花不长好。
怪煞轻气球，随风会颠倒。

昨夜锦上花，今朝途中棘。

铁厂生郎心，机械安可测。

四作古意新声，淡思浓采而寄托遥深，音节哨劲逼真，齐梁人吐属，亟录登之，仿佛如读《子夜》《前溪》诸曲，令人之意也消。

22. 1872年8月3日（壬申六月廿九日）

申江行
琴冈居士

春申江上波涛浊，中外商民相角逐。
一片洋场白骨多，昔年荒冢今华屋。

华屋重重连狭斜，一群鸥鸟拥娇花。
珠娘矜宠头蒙帕，鲛女含羞面障纱。

东锦里建西锦里，豪家巨贾穷奢侈。
跑马路遥骑似云，抛球场外车如水。

梨园子弟奏霓裳，个个如花欲断肠。
从来玉笛推南部，自古胡琴属北方。

胡琴玉笛朝还暮，碧槛红阑不知数。
镇火惊从地底来，笙歌疑自天边度。

别有寻芳旧院楼，千金一刻赌缠头。
香飘锦帐围罗袖，花拂珠帘动玉钩。

玉钩罗袖销魂易，此间旧是伤心地。
却教隋苑让繁华，竟使长安输艳丽。

艳丽繁华岂久长,古今世界几沧桑。
富豪消歇威权尽,会见楼台变北邙。

23. 1872 年 8 月 12 日（壬申七月九日）

续沪北竹枝词
慈湖小隐

洋泾风景尽堪夸,到处笙歌到处花。
地火荧荧天不夜,秦淮怎敌此繁华。

金丹二桂戏超群,满足簪缨未足云。
别有一番新点缀,风流强半拥红裙。

万钱不惜宴嘉宾,朝上同新暮复新。
同嗜甘鲜贪口腹,那知滋味菜根真。

茶馆先推丽水台,三层楼阁面河开。
日逢两点钟声后,男女纷纷杂坐来。

洞庭春色佐春茶,饮罢徐徐上小车。
听说客从何处去,西金街内访桃花。

乍来望见玉壶春,只道其中式宴宾。
不意满堂寒夜客,高声红淡喊频频。

万里云烟远近夸,冷笼陈土小壶茶。
横陈短榻绌缊里,更有何人肯忆家。

小灯一盏设帘前,窄窄扶梯当户悬。

堪笑红签门首帖，直书楼上有花烟。（花烟馆）

出局时分坐马车，也将晶镜阵尘沙。
磷磷声彻人先让，不遍洋场不返家。

相招临发复枝梧，难免青楼习气无。
未出舆前三五步，妆腔卖俏倩人扶。

愈时髦矣愈矜怜，巾帼衣冠任倒颠。
不信但看弹唱女，拜年也用小红笺。

莺喉歌罢忆秦娥，拇战声中巧五多。
弱态生娇微雨后，问郎明夜复如何。

鲛绡径尺染牙蓝，携弄街前不自惭。
恰被游人相指点，决非么二与长三。

罗裙高系衿低拖，盈尺莲船稳步过。
轻脆语音苏大姐，惯将秋水送微波。

衣衫华美习为常，抱布贸丝作大商。
几句西人言语识，肩舆日日到洋行。

京式盆汤澡罢身，杏花楼畔又逡巡。
贪看一出髦儿戏，也算风流队里人。

前后单轮脚踏车，如飞行走爱平沙。
朝朝驰骋斜阳里，飒飒声来静不哗。

独对游僧笑不禁，如何闹市作禅林。
烟花满目先熏醉，那有工夫参道心。

虚盈消长本常情，平着心田到处行。
一自小车初制后，不闻道上野鸡声。

一椽小筑乐依栖，午枕酣余日向西。
搜取残笺三两叶，聊将巴曲纪鸿泥。

附录来书并《洋场咏物诗》四律（4首）
龙湫旧隐

　　未亲尘教，久诵鸿文。上下千年，独具龙门之笔。纵横万里，广搜鬐海之谈。薇盥连番，葵倾奚似某旧家乳水。寄籍申江，忝附艺林，喜交名士，耳闻已久。曾殷访戴之情，面晤无缘，莫逐识荆之愿。虽巴人下里，谬见赏于知音而蝉噪蛙鸣，终有惭于大雅。乃高怀谦抑询厥里居雅，竟殷勤叩其姓氏用敢自陈鄙陋。借申仰慕之私，还祈不弃庸愚，更切推敲之助，附呈俚曲并请大裁。

　　诗句见本书第198—199页。

24. 1872年8月14日（壬申七月十一日）

沪城城内竹枝词
　　杓溪生漫稿

二十年来居此城，备知风土与人情。
南门柴担西门粪，犹胜云间东北行。

当头吓被轿班呼，背后冲来担水夫。
晴日大街宜着屐，居民曾恐陆沉无。

惯看告示照墙间，红谕煌煌只等闲。
县试不知为大典，哗传今日大门关。

纷纷砂卷重时名，高第巍科与贡生。
京报门条挨户贴，吹嘘不到再辞行。

堂筑城西清节留，家家妇女尚清修。
朱门纤手惟谈笑，贫户操劳锭几毬。

采风想像大车诗，妓馆歌楼禁入私。
言就尔居犹不敢，绿窗小户借台基。

门包大小预商量，两姓门当户又当。
何事年年压金线，满盘争送硬添箱。

报丧条子累千夸，海上纷纷讲礼家。
三七以前成日少，尽教孝子不披麻。
（自注：俗遇丧事，必以成日方上服。）

阖家妇女赴经筵，一粟庵中鼓吹喧。
不奠生刍奠红烛，知他阴寿几千年。

士女填街塞苍时，委员弹压路三歧。
年年三节城隍会，第一雄观财帛司。

来往娘姨在轿前，虹桥香火盛相传。
黄昏渐渐游人少，群丐争呼七折钱。

茅君司命列仙班，三秀峰高不可攀。

神怒谣言能惑众，生前活捉上刀山。

蛊蛊动辄喜扶鸾，纵有神仙亦太烦。
敝帚能呼如愿出，静观斯理可无言。

天后娘娘小像传，中堂虔供一炉烟。
相风旗出高檐外，知是伊家放海船。

绅富家赀累万千，只闻问舍不求田。
账房规例无争论，接四租三赎半年。

菊夕兰晨聚赌天，满堂强半吸洋烟。
春秋宴会寻常事，酒半先教下榻眠。

绞丝金钏□于索，札额珠科大似轮。
闺阃矜严称古怪，庞然都不避生人。

定胜条头碗里糕，鲍鱼大肉面重浇。
三餐不识双弓米，□婢汤炊锅底焦。

衣食源头不两歧，无端暴殄本非宜。
世人戒食煮羊肉，被体何曾惜半丝。

一出北门无缟綦，中人大半耻缞裰。
防闲子弟无他术，只愿家家着布衣。

25. 1872年8月21日（壬申七月十八日）

东洋槎客诗

麟州关士仪，自号东洋槎客，又号吞鹏万里客。喜吟咏，豪性轶群，天资拔俗，瀛海钟灵，宜其独抱奇气也。兹以访购字模铅字及摆印书籍之机器来游沪上。前日持盖冒雨枉访本馆主人。言语未通，象胥难觅，谈论问讯之词，皆倩管城子楮先生辈译之。坐语移时始起身辞去，闻其即日将回东洋云。作间自录其过东洋舟中作一绝句以示予曰：落日长风浪不摇，平门（自注：日本岛名）西指海程遥。舰头照眼水天白，月沸东洋万里潮。雄健兀傲颇称壮观，然亦可想见其胸中之豪放矣。

蘅梦庵主和之，曰："海风怒撼地球摇，归艇东洋路不遥。羡煞锦袍高咏客，月明万里快乘潮。"逸迈生和之，曰："波光云影共摩摇，一片征帆万里遥。我欲随君瀛海上，水天无际夜观潮。"凌霄散仙和之，曰："碎击晶球急浪摇，碧天高接海波遥。何人舵尾横吹笛，长啸不知新上潮。"翠湖渔隐和之曰："倚剑狂吟碧宇摇，怒涛汹涌浪声遥。何人精选三千弩，直向江头射落潮。"因录东洋槎客诗而并记之如此。夫东洋各国文教同敷，吟咏一端尤所考校，故孙琴西方伯教习琉球官学时，曾有诗录之。刻清词丽藻辉映一时，海内瞻仰沛馀奉为墨宝，我辈之得遇关君留此唱和之迹亦未始非平生快事也。

26. 1872年8月23日（壬申七月二十日）

续沪南竹枝词

龙湫旧隐

自从老学毁红巾，殿庑重迁又一新。
礼乐修明文物盛，藻芹共乐泮池春。

书院原为敬业兴，龙门几辈快先登。
是谁能析程朱理，鹿洞渊源一脉承。

堂阁众善慰穷黎，老有扶持幼有携。
清节更看成美举，从今寡鹄得鹓栖。

江千市舶集如云，会馆巍峨列郡分。
闲说建汀名最著，地灵筹笔驻行军。
（自注：建汀会馆在大南门外，李节相曾开幕府恢复至功由此始焉，有筹笔地匾额。）

静安古寺蔓荒烟，胜有虾浑与涌泉。
云洞经台何处是，残碑犹访赤乌年。

沉香佛像祀观音，一朵慈云拥护深。
每值旱灾祈必应，杨枝水洒作甘霖。

禅机三昧问谁参，清景还寻一粟庵。
偶向放生池畔立，游鱼听梵出寒潭。

黄婆祠内白云彻，夜月虚悬织女机。
寄语空门须绣佛，因风莫逐柳花飞。

露香园址太荒凉，胜地今为演武场。
留得一泓池水在，空教词客吊残阳。

秦公古墓重修葺，忠义新祠更创观。
一片贤侯维世意，甘棠留荫颂声欢。
（自注：谓前任陈邑尊。）

董家渡畔泊渔艘，别有钟声破晓撞。
知是西人传教地，不闻高阁说临江。

小姑不字励贞修，天主堂中结伴游。
记得明朝逢礼拜，五更灯火照梳头。

缶山旧迹未全抛，花插军持更吐苞。
想见当年行犒赏，酒酣士气动征铙。

为看龙舟兴自佳，山歌一曲听吴娃。
闵行闹煞端阳节，竞渡何愁浊浪排。

鸟菘白菜品园蔬，一簇金花美可茹。
更有鲜船连夜赶，今朝宴客得鲥鱼。

相传顾绣玉织织，花样翻新逐日添。
何以田家工织素，三更机杼响茅檐。

潮平日落卸征帆，月映波心一镜衔。
小坐石梁闲眺望，浦滨凉气袭轻衫。

渡口芦花接古城，夜来风雨作军声。
伤心莫问袁公垒，眼底沧桑几变更。

豫园花木未荒芜，九曲桥边似画图。
一蠡湖心亭兀立，居然风景赛西湖。

前作《沪南竹枝词》十二首内有豫园误为露香园，今续成二十章特为改正，并将豫园一首附列于后。惟沪上景物繁盛，其中挂漏殊多，还祈博雅诸君教其不逮，幸甚。

27. 1872 年 8 月 27 日（壬申七月廿四日）

海上蜃楼词
梦花阁月仙隐
一气扶摇现海滨，峥嵘波浪涌金银。
三千玉宇壶中拓，十二丹城劫外新。
鳌岛舟航围蜃市，龟宫货贝集鲛人。
偶然大造灵机泄，幻出楼台别有春。

潜蛟嘘沫作烟霞，捧出芙蓉客共夸。
一片碧云长馥郁，万家金粟太繁华。
鱼龙望气群趋壑，牛斗寻津竞泛槎。
任是罡风吹不散，竟看流影偏天涯。

璀璨琳房复紫宫，尘寰光景迥难同。
飞腾宝马驰春陌，缥缈云车门晚风。
琐㡠妙鬘凭鬼母，星旗小队舞蛮童。
直疑身入遮须国，不是寻常点缀工。

飞升有术漫疑猜，闻道天门咫尺开。
梵宇尽教谣舍卫，金丹不用访蓬莱。
惊霄钟动朝真会，鹿苑经摊说法台。
若简三生凡骨换，铢衣别剪试新裁。

灵符授得玉真居，为指仙源万品储。
日月编年量气候，阴阳博物阐机枢。
传神影捕双鸾镜，窥管天开五岳图。
笑我层霄无力引，枉教奇丽眩云衢。

一自银河一苇航，朝来变态更苍茫。
现身魔可波旬慑，作势风惊飓母狂。
艳说琅环真福地，那知尘世有沧桑。
雨云但使无翻覆，便作蓬壶住不妨。

28. 1872 年 8 月 29 日（壬申七月廿六日）

沪城竹枝词
南仓热眼人

爆竹声中换锦衣，香烧头柱轿如飞。
索逋不管东方白，还点灯笼去叩扉。

络绎簪缨赛五陵，家家门榜福星临。
不知甲第官多少，三十年来一翰林。

鸿禧第一贺东翁，名片京装异样红。
倦眼门公偏挡驾，主人还在黑甜中。

出店相烦作管家，守门抬轿各当差。
跟班怕用宁波老，不肯人前叫老爷。

往来同市胜同僚，个个头衔五品高。
官体学来真道地，一声是是一弯腰。

梅花吐蕊柳迎祥，如意红笺草八行。
元字号对交信局，贺函大半寄苏杭。

十番如意丸连环，锣鼓声喧彻浦滩。
行近石桥音调别，二黄高唱学京班。

铜旂蝶梦斗花和，牌九新行顺手拖。
头罐不多赢者帖，夜来催酒唤云娥。

口口昌羊并大通，眼光齐注骰盆中。
阿谁手气今年旺，起快偏偏垫不同。

元宝高呼送进来，财东今夜又招财。
鲤鱼不跳龙门去，也逐金银上供台。

家家鼓乐闹深宵，寿字炉香次第烧。
却喜暴风吹不着，明朝饮福预相邀。

上元灯节月华新，走罢三桥接灶神。
十里珠帘都不卷，看灯人看看灯人。

一新年过市开场，收拾官厅作账房。
翎顶又将毡帽换，兰青不话话青黄。

银房精雅可人居，账桌当窗笔砚储。
八幅单条双款对，对山山水竹鸥书。

海市推尊各号商，相风旗子出高墙。
日高□舵纷纷集，催发身工好出洋。

野渡争喧趁晓风，锦花担簇浦西东。
秤锤未起声先喝，权在先生手掌中。

轧轧机声夜未休，朝来城市积山邱。
却嫌本地消场少，里足年来也用绸。

帽儿顺手抢纷纷,新跌行情客未闻。
几日牛庄船不到,豆油看涨二三分。

铜山簪领胜钱神,走北奔南难苦辛。
底事浑名呼作鬼,报来盘子总非真。

钱洋争赌却当官,片刻行情幻百般。
红日渐低人渐散,归来一路问收盘。

鹅眼青蚨满板堆,小钱也做宝庄开。
居然老店无分出,旧是郎家桥底来。

东西洋货客争掮,脚底生涯走露天。
东手接来西手去,个中扣用五分钱。

央求荐保费吹嘘,入市而今胜读书。
底怪门前桃李少,束修多半付陶朱。

毕竟年来市面清,陆家桥北少人行。
品茶只上临江阁,听罢涛声步月明。

对茗闲消春昼长,鸦烟鸿月醉清香。
严开夜游金吾禁,特地新开永顺昌。

一枝清影占花天,独步南园剧可怜。
醉浅日长消未得,霓裳一曲听云仙。

轻移莲步近黄昏,勾引游蜂欲断魂。
遍是暗香删不尽,荷花池后半开门。

《聊斋志异》简斋诗,信口吟哦午倦时。
底本近来多一种,汇抄《申报》竹枝词。

29. 1872 年 9 月 1 日（壬申七月廿九日）

《续和东阳槎客诗》(略)

30. 1872 年 9 月 4 日（壬申八月二日）

滇南香海词人《洋场咏物词四阕调依沁园春·并附来书》

诗句和附信见本书第 199—201 页。

31. 1872 年 9 月 5 日（壬申八月三日）

《赋得戒食洋烟·得洋字五言八韵》(略)

32. 1872 年 9 月 7 日（壬申八月五日）

抱朴后人录《葛孝廉辞馆诗》(略)

33. 1872 年 9 月 9 日（壬申八月七日）

沪北竹枝词
花川悔多情生

无边风景话申江,笑我重游到此邦。
强把颦眉效西子,新诗高唱竹枝腔。

马头遥认泊轮船,金利源真利济川。
榷算精英诸伙伴,人人也羡说腰缠。

十二声洪度远郊,自鸣钟大出云梢。
若能唤醒人间梦,较胜蒲牢百八敲。

不须画笔写丰姿,镜里传神事亦奇。
肥瘦还教怜一样,相看堪舆说相思。

弹词少女好容颜,漫转檀槽露指环。
最是有情伴笑处,轻摇画扇整云鬟。

家家姊妹费商量,不斗浓妆斗淡妆。
想是名花宜素艳,一齐浅色看衣裳。

时样争翻外斗妍,新妆小小髻儿鲜。
菱花方寸随身便,频见开奁对宝蟾。

娉婷行处固堪怜,别有东施也效妍。
勉强学来全部是,奈他步步乏生莲。

丹桂茶园金桂轩,燕歌赵舞戏新翻。
人人争看齐称号,闲煞笙箫山雅园。

红旗赤帜将登台,鼓击三通疾似雷。
一阵花香香扑鼻,回头行过丽人来。

吴娘唤到淡妆同,醉脸霏微浅露红。
隔坐忽传鸳牒下,花香钗影去匆匆。

周春奎曲妙通神,任七郎还技出人。
新道争传韩桂喜,一时抹煞众伶伦。

一出登场众伎收，徐陈李杜数名流。
有人偏说寻常甚，毕竟输他杨月楼。

团团布幔幕天高，戏演鱼龙枝独操。
马上飞升来往疾，轻疑海燕快如猱。

楼声三层丽水台，品茶争向此间来。
玻璃四面窗开处，隔巷红颜笑托腮。

一壶春满雨前芽，阁上松风四壁花。
最好倚栏当夕照，巷来花去七香车。

西洋楼好斗茶缸，密约还来订小窗。
从此蓝桥期有路，野鸳鸯亦尽成双。

肤园六寸袜生光，半臂还加沉水香。
斜转眼波微带笑，茶楼到处去寻郎。

沧海桑田事易更，最繁华处最心惊。
歌楼舞馆销魂地，鬼火当年夜夜明。

巴辞一唱每三叹，劝诫原教入耳难。
玉局他年深怕改，诗成留与后人看。

34. 1872 年 9 月 10 日（壬申八月八日）

沪上护花铃馆怀珠散仙《惆怅诗八律赠人》（8 首）（略）

35. 1872年9月13日（壬申八月十一日）

申江杂诗

春申江上落帆多，萧鼓声喧遍地歌。
如此繁华如此乐，几忘人世有干戈。

益庆门边路未遥，行人尚忆陆家桥。
可怜斫尽垂杨树，不见飞花送落潮。

潮来红日一竿斜，闹煞棋盘十字街。
不道江南烽火后，花花世界更繁华。

窗隔琉璃百扇开，夜深灯火有人来。
招凉七碗松风阁，看月三层丽水台。

亦费辛劳亦费财，填平道路起楼台。
无端地火通宵照，胜却苏杭景致来。

南桂馨连北桂馨，兆荣里面四时春。
久安富贵兼同庆，不换春光只换人。

腰细裙宽面障纱，飞尘影里驾轻车。
谁怜绝域多情女，解看江南二月花。

楚楚蛮娃别样妆，罗衣熏就水沉香。
纵然博得四人笑，未抵苏州窈窕娘。

一隅几国共依稀，旗帜分明判畛畦。
居货多半英吉利，称兵争说法兰西。

扰扰莺花共一□，未来□世梦谁知。
旧时丹凤楼前客，又向西风唱竹枝。

客窗无聊，偶忆故人旧作绝句十首，颇有唐人风味，仰祈贵馆便登《申报》。苕上野人附恳

36. 1872年9月14日（壬申八月十二日）

七月既望非非子《和张少卿花烛词》（8首）（略）

洋泾浜漫兴诗并引
宝隐道人

贵馆印布诸吟坛佳作莫不各擅新奇，兹有洋泾浜漫兴二律作于辛酉避寇时，回首前尘，如梦如寱，爰为录出，俾览者有抚今追昔之思亦安不忘危之一道，采风者或有取焉。

历遍波涛故国仍，海天幽奇意难胜。
乍疑风景来鲛室，共说人间有武陵。
赴壑照龙争曼衍，嬉春歌管自喧腾。
夕阳多事鸣筇急，正是城郫戍卒登。

蜃市峥嵘幻影新，波斯曾不识□尘。
天涯飞絮千家泪，劫□围棋一角春。
转徙难寻干净土，安恬暂忘乱离甚。
寒林我是伤弓鸟，草木兵马入梦频。

37. 1872年9月16日（壬申八月十四日）

惜花馆主《扇头集古诗》（10首）（略）

38. 1872年9月18日（壬申八月十六日）

《记否词》（12 首）（略）

续洋场竹枝词
鸳湖隐名氏

窗设琉璃四面风，寻芳未许入花丛。
登楼岂尽因逃暑，为有仙源路可通。

百蝶裙开步欲扶，青纱障面认模糊。
迷人催得东洋妇，曾引檀郎入梦乡。

妹名咸水抑何奇，粤调居然唱竹枝。
常赤足来门外立，倩人马路买胭脂。

席间未肯便相陪，女串还工二度梅。
装得粤东大楼样，何人曾把大厅开。

天然图画任相看，到处徘徊意未阑。
未敢多将茶细品，洋场十里小恭难。

辟尘手执一鞭过，几许游民唤奈何。
闻说新添土巡捕，往来路上打人多。

扁舟渡口泊斜辉，知是谁家载室归。
可恼野鸡竞挑取，曾时竟作满天飞。

松风阁上女如云，异事人云我亦云。
知否迩来添韵事，朝朝沿街卖新闻。

天炎懒把酒樽开，小小点心亦快哉。
素面麻姑糕扁豆，同人三雅戏园来。

只因未尽事纷纭，重补新词酒半醺。
闻见不多空自愧，《吴都赋》就望多君。
　前作竹枝词二十八首，颇有以为无微不悉，客曰是尚未尽为述若干事。
余愧闻见之未广，醉后织此，第恐言之无文，未免笑于方家耳。

39. 1872年9月20日（壬申八月十八日）

上海竹枝词
酒坐琴言室主人

海市由来幻景虚，谁将覆辙鉴前车。
繁华今古都成梦，花貌休夸玉不如。

红楼彻夜奏笙箫，醉月迷花舞细腰。
只恐床头金尽后，更无人伴可怜宵。

作戏逢场不厌频，烟花情重转身轻。
北邙新冢凄凉夜，谁吊当年赏曲人。

窥帘狂眼镇如痴，茗碗炉香处处随。
誓死缘何浑不悟，为人酿蜜似蜂儿。

追欢买笑几人家，夜漏初沉半臂加。
寄语曲中诸姊妹，艳歌休唱后庭花。

如云幻态易榛荆，脂粉丛中亦有兵。
生怕红颜多薄命，琵琶筵上不胜情。

茉莉花开闻鬓芳，玉纤不采陇头桑。
　　凭谁皆与仙家枕，唤醒邯郸梦一场。

　　叶戏何愁暑气蒸，酒阑人倦力难胜。
　　藏春便有销金窟，开着烟盘唤点灯。

　　茶寮酒肆额纷题，逐队呼朋东复西。
　　知否严围灯影下，娇儿和泪伴娇妻。

　　寻花问柳漫登楼，一霎风光那可留。
　　安得删除尘俗态，桃源仙境换清幽。
此诗系友人钞寄，谓之诗近艳体者实格言，故录以通转请大雅鉴之。

40. 1872年9月21日（壬申八月十九日）

味灯室主人《沪北新乐府》（4首）（略）

41. 1872年9月24日（壬申八月廿二日）

龙湫旧隐《地震书感》

诗句及跋见本书第196—197页。

42. 1872年9月25日（壬申八月廿三日）

和滇南香海词人秋兴八首用杜工部诗韵
　　龙湫旧隐
　　身世蓬飘托远林，故园盼断树森森。
　　失时弩马嘶衰草，避地哀鸣下西阴。
　　万里空怀投笔意，卅年孤负请缨心。
　　天涯渐喜消锋燧，何处还敲戍妇砧。

　　西风江上雁行斜，绿悴红憔感岁华。

沧海几番能变市，银河无路可乘槎。
霜高犹剩当年垒，日暮惊闻异国笳。
有客登楼穷眺望，萧萧古渡满芦花。

谁共清尊对晚晖，沾衣渐觉露华微。
千家蛩语寒灯灺，万树蝉声落叶飞。
王粲依人谋自拙，贾生献策愿多违。
专鲈风味今安在，羡煞江村稻蟹肥。

世事茫茫一局棋，韶华过眼令人悲。
浮生尽有欢娱境，大造宁无萧杀时。
舞榭歌台多变幻，香车宝马竟奔驰。
荻花枫叶浔阳夜，商妇琵琶触旧思。

十年戎马别家山，漂泊红尘碧浪间。
岂有才华惊海内，空教词赋动江关。
萧条易感秋人鬓，憔悴渐惭壮士颜。
霄汉征茫蓬鸟远，梦中曾记列仙班。

凄然月色照楼头，相见边关尚警秋。
塞上刀环征士梦，江南弦管美人愁。
高城凿窟狐兔战，战舰横江枢惊鸥。
回纥吐蕃何日静，凯歌一曲唱凉州。

麟阁群推李左功，勋名炳烈震寰中。
灾黎力挽津门水，穷寇悲啼朔漠风。
鲸鳄不翻秋浪白，旌旗遥卷夕阳红。
四郊喜见田禾熟，且听升平话老翁。

策杖寻秋自迤逦,何时归棹泛平陂。
山中丛桂怀千树,篱下黄花寄一枝。
杜牧扬州刚梦觉,成连东海独情移。
感时抚景添吟兴,秃管惭无玉露垂。

六馆闲情
南仓热眼人
妓馆
行乐人生须及时,黄金坐拥以何痴。
奈他香国忘归日,任尔铜山有尽期。
赘斧尽多供鸨母,束脩几倍奉鸟师。
东风力竭花情冷,前度刘郎更孰知。
酒馆
更上糟印集鬓叙,偎红依翠玉山斜。
醉翁主意非关酒,请客虚名只为花。
片刻欢娱豪富席,百年□粝野人加。
不知灶下啼饥妇,可有余芬染齿牙。
戏馆
月光醉眠雨朦胧,落魄梨园兴尚浓。
台上莺歌金粉艳,灯前燕笑绮罗丛。
究谁演剧谁观剧,不尽形容尽冶容。
一曲莲花音咽切,分明为尔打晨钟。
烟馆
香扑楼台集众仙,餐霞无癖也贪眠。
艰难事业成焦土,矍铄精神付劫烟。
凡念回头登即岸,此间失足渡无边。
一灯灭却英雄志,何惜金银气黯然。
花烟馆
绿窗原是蒨秦楼,声价遍宜逊一筹。

预为萧郎留退步,也教莽汉逐时流。
残花剩柳随人折,瘦蝶饥蜂逞意游。
小本经营微手艺,命钱都向此中丢。
　　　　　女堂烟馆
余几青蚨挂杖头,才思漏网又衔钩。
谁知贻管联盟约,即倩孤灯作蹇修。
赤手不须金买笑,红颜何用扇遮羞。
几时摆脱烟花劫,真个吹箫也便休。

43. 1872年9月26日(壬申八月廿四日)

　　　　平江散人《苏城圆妙观竹枝词》(15首)(略)

44. 1872年9月27日(壬申八月廿五日)

　　　　　　无题四律
　　　　　　悲秋山人
脉脉情怀不自持,半如中酒半如痴。
十分春色人谁赏,一点芳心我独知。
未免有情新别后,不堪回首乍逢时。
宜嗔宜喜娇无际,最耐萧郎次第思。

银河未渡早兴波,难道红颜薄命多。
雨苦风酸怜我受,消香玉碎奈卿何。
从教南国多红豆,空对西方泣素娥。
记得绿窗针绣罢,几回笑问指尖螺。

彩云倏忽散遥空,奠酒争如泪点浓。
尽有姻缘来世续,也应魂魄梦中逢。

伤心何处寻芳躅，闭目犹能想玉容。
指点桃源应有路，而今早被白云封。

曾把曼浆递一瓯，春葱着手嫩兼柔。
常防鹦鹉难通语，愿作鸳鸯恨未休。
唱到骊歌人已远，煎成兔药疾难疗。
可怜萧寺钟声惨，日暮魂归无限愁。

45. 1872年9月28日（壬申八月廿六号）

续沪江竹枝词二十首
嘉门晚红山人

前续八十九号尊报中有慈湖小隐竹枝词二十首，词意清新，雅俗共赏，仆见而慕之，遂反其意而和其原韵，信口占来，不计工拙，还希贵馆斧正是幸。嘉门晚红山人稿

竹枝无数沪江夸，不说经营只说花。
都是私忠常爱慕，故将幻境述繁华。

丰姿潇洒乐同群，衣履翩翩未足云。
试看吹箫吴市者，从前多半误钗裙。

逢迎宴客与招宾，三五盘食兼味新。
何用万钱欢一席，古来交道谈于真。

花柳场兼歌舞台，妓楼都向市心开。
明知陷阱从中设，偏似飞蛾扑焰来。

松风丽水共评茶，行道迟迟出有车。
毕竟申江风景好，莫贪春色恋残花。

秾桃艳李十分春，闲倚门前接众宾。
一抹斜阳大马路，纷纷舆马往来频。

巨贾千毂未足夸，洋商交易羡丝茶。
每逢礼拜公司放，百万朱提散客家。

番舶云屯黄浦前，帆樯分别号旗悬。
望台忽报轮船到，淫见青天十里烟。

双马轮车夹小车，终朝辘辘起尘沙。
却劳工部经营好，洒扫街前十万家。

洋场风景若金吾，地火通宵何处无。
只恐酒阑灯炧后，一时沉醉没人扶。

卿卿谁是阿侬怜，挥霍无金只自颠。
堪笑多情穷措大，亲题翰墨赠鸳笺。

欲慕姮娥尽唤娥，佳人应在此间多。
广寒宫里如相妒，碧海青天恨若何。

服色深红夹浅蓝，无盐刻画不知惭。
何须重说花烟馆，更有堂命幺二三。

百花里口影婆娑，无限春光一眼过。
寄语英年诸子弟，桃源深处有风波。

海市蜃楼幻不常，欧洲诸国尽通商。
春申浦胜扬州地，奚止金钗十二行。

年少风流不检神，荣华里内屡逡巡。
近来攀得新相好，只爱新人弃旧人。

南商北客尽停车，不羡陶朱只羡花。
萧管笙歌终夜闹，如何不听市声哗。

客窗寂寂静难禁，一纸新文说《字林》。
今日互传有《申报》，江南遐迩共知音。

烟花撩乱最关情，游子他乡喜夜行。
知否闺中年少妇，枕边泪落断肠声。

我来沪上作枝栖，花映东邻月映西。
看到竹枝聊写意，和成俚句隔云泥。

46. 1872年9月30日（壬申八月廿八日）

泉唐啸岑氏《地震书感和龙湫旧隐韵》

诗句及附录见本书第197页。

47. 1872年10月2日（壬申九月一日）

《绝命诗四律》（略）

《青浦颖仙吴文通和赵忠节公绝命辞原韵》（12首）（略）

万本梅花馆主《震泽蕙庭姚锡爵和赵忠节公绝命辞原韵》（4首）（略）

48. 1872 年 10 月 4 日（壬申九月三日）

江右陈继湖《菊花诗并序》（8 首）

绣吟女士请于余曰：自渊明赏菊，后世多目菊为花之隐逸，不知凡花皆比美人。菊花岂独不然。即陶诗"秋菊有佳色，未尝不佳人"喻菊也。余嘉其议，特广证之。凡花色多妖艳，菊能于艳色中抱一种清幽出尘之致。傲霜耐冷，撑柱三秋，拟则之名媛，具有林下风格，一切倡条冶叶腻蕊柔枝□与菊，夫人作婢也。曹子建《赋洛神》云"荣曜秋菊"。炀帝论张丽华与萧妃曰："春兰秋菊，各一时之秀。"则似咏菊者，不当以老圃疏篱专为野人写照，使见遗与邢尹姬姜而外，爰特此意为花定名，得诗八章。（略）

附录《咏菊二首》
绣吟女士萧其仪

一般菊态足倾城，浪得人间隐逸名。
洛水波前神女赋，鸡台梦里后妃评。
黄衣灿烂仙曹谪，金色庄严佛界生。
陶令东篱非寂寞，爱他佳色即闲情。

也是天香与国香，莫嫌秋色逊春光。
美人金屋能高寿，妃子西宫已道妆。
自具风流高格调，不随月令众芬芳。
一从脂粉消除尽，肯信人间有雪霜。

49. 1872 年 10 月 5 日（壬申九月四日）

和赵忠节公绝命辞原韵
龙湫旧隐

昨读贵馆所录吴兴赵忠节公覆为忠王李逆书并绝命词四律，慷慨成仁，从容取义，直足与睢阳信国并传不朽，敬和原韵以备采风。

半壁坚城少，弹丸独力支。
毁家原不惜，守土亦何辞。
祖狄勤王日，常山骂贼时。
孤忠留耿耿，自有九重知。

兵孤粮复绝，四面楚氛多。
岂为一身恋，其如万姓何。
甘言虽欲诱，坚节自无佗。
白刃相加处，犹闻慷慨歌。

三年坚壁垒，一死壮河山。
饮血盟军士，偷生笑懦顽。
书词能慑敌，心瞻卒寒奸。
屈膝迎降者，闻风亦腼颜。

从容赴柴市，贼亦泪争挥。
正气□鲸去，忠魂化鹤□。
报君心不愧，灭虏志偏违。
万古苕溪上，当留姓氏辉。

50. 1872 年 10 月 7 日（壬申九月六日）

山石逸客《题拮兰图七古一章为树翁赋》（略）

51. 1872 年 10 月 11 日（壬申九月十日）

东江散人《地震书感和龙湫旧隐韵》

诗句及跋见本书第 197 页。

52. 1872年10月12日（壬申九月十一日）

秋兴四首并引
杏坪艾德埌

仆恨人也，平生笔墨每多牢骚，而欲效吉祥语，摩雅颂声往往不可得，起为处境使然，抑遭时所致耶。今检旧作得《秋兴四章》呈贵馆诸吟坛青目倘肯分韩潮苏海之余波，节郊瘦岛寒之俭态，则为幸多已。

少壮年华尽付愁，萧条两鬓复何求。
任教涉世争蛮触，肯再因人作马牛。
老去吟情仍不减，中原杀气况全收。
江亭一望皆秋色，红树黄花正暮秋。

姑性难安怕作汤，年来压线转多忙。
瑶琴流水凭谁听，纨扇秋风好待藏。
僧守常谈空说法，妓歌旧曲莫登场。
陶家三径从萧瑟，且喜黄花晚节香。

酒地花天锦绣堆，悠悠谁告此情哀。
志传里北都无谓，赋到江南信有才。
一带墓田余战垒，万家烟井又歌台。
沧桑不省循环理，试看昆明认劫灰。

垂老性情爱惜多，闲于隙地筑吟窝。
香薰书架常防蠹，纱罩灯台为扑蛾。
篱豆花残红散乱，庭柯叶满绿婆娑。
静来事理频参悟，但听天公莫奈何。

敬和吴兴赵忠节公绝命诗原韵
　　慈溪李东沅芷汀甫
危城三载守，粮尽力难支。
洒以孤□血，占成绝命辞。
鞠躬期一死，蒿目此何时。
忠烈侔张许，真聊异代之。

薮泽千戈编，文章涕泪多。
人谋今已竭，天意竟如何。
杀贼还为厉，临危誓莫佗。
小楼孤坐处，风雨助悲歌。

劲节杳难攀，巍峨仰斗山。
孤忠昭海宇，大义警凶顽。
耿耿心全剖，稜稜气慑奸。
贪生嗟鼠辈，相对总惭颜。

妖气期扫灭，虚望捷书挥。
浩气胸中郁，英魂月下归。
捐躯诸将□，报国寸心违。
姓氏留青简，千秋照德辉。

　　昨读《申报》有姚丈蕙庭所，和赵忠节公绝命辞，慷慨沉雄，直逼浣花堂奥，必传之作也。酒后继和四章，信笔直书，不计工拙续貂之讥，知所不免耳。

53. 1872 年 10 月 18 日（壬申九月十七日）

沪上游女竹枝词
　　泾左碌碌闲人
阴阳咫尺界无痕，我亦忧心出北门。

惆怅陆家桥一过，狂花满地尽消魂。

幻出沧桑事更奇，冶游巾帼胜须眉。
瑶池阿母无拘束，忙煞红尘众侍姬。

美人香草谱幽兰，金断同心八字刊。
试展红笺看履历，首行翁婿却何官。

良辰胜会叙拈香，香积厨珍味遍尝。
造化空门诸佛子，袈裟也似佛金装。

来往相携姊妹花，秦楼楚馆尽通家。
交情偏是忘形重，醋味何曾挂齿牙。

风雨谈心兴不孤，双蛾懒斗斗花和。
酒肴自由妆钱备，岂屑挑头学丈夫。

笳声自昔谱文姬，归忆蛮花访故知。
瞒却中郎游毳幕，不知恋母有胡儿。

玉照双双镜里摹，璇闺无事不从夫。
如何一样齐眉影，不与梁鸿入画图。

宫装借得舞衣裙，雉尾双翘插鬓云。
莫使画工偷出塞，恐人错认是昭君。

梨园子弟赛长安，赵瑟秦铮度曲难。
齐向碧阑干外坐，分明看戏惹人看。

葫芦依样仿青楼，银水烟筒翠玉钩。
更爱清倌人伴好，艳妆添个小鸦头。

捧心浑不让西施，只奈梨花欲睡时。
若个红颜真可羡，羡他夫婿佩金龟。

难得垂杨月近楼，金莲细数眼频偷。
此中不尽闲花草，莫把红绫帕乱丢。

荆钗裙布越风流，独步城隅秉烛游。
扮作女堂倌样子，好听花鼓上茶楼。

纷纷环佩集瑶台，羌笛琵琶酒递催。
醉妒杨花肌似雪，为谁飞过女墙来。

最瘦腰肢步欲扶，鬓香扑鼻假云梳。
仙家眷属刘家妹，曾听天台唤小姑。

香车宝马逐尘飞，每日洋泾尽兴归。
愧煞花间游冶子，黄金不及细君挥。

怒鳌摇动地惊沙，作作星芒夜半斜。
为语拖青纡紫客，古来治国在齐家。

右侧十八首不知何人所作，描写红闺习尚、绿鬓闲情，尽相穷形，无微不至，深合风人之旨，虽曰琐谈，未必无裨风化也。录请诸君子鉴赏。

54. 1872年10月22日（壬申九月廿一日）

吴门红豆馆主人《沪上女伶题词》（8首）（略）

55. 1872年10月23日（壬申九月廿二日）

慈溪网珊氏《敬和吴兴赵忠节公绝命诗原韵》（略）

56. 1872年10月25日（壬申九月廿四日）

沪上新咏
海上双鸳鸯砚斋

尝读新报竹枝词诸作，可谓描摹细致，书态极妍，笔无遗漏矣。其如脍炙人口者，往往意属绮语居多，未免引人入胜。曲终虽屡有奏雅之辞，而读者惟喜断章摘句，譬诸演剧，但点零出，不观全部结局也。兹仿莲池大师七笔勾体以咏时事，语实粗俚，然每阕各寓儆惩，庶不令断章摘句者，得以借口也。（略）

57. 1872年10月29日（壬申九月廿八日）

重八咏楼余集《寄赠程宝云女史诗并序》（12首）（略）

58. 1872年11月2日（壬申十月二日）

赠程黛香七绝十章
浙东惜红生

余友惜红生游幕江浙有年矣。公余日事吟咏，以破岑寂。今夏，余自白卜赴申，道出吴门，过访吾友，语次即出示，试帖及纪游，诗卷功深律细，无美不臻。适案头见有《寄赠黛香眉史七绝十章》，无请非艳有字皆香，读之，爱不释手，乞归，藏诸行箧。近见《申报》中刊刻诗词者纷纷，余因旧雨情深录请贵馆主人付诸梨枣，以俟知音者共赏之也。西冷逸叟识。

　　未曾相见以相思，真恨东风识面迟。
　　我有闲情凭孰素，邻乡不欲使乡知。

绛宫仙子步来迟,逸态临风弱不支。
除却海棠娇艳色,更无花好比丰姿。

娇痴最爱豆捻红(斋名红豆小庄),一卷新诗傍绮栊。
记否多情风月夜,吟声宛转和秋虫。

一灯挑尽漏迟迟,斜耸吟肩瘦莫支。
也学词人多感慨,潇湘秋雨夜题诗。
(君号小潇湘馆主人,兼工吟咏。)

握管淋漓趣自真,墨痕香带粉脂新。
琅玕一幅留题处,字格簪花妙入神。
(君题冯小青,题曲、图、诗、字俱佳。)

桃花醼面刖成春,艳质惊鸿学避人。
闲抱琵琶弹绝调,惯抛红淡湿罗巾。
(语次每以老大自伤。)

晓对菱花怯不支,自怜撩乱绿云丝(春暮过访,适值晓妆,故云)。
美人原是残妆好,看取初眠乍起时。

伊人秋水溯蒹苍,笺为题诗擘麦光。
只有离愁缄未得,临风无语立斜阳(余有寄怀诗并书)。

偶雨追踪白传游,绮罗丛里小勾留。
笑侬磊落平生惯,情到侬时骨亦柔。

回忆临歧语尚留,乞诗胜乞锦缠头。
一枝愧我珊瑚笔,写得相思纪旧游。

余与黛香别又一月矣。每诗筒往，复多不尽之词。今沙汰旧稿，聊成十绝，非敢□本事。诗中添佳诂也。

前作《地震书感》一律，蒙诸吟坛赐和佳章，仍用前韵赋酬

    抱朴后人隐畊氏甫

  诗名惭愧播三红，变故无端咸碧穹。
  只觉当场春梦好，谁知大地夕阴空。
  曾经沧海聊垂警，未作天民敢振聋。
  一曲吟成为玉和，相思还寄树云中。

59. 1872 年 11 月 4 日（壬申十月四日）

      无题十律

      忆翠山人

  俚律十章，谙多未妥，敢求贵馆俯赐改正，列诸《申报》，俾叨教益，欣甚盼甚。（略）

60. 1872 年 11 月 5 日（壬申十月五日）

    申江女史补萝山人《怅怀诗》（略）

61. 1872 年 11 月 6 日（壬申十月六日）

    清溪渔夫《托意词五绝句》（略）

62. 1872 年 11 月 7 日（壬申十月七日）

    鹅湖居士《沪上青楼词》（20 首）（略）

63. 1872年11月8日（壬申十月八日）

《张少卿题于虎阜寺壁四绝句》（4首）（略）

64. 1872年11月11日（壬申十月十一日）

浙西惜红生《春闺夜怨七律两章》（2首）（略）

65. 1872年11月12日（壬申十月十二日）

海上女史陆也筠《和补萝山人怅怀词原韵》（略）

66. 1872年11月13日（壬申十月十三日）

山塘竹枝词十二首
邓尉花农

行尽长堤七里赊，白公祠里桂初花。
游人不减探秋兴，只是重来景郄差。

屠沽好义本天良，史笔千秋志亦偿。
冷落五人残墓在，更谁杯酒酹斜阳。

仙盖神舆出意新，一年三度赛良辰。
笑他士女纷如蚁，星簇霞蒸辨不真。

散郄云鬟插犯由，白裙红袂更风流。
玉人爱把春荑束，银案琅玕学楚囚。

冶芳浜口夕阳空，普济桥头烟景笼。

可惜疏阴才几树，不曾遮郄万灯红。

斜欹乌帽醉难禁，一片笙歌漾柳荫。
烟外兰桡星点密，风香熏透碧波心。

憨泉顽石问谁探，大好眉波夺□风。
笑拔翠钗签蜜菓，擎来还要替含甘。

往日沙飞一晌停，乱划画楫换轻舲。
双欹翠袖怜春影，红闪琉璃万颗星。

傀儡无非一笑看，几家歌舞艳栏杆。
玉奴老死眉娘嫁，谁把当年法曲弹。

依旧栽花满壁排，剪新清供四十佳。
冶游归去怜无伴，携取磁盆付小斋。

翠幕红栏俯碧流，三山清饮费觥筹。
而今怅望停桡处，指点楂糊旧酒楼。

儿女灯前闹不休，纸糊泥塑满篮兜。
数钱都买乖乖货，赢得人称假虎邱。

67. 1872 年 11 月 15 日（壬申十月十五日）

遥和补萝山人怅怀词四律用原韵
　　　龙湫旧隐
漫言絮来与兰因，浪泊萍飘感此身。
秋燕随风情怅触，寒蛩咽露语酸辛。

含愁宫女闲题叶，寄恨崔徽自写真。
想见牵萝茅屋里，柳枝藏得十分春。

一番盂诵一思量，似此才真压众芳。
苏蕙回文毫吐艳，彩鸾写韵墨生香。
悠悠好梦如云幻，渺渺愁怀比水长。
若使蓝桥劳指点，琼浆应许倒瑶觞。

章台恨未识春风，遥把灵犀一点通。
才好不须悲薄命，诗工例合感时穷。
无缘对镜窥娇影，有意传笺慰苦衷。
绝妙天生兰蕙质，等闲莫堕荆棘中。

郎如柳絮妾杨枝，最是销魂未见时。
岂学登徒偏好色，只因宋玉惯相思。
怜卿红豆情初种，累我青衫泪欲滋。
唐突西施知不免，挑灯寄和断肠诗。

68. 1872 年 11 月 18 日（壬申十月十八日）

庚申记乱新乐府
比玉楼诗录
姑苏灾

豺狼断前虎踞后，千人万人夺桥走。
夜深云黑桥石危，狂风落河水乱吼。
风声雨声急如织，刀光火光迫行色。
囊底余钱搜与人，怀中饥儿哭求食。
姑苏城外好楼第，烟焰当空半天赤。
唳鹤哀鸿草木惊，遗簪堕履衣裳淹。
离林禽鸟知乡晨，呜呼人生多此身。

天明匍匐就墟墓，羡尔长眠泉下人。
丹阳溃
军兴以来数忠勇，前有提军后总统。
虬须怒马屹当阵，十万豼貅不敢动。
朝廷用人重清望，彼何人斯压公上。
苦积黄金赉寇粮，哗言甲士辞军帐。
将军如龙挥战频，前旌忽偃马头尘。
铅丸入骨教剜肉，铜具当心不救身。
同时莫敖缢荒谷，泰山鸿毛何足录。
剧寇尤惊小范名，残兵尽向南徐哭。
从此东南地轴倾，如云冠盖散江浒。
名城大郡苍生意，零落青山不见人。

晋陵哀
朝张大纛点军士，卓午军门静于水。
轻舟小队出郊坰，已下昆陵三十里。
龙钟太守八十余，羁军短薄相持扶。
似闻节帅虎丘去，人言已向虞山居。
虞山仓皇非乐土，崇川古人义可主。
侧身天地何苍茫，江北江南失处所。
福山要险高赀东，京江一镇当其冲。
稚皇以北属完善，外夷之守归吴淞。
运筹征调尽臣力，一息何敢忘匪躬。
可怜奏牍千言在，江海贤劳动九重。

69. 1872年11月19日（壬申十月十九日）

补和白桃花诗四律次用原韵
衣玉文人
东皇着意斗新裁，扫尽桃源万点埃。

煮粥雅宜和雪稻,聘棠端不让寒梅。
为怜崔护脂痕褪,恰逐潘郎鬓影来。
浑讶旁人爱秾艳,归真守素转疑猜。

缟素衣裳费别裁,千红万紫尽尘埃。
承恩虢国嫌污粉,送别汪伦肯折梅。
金谷早闲虚室待,玉人疑自武陵来。
从看绚烂归平淡,大块文章莫浪猜。

劳将月镂并云裁,不许夭桃着点埃。
旖旎风情娇胜李,清严标格艳于梅。
瑶池鹤梦传神去,玉洞龙眠写影来。
闲倚湘帘窥皓质,梨花庭院欲相猜。

诗向桃花马上裁,白云乡里挹芳埃。
娇儿䩄面宜和雪,妃子簪鬟拟点梅。
洗尽铅华描倩女,空诸色相拜如来。
亭亭玉立春风外,合被嫣红姹紫猜。

龙湫旧隐,余友也。近从《申报》中屡读著作,无不惬心贵当,弥切钦迟,辄欲快聆尘论,并候与居,乃疏懒性成,遂致如山阴访戴,乘兴而来,往往兴尽而返,歉仄良深。昨阅《瀛寰琐纪》,见有白桃花诗社,倡和二十四律,愧不获与诸君子一堂雅集,借正是非,爰补成四律,望贵馆削政登入报中,俾龙湫旧隐与诸大吟坛共政之,狗尾续貂,知不免云。

70. 1872 年 11 月 20 日(壬申十月二十日)

《和张少卿女史虎阜寺题壁诗原韵》(略)

71. 1872 年 11 月 21 日（壬申十月廿一日）

都门新竹枝词
醉里生

艳说京华曲绕梁，满城征逐马蹄忙。
二奎黄土长庚老，近日惟推袁富堂。

桂枝老小各如仙，小凤轩云亦并妍。
毕竟抡才谁第一，艳侬早占百花先。

新腔梆子效山西，粉墨登场类木鸡。
有客南来听未惯，隔墙疑作鹧鸪啼。

挥金买笑走雕轮，标客从来性不驯。
忽起酸风吹斗去，不知又落那家春。

石头巷与韩家潭，选色征歌乐与酣。
时样铺陈新样曲，夸人多说出江南。

三寸弓鞋二寸帮，桂林轩制有奇香。
惟余一事堪惆怅，不见凌波袜内藏。

通草为花色最娇，令人遥见便魂销。
绒球嫌俗翻新样，蝴蝶当头步步摇。

道傍车过坐妖姬，便有香风报我知。
尺许纱窗看未审，只窥一脸好胭脂。

四面香风香雾浓，西安门里看芙蓉。

与郎玉蛛桥头遇,侬看夫容郎看侬。

娇女如花不系裙,背拖发辫腻于云。
若非耳有黄金坠,扑朔迷离竟莫分。

择婿京师事最难,不贪累世列朝端。
东床妙选无多愿,只愿儿郎是外官。

红日当天倦眼开,比邻姊妹聚妆台。
明朝起早今朝约,为看滇南进象来。

平头本不费工夫,鬃套时行样学苏。
终遥苏州儿女巧,朝朝亲挽鬓云乌。

砖炕当窗八尺宽,股盆中置坐团团。
呼卢喝雉声非一,呖呖都如珠走盘。

宅眷衣裳各赛精,内圆补子尽洋金。
外来太太尤都丽,寸许花翎插髻心。

同榜同乡尽是亲,婚丧仪重到夫人。
老爷叹气缘何事,又去新分印结银。

72. 1872 年 11 月 26 日（壬申十月廿六日）

侣鹿山樵《俞稷卿劝戒洋烟诗二十六首》（略）

慈谿酒坐琴言室主人遥和补萝山人怅怀词元韵四章
萍梗堪嗟未了因,因风飞絮认前身。

孤心不易求知己，杂事还羞写秘辛。
安得题诗贻灼灼，肯容图书唤真真。
绝怜翠袖依修竹，空谷天寒已露春。

春兰秋菊漫评量，才貌真堪冠众芳。
底竟风尘甘寄迹，却教蜂蝶若迷香。
红牙拍按霓裳曲，翠黛愁牵柳线长。
何苦隐商稍遁法，碧桃花底泛霞觞。

落花一夜咒东风，芳讯迢迢恨未通。
兔魂有情怜影只，蛾眉何事泣途穷。
云和倚谱难分怨，月下填词托寸衷。
同此天涯沦落感，书楼遥望绿阴中。

莫更新声唱竹枝，琵琶花下闭门时。
银河空怅双星隔，绮障偏萦十日思。
云漾碧岚秋影薄，香凝兰畹露华滋。
欲凭青鸟传消息，且倚红栏自咏诗。

73. 1872 年 11 月 28 日（壬申十月廿八日）

感怀四律
古吴诂经室主
拙作四律录呈笔削即登《申报》是幸。
五载飘零力已殚，思量转欲泪汍澜。
悠悠岁月销磨易，碌碌文章利达难。
回首豪华归逝水，断肠消息怕凭栏。
梁园词赋成何用，叹息谋生谱未看。

穷通得失俗情除，欲访蓬莱顶上居。

百岁光阴悲幻梦,半生事业剩残书。
尚无乐土筹修筑,空有忧怀付拮据。
渺渺洞庭湖里水,吕仙踪迹忆凌虚。

诗酒流连事已非,当年光景尚依依。
艰难豪气东流尽,久远佳音比望稀。
千里山川空目断,五更风雨欲魂飞。
不如鸿雁南来日,江上行行映夕辉。

分离绝易见偏迟,莫声牢愁只自知。
毕竟凄凉归旧事,从来哀怨托新词。
迢迢远道三千里,恋恋情深十二时。
我寄衷怀与明月,京华凭仗诉相思。

74. 1872 年 11 月 29 日（壬申十月廿九日）

沪上映雪老人《白桃花二律次龙湫主人韵》、《咏菊》（4 首），侣鹿山樵求是稿（略）

75. 1872 年 12 月 3 日（壬申十一月三日）

吴门倚稿女史顾素龄《潇湘八咏》（略）

76. 1872 年 12 月 4 日（壬申十一月四日）

中湘岸花亭主人《白菊》（略）

77. 1872 年 12 月 5 日（壬申十一月五日）

  岭南药亭后人《步韵和白桃花七律二首》《菊花八咏》（略）

78. 1872 年 12 月 6 日（壬申十一月六日）

  醉里信缘生《孙惧斋和俞稷卿劝诫洋烟诗二十六首》《无题四律》（略）

79. 1872 年 12 月 7 日（壬申十一月七日）

  蘼芜馆主《白桃花和龙湫旧隐原韵》（略）

  《九月桃花次韵》（略）
  前读贵馆《申报》有九月中旬桃花争放，为作一诗纪事，今和龙湫旧隐诗，并为录呈，敬求斧正以登《申报》，惟冀大雅君子赐和为幸。

80. 1872 年 12 月 10 日（壬申十一月十日）

  《蝶恋花十二阕》，戏咏浪游琐事（略）

81. 1872 年 12 月 11 日（壬申十一月十一日）

  青溪月圆人寿楼主草《申江竹枝词》（10 首）（略）

  龙湫旧隐《九月桃花和蘼芜馆主原韵》《和岸花亭主人白菊花原韵》（略）

  龙湫旧隐《白菊次中湘岸花亭主人韵》（略）

82. 1872 年 12 月 12 日（壬申十一月十二日）

寓沪淑娟女史感怀绝句十六首（节选）
叹息浮生境最空，统说今古怨何穷。
悲欢离合浑难定，都如邯郸一梦中。

贵馆《申报》百事全刊，四方毕达，窃作短吟描成长恨，万望付诸梨枣传及关山。倘愿慰重逢，则恩铭五内矣。

83. 1872 年 12 月 13 日（壬申十一月十三日）

沪上映雪老人《白菊二律次中湘岸花亭主人韵，录呈斧正，可否刊入报中，以博吟坛一哂》（略）

慈水员竹生《豫园翠秀堂咏菊四绝次侣鹿山樵韵》（略）

环香氏《惆怅词四律》（略）

84. 1872 年 12 月 14 日（壬申十一月十四日）

华清一叟《申北杂咏七律五首》（略）

85. 1872 年 12 月 18 日（壬申十一月十八日）

惜花逸史《和张少卿题虎阜寺壁四绝句》（略）

醉月馆主《次藤芜馆主九月桃花原韵》（略）；《次岸花亭主人白菊原韵》（略）

86. 1872年12月20日（壬申十一月二十日）

龙湫旧隐《咏演小戏周宝珠诗六首》（略）

87. 1872年12月21日（壬申十一月廿一日）

龙湫旧隐《九月桃花次蘼芜馆主原韵》（略）

88. 1872年12月24日（壬申十一月廿四日）

娄江虎侯氏草《吊义仆张五诗并序》（略）

89. 1872年12月25日（壬申十一月廿五日）

消寒雅集唱和诗

壬申长至日同人作消寒雅集于怡红词馆漫成二律用索和章。

　　海滨难得订心知，煮酒围炉兴不支。
　　琴剑自怜孤客况，壶觞如与故人期。
　　清游留伴花枝醉，名迹欣从草稿披。（是日席间出诸同人唱酬诗札示客。）
　　颇愧不才叨末座，诸君风雅尽吾师。
　　旗鼓何当张一军，狂吟意兴托初醺。
　　梦中红蝠犹能幻，曲里黄鹂已厌闻。
　　但得神交逾旧雨，自堪眼界拓层云。
　　旅游愧领诸君意，愿作申江结客文。（蘅梦庵主原倡。）

　　相逢旧雨复新知，酒力难胜强自支。
　　正拟海滨联雅集，漫教湖上话归期。
　　金樽檀板心常恋，玉轴牙签手乱披。

才调如君真独步，不当论友合论师。
严申酒令比行军，一盏初倾我已醺。
吟社好从今日启，清歌犹忆昨宵闻。
旋看东阁飞红雪（第一集分咏红梅四律），应遣旗亭赌白云。
藏得虞山遗集在，围炉重与赏奇文。
（蘅梦庵主藏有牧斋外集，消寒第二集拟以命题故云。）

龙湫旧隐次韵

人生聚处浑无定，但得相逢醉莫辞。
依柱狂吟发清兴，搔头傅粉故多姿。
眼前行乐宜如此，身外浮名不自知。
十幅蛮笺一尊酒，破窗风雪约他时。
江乡小别三千里，寒意裁添四五分。
北辙南辕谁似我，酒豪诗圣属诸君。
却逢裙屐联高会，自哂疏狂愧不文。
孰是骚坛主盟者，醉抗健笔张吾军。

浪迹海上半年矣，秋间旋里两阅月，殊有离群之感。昨甫解装，蘅梦庵主告余曰：自子去后，吾因龙湫旧隐得遍交诸名士，颇盛文宴。余甚羡之，复闻有消寒雅集，不揣拿鄙，愿附末座因和蘅梦庵主原倡二章即尘诸吟坛印可。云来阁主和作。

女史补萝山人《补和龙湫旧隐白桃花诗次韵》（略）

爱吾庐主人《和岸花亭主人白菊原韵》（略）

90. 1872年12月26日（壬申十一月廿六日）

江右陈继湖《归燕四首用渔阳山人秋柳韵》（4首）（略）

91. 1872 年 12 月 27 日（壬申十一月廿七日）

《红梅八律·消寒第一集》（8 首）（略）

陈继湖《新雁四首·用渔洋秋柳诗韵》（略）

92. 1872 年 12 月 31 日（壬申十二月二日）

红梅八律·怡红词馆消寒第一集
　　龙湫旧隐
红罗亭畔醉仙妃，月落参横翠羽飞。
寻梦人应施绛帐，怜寒天特赐绯衣。
消愁已换冰容瘦，中酒逾添玉貌肥。
何处烧灯歌艳曲，琉璃世界锦成围。

脂痕绮丽暗霏香，不信温柔在此乡。
一点丹心争雪月，几生艳福傲水霜。
神仙半带风流态，宰相全消铁石肠。
却被隔林狐鹤笑，山妻今日也浓妆。

几□粉蝶费猜疑，东阁都成碧玉枝。
园杏何能□骨格，海棠差可比风姿。
春风宫里添妆日，夜月檐前索笑时。
对影不嫌人寂寞，伴来萼绿更相宜。

碧纱笼月影横斜，艳绝江南第一花。
岂是□章低格调，更教辞赋擅风华。
琼林云暖消晴雪，水驿霜融灿晚霞。
我本罗浮山下客，欲将凡骨换丹沙。

一夜东风蕊顿攒,谁将绛雪缀成团。
枝头可是鹃啼雪,陇畔仍烦鹤守寒。
休笑缟仙偷换骨,偶从紫府误吞丹。
客来雾里看远问,底事桃林绿叶残。

群芳凡艳自多姿,独抱冬心淡不知。
隐去前身真色相,夺将北地好胭脂。
浓妆未许销水魂,浅醉何妨晕内肌。
只为丰神增美丽,引他翠羽隔篱窥。

今日逋仙合魂断,巡檐索得笑颜温。
魁花先占三分色,破萼谁留一捻痕。
赪颊娇□棠欲睡,绮窗影误药初翻。
若教开到春酬候,定有人呼□□园。

品格孤高孰与俦,一经点染便风流。
肯邀柳叶垂青眼,转笑芦花早白头。
和月折来双袖艳,跨虹到此几生修。
琼筵移启罗亭畔,几日远当秉烛游。

庸庸轩居士《录楚北忠义绝命词》(略)

参考文献

一、报刊

《申报》影印本，上海书店出版社 1983 年版。
《瀛寰琐纪三种》，全国图书馆文献微缩复制中心 2013 年版。

二、晚清民国刻印本

葛其龙：《寄庵诗钞》，光绪四年（1878）孟春刻本。
黄铎：《胏馀集》，宣统三年（1911）孟春印本。
李维清：《上海乡土志》，光绪三十三年（1907）著易堂印制本。
潘衍桐：《两浙輶轩续录》，光绪刻本。
施补华：《泽雅堂诗二集》，光绪十六年（1890）两研斋刻本。
万钊：《鹤磵诗龛集》，光绪十九年（1893）刻本。
王韬：《蘅华馆诗录》，光绪十六年（1890）铅印本。
王以敏：《檗坞词存》，光绪九年（1883）刊本。
王钟：《法华乡志》，胡人凤续纂，民国十一年（1922）铅印本。
杨稚虹：《海滨酬唱词》，光绪二十四年（1898）春香海阁刊本。
邹弢：《三借庐剩稿》，中华图书馆 1914 年铅印本。

三、专著

阿英：《晚清文艺报刊述略》，古典文学出版社 1958 年版。

阿英:《小说闲谈》，上海古籍出版社1985年版。
阿英:《晚清小说史》，江苏凤凰文艺出版社2017年版。
阿英编:《晚清文学丛钞》（小说戏曲研究卷），中华书局1960年版。
包天笑:《钏影楼回忆录》，大华出版社1971年版。
岑德彰编译:《上海租界略史》，文海出版社1971年影印版。
陈东原:《中国教育史》（2），商务印书馆1936年版。
陈平原:《二十世纪中国小说史》（第1卷），北京大学出版社1989年版。
陈平原、夏晓虹:《二十世纪中国小说理论资料》（第1卷），北京大学出版社1997年版。
陈平原:《中国现代小说的起点》，北京大学出版社2010年版。
陈平原:《"新文化"的崛起与流播》，北京大学出版社2015年版。
陈无我:《老上海三十年见闻录》，大东书局1928年版。
陈旭麓:《陈旭麓文集》（第1卷），华东师范大学出版社1996年版。
池志澂:《沪游梦影》，上海古籍出版社1989年版。
东海散士:《佳人之奇遇》，中国书局1935年版。
范伯群:《礼拜六的蝴蝶派》，人民文学出版社1989年版。
范伯群:《中国现代通俗文学史》，北京大学出版社2007年版。
方豪编著:《英敛之先生日记遗稿》，文海出版社1974年版。
戈公振:《中国报学史》，生活·读书·新知三联书店2011年版。
葛元煦:《沪游杂记》，上海古籍出版社1989年版。
顾炳权编著:《上海洋场竹枝词》，上海书店出版社1996年版。
顾廷龙主编:《清代朱卷集成》，成文出版社有限公司1992年版。
郭嵩焘:《郭嵩焘日记》，湖南人民出版社1981年版。
郭嵩焘:《伦敦与巴黎日记》，岳麓书社1984年版。
郭延礼:《中国近代翻译文学概论》，湖北教育出版社1998年版。
何怀宏:《选举社会及其终结》，生活·读书·新知三联书店1998年版。
胡道静:《上海历史研究》，上海人民出版社2011年版。
胡祥翰:《上海小志》，上海古籍出版社1989年版。
贾树枚主编:《上海新闻志》，上海社会科学院出版社2000年版。

遽园：《负曝闲谈》，上海古籍出版社1985年版。
阚文文：《晚清报刊上的翻译小说》，齐鲁书社2013年版。
蒯世勋等编著：《上海公共租界史稿》，上海人民出版社1980年版。
来新夏主编：《清代科举人物家传资料汇编》，学苑出版社2006年版。
李强：《社会分层十讲》，社会科学文献出版社2008年版。
李伟：《中国近代翻译史》，齐鲁书社2005年版。
梁启超：《戊戌政变记》，文海出版社1964年版。
梁启超：《饮冰室合集》，中华书局2015年版。
林德明编：《晚清小说研究》，联经出版事业公司1988年版。
林启彦、黄文江主编：《王韬与近代世界》，香港教育图书公司2000年版。
林治平主编：《近代中国与基督教论文集》，宇宙光出版社1981年版。
凌硕为：《新闻传播与近代小说之转型》，浙江大学出版社2013年版。
刘兆璸：《清代科举》，东大图书有限公司1979年版。
鲁迅：《中国小说史略》，中国和平出版社2014年版。
陆人龙：《型世言》，作家出版社1993年版。
罗文军编注：《汉译文学序跋集》（第1卷），上海人民出版社2017年版。
马光仁主编：《上海新闻史：1850—1949》，复旦大学出版社1996年版。
《马克思恩格斯全集》（第12卷），人民出版社2018年版。
孟兆臣：《中国近代小报史》，社会科学文献出版社2005年版。
钱徵、蔡尔康辑：《屑玉丛谈初集》，《中国近代史料丛刊》三编（第919、920册），文海出版社2003年版。
申报馆：《申报馆概况》，申报馆1935年版。
申报馆编：《最近之五十年》，申报馆1923年版。
沈国威编著：《六合丛谈》，上海辞书出版社2006年版。
舒新城主编：《近代中国教育史资料》，人民教育出版社1985年版。
孙家振：《退醒庐笔记》，上海书店出版社1997年版。
谭嗣同：《谭嗣同全集（增订本）》，蔡尚思、方行编，中华书局1998年版。
汤志均主编：《近代上海大事记》，上海辞书出版社1989年版。
唐振常：《上海史》，上海人民出版社1989年版。

王德昭：《清代科举制度研究》，中华书局 1984 年版。
王尔敏：《近代中国文运之升降》，中华书局 2011 年版。
王韬：《弢园尺牍》，文海出版社 1983 年影印版。
王韬：《王韬日记》，汤志钧、陈正青校订，中华书局 1987 年版。
王韬：《瀛壖杂志》，上海古籍出版社 1989 年版。
王韬：《弢园文录外编》，上海书店出版社 2002 年版。
王韬：《漫游随录》，社会科学文献出版社 2007 年版。
魏源：《海国图志》，中州古籍出版社 1999 年版。
文娟：《结缘与流变：申报馆与中国近代小说》，广西师范大学出版社 2009 年版。
吴趼人：《二十年目睹之怪现状》，岳麓书社 2014 年版。
吴敬梓：《儒林外史》，安徽文艺出版社 2002 年版。
萧一山：《清代通史》，中华书局 1986 年版。
熊月之主编：《稀见上海史志资料丛书》，上海书店出版社 2012 年版。
薛理勇：《旧上海租界史话》，上海社会科学院出版社 2002 年版。
杨国强：《晚清的士人与世相》，生活·读书·新知三联书店 2008 年版。
姚公鹤：《上海闲话》，上海古籍出版社 1989 年版。
姚贤镐编：《中国近代对外贸易史资料》，科学出版社 2016 年版。
易惠莉：《西学东渐与传统知识分子——沈毓桂个案研究》，吉林人民出版社 1993 年版。
袁进：《鸳鸯蝴蝶派》，上海书店出版社 1994 年版。
袁祖志：《谈瀛阁诗稿》，《清代诗文集汇编》（第 705 卷），上海古籍出版社 2010 年版。
袁祖志：《瀛海采问纪实》，岳麓书社 2016 年版。
张鸿声主编：《上海文学地图》，中国地图出版社 2012 年版。
张静庐辑注：《中国现代出版史料（甲编）》，中华书局 1954 年版。
张静庐辑注：《中国近代出版史料（初编）》，中华书局 1957 年版。
张静庐辑注：《中国出版史料补编》，中华书局 1957 年版。
张若谷：《异国情调》，世界书局 1929 年版。

张卫晴：《翻译小说与近代译论：〈昕夕闲谈〉研究》，中国社会科学出版社2012年版。

张志春编著：《王韬年谱》，河北教育出版社1994年版。

张仲礼：《中国绅士研究》，上海人民出版社2008年版。

赵尔巽等：《清史稿》，中华书局1976年版。

郑方泽编：《中国近代文学史事编年》，吉林人民出版社1983年版。

郑祖安：《百年上海城》，学林出版社1999年版。

政协上海市宝山区委员会文史资料委员会编：《宝山史话（续集）》，内部资料1991年版。

支伟成：《清代朴学大师列传》，岳麓书社1998年版。

朱峙三：《朱峙三日记》，华中师范大学出版社2011年版。

诸联：《明斋小识》，进步书局1912年版。

邹弢：《三借庐笔谈》，《笔记小说大观》（第26册），江苏广陵古籍刻印社1983年版。

邹弢：《三借庐集》，《清代诗文集汇编》（第773册），上海古籍出版社2010年版。

邹振环：《译林旧踪》，江西教育出版社2000年版。

左宗棠：《左宗棠全集》，上海书店出版社1986年版。

〔澳〕马尔科姆·沃特斯：《现代社会学理论》，杨善华等译，华夏出版社2000年版。

〔德〕马克斯·韦伯：《儒教与道教》，王容芬译，商务印书馆1995年版。

〔德〕马克斯·韦伯：《文明的历史脚步——韦伯文集》，黄宪起、张晓玲译，上海三联书店1997年版。

〔法〕梅朋、傅立德：《上海法租界史》，倪静兰译，上海译文出版社1983年版。

〔美〕白瑞华：《中国近代报刊史》，苏世军译，中央编译出版社2013年版。

〔美〕布拉德伯里编：《文学地图》，赵闵文译，知书房出版社2009年版。

〔美〕丹尼斯·伍德：《地图的力量》，王志弘等译，中国社会科学出版社2000年版。

〔美〕费正清、刘广京编：《剑桥中国晚清史》，中国社会科学出版社1993年版。
〔美〕韩南：《中国近代小说的兴起》，徐侠译，上海教育出版社2004年版。
〔美〕柯文：《在传统与现代性之间：王韬与晚清改革》，雷颐、罗检秋译，中信出版社2016年版。
〔美〕叶凯蒂：《上海·爱》，杨可译，生活·读书·新知三联书店2012年版。
〔日〕松浦章、〔日〕内田庆市、沈国威编著：《遐迩贯珍》，上海辞书出版社2005年版。

四、期刊论文

刘德隆：《1872年——晚清小说的开端》，《东疆学刊》2003年第1期。
龙文展：《袁祖志生卒年考》，《图书馆杂志》2016年8月16日。
邵志择：《〈申报〉第一任主笔蒋芷湘考略》，《新闻与传播研究》2008年第5期。
邹国义：《第一部翻译小说〈昕夕闲谈〉译事考论》，《中华文史论丛》2008年第4期。
邹国义：《〈申报〉第一任主笔蒋其章卒年及其他》，《华东师范大学学报（哲学社会科学版）》2011年第1期。
邹国义：《〈申报〉初创：〈地球说〉的作者究竟是谁？》，《华东师范大学学报（哲学社会科学版）》2012年第1期。
夏惠、张世忠：《〈申报〉首任主笔在敦煌》，《档案》2017年第3期。
叶斌：《上海开埠初期伦敦会发展的基督教徒分析》，《史林》1998年第4期。
叶斌：《王韬申请加入基督教文析》，《档案与史学》1999年第4期。
〔美〕韩南、姚达兑：《汉语基督教文献：写作的过程》，《中国文学研究》2012年第1期。

五、学位论文

刘永文：《晚清报刊小说研究》，上海师范大学2004年博士学位论文。

史全水:《邹弢:一个被忽视的近代重要作家》,复旦大学 2009 年硕士学位论文。

孙琴:《我国最早之文学期刊——〈瀛寰琐纪〉研究》,苏州大学 2010 年博士学位论文。

后 记

  本书是笔者 2015 年获批的国家社科基金一般项目的结项成果。关于《申报》文人群体及其文学谱系的研究虽然只持续了四年多，但我所进行的包括旧体诗词在内的《申报》文学研究，至今已经进行整整十年了。回顾这十年来的《申报》研究，收获很多，遗憾也不少。

  研究近代文学，报刊是一个无法忽略的领域。相对于上海和北京，广东在近代报刊文献方面的优势并不明显。2011 年，当我着手准备博士后期间的研究课题之时，选择了《申报》作为研究对象。原因很简单，即《申报》的资料最好找。虽然《申报》的原件不可得，但 1983 年上海书店出版的 400 册《申报》影印本在各大高校的图书馆都容易找到。现在回想起来，选择《申报》作为研究对象，是一件值得庆幸的事。

  《申报》刊行的时间从 1872 年至 1949 年，跨越整个中国近现代历史。除了时间的绵长之外，《申报》在当时社会上的销量和影响也是非常广泛的。在偶然看到的域外游记资料中，常常会发现一些晚清士人旅居欧美时期还能够定期阅读到《申报》的记载。同时，近代文坛与报海的各种热点问题，也常常能在《申报》中找到回应。因此，《申报》文学研究的时间跨度和影响，是近代其他周期较短的同人报刊所不能比拟的。

但《申报》文学的体量，远远超过了我的预期。从1872年开始到1890年，《申报》刊载的文学内容主要是旧体诗词，仅这一部分文献的搜集就耗费了我多年的时间。十年前，《申报》还没有电子版的数据库，我只能靠着一部单反相机、一个笔记本，在图书馆一条一条地翻拍这些文献。刚开始，在录入这些没有分栏，没有句读又浩如烟海的旧体诗词的时候，我对究竟谁是"龙湫旧隐"，谁是"蘅梦庵主"都毫无概念。甚至，有时候连句读都会出错。但随着时间的累积，慢慢地考证出这些作者的姓名、生平，复原他们在《申报》这个平台上所进行的海上文人的唱酬活动，这个群体的面貌变得越来越清晰了。有时候，随着一页一页的《申报》在指间翻阅过去，好像自己也跟着旧报纸走过了一个又一个轮回。

在研究《申报》的十年时间里，我收获了很多。2018年9月，我的博士后工作报告《〈申报〉刊载旧体诗研究（1872—1949）》在凤凰出版社出版。本来我以为这么冷僻的研究内容大概不会有太多人关注。但没有想到在后来的一些学术交流活动中，恰恰是因为这本书而有幸结识很多同行的专家和学者。2019年上半年，复旦大学中文系的黄仁生教授通过中大的朋友辗转找到我，对我的书给予了高度评价，并且盛情邀请我参加同年5月在上海举办的第四届"中华诗词古今演变研究"学术研讨会。

当然，由于个人学力有限，在《申报》研究的过程中，笔者仍然留下了许多遗憾和不足。对于本书来说，不足之处主要是对早期《申报》文人群体考证得比较详尽，相对来说后半部分的研究不够充分。在《申报》文学谱系的呈现上，早期旧体诗词的研究比较集中，而对1907年以后《申报》小说的研究，尤其是鸳鸯蝴蝶派主持《自由谈》时期小说、戏曲和谐趣文的研究没有全面细致地展开。不过，聊感欣慰的是，我的研究生钟景就和陈淑莹分别以1907年至1911年和1911年至1915年的《申报》刊载小说为题，写出了两本较为扎实的硕士学位论文。在某种程度上，这也算是对我的《申报》研究的一种补缺。

当年刚开始决定做《申报》文学研究的时候，我曾经向华南师范大学的左鹏军教授请教，左老师说，希望我能够把《申报》拿下。我理解这句话的意思，应该是把《申报》文学研究做到穷尽。但令人惭愧的是，到现在，我也没有能够完全达到这个要求。这些遗憾希望将来能够以其他形式再进行弥补。

最后，是在《申报》文学研究这十年间，许多要感谢的人和事。

感谢暨南大学文学院院长程国赋教授，在程院长的支持和帮助下，这本书才能够获得广东省高水平大学的出版资助，才有机会顺利面世；也要感谢文学院和中文系为我们创造的宽松自由的学术条件和氛围。

感谢我的博士生导师魏中林教授，正是因为有老师一直以来的关心和教诲，我才能够在学术的道路上自由地尝试与不断地探索。感谢山东大学的郭延礼教授，郭老师在我大学本科的时候曾经给我们开过"中国近代翻译文学史"，这么多年来，我在近代文学研究领域取得的一点点成绩，郭老师都会给予我很多鼓励和肯定，使我有勇气不断前行。感谢复旦大学的黄仁生教授，因为《〈申报〉刊载旧体诗（1872—1949）》一书而邀请我至上海参加学术研讨会，并认识了一群旧体诗词研究的专家和学者。

这本书的部分内容，曾经以单篇论文的形式发表在《宗教学研究》《暨南学报》《洛阳师范学院学报》《重庆师范大学学报（社会科学版）》《井冈山大学学报（社会科学版）》《铜仁学院学报》等学术期刊上，在此一并向编辑部的老师们致谢。

最后，还要感谢我的先生傅勇和小儿知非。我常常愧疚，没有更多的时间陪伴家人，但是，我想，能够在各自的领域内不断地进步和成长，也是一种陪伴吧。

花宏艳

2021年2月于广州

图书在版编目（CIP）数据

《申报》的文人群体与文学谱系 / 花宏艳著 . — 北京：商务印书馆，2021
 ISBN 978-7-100-20405-7

Ⅰ. ①申… Ⅱ. ①花… Ⅲ. ①文人—人物研究—中国—近代②《申报》—文学流派研究 Ⅳ. ① K825.4 ② I209.951

中国版本图书馆 CIP 数据核字（2021）第 192812 号

权利保留，侵权必究。

《申报》的文人群体与文学谱系
花宏艳　著

商务印书馆出版
（北京王府井大街36号　邮政编码100710）
商务印书馆发行
江苏凤凰数码印务有限公司印刷
ISBN 978-7-100-20405-7

2021年11月第1版　　开本 880×1240 1/32
2021年11月第1次印刷　印张 14¾
定价：98.00 元